Elke Vesper

Schutzhäute

Roman

Weltkreis

CIP-Kurztitelaufnahme der Deutschen Bibliothek

Vesper, Elke:
Schutzhäute: Roman / Elke Vesper. – 1. Aufl. –
Dortmund: Weltkreis, 1986.
ISBN 3-88142-372-9

Postfach 789
D-4600 Dortmund 1

Umschlaggestaltung: Beate Oberscheidt, Dortmund
Lektorat: Stefan Rabenschlag
Herstellung: Plambeck & Co Druck und Verlag GmbH, 4040 Neuss
Auflage: 5.4.3.2.1.
ISBN 3-88142-372-9

Elke Vesper

Schutzhäute

Roman

Weltkreis

Die Stimme sprang Sonja an. Sprang in ihren Traum von massigen Zotteltieren, die sie aus riesigen, rotgeränderten Augen beglotzten. Sich aufbäumende Körper, drohend erhobene Tatzen, scheinbar endloses Verharren in der Umzingelung.

Aus dem Nebenzimmer drangen die Geräusche nun gedämpft. Ursels schlaftrunkenes, abwehrendes Seufzen. Nun deutlich vernehmbar ihre Stimme, aufgewacht, hoch, bittend. Arnd möge sie schlafen lassen.

Danach nichts mehr als Arnds wohliges Grunzen, Bettquietschen, als übe einer auf einer verstimmten Geige, als treibe er sich selber an, schneller, schneller.

Von Ursel war kein Laut zu hören.

Sonja kroch unter die Bettdecke. Gleichzeitig lauschte sie angestrengt. Ihr war, als klopfe ihr Herz um die Wette mit dem Geiger. Durch die Bettdecke drang ein tiefes Ächzen an ihr Ohr. Als verpasse ein Baumfäller seinem Baum mit aller Kraft die letzten Schläge. Wenig später dann laute, regelmäßige Schnarchgeräusche.

Sonja atmete auf, wickelte ihren verkrampften Körper aus dem Laken und trat ans Fenster, das den Blick auf die gassenweit entfernte Fensterfront des gegenüberliegenden Hotels freigab. Sie lehnte sich weit hinaus, um nach links aufs Meer zu sehen. Die Sonne war zitronengelb aus dem Meer gekrochen. Am Strand sah Sonja einige Frühaufsteher, Jogger, Hundebesitzer, eine Mutter mit zwei kleinen Kindern.

Sieben Uhr vermutlich. Zu Hause müßte sie jetzt aufstehen, um rechtzeitig zur Schule zu kommen.

Arnd und Ursel schliefen bestimmt wieder bis zum Mittag.

Sie fühlte sich zerschlagen. Arme und Beine trug sie wie fremde, schwere Gewichte an sich herum, im Magen zog ein unergründlicher Schmerz. Sie fühlte sich kaputt wie eine im Spiel über die Maßen beanspruchte Puppe.

Nun schon seit drei Wochen abends quälend mühsames Einschlafen, Schäfchenzählen, ängstliche Selbstbeobachtung, ob das gleichmäßige Geräusch der an den Strand schlagenden Wellen endlich eine beruhigende Wirkung entfalten würde, dann, weit nach Mitternacht, allnächtliche Vernichtung des Einschlaferfolges, wenn Arnd und Ursel ins Hotel zurückkehrten, und wiederum im Morgengrauen wie heute. Eine Woche lang hatte ihr Vater Sonja an den nächtlichen Ausflügen teilnehmen lassen. Er nahm sie nicht mehr mit, seit er in einem lichten Moment bemerkt hatte, wie kalt und abschätzig sie ihn beobachtete.

Eigentlich war sie erleichtert, befreit zu sein von den Abenden und Nächten voll heftiger widerstreitender Gefühle. Die nächtliche Einsamkeit aber war eine traurige Spielgefährtin.

Sie fühlte sich verlassen auf der Welt, ausgestoßen von allen Menschen. Die anderen trafen sich auf der Strandpromenade, in den Cafés oder Discos. Sie lachten miteinander oder tanzten, sie sprachen miteinander und nahmen sich in die Arme.

Sonjas Gesellschaft beschränkte sich aufs Meeresrauschen, Fetzen von Lachen und Musik, die von der Promenade zu ihr hinaufflogen, sonst grad noch ein Stern, der durchs Fenster blinkte, und der dumme helle Mond, der angeblich schlaflosen Kindern ein freundliches Lächeln schickt, sie jedoch nur hämisch auslachte. Zu Beginn der Ferien hatte noch die Erwartung, die Mutter wiederzusehen, die Urlaubslangeweile vertrieben. Doch die Spannung ließ nach, wurde abgelöst von Enttäuschung. Schließlich lebte in Sonja nur noch ein heißes, böses Gefühl. Sie würde ihre Mutter nicht wiedersehen, denn die versteckte sich vor ihr. Vor ihrer Tochter. Sie war ihrer Mutter aus ihrem tiefsten Innern heraus böse. Das verkrampfte ihre Muskeln. Sie spürte es heiß in sich und gleichzeitig, als verkühlte es sie von dort aus, wo der Magen sitzt und der Bauch.

Sie hatte sich, schlaflos, viele Male geschworen: Wenn die Mutter, jawohl, das war sie immerhin, auch, wenn sie es nicht wahrhaben wollte, – wenn die Mutter die Tochter so im Stich ließ, dann wollte sie auch nicht mehr die Tochter einer solchen Mutter sein. Und das in Ewigkeit. Amen.

Sie hatte es zu ihrem Nachtgebet entwickelt.

Sonja fröstelte. Sie legte sich ins Bett zurück. Das Laken, eher zum Kühlen gedacht als zum Wärmen, bot eine Spur von Geborgenheit.

Und ich werde nicht drum weinen ..., dachte sie noch, wiederholte den Satz, der sich in ihr ausbreitete, bis sie in einen oberflächlichen Schlaf taumelte, hochfuhr, den Satz beschwörte, wieder hochschreckte und schließlich endgültig versank, ... ein Waldweg, ... schneebedeckte Bäume, eisige Erddecke, und sie stapfte tapfer auf der Suche nach dem Heimweg ...

Abermals wurde sie geweckt.

Das Quietschen im Nachbarzimmer hatte sich anscheinend schon in die Phase des Endspurts vorgearbeitet, nun begleitet von Ursels hohem Wimmern.

Sonja hatte sich in den drei Ferienwochen zu einer Kennerin der Regeln entwickelt, die für das Spiel im Nebenzimmer galten. Bei diesen Geräuschen verkroch sie sich nicht unter das Laken wie dann, wenn Ursel schwieg. Zu Beginn des Urlaubs hatten Arnd und Ursel sich noch bemüht, Sonja nicht zu stören. Das Bett übte diese Rücksicht aber nicht, und schon nach wenigen Tagen wurden auch Arnd und Ursel lauter. Arnds von Nacht zu Nacht ansteigende Trunkenheit tat ein übriges, seine Gier auf die schlafende Ursel und auch seine Gleichgültigkeit Sonja gegenüber anschwellen zu lassen. In der letzten Woche hatte sie Arnd gar verdächtigt, angefeuert zu werden dadurch, daß sie im Nebenzimmer lauschte.

Es gab eigentlich keinen Anhaltspunkt für einen solchen Verdacht, sie schämte sich seiner sogar, aber er wuchs trotzdem. Vielleicht genährt von dem seltsam trotzigen Triumph in Arnds Augen, wenn er sie beim Frühstück begrüßte.

Nebenan war es still geworden.

Heute ist unser letzter Tag, mein Kälbchen, hörte Sonja ihren Vater murmeln.

Ob er vielleicht gar nicht weiß, daß du im Nebenzimmer jedes Wort verstehst? Oder ob er dich einfach vergißt, sobald er dich nicht sieht? Ob du dich dann für ihn in Luft auflöst?

Vielleicht erträgt er den Gedanken an dich nicht, häßlich wie du bist? Wie ein gerupftes Huhn siehst du aus, sagt er. Linkisch dazu, picklig, Arnies häßliche Tochter. Der Ärmste. Dabei verkündet er so oft seine Liebe für die Schönheit der Frau.

Einmal zumindest hat er auch eine nicht so schöne Frau geliebt, nämlich deine Mutter ...

Es geschah ihr häufig in letzter Zeit, daß sie mit sich selbst redete.

Arnd sprach im Nebenzimmer davon, daß er den letzten Tag noch einmal kräftig genießen wolle. Ursel schien nicht gesprächsbereit.

Ob ihr der Urlaub denn gefallen habe.

Ursel quiekte, das Bett begann leise zu rumoren.

Vor Angst, es würde schon wieder losgehen, krampfte sich Sonjas Magen zusammen, von Hunger vielleicht verstärkt, aber auch von der Vorstellung, sie könnte ihrem Wunsch nicht widerstehen, aus dem Bett springen, die Verbindungstür aufreißen und schreien: Schluß jetzt! Oder wahrmachen mit der Drohung, die sie schon als kleines Mädchen begeistert ausgestoßen hatte: Wenn du nicht lieb bist, schneid ich dein kleines Männlein ab! Oder auf die mittlerweile erwachende Promenade stürzen und alles hinausbrüllen.

Drüben begann Ursel zu nörgeln. Immer führe Arnd ohne sie, letztes Mal gar nach Acapulco mit seinem Kegelclub, immer ließe er sie allein, aber sie dürfe nichts ohne ihn unternehmen. Sonja kannte Ursels maulige Worte und Arnds gereizte Antwort, er verbiete ihr nichts. Schließlich lebe sie in einem freien Land. Sonja kannte auch Ursels schmelzende Stimme, wenn sie klein beigab. Dann klang sie kindlicher als Sonja.

Sie lächelte verächtlich. Ihr Vater war es, der ihr beigebracht hatte, sich zu wehren. Laß dich nie ungerecht behandeln, Sonnimaus, sagte er immer. Es bringt nichts ein. Jemand, der dich duckt, hört nicht von allein auf. Wehr dich, Kleine. Wie auch immer. Auch Mädchen müssen sich wehren. Gerade Mädchen.

Und nun hatte er sich eine solche Freundin angeschafft. Ein Schaf, das sich alles gefallen ließ.

Sie schmeichelte schon wieder: Es hat mir doch so gut hier gefallen, Arnie, immer mit dir zusammen ...

... und mit mir, flüsterte Sonja böse. Das hat dir weniger gut gefallen, was?

Zu Hause bin ich dann wieder soviel allein, mir graut richtig davor ... Schmollton im Nebenraum.

Mir reicht's! Sonja hörte, wie ihr Vater mit einem Ruck aus dem Bett sprang, sein Gewicht ließ den Boden vibrieren.

Er sei kein Schoßtier. Wenn sie einen Mann wolle, müsse sie mit dem Gejammer aufhören, wenn sie ein Schoßtier wolle, ginge sie besser sofort.

Sonja horchte ängstlich. Sie vernahm das Quietschen des Bettes, stellte sich Ursel vor, nackt, wie sie Arnd, ebenfalls nackt, streichelte und besänftigte.

Braun bist du geworden! Ursels Stimme war voll weichen Schmelzes. Und deine Haare sind noch blonder. Jetzt siehst du aus, wie ich mir als Mädchen die Helden aus den Sagen vorgestellt habe. Bist ja heut noch ein Mädchen, du Baby, du. Ja, gefall ich dir?

Ein Krachen gab Sonja zu erkennen, daß nun das Katz-und-Maus-Spiel begann. Diese Geräusche waren ihr ebenso vertraut wie die anderen. Kichern und Quieken – Ursel wurde gekitzelt –, Lachen und Prusten, lange Pausen zwischendurch, deren Stille unterbrochen wurde durch geraunte Beifallsäußerungen über den Körper des anderen. Makellosigkeit. Bräune.

Rasch schlüpfte Sonja in ihren Bikini, zwei Fetzen Stoff, die sie nicht ausfüllte. Sie informierte Arnd lauthals, sie begebe sich zum Strand. Gepolter folgte. Die Tür wurde aufgeschoben. Arnd nahm den Raum zwischen den zwei Glastüren ein, groß, nackt, sehr braun. Sonja warf sich eine weite, hüftlange Bluse über. Sie richtete ihre Augen haarscharf auf des Vaters linkes Ohr, ein Spiel, das sie in der letzten Woche begonnen hatte, um ihn zu ärgern. Was bis zur Androhung von Ohrfeigen gelang. Und weil sie ihn nicht ansehen mochte. Und weil der Spaß die Langeweile ein wenig vertrieb. Sie hatte das Spiel schon weiterentwickelt, auf andere übertragen, ausprobiert, wie lange die Opfer durchhielten, gewettet mit sich selbst, wann der oder die jeweils Angepeilte unruhig würde, sich ans Ohr griffe, krampfhaft den graden Blick in ihre Augen suche oder anfinge zu lachen.

Arnd ermahnte sie, rechtzeitig zum Frühstück zurückzukehren.

Sonja zögerte mit einer Erwiderung.

Er wiederholte seine Aufforderung.

Sonja hob schweigend die Schultern, blickte auf Arnds linkes Ohr. Immer wieder entdeckte sie dort Neues, überhaupt lernte sie von Tag zu Tag besser, Menschen an ihren Ohren kennenzulernen. Arnds Ohr rötete sich langsam, beginnend an der hochgezogenen oberen Rundung.

Unsicher fragte er, ob sie vielleicht jetzt schon frühstücken wolle, dann würde er sich schnell etwas überwerfen und sie begleiten.

Ihr Vater machte sich Sorgen. Sonja gönnte es ihm.

Schnell zog sie ihre ohnehin schmalen Wangen ein, so daß sie einen ordentlich ausgemergelten Eindruck erzeugte, wie sie von Spiegelübungen wußte, und entgegnete kühl: Laß nur, so schnell verhunger ich nicht, es ist ja auch erst halb zehn.

Stramm den Blick wieder aufs Ohr gerichtet, verabschiedete sie sich und verschwand.

Im Nu hatte der Fahrstuhl sie nach unten befördert. Vor dem Hotel fröstelte Sonja, scharfer Wind wirbelte Staub auf in dem schattigen, schmalen Durchgang zwischen den beiden Appartementhochhäusern. Sonja eilte zur Promenade. Sie mochte den Strand um diese Zeit gut leiden. Wie einen Freund, von dem man viel hält, solang man mit ihm allein ist, von dem man sich abkehrt, sobald andre erscheinen, die ihn sich verändern lassen.

Gegen sieben Uhr erschienen regelmäßig Männer mit Traktoren zur Reinigung, die mit einem großen Rechen durch den Sand pflügten. Ihnen folgten Männer zu Fuß, die mit spitzen Stöcken Papier aufpickten und den Abfall fortschafften.

Sie hatte dies Schauspiel schon manches Mal beobachtet, wenn sie nach Arnds Frühsport nicht wieder einschlafen konnte.

Die Sonne hatte sich zu einem gelben Strahlenknäuel entwickelt, noch nicht weiß und heiß und ohne Umrisse wie um die Mittagszeit. Vor ihr floh Sonja meist aufs Zimmer, zog die Vorhänge zu, lag schwitzend und nackt auf dem Bett und versuchte vergeblich, den versäumten Nachtschlaf nachzuholen. Immer brummte dann irgendwo eine Fliege in der Lautstärke eines Jumbojets. Vom Strand herauf dröhnte das Kreischen und Lachen der Menschen, die sich wie Hähnchen unter der Mittagssonne drehten und braten ließen. Dann war Sonja übel. Sie wußte, dort unten aalten sich Arnd und Ursel, bestimmt froh über ihre Abwesenheit. Sonja mit ihrem vorwurfsvollen mageren Körper, ihrem Blick auf ein Ohr, ihrem angeödeten Herumstochern im Essen, ihrem Schweigen.

Sie wanderte am Ufer entlang, den Blick auf die Füße gerichtet, die von Zeit zu Zeit von einer auslaufenden Welle liebkost wurden und auf dem feuchten Sand einen Abdruck hinterließen, bis dieser von der nächsten Welle überspült wurde. Noch war das Wasser klar und durchsichtig und schäumte nicht gelb an den Rändern.

Ekel erzeugte einen schalen Geschmack in ihrem Mund, als sie sich erinnerte: Sie hatte noch nicht achtgegeben auf die Sauberkeit des Wassers, als sie sich einmal in die Tiefe wagte und plötzlich Glitschiges um sich herum spürte. Sie schrie auf, griff ins Wasser, fischte ein glattes funkelndes Etwas heraus und schleuderte es panisch fort. Sie hatte sich mit Arnds Worten beruhigt: Sei nicht hysterisch! Da streifte sie wieder etwas. Sie hatte die Vorstellung, sich in einem von fremden glitschigen Wesen belagerten Meer zu befinden. Die warteten nur darauf, sie hinunterzuziehen und zu verschlingen. Das Grausen nahm den Wesen die Arbeit vorweg. Sie probierte, ob sie Grund unter den Füßen fand. Auch dabei wurde sie ständig berührt von glitschigen Gebilden, die von Zeit zu Zeit piekten. Es ging endlos hinab in die Tiefe. Sonja zwang sich, nicht zu schreien, schluckte trotzdem Wasser. Langsam, ganz langsam, unter ungeheurer Kraftanstrengung, bewältigte sie die zehn oder zwanzig Meter, bis sie Boden unter den Füßen vermutete, sich nun aber nicht mehr traute, die Probe zu machen. Sie fürchtete, auf Unbekanntes zu treten. Sie schwamm durch die vielen fremden Wesen, die an sie stießen, sie streichelten, sie bedrohten, bis sie halb ohnmächtig den Strand erreichte, wie eine Besessene zu Arnd rannte, sich an ihn warf und weinte, schluchzte, zitterte, wie sie als kleines Mädchen in seinen Armen geweint hatte. So tröstlich barg er sie an seiner breiten Brust, so unsagbar süß war dieser Geruch von ihres Vaters Sonnenhaut, vermischt mit Tabak und Öl, so bis in alle Ewigkeit gut dies Wiegen und das tiefe ‚Sososo' und ‚was ist denn bloß los, mein Kleines', so über alles geliebt die Straffung der Muskeln bei der Frage, ob ihr einer etwas angetan habe.

Tränen stiegen ihr in die Augen, als sie daran dachte. Sie schämte sich für ihre Schwäche. Arnd hatte sie schließlich kräftig ausgelacht wegen ihrer ‚Meeresungeheuer'. Er hatte einen Plastikbeutel nach dem anderen aus dem Wasser geangelt und wie eine Beute in die Höhe gehalten. Die Spezialität des Tages werde in allen Strandrestaurants ‚Meertütchen' heißen. Sie habe wohl noch nichts von Umweltverschmutzung gehört. Lebe immer noch im Märchen, die Kleine. Jetzt aber sei zwanzigstes Jahrhundert, da gelte es, die Augen aufzusperren, sobald es glitschig werde und pieke.

Dies ist der schrecklichste Urlaub überhaupt! Niemals im Leben fährst du wieder hierher. Sie tat einen inbrünstigen Schwur. Vielleicht, allerhöchstens, würde sie später auf der Durchreise einmal einen Tag hier Station machen und ihrem Mann und ihren Kindern alles zeigen. So wie man später einmal ein Gefängnis zeigt, in das man unrechtmäßig eingesperrt worden war. Aber wahrscheinlich würde sie hier nicht einmal mehr durchreisen.

Sonja näherte sich Schritt für Schritt dem ins Meer ragenden Felsen. Von allen Seiten fielen ihn die Wellen an. Er ließ sie abprallen. Unverrichteter Dinge zogen sie ab, gebrochen, verloren sich klein in ihren abermals anbrausenden Schwestern. Wie häufig schon dachte Sonja hier an das Lied: Das weiche Wasser bricht den Stein. Sie hatte es bei Viola gehört und vergessen. Hier war es ihr wieder in Erinnerung gekommen. Ist es wirklich so, überlegte sie. Das Wasser war wie ein gewelltes, zartes Seidentuch bis an den Horizont über die Erde gebreitet. Es zerbrach mit schäumendem Aufschrei an dem Felsen. Dies Wasser sollte den Stein mürbe machen, ihn bröckeln lassen, zum Nachgeben zwingen, ihm Stück für Stück Raum abtrotzen?

Sonja sah sich selbst in dem Wasser, das so zart aussah und angreifbar. Die Felsen waren die Arnds der Natur.

Sie hatte schon oft morgens einsame Überlegungen darüber angestellt, was sie von dem Lied lernen könnte. Aber es war wohl so, wie Arnd sagte: Vergleiche hinken. Das Wasser war gar nicht weich, es konnte hart sein wie Beton. Es war möglich, sich das Rückgrat zu brechen, wenn man aus großer Höhe aufs Wasser fiel.

Sonja umging vorsichtig die vielen spitzen Steine und die Scherben, die auf dem schmalen Pfad verstreut lagen.

Endlich gelangte sie auf ein kleines Plateau am Berghang. Zwanzig Meter steil unter ihr brandete das Wasser um Felsbrocken herum.

Ob die wohl vom Ifach abgesplittert sind, überlegte sie, angeregt durch das Bild des Berges: Sanft und weich schwang er sich ins Land hinein, brach jedoch jäh ab zur Meerseite hin, stemmte sich schroff den Wellen entgegen.

Weiches allein könnte Hartes nicht brechen. Aber Wasser ist nicht weich. Das hast du gelernt, als du einen Kopfsprung lerntest. Lernen solltest, besser gesagt, hast dich ja nie getraut, du Angsthase. Man muß hineinpieken wie eine Nadel: mit den Fingern zuerst, mit dem gestreckten Körper hinterher. Andernfalls verletzt einen das Wasser. Es wirkt nur weich. Aber vielleicht wirkst ja auch du nur zart und zerbrechlich und bist in Wirklichkeit stark. Wasser ist geduldig. Du auch. Wie lang du schon auf Arnds Ohr gesehen hast, das soll dir einmal einer nachmachen. Wasser wehrt sich, wenn ihm einer dumm näher kommt. Du auch. Du läßt dir auch nichts vorschreiben und befehlen. Auch von Arnd nicht. Er weiß doch gar nicht mehr, wie er dich zum Essen bringen soll. Du tust noch lange nicht, was er will.

Nicht der Berg besiegt das Wasser, dachte Sonja. Aber die Menschen schaffen es sogar, das Wasser kaputtzumachen. Mit Plastiktüten.

Um diese Zeit fühlte sie sich am Berg wohl. Der weite Blick aufs Meer, die halbhoch gekletterte Sonne und der Wind waren ihre Freunde. Die Steine und Scherben am Berg, die spitzen Agaven, selbst die wildstreunenden Köter, angeblich Nachfahren verstoßener Touristenhunde, verbündeten sich mit ihr und beschützten ihre Einsamkeit. Hier entspannte sie sich.

Hier gestattete sie sich Gedanken an den eigentlichen Zweck der Reise, der zuerst von Arnd, dann auch von ihr als gestorben und begraben betrachtet wurde. Zuweilen hatte Ursel das Thema noch zaghaft berührt, eigentlich ohne Grund, da sie sich außer für Arnd für kaum etwas interessierte. Dann hatte Arnd die Augenbrauen zusammengezogen, und Ursel begriff schnell, daß dies Thema tabu war.

Zwei- oder dreimal des Nachts, betrunken, hatte er seine Wut ihr Bedürfnis verrichten lassen und gedroht, Sonjas Mutter solle nicht wagen, ihm jemals wieder unter die Augen zu treten. Dann könne sie etwas erleben. Abartig wäre sie, jawohl, abartig, kein Tierweibchen ließe ihr Junges im Stich. Sollte sie bei ihm erscheinen, würde er ihr die allerkälteste Schulter zeigen. Das Schweigen mehr noch als diese Ausfälle hatten den Kloß in Sonjas Magen wachsen lassen wie eine massige Kröte. Sonjas Verteidigung erfolgte durch Totstellen aller Innereien. Sie kappte die Verbindung zwischen Magen und Seele, eine ungeheuer genaue Arbeit, die nur so lange Schmerzfreiheit gewährte, wie an beides nicht gerührt wurde. Sie hatte sich das Denken an den Zweck der Reise verboten, lebte die Tage angestrengt gefühllos ab. Wenn nur erst der Urlaub vorbei ist! Wie eine Beschwörung hatte sie diesen Satz oft vor sich hingemurmelt.

Hier oben, nur hier und nur vormittags, dachte sie an ihre Mutter. Nachmittags ertrug sie die sehnsüchtige Ruhe vor dem hereinbrechenden Abend mit Sternengefunkel, Grillenzirpen, Glühwürmchen und Lachen, Musik und paarweise auftretenden Menschen nicht.

Jetzt aber erlaubte sie sich die Erinnerung an den Urlaub mit ihrer Mutter und Viola und Frank dort in dem Häuschen am Hügel in der kleinen Siedlung, zu der sie vom Berg aus hinübersehen konnte. Ein Urlaub voll Schwimmen und dem Genuß an der verlorenen Angst vorm Wasser. Toben, Jauchzen, Kreischen, Frank naßspritzen, den kleinen Angeber, der grad erst schwimmen lernte. Sich starkfühlen.

O ja, damals hast du dich stark gefühlt, auch Sarah gegenüber. Du konntest sie beeinflussen durch das leiseste Maulen. Sie schimpfte zwar manchmal mit dir, beispielsweise, wenn sie eine deiner kleinen heimtückischen Bosheiten, dein Lieblingsspiel mit Frank, entdeckte, und wie du es ihm gegenüber ausnutztest, daß er dir folgte wie ein kleiner Hund. Immer aber zeigte sie irgendwie, daß du ihr wichtig warst. Ging es dir gut, schmeckte dir das Essen, waren die Schulnoten in Ordnung und du nicht traurig über Zank mit Freundinnen, hatte auch Sarah gute Laune. Du konntest ihren stolzen Blick richtig spüren: auf der Haut, im Gesicht, an den Beinen, überall. Ging es dir aber schlecht – krank, Schule, Kummer, Trotz, was auch immer –, war auch Sarah bedrückt, eingehüllt in eine dunkle Wolke von Nachdenklichkeit. Das war unangenehm. Du fühltest dich schuldig an ihrer schlechten Stimmung und versuchtest, den schwarzen Peter zurückzuschummeln. Eins aber wußtest du sehr sicher: Gleichgültig warst du Sarah nicht. Damals warst du eine bedeutsame Persönlichkeit. Da du wichtig für eine wichtige Person warst, mußtest auch du wichtig sein.

Damals war es schön hier.

Die zwei Jahre schienen ihr endlos zurückzuliegen, und sie selbst schien unendlich gealtert. Trotzdem versetzte der Gedanke sie in Erstaunen. Also war es möglich, daß es hier schön war? Damals warst du doch noch ein Baby! Alles ist hier furchtbar.

Die vielen Hochhäuser am Strand sehen aus wie Gitter vorm Gefängnisfenster. Die Urlauber sind alle versoffen, dann grölen sie, im übrigen nur darauf versessen, braun zu werden, um zu Hause angeben zu können.

Oh, Frau Meier, wo waren Sie denn, Sie sind ja so

schön braun? – Ich? Ach, im Gesicht, das ist gar nichts, Sie sollten erstmal meinen Busen sehen. Ich war in Spanien, wunderbar, sag ich Ihnen, wunderbar!

Sonja äffte laut zwei albern hoch-flötende Frauenstimmen nach.

Sie hatte zu schwitzen begonnen, zog die Bluse in einem Ruck über den Kopf. Hier, wo niemand sie beobachtete, anstierte, taxierte, bewegte sie sich ohne Scheu. Sie breitete die Bluse auf ihrem Lieblingsstein aus. Er lag direkt am Abgrund, war groß und glattgeschliffen. Oben hatte er eine Mulde, wie geschaffen zum Hineinsetzen und Anlehnen. Zusammengekauert, die Arme um die Knie geschlungen, das Kinn auf die Knie gestützt, faßte sie alles in einen Blick: die langgestreckte, geschwungene Küste mit den weißen Schaumkronen, das Meer in unaufhörlicher, blinkender Bewegung, die Sonne, nun schon fast im Zenit, der Ifach, rauh, schroff, der das Bild rechts hart abschnitt. Euch mag ich, flüsterte Sonja, ihr könnt nichts dafür.

Die Luft begann vor ihren Augen zu flirren, sie beugte den Oberkörper näher zum Abgrund, blickte hinunter: Felsen, von Wasser umspült, Moos auf den Felsen. Auch dort Funkeln, Flirren, Einladung.

Wer da runterfällt, ist tot! sagte Sonja laut.

Sie lehnte sich weiter vor, das Flimmern wurde unerträglich. Sonjas feuchte Hände rutschten von ihren Knien, rieben sich am Felsen trocken.

Wenn ich jetzt ohnmächtig werd, fall ich da runter, dachte sie zufrieden und vermutete, daß die Ohnmacht näherkam. Immer mehr schwarze Pünktchen mischten sich in die flirrende Luft. Gleich würde sie stürzen, fallen, wie würde es sein? Würde sie schreien? – Unten aufschlagen. Zerplatzen. Ihr wurde übel. Sie sah ihr Bild: Ein Arm umtanzte den Felsen, der andre flog noch einmal hoch in die Luft, bevor er sich zum ersten gesellte, die Beine verrenkt. Der Kopf? Vielleicht völlig fort, verschwunden, nie mehr auffindbar.

Sonja legte schnell die dicke, heiße Luft vor das Bild.

Wenn du stürzt, wirst du alle strafen. Sarah wird, über Rundfunk, Fernsehen oder von der Polizei gesucht, endlich hier eintreffen. Sie wird vor dir stehen, aber zu spät. Sie wird schreien und weinen. Arnie wird kalt sagen: Das hast du vor dir selbst zu verantworten! Sarah wird ihm Vorwürfe machen, daß er sich bei der Suche nach ihr nicht ausreichend bemüht hätte. Daß er ihre Tochter derart vernachlässigt hätte. Daß er so etwas habe geschehen lassen. Ich hab sie dir anvertraut! wird sie schreien. Und: Du hast mir versprochen, gut auf sie aufzupassen! Sie wird gegen seine Brust trommeln. Und Arnie? Wird vielleicht auch weinen. Sein braunes Gesicht bleich, die Schultern hängend. Arnd weinen?

Sonja schloß die Augen. Eine Träne quälte sich unter den geschlossenen Lidern hervor, suchte einen Weg über ihr Gesicht, tropfte schließlich auf ihre Knie. Sie legte den Kopf auf die Knie und weinte, schluchzte, schrie. Niemand hörte sie hier. Selbst das wurde gleichgültig. Sie spränge einfach ins Meer.

Ohne auf die Uhr gesehen zu haben, wußte sie, daß es an der Zeit war zurückzukehren.

Ursel saß allein am Tisch, machte ihr Vorwürfe. Es sei gleich elf Uhr, Arnd sorge sich und suche sie. Sonjas Entschuldigung, sie habe ihre Uhr vergessen, beantwortete Ursel mit empörtem Schnauben nach einem Blick auf Sonjas Armbanduhr.

Sonja fürchtete eine Diskussion darüber, warum sie sich ‚derartig' verhalte. Eine Diskussion der Sorte, die Sarah ‚Grundsatzdiskussion' genannt hätte. Sie klaubte umständlich eine Scheibe Weißbrot aus dem Körbchen und wollte sich wieder davonmachen. Zu Marusja. Ein Souvenir für die Oma suchen.

Ursel erwischte sie noch an der Bluse. Hiergeblieben, meine Liebe, zumindest bis dein Vater kommt. Außerdem hast du noch nichts gegessen.

Betont gehorsam setzte Sonja sich mit aufgerecktem Rücken auf den unbequemen Holzstuhl, biß pflichtschuldig ins Brot. Es schmeckte wie Pappe mit Zucker und blieb am Gaumen kleben. Ihr brach der Schweiß aus. Schnell spülte sie die halbzerkaute Pappe mit dem kühlen Kaffee hinunter.

Ich krieg nichts mehr runter, Ursel, wirklich.

Es entsprach der Wahrheit. Sie fühlte sich elend.

Ich muß sonst kotzen!

Diese Drohung wirkte erfahrungsgemäß, vor allem, weil Sonja sie schon wahrgemacht hatte.

Ursel war den Tränen nahe.

Wie soll es mit dir nur weitergehen? Seit zwei Wochen ißt du fast nichts mehr. Du hast in diesem Urlaub sicherlich fünf Pfund abgenommen ... Oder?

Weiß nicht ... Ich wiege mich nicht täglich wie bestimmte Frauen, die Ursel heißen ...

Arnds Schatten fiel auf die Brote.

Sonja blickte vorsichtig zu ihm hoch, um seine Stimmung abzuschätzen. Schweißperlen standen ihm auf Stirn und Nase.

Da bist du ja. Gott sei Dank. Er umarmte Sonja. Sie spürte die Hitze seines Körpers durch ihre Bluse hindurch, empfing leicht geekelt seinen schwitzigen Kuß auf ihrer Stirn, dachte erleichtert: Er ist nicht sauer, es gibt kein Donnerwetter, ein Segen!

Arnd zog sich einen Stuhl heran, näherte sich ihr mit seinem gebräunten, langen Gesicht, strahlte sie an, ließ seine großen, gleichmäßigen Zähne blitzen. Na, du kleine Mickermaus, hast wieder nichts gegessen ... Er probierte den Kaffee, schüttelte sich, warf Ursel einen scharfen Blick zu.

Ob Sonja lieber ein Eis wolle? Oder einen frischen Kaffee? Oder Wasser oder Milch, oder ob sie wolle, daß ihr Papi eine Kuh heranschaffe und sie eigenhändig melke, was begehre ihr Herz?

Werbend sprach er auf Sonja ein, versetzte ihr einen Nasenstüber. Heute ist unser letzter Tag, Kleinchen, den wollen wir uns nicht verderben lassen, nicht wahr?

Sonjas Herz, betört und erwärmt durch Arnds liebevolle Worte, erkannte sie doch den Papi ihrer Kinderzeit, zog sich krampfhaft zusammen. Darum ging es ihm also. Heute morgen hat er den Entschluß gefaßt, sich den Tag nicht verderben zu lassen, und jetzt hält er ihn ein.

Sie spürte, wie ihr Tränen hochsteigen wollten. Sie schluckte sie hinunter, sah auf den Teller, prägte sich jeden Riß des Brotes ein, jeden Krümel. Sie hatte doch den Entschluß gefaßt, nicht zu weinen, wenn Arnd und Ursel es bemerken könnten!

Arnd legte seine Hände um ihr Gesicht und hob es hoch. Zärtlich sah er ihr in die Augen. Sonja, Sonja, was ist bloß los? Seine Stimme klang brüchig. Ein zaghafter Versuch zu scherzen: Jetzt siehst du mir endlich mal wieder in die Augen und nicht auf mein Ohr. Na, ich bin dir auf die Schliche gekommen, du kleiner Schlawiner. Nicht weinen, Kleine, bitte, nicht weinen!

Behutsam tupfte er mit der Serviette die Tränen von Sonjas Gesicht. Sie sah ihren Vater an und sah ihn plötzlich wieder mit den Augen des kleinen Mädchens. Ein wunderschöner großer starker Mann, immer schick angezogen. Viel moderner als die Väter der anderen Kinder. Jung und fröhlich. Wie ein Prinz fuhr er auch immer große Autos. Mein Papi ist reich! hatte sie vor den neidischen Blicken der anderen Kinder geprahlt, gab weiter, was er ihr gesagt hatte: Wenn er mal stirbt, erbe ich ganz viel Geld.

Seine Prinzessin war sie, die er in die funkelndsten Restaurants führte, im Urlaub sogar in Discos. Das Geld für Sonjas Ballettstunden bezahlte er, er spielte auch den Chauffeur, wenn Sarah sich nicht freimachen konnte. Er schenkte wunderbare Dinge: silberne Sandalen und Cowboystiefel mit gestickten Blumen und hohen Hacken. Sarah sagte, solche Schuhe schadeten den Kinderfüßen, und versteckte sie vor Sonja. Arnd setzte sich immer für Sonja ein. Er zankte sich ihretwegen mit Sarah. Und siegte. Arnd siegte immer, sogar gegen Sarah. Er ließ Sonja nie im Stich. Bei jedem Kindergartenfest schoß er Photos mit einem geheimnisvollen Apparat, der zaubern konnte, denn er spuckte die Bilder umgehend aus. Sehr teuer kamen diese Photos den Vater, wußte Sonja, denn er hatte es ihr gesagt. Ihr Vater zog zwar aus der Wohnung, aber lange noch war er jeden Abend bei ihr, wenn sie einschlief, und manches Mal auch noch am nächsten Morgen. Keinen Geburtstag mußte sie je ohne ihren Vater feiern, ebenso nicht Weihnachten und nicht Ostern. Ihr Vater liebte sie mehr, als die anderen Kinder von ihren Vätern geliebt wurden, auch wenn diese bei ihren Kindern wohnten.

Mäuschen, das war alles ein bißchen verquer in diesem Urlaub, was?

Sonja sah ihren Vater groß an.

Warum bist du nur immer wütend auf ihn? Dabei hast du ihn so lange schon lieb, immer schon, solange du denken kannst.

Sie fühlte sich schlecht und böse.

Beschwörend blickte Arnd Sonja an. Für ihn sei alles ebenfalls nicht leicht gewesen. Das müsse sie ihm glauben. Im Grunde genommen sei er doch nur ihretwegen hierhergefahren. Er verstehe, sie sei ärgerlich, weil er und Ursel sie abends manchmal alleinließen . . .

Immer! verbesserte Sonja in Gedanken.

Sie hätte aber mitkommen können. Er habe sie bereits abends mitgenommen, da sei sie noch ein Winzling gewesen. Seine ausgestreckten Arme zeigten Babygröße. Heute abend aber wolle er etwas Schönes mit ihr unternehmen. Und sie dürfe bestimmen. Einverstanden?

Sonja nickte. Die Tränen rollten nur noch vereinzelt. Als sie das Ziel für den Abendausflug nennen sollte, entsann sie sich einer Nacht voller Kinderseligkeit auf dem Kirmesplatz in Benidorm. Arnd stimmte sofort zu.

Er ließ Sonjas Hände zwischen den seinen verschwinden und fragte, ob sie enttäuscht sei, weil ihre Suche nach Sarah erfolglos geblieben sei. Er habe den Eindruck, und das tue ihm weh.

Sonja antwortete so ernsthaft, wie sie gefragt worden war. Ich wollte sie gern wiedersehen. Papi, das verstehst du doch?

Ängstlich forschte sie in seinem Gesicht nach Zeichen von Unmut, wollte ihn diesmal nicht kränken.

Die Zärtlichkeit in seinem Gesicht verschwand nicht.

Die hohen exotischen Pflanzen ringsum grünten wie frischgeputztes Plastik. Die Terrassenfliesen glänzten matt. Das Haus der Mutter lag in kalkweißem Ferienstaat unter der Sonne. Der spanische Verwalter hatte es gut gepflegt.

Viola fühlte sich fremd. Alles schien sie aufzufordern: Bleib ruhig hier, erhol dich, sei willkommen wie jeder andere Urlauber auch, bilde dir jedoch nicht ein, du seist hier zu Hause. Zu Hause ist der, der arbeitet, der die Bedingungen des Landes am eigenen Leib erfährt, nicht derjenige, der sie diktiert.

Viola frühstückte unter dem Sonnenschirm auf der Terrasse vor dem Haus ihrer Mutter. Eigentlich frühstückte sie nicht. Sie aß Kekse, die sie vom gestrigen Flug übrigbehalten hatte, und trank einen faden Obsttee.

Sie hatte den Weg zum Selbstbedienungsladen gescheut, den Sancion, der Inhaber, ironischerweise ‚Mini-Mercado' getauft hatte. Sancions ‚Gutten Morrgen, gutten Morrgen', seinen devoten Verbeugungen, seiner betont hektischen Art, Kunden zu bedienen, wollte sie an diesem Morgen nicht begegnen. Seit ihrer gestrigen Ankunft fühlte sie sich fremd. Sie hatte sich schnell im Haus verkrochen, den Schlüssel zweimal im Schloß gedreht, die Vorhänge vorgezogen und die Tür zu ihrem Schlafzimmer verriegelt.

So war es ihr hier noch nie ergangen. Jeder Stein des Hauses, jedes Möbelstück sah sie fremd an. Sie waren von spanischen Händen verarbeitet, im Takt spanischer Laute, von spanischen Flüchen begleitet, sicherlich auch auf die Deutschen, die das Land aufkauften. Spaniens Küste fest in deutscher Hand.

Selbst die Toilette erinnerte sie an die jährlich erneut zu reparierende Kanalisation. Die wie in gemächlichem Spott arbeitenden Männer. Den alljährlich wiederholten Stoßseufzer der Mutter, in Deutschland wäre so etwas nie passiert,

Heute morgen wollte Viola nicht Sancions gelbes Gesicht sehen, dessen Farbe sich von Jahr zu Jahr vertiefte, wie sein ‚Mini-Mercado' sich von Jahr zu Jahr zu einem Laden entwickelte, den das Mini nur noch als Witz kleidete.

Seine Gesichtsfarbe diente den ‚einheimischen' Deutschen der Siedlung, also denen, die hier ein Haus besaßen und den größten Teil des Jahres hier verbrachten, als beliebter Anlaß zu Mutmaßungen. Er habe es an der Galle. Er sei cholerisch. Er habe im Grunde Haß auf die Deutschen. Manchmal breche der Haß aus ihm heraus. Nur wenige hatten einen solchen Wutanfall einmal erlebt, aber alle sprachen darüber.

Er habe lang genug dort gearbeitet, sage er, um die Deutschen zu kennen. Dort sei er Gast gewesen, hier seien sie Gast. Das ändere jedoch nichts. Hier wie dort spielten sich die Deutschen auf wie die Herrenmenschen, hier wie dort erwarteten sie, daß die anderen ihren Dreck wegschafften, hier wie dort hätten sie nichts als Mißachtung für die übrig, die für sie arbeiteten. Eingebildet und dumm seien die Deutschen, behaupte er. Seine achtjährige Tochter sei gebildeter als alle Deutschen, die er kennengelernt habe. Sie beherrsche bereits mehr deutsche Wörter, als spanische zum Wortschatz der Deutschen gehörten, die alljährlich wiederkehrten, für möglichst wenig Geld möglichst viel Urlaub einzukaufen. Jawoll.

Das militärisch knapp gesprochene „Jawoll" war eins seiner sprachlichen Mitbringsel.

Viola kannte Señor Sancion nur servil. Er schimpfte gemeinsam mit den deutschen Touristen über die steigenden Preise, über die mangelnde Qualität spanischer Arbeit, selbst über die Faulheit vieler Spanier. Deren Zahl schränkte er allerdings ein. Er selber und auch seine Frau schufteten und schufteten. Sie seien schon ganz krank.

Mit den Deutschen beklagte er auch, daß nach Franco alles nur noch schlimmer geworden sei. Er nickte lächelnd, wenn sie ausgiebig und begeistert über das billige Spanien ‚damals' sprachen. Ein Schlaraffenland war das, jawoll!

Fast alle Hauseigentümer dieser Siedlung hatten damals ihren Besitz erworben und durch die billigen spanischen Arbeitskräfte von Jahr zu Jahr vergrößert.

Viola erinnerte sich bei den seligen Beschwörungen der Franco-Zeit an andere Bilder. Szenen auf dem Fischmarkt. Grüppchen von Fischern, locker vereint und stumm zerstreut beim Auftauchen eines Angehörigen der ‚Guardia civil'. Ein englisches Restaurant, mehr Bar als Restaurant, aber mit Speisekarte. Klein, schmutzig, direkt an der Landstraße hinterm Meer. Abends traten fünf Bauarbeiter ein. Sie bestellten Cola für alle. ‚Non por trabajadores', erwiderte mit englischem Akzent die aufgetakelte Blondine hinterm Tresen. ‚Nicht für Arbeiter'. Einer der fünf wollte aufbegehren, zwei andere legten ihm die Arme um die Schulter, drehten ihn freundschaftlich zum Ausgang. Vier der Bauarbeiter verließen die Bar verlegen lächelnd. Der eine aber lachte Viola ins Gesicht. Nicht als spanischer Mann der deutschen Frau. Eher wie ein freches Kind und als fordre er von ihr selbige Haltung. Viola hatte geschluckt, wollte diesen Blick nicht antwortlos lassen, zumindest ihr Essen zurückgeben. Sie wollte laut protestieren. Wer war es noch, mit dem sie damals dort war, richtig, Wolf, ihr Ex-Mann. Er hatte sie besänftigt. Damit nütze sie niemandem, aber bringe sich in Schwierigkeiten. Das Essen müßten sie in jedem Fall bezahlen.

Je häufiger sie dies Land besuchte, je besser sie sich auskannte, um so fremder fühlte sie sich, doch nie so fremd wie heute morgen.

Ausgerechnet sie wollte sich anmaßen, die Freundin zu suchen, ausgerechnet sie und ausgerechnet diejenige, die in dies Land getaucht und seit Monaten verschwunden war. Eine einzige bunte Postkarte hatte Viola erhalten.

Vielleicht lebte sie gar nicht mehr? Vielleicht wäre es das klügste, die Polizei zu informieren, die Guardia civil, die wie eh und je im Land umherstreunte, eine Unmenge fauler und gieriger Parasiten.

Und sie, ausgerechnet, hatte sich eingebildet, den Bitten von Sarahs Mutter und dem verzweifelten Brief ihrer Tochter nachkommen zu können. Sarah finden? Für die Spanienkennerin Viola ein Kinderspiel! Sie mußte nur die Landkarte aufschlagen und mit dem Finger auf einen Punkt zeigen.

Sie lachte sich böse aus. Wie soll, wer nicht schwimmen kann und das Gewässer nur oberflächlich kennt, den Ertrinkenden retten? Sie würden zu zweit untergehen.

Sofern Sarah überhaupt gefährdet war und sich nicht bereits so weit draußen in fremden Gewässern vergnügte, daß Viola nicht einmal mehr winken könnte. Um Hilfe rufen war das Gebot des Augenblicks. Doch wer gab ihr das Recht, die Guardia civil auf Sarah zu hetzen? Die Mutter? Die Tochter?

Undurchdringlich erschien Viola dies Land, umgeben von einer Mauer aus Efeu, der von Nacht zu Nacht wucherte wie jener um die Pinie dort an der Grenze zwischen Terrasse und Steinweg, der die Hälfte des diesseitigen Gartens bereits abdeckte und nun den Hang zum Nachbargrundstück hinunterrankte. Niemand wußte, ob sich darunter Schlangen, Kröten oder das vergessene Osterei für Frank vom vorletzten Jahr verbargen. Viola befahl sich, die Grübeleien abzubrechen und zu handeln. Sie trug das Geschirr in die winzige Küche, zog ein Sommerkleid über, kämmte die kurzen, roten Haare, schminkte die Lippen im gleichen Orangerot.

Kritisch betrachtete sie ihr Gesicht im Spiegel. Trotz des gestrigen Fluges sah es nicht müde aus. Die Saison der Modenschauen hatte noch nicht begonnen. Aufmunternd nickte sie sich zu. Die Uhr zeigte elf.

Sie schlenderte über den steinigen Weg voller Schlaglöcher. Die Reihen der Häuser dieser kleinen Siedlung schnitten Kerben in den Hügel, der sich einige hundert Meter hinter dem Meer ins Land wölbte. Die kurzen, holprigen Wege gliederten die Siedlung wie Schnüre, an denen sich die Häuser aufreihten. Alle führten zur geteerten ‚Hauptstraße', auf der zwei Autos knapp Platz hatten, aneinander vorbeizufahren.

Bitte schön, auf Wiederrsehn!

Sancions Stimme scholl weit durch die Siedlung. Beim Frühstück hatte Viola sie schon vernommen.

Viel Arrbeit, viel Arrbeit! Bonjourr Madame, vous allez bien?

Belgier, dachte Viola, bestimmt Belgier. Ein glanzpolierter Mercedes in der Farbe einer Eierschale überholte Viola. Sie identifizierte die weißblonde Hochfrisur auf dem Beifahrersitz sofort. Aha, dachte sie, Mercedes also. Ihre Mutter hatte erzählt, Wölfels wollten sich ein neues Auto anschaffen. Ehemaliger Polizist, war Herr Wölfel mit seiner Frau sofort nach Spanien gezogen, als der Staat ihn aus seinem Dienst in die Pension entließ. Hier war er ein reicher Mann. Viele seiner ehemaligen Kollegen hatten sich bereits Häuser in dieser Siedlung gekauft. Und einige lebten hier wie er.

Als sie zwei Straßen weiter bei Wölfels Haus anlangte, hatten die schon das große, schmiedeeiserne Tor geschlossen. Viola blieb staunend vor dem vollständig von einem schwarzen, geschwungenen Zaun aus Eisen begrenzten Grundstück stehen. Kein noch so kleines Löchlein durch die dichte Hekke aus Zypressen gewährte Einblick. Auch die Garageneinfahrt war durch eine Hecke von der Terrasse abgetrennt. Das helle Auto stand, durch ein Reetdach vor der Sonne geschützt, hinter der vergitterten und verschlossenen Tür.

Viola drückte auf den kleinen, weißen Klingelknopf. Sofort hörte sie das Klappern hoher Absätze. Frau Wölfel erschien auf der Bildfläche. Wenn Frau Wölfel erschien, drängte sich das Wort ‚Bildfläche' auf. Eine ungewöhnliche Erscheinung, von Frank seit seinem ersten Aufenthalt in Spanien vor sechs Jahren heiß verehrt, und damals sah sie aus wie heute, von Viola mit zwanzig distanziert bewundert, und auch damals sah sie aus wie heute: ein Abziehbild Brigitte Bardots. Vor zwanzig Jahren, als sie vierzig war, ermunterte ihr Anblick zu der Frage nach der Existenz eines Zwillings der Bardot, heute vielleicht eher nach der einer älteren Schwester. Die Perfektion des Bildes wurde nur gestört durch einige Falten um den üppig rosa bemalten Mund und durch allzu vorwitzig unterhalb der dicken goldenen oder löwenverzierten Gürtel hervorquellenden Rundungen. Die Imitation war gelungen, bis auf, leider, die Augen, wässrig blau und klein. Das wußte Viola jedoch nur von ihrer Mutter. Sie selbst hatte noch nie einen Blick in Frau Wölfels Augen werfen können, da diese stets unter einer goldverzierten großen Sonnenbrille verborgen waren.

Mit ausgestreckten Händen schritt Frau Wölfel hochhackig über den Kiesweg.

Welche Überraschung! Im kunstvoll verarbeiteten Halbmond des Tores war links ein Pförtchen abgetrennt. Viola und Frau Wölfel standen sich gegenüber. Frau Wölfel rief nach ihrem Mann. Sie schlössen immer ab, seit bei ihnen eingebrochen worden sei. Herr und Frau Wölfel verliehen ihrer Überraschung über Violas nicht angekündigtes Auftauchen Ausdruck, gaben sich schnell zufrieden mit Violas Erklärung, sie habe Lust auf einen Kurzurlaub verspürt. Viola wußte, sie würden nicht nachfragen. Aber sie würden sich den Kopf zerbrechen über die Ursache für einen solch schnellen Entschluß. Sie trieben ihre Diskretion bis zum Anschein totalen Desinteresses, stellten Viola nie eine direkte Frage nach ihrem Leben, ihrer Scheidung damals, ihrer Arbeit.

Man fühlt sich hier ja langsam wie bei Dornröschen, sprach Viola lachend in Hans Wölfels Richtung. Alles zugewachsen!

Dem leicht gebückten grauhaarigen alten Mann war immer noch anzusehen, daß er einmal ein attraktiver Mann gewesen war.

Seit Jahren ließ er sein Häuschen verändern, baute an, vergrößerte die Küche, veränderte hier und da. So hatte er das ehemals standardisierte Siedlungshaus zu einem kleinen Schlößchen entwickelt.

Viola wurde aufgefordert, sich die neueste Errungenschaft anzusehen: einen ans hintere Ende des Grundstücks gemauerten, überdachten Raum, begehbar vom Plattenweg, der ums Haus herumführte. Eine Puppenstube.

Viola stand mit gemischten Gefühlen vor der eingemauerten Eckbank, dem großen Tisch, um den Korbsessel gruppiert waren, den Plastikknoblauchketten und -paprikaschoten, die an der Wand neben bunten Tellern baumelten.

Herr Wölfel wartete auf Violas Urteil.

Schön, sagte sie.

Wir haben es im Frühjahr machen lassen, erläuterte er stolz. Hier können wir jetzt auch im Winter und im Frühjahr grillen. Es ist vollkommen windgeschützt. Wir haben es machen lassen? fragte Frau Wölfel spitz. Sie trug nun ein von zwei Spaghettiträgern gehaltenes Kleid im Tigermuster, die Taille schmalgezurrt durch einen roten Lackgürtel.

Mein Mann lag im Bett mit seinem Ischias – da mußte ich alles in die Hand nehmen. Sie wissen ja, wie die Spanier sind: Wenn man nicht daneben steht, geht alles schief.

Antonio hat diese Bauleitung aber sehr genossen . . . Herrn Wölfels warmer, sehr tiefer Baß, der seine Vertrautheit mit Befehlen durchklingen ließ, bildete einen Gegensatz zu der hoch singenden Stimme seiner Frau, die leicht unernst klang, wie schäkernd.

Sie gingen langsam zur Terrasse vorm Haus zurück. Viola wurde gefragt, welche der Sitzgruppen sie bevorzuge. Die mit Sitzgelegenheiten unterschiedlicher Art vollgestellte Terrasse wirkte wie die eines Cafés. Die beiden Frauen entschieden sich für die Sitzecke mit der Hollywoodschaukel. Herr Wölfel servierte Kaffee, sie knabberten Kekse, plauderten.

Bei ihnen sei im Juni eingebrochen worden.

Frau Wölfel berichtete mit hoher, aufgeregter Stimme und belustigt gekräuseltem Mund.

Sie hätten Detektivarbeit betrieben und ihren durch Beweise untermauerten Verdacht der Polizei übermittelt. Die habe jedoch nicht gehandelt. Die Diebe wären zweifelsfrei die Nachbarn gewesen, die zur damaligen Zeit das Nachbarhaus gemietet gehabt hätten.

Viola war unsicher, ob es sich um einen Scherz handeln sollte im Sinne von ‚Normalbürger auf der Suche nach dem hauseigenen Dieb‘. Sie zeigte ein

Lächeln zwischen Zweifel und zustimmender Belustigung und wölbte die Augenbrauen zu einem hohen, fragenden Bogen.

Ach, wirklich?

Ärgerlich bemerkte sie, daß sie Frau Wölfels Tonlage angenommen hatte.

Diese beugte sich näher zu Viola und senkte leicht ihre Stimme. Die Nachbarn seien sehr ungebildete Leute gewesen, hätten ordinäre Ausdrücke gebraucht und gleichzeitig aber einen Porsche gefahren. Allein das sei doch auffällig . . .

Viola grinste. Hier konnte es sich nur um eine gewollte Persiflage auf ‚XY unbekannt' handeln. Irgend etwas in Frau Wölfels dramatischen Gesten und dem starren Gesicht ihres Mannes ließ in Viola den Verdacht aufkommen, das Gespräch sei ernst gemeint.

Sie wollen doch nicht sagen, Sie verdächtigen ihre Nachbarn, nur weil sie Porsche fuhren, obwohl sie ungebildet waren?

Ihre Stimme klang schärfer als beabsichtigt. Sie bereute es sofort, rief sich die Absicht ihres Besuches in Erinnerung: der Bitte der Mutter Folge leisten und kurz Höflichkeit zeigen.

Frau Wölfel beeilte sich zu erklären, sie hätten selbstverständlich niemanden verdächtigt. Herr Wölfel griff ein. Er schnitt seiner Frau mit einer Handbewegung das Wort ab und führte seine Verdachtsmomente aus, als verlese er seinem Vorgesetzten einen schriftlichen Bericht.

Es handelte sich bei den Nachbarn um Eltern eines Säuglings, die sich in mehrerer Hinsicht auffällig verhielten:

1. Sie ließen das Kind bis spät in die Nacht allein.
2. Tagsüber blieben sie ausschließlich am Haus und suchten nie den Strand auf.

Im übrigen ereigneten sich zur gleichen Zeit, als

sich diese Leute hier aufhielten, in der Nachbarsiedlung mehrere Einbrüche.

Herr Wölfel endete. Er wirkte ermüdet.

Seine Frau griff den Gesprächsfaden wieder auf. Sie sei wie Viola, sie traue niemandem etwas Böses zu. Diese Nachbarn jedoch hätten einen Verdacht geradezu provoziert. Die hätten nämlich davon gesprochen, daß sie bereits vor zwei Jahren ihren Urlaub in Spanien verbracht hätten und daß zum damaligen Zeitpunkt in der dortigen Siedlung ebenfalls viele Einbrüche stattgefunden hätten. Und an dem Tag nach dem Einbruch hätte der junge Mann vom Nachbargrundstück herüber ein Gespräch über den Einbruch eingeleitet, obwohl sie vorher kein Wort miteinander gewechselt hätten. Viola müßte zugeben, das alles sei sehr seltsam.

Frau Wölfel erweckte trotz starker Empörung immer noch den Eindruck einer ältlichen Zazie, die nichts ernst nimmt, weil das Leben für sie ein Spiel ist.

Viola hörte unaufmerksam hin. Sie betrachtete Frau Wölfel, die redete und redete, dabei wild gestikulierte. Die Gänsehaut stand ihr im Gesicht geschrieben. Ihr Mann wirkte sehr wichtig und sehr zufrieden.

Viola erinnerte sich an manche quälende Besuche, die sie auch der Höflichkeit halber den Freunden ihrer Mutter abgestattet hatte. Die Gespräche erschöpften sich meistens bald in gegenseitigen Sticheleien zwischen Herrn und Frau Wölfel. Viola hatte sich als Publikum benutzt gefühlt. Sie wurde in die Auseinandersetzungen hineingezogen wie in die Intimität eines Schlafzimmers, wenn die beiden begannen, die schwächste Stelle des anderen zu enthüllen. Das Gespräch heute war dagegen direkt angenehm. Sie lächelte innerlich. Vielleicht sollten Ehetherapien das aufgreifen: den zerstrittenen

Partnern etwas grauslich Bedrohliches ins Haus schicken. Das schien abzulenken vom Grauslichen im andern und so zusammenzuschweißen.

Herr und Frau Wölfel konnten sich vom Thema nicht losreißen. Sie sprachen über den gestohlenen Schmuck, die Pelze, den freundlichen Herrn von der Versicherung. Viola fühlte sich wie eingelullt von der Stille ringsum. Die zwitschernde Stimme Frau Wölfels sang ihr ein Wiegenlied, untermalt vom zeitweilig einen Punkt setzenden Baß ihres Mannes.

Viola hob ab ins Zeitlose. Alles wie immer, dachte sie. Friedhofsdasein im vorhinein. Umkehrung des Experiments der Konservierung durch Tiefgefrierung. Die beiden sind ausgestiegen aus der Welt, die auf der Bombe tanzt. Ihre Bösewichter sind herrlich einfach zu erkennen. Dornröschenschloß, und Schneewittchen bleibt auch als Großmutter die Schönste im ganzen Land, und der Beelzebub ist leicht zu erkennen, denn er fährt einen Porsche.

Durch die aus der Stille und Hitze gesponnene Schläfrigkeit drang nun Frau Wölfels Schimpfen auf die Nachbarn. Die eine halte mörderisch viele Katzen und werfe Flüche über die Hecke, seit sie begriffen habe, daß Wölfels sie für primitiv hielten. Frau Wölfel schüttelte sich, man möge das gar nicht wiederholen. Sie schürzte genüßlich den rosa Mund und gab einige Ausdrücke von sich, die Violas Sohn wegen zu großer Geläufigkeit nicht hätten reizen können.

Zum Glück sei die Alte vor Saisonbeginn abgereist. Wegen des Touristenrummels, wie sie behaupte, in Wirklichkeit jedoch sei sie geldgierig, wohne kostenlos bei ihren Kindern in Deutschland und vermiete ihr verlottertes Haus für viel zu viel Geld an deutsche Urlauber. Eine andere Nachbarin verbreite allen Ernstes, Frau Wölfel versuche, die Männer zu betören. Empört und geschmeichelt verteidigte sich Frau Wölfel. Sie könne doch nicht in Sack und Asche gehen, nur damit die Männer ihr nicht nachschauten. Hans Wölfels Augen blitzten Viola Zustimmung heischend an.

Viola fuhr zusammen. Sie bestätigte sie laut, fragte schnell nach ihrer beider Reaktion auf diese Verleumdung.

Auf so etwas reagierten sie nicht.

Herr Wölfel sah seine Frau nachdenklich an. Sie ginge ohnehin schon lange nicht mehr zu Fuß durch die Siedlung.

Viola erinnerte sich. Zermürbt von den vermeintlichen oder auch wirklichen Unterstellungen, Forderungen und Gemeinheiten der Nachbarschaft hatte Frau Wölfel vor Jahren schon den Entschluß gefaßt, in diese Siedlung keinen Fuß mehr zu setzen. Selbst wenn sie innerhalb der Siedlung einen Besuch abstattete, und sei es bei Nachbarn drei Häuser weiter, fuhr sie dorthin mit dem Auto. Richtiger: Sie ließ sich von Hans fahren, da sie seit der Führerscheinprüfung nie wieder am Steuer gesessen hatte. Viola überlegte, wie lange sie der Höflichkeit halber noch aushalten müßte. Das Thema der Neuanschaffungen war noch nicht angeschnitten worden. Danach würde sie gehen. Damit hätte sie dem Ritual Genüge getan.

Hans Wölfels Lieblingslektüre stellten bundesdeutsche Versandhauskataloge dar. Sie zu studieren, war seine drittliebste Beschäftigung nach der Gartenpflege und der Verfolgung des spanischen Fernsehprogramms – das er, des Spanischen nicht kundig, als entspannende Aufeinanderfolge bunter Bilder genoß. Der Preisvergleich und das Herausfiltern des jeweiligen Spitzenangebots waren für ihn Tätigkeiten, die nahezu kriminalistischer Präzision bedurften.

Zur rechten Zeit, wenn auch ohne Plan, leitete Viola zum nächsten Thema über, indem sie den Kaffee lobte. Sofort mußte sie Hans Wölfel in die Küche folgen, um die neue Kaffeemaschine zu bewundern, die ihr in rotem Plastik-Styling vorgeführt wurde wie ein Baby im neugestickten Steckkissen. Frau Wölfel flötete durchs Haus, sie habe ebenfalls Neues zu zeigen. Ihre hohen Absätze klapperten aufgeregt, bald darauf schritt sie majestätisch aus dem Schlafzimmer, in einem knöchellangen Pelzmantel, ganz Frau Dr. Schiwago im Hochsommer. Fuchs, weit fließend, große Kapuze. Viola starrte sie erschrocken an. Schalkhaft tänzelte Frau Wölfel vor Viola und Hans auf die Terrasse hinaus.

Da klingelte es. Viola zuckte zusammen, sprungbereit, lachte über ihre automatische Reaktion. Hans Wölfel verließ gemessenen Schrittes die Terrasse.

Viola wurde aufgefordert zu raten, seit wann und unter welchen Umständen Frau Wölfel diesen Traum von Mantel erobert hatte.

Viola spielte mit. Sie traf immer daneben.

Die schalkhafte Hilfe, die Frau Wölfel ihr zukommen ließ, vermochte sie nicht zu nutzen.

Doktor Sandhuber.

Kenne ich nicht.

Eine kleine dunkle Wolke trübte Frau Wölfels Frühlingsstimme. Sie hätte bereits mehrfach von Doktor Sandhuber erzählt. Er wohne drei Häuser schräg gegenüber, leide an einem Herzschaden, nun, egal, dessen Sohn sei Kürschner. Frau Wölfels Stimme jubilierte. Gestern sei Doktor Sandhuber von seinen Kindern aus München zurückgekehrt, bei denen er drei Monate verbracht hätte.

Im Hintergrund vernahm Viola Herrn Wölfels Baß, der sich abwechselte mit einer dunklen

Frauenstimme. Die murmelte Zahlen, anscheinend Preise.

Wie unter einem inneren Zwang horchte Viola genauer. Frau Wölfel beachtete Violas abgelenkte Aufmerksamkeit sofort. Bestimmt diese Frau, die neuerdings in der Siedlung Lebensmittel verkaufe, frisch vom Bauern. Eigenartige Frau, spreche recht gut deutsch, sehe ein wenig wie eine Zigeunerin aus, lebe aber bei einem spanischen Bauern im Landinnern. Frau Wölfel habe sie einmal gefragt, wo sie ihr gutes Deutsch gelernt habe. Da habe sie geantwortet: Ich nix gut deutsch, ich viel Arbeit. Zu Frau Wölfel sage sie immer: Schöne Frau! Schöne deutsche Frau! Diese Spanierinnen ...

Viola lächelte. Da stimmte sie Frau Wölfel zu. Gern nahm sie die Worte ‚Que quieres, bonita?' von den schwarzgekleideten Marktfrauen entgegen, liebevoll erschienen sie ihr und neidlos.

Und so habe Frau Wölfel den Mantel geschenkt bekommen?

Wie?

Frau Wölfels Gedanken waren noch bei der Verkäuferin, mit der ihr Mann verhandelte.

Nein.

Sie lachte befremdet. Ob Viola meine, fremde Männer schenkten ihr einfach so Pelzmäntel. Sie lachte wieder, kokettierte nun mit der Vorstellung. Sie hätte im Grunde nichts dagegen, wenn keine Gegenleistung verlangt würde, aber das sei ihr noch nicht passiert.

Was ist dir noch nicht passiert? dachte Viola spöttisch, angeregt durch das Lachen, das klang, als habe sie einen schmutzigen Witz erzählt.

Muchas gracias! Adiós señor, viele Grüße an Ihre Frau. Es war, als dringe eine Nadel in ihr Rückenmark, viel zu zart, um wirklich wahrgenommen zu werden, und versetze ihren Körper in Spannung.

Viola sah die einzige Ansichtskarte vor sich, die sie von Sarah aus Spanien erhalten hatte: Bin in Calpe gelandet, arbeite für Bauern. Alles in Ordnung. Sarah. Und auf der Rückseite bunt der Ifach.

Wie angewurzelt saß Viola auf ihrem Platz und starrte Herrn Wölfel entgegen, der eben die Perlenschnüre, die den Durchgang von Einfahrt und Terrasse verhängten, von seinem Gesicht fingerte und, über ‚die blöden Dinger' fluchend, zu den beiden Frauen zurückkehrte.

Wie sieht sie aus? herrschte Viola ihn an.

Fremd klang ihr die eigene Stimme, streng und sehr hoch. Sie mußte schnell handeln.

Sie sprang nicht auf, um hinter der Frau herzulaufen, obwohl sie es gern getan hätte. Sie fühlte sich vor eine sehr schwerwiegende Entscheidung gestellt, ohne zu wissen, welche Möglichkeiten es überhaupt gab. Ruhig blieb sie sitzen und wiederholte mit der Stimme eines Untersuchungsrichters: Wie sieht sie aus?

Herr Wölfel, beladen mit mehreren kleinen, grau eingewickelten Päckchen, die er in seinen Armen über einem Eierkarton balancierte, zog die buschigen Augenbrauen zusammen, sah sie erstaunt und befremdet an. Sie stierte zurück, als wollte sie ihn hypnotisieren.

Wie sieht sie aus?

Viola, Sie sind ja ganz bleich, ist Ihnen nicht gut?

Frau Wölfel holte ein Glas Wasser für Viola und hielt es ihr mit besorgter Miene hin. Trinken Sie!

Die Klimaveränderung dürfe man nicht unterschätzen. Im übrigen sei eine Flugreise eine große Belastung für den menschlichen Organismus. Der habe gar keine Möglichkeit, sich auf die neuen Umstände einzustellen.

Herr Wölfel verschwand kopfschüttelnd mit den Lebensmitteln im Haus.

Viola leerte das Wasserglas und verabschiedete sich. Sie brauche anscheinend Schlaf.

Frau Wölfel zeigte sich besorgt. Einen Moment lang fühlte Viola sich versucht, die Mütterlichkeit anzunehmen und Frau Wölfel um Rat zu fragen. Einen Moment lang hätte sie gern Kind ohne Verantwortung sein mögen.

Sie wies Herrn Wölfels Angebot, sie zum Haus ihrer Mutter zu begleiten, höflich zurück.

Zum Abschied küßten sie sich. Erst links, dann rechts. Auf spanisch.

Herr Wölfel lächelte mitten in Violas Pupillen hinein. Er wirkte plötzlich sehr männlich. Viola winkte. Die beiden standen am Tor und winkten zurück.

Sie ging bis zur ‚Hauptstraße', drehte sich um, die beiden winkten immer noch, sie ging weiter, drehte sich um. Die beiden waren fort.

Viola blieb stehen. Sie lauschte. Wo war die Stimme?

Irgendwo mußte doch ‚Muchas gracias, señor, viele Grüße an ihre Frau' noch einmal aus der Mittagsstille fallen.

Wo sollte sie jetzt suchen? Oder gar nicht suchen, einfach stehenbleiben und nach beiden Seiten Ausschau halten?

Immer noch fühlte sie sich wie getrieben von dem Druck, eine richtige Entscheidung fällen zu müssen. Welches war die zweite Möglichkeit?

Laufenlassen.

Jetzt könnte sie Sarah einfach laufenlassen.

Es wäre möglich. Und es wäre etwas ganz anderes, als wenn sie bei der Suche nach Sarah versagte. Es wäre ihre eigene freie Entscheidung.

Vielleicht sollte sie es tun.

Langsam schritt Viola die dreihundert Meter der Straße vor Wölfels Haus auf und ab, blieb stehen, horchte, spähte, ging weiter, verharrte, horchte, spähte.

Nichts.

Ein Schweißtropfen perlte gemächlich von ihrer rechten Brust hinunter zur Taille. Eine seltsame Panik beschlich sie. Ein Schweißfilm umgab ihren Körper, als wäre sie in Lack getaucht.

Warum bin ich nicht hinterhergelaufen? schalt sie sich. Jetzt ist sie vielleicht wieder fort. Und es ist meine Schuld. Ich habe die Gelegenheit verpaßt.

Entscheidung, daß ich nicht lache!

Mit ausholenden Schritten begab sie sich zur Häuserzeile, die dem Tal näherlag. Sie äugte und horchte. Die einem Kleingartenverein ähnelnde Siedlung lag wie unbelebt unter der Sonne.

Entschuldigen Sie, war bei Ihnen eine Frau, die Eier und Lebensmittel verkauft?

Im letzten Haus der Reihe, versteckt hinter einer

Steinfigur, die einen nackten, kleinen Jungen mit Strahl aufs Goldfischbecken darstellte, hatte Viola zwischen Gartenzwergen und Palmen einen alten Mann entdeckt. Er trat hinter der Figur hervor, eine schwarze Katze auf dem Arm. Sein verwelktes Ledergesicht, die grauschwärzliche Haut, deren Falten sich in denen der verschlissenen Badehose fortsetzten, der schlohweiße Haarkranz um die spiegelnde Glatze, alles bewirkte, daß der Mann Viola an Filme über den afrikanischen Busch erinnerte.

Sie wiederholte ihre Frage.

Häh? Sie müssen lauter sprechen, ich kann nicht gut hören! schrie der Mann ihr entgegen.

Viola bemühte sich, seine Lautstärke zu übertreffen, als sie die Frage zum dritten Mal stellte.

Sie meinen Sinsarita, ja, die war hier ...

Mißtrauisch, leiser, lauernd fragte er, was Viola von ihr wolle.

Viola erwiderte wie überrumpelt, na, was schon, Lebensmittel kaufen.

Was?

Gibt es denn nur Verrückte in dieser Siedlung? fragte sie sich nahezu verzweifelt. Bald gäbe es eine mehr ...

Ich weiß nicht, ob Sie die Kleine heute noch erwischen. Die hat nämlich ihr ganz eigenes System. Kennt ihre Kunden, wissen Sie. Und außerdem ist sie fix.

Gut. Also vielen Dank.

Viola wollte fortgehen. Der Mann sprach weiter: Dienstag kommt sie wieder, immer Freitag und Dienstag. Kann man die Uhr nach stellen. – Sie sind in Ferien?

Ja, auf Wiedersehen.

Erste Mal hier?

Viola hatte sich bereits einige Schritte entfernt, er folgte ihr im Garten.

Nein, ich war schon einige Male hier. Aber jetzt muß ich gehen. Auf Wiedersehen.

Was?

Sie antwortete nicht mehr, rannte fast. Alles war ihr egal. Sinsarita! Wahrscheinlich hatte sie sich getäuscht, müde, überreizt, wie sie war.

Stimmen können sich ähneln.

Entschlossen, nicht weiter eine Fata Morgana zu verfolgen, die überdies in drei Tagen wieder zu erwarten war, schlug Viola den Weg zum Haus ihrer Mutter ein. Ihr knurrender Magen und die hochstehende Sonne zeigten auf Mittag.

Sie eilte zu Sancion, hoffte, ihn noch anzutreffen. Um ein Uhr schloß er sein Geschäft, kehrte erst gegen vier Uhr zurück aus dem kleinen Städtchen, in dem er mit seiner Familie wohnte.

Herr Sancion begrüßte Viola überschwenglich, als freue er sich über diesen Gast in Spanien. Sie sammelte rasch, ohne Überlegung, einige Eßwaren in ihren Korb. Frau Sancion kassierte, Viola stand wieder draußen in der Sonne, die sich in die Startlöcher setzte, um mit höchster Kraft auf die Erde zu brennen. Als befände sie sich im Wettbewerb. Als käme es darauf an.

Das gelbe Fähnchen klebte an Violas Haut, löste sich beim Gehen widerwillig von den Beinen, saugte sich beim nächsten Schritt wieder fest. Viola bog in die kleine Straße ein, die zum Haus ihrer Mutter führte.

Zwei Grundstücke entfernt trat eine Frau auf den Weg hinaus: in jedem Arm einen großen Korb, klein, rundlich, in wadenlangen, weiten bunten Rökken, mindestens drei übereinander, schwarze ärmelige Bluse, schwarzes Kopftuch nach Zigeunerart um den Kopf geschlungen, das hintere Ende wippte locker auf langem, dunklem Lockenhaar.

Mit gleichmäßig schwingenden Hüften näherte

sich die Zigeunerin Viola, die Schritt für Schritt auf sie zutrat.

Jetzt hob die Frau den Blick, ihre Augen trafen sich mit Violas. Einen kurzen Augenblick lang ähnelte sie einem gejagten Hasen, der seinen nächsten Haken plant. Diese Spannung war im Nu wieder aus ihrem Gesicht verschwunden. Auch ihr Fuß verharrte nur unmerklich im Schritt. Nun war alles wie fortgewischt. So schnell, wie der Vogel im Flug einen Flügelschlag zwischen zwei andern macht.

Viola aber war nichts entgangen. Wie in Zeitlupe sah sie das kurze Zögern und das vor Schreck verzerrte Gesicht.

Die Zigeunerin schritt jetzt leicht aus, wie unbeschwert durch das Gewicht der Körbe. Sie wiegte sich gelassen in den Hüften. Ihr Gesicht trug den Ausdruck eines ahnungslosen Kindes oder einer alten weisen Frau; es wußte alles oder nichts.

Viola war unsicher. Wieder mußte eine richtige Entscheidung gefällt werden. Sollte sie auf Sarah zugehen, sie beim Namen nennen und auffordern mitzukommen? Oder sollte sie sich auf das Versteckspiel einlassen, ihr unauffällig folgen und ihre Höhle ausfindig machen, um ihr später mit den anderen, auf jeden Fall mit Sonja, einen Besuch abzustatten?

Die Frau ließ ihr keine Zeit zum Beenden ihrer Überlegungen. Mit einem gemurmelten ‚buenas' tat sie den ersten Schritt weg vom Schnittpunkt beider Wege. Weg von Viola.

Viola drehte sich um.

Señora, por favor.

Die Zigeunerin verharrte nicht, entfernte sich weiter.

Viola stand still. Señora, por favor.

Die Zigeunerin schien nicht gehört zu haben, ging wiegenden Schritts weiter, die Beschleunigung war kaum zu erkennen.

Viola wußte sich nicht mehr zu helfen, sie schrie hinter der Frau her, mußte nun schon mehr als zehn Schritte überbrücken: Sarah, Sonja geht es schlecht!

Vorsichtig setzte die Frau noch einen Fuß vor, drehte sich sacht in der Hüfte, hielt in der Bewegung inne. Ihre Schultern beschrieben einen Halbkreis, sie stemmte die Hand in die Hüfte, ihre Stimme vervollständigte den Eindruck einer kessen Händlerin: Que tal? Ein leichtes Zittern entging Violas überreizten Nerven allerdings nicht. Sie ging auf die Frau zu.

Sarah, ich bin hierhergekommen, um dich zu finden. Bitte spiel mir kein Theater vor. Arnd und Sonja sind auch da . . .

Die Zigeunerin beschrieb den Halbkreis zurück, entfernte sich einige Schritte von Viola, sprach mit zurückgewandtem Gesicht: Señora verwechseln mich, señora können bei mir Eier kaufen, keine Sarah!

Ich will keine Eier, und ich will auch keine Sarah kaufen . . .

Viola war den Tränen nahe. Sie blieb stehen. Strafkarte, dachte sie. Zurück zu Punkt Null.

Sie begann zu zweifeln, ob dies wirklich Sarah war. Und was war eigentlich der Sinn ihrer Reise? Warum mischte sie sich ein? War es vielleicht der Instinkt des Hirtenhundes, der sie trieb, Sarah zur Herde zurückzubellen? Konnte sie Sarahs Ausbrechen vielleicht nur nicht ertragen, weil es ihr deutlich machte, in welchem Maße sie selbst ohne Überlegung im Pulk mitmarschierte? Oder brauchten die weißen Schafe das schwarze, um sich wirklich weiß zu fühlen? Fehlte das schwarze, fielen die eigenen Schmutzflecken auf . . .

Die Zigeunerin hatte die Längsstraße erreicht. Viola sagte, nicht einmal laut, eigentlich nur als Schlußfolgerung ihrer Gedanken: Gut, Freundin, dann nicht. Ich mach jetzt eine Woche Ferien. Ich hab's versucht. Mehr kann ich für deine Tochter nicht tun ...

Haben Sie etwas gesagt, señora?

Die Frau war schon um die Ecke gebogen, bunt zu erkennen durch die Äste eines Oleanderbusches.

Viola atmete tief den süßlichen Geruch ein, der von einem vereinzelten Zitronenbaum zu ihr strömte. Nun hatte sie Gewißheit darüber, daß die Zigeunerin Sarah war und auch, daß sie angebissen hatte an Violas Köder.

Ich sagte, schrie sie, ich habe Sie verwechselt und bitte um Entschuldigung für die Belästigung.

Das Bunte hinter den rosa Blüten des Gestrüpps entfernte sich flimmernd aus Violas Blick. Sie brüllte hinterher: Wenn Sie Sarah sehen, grüßen Sie sie und sagen ihr: Hut ab, Mutter Sarah! Und wenn dein Kind im Sumpf versackt, Hauptsache ist, du hast dich in Sicherheit gebracht!

In einem entfernten Bereich ihres Bewußtseins mahnte es: Wenn dich die Nachbarn hören, halten sie dich für verrückt. Da wirst du zum Gesprächsthema für die kalten Winterabende am Kamin. Die Mahnung gehörte jedoch zu einem anderen Leben, nicht zu dem, das gerade stattfand. In diesem Leben empfand Viola Genugtuung über das von ihr entworfene Bild. Sarah brachte sich selbst vielleicht wirklich in Sicherheit mit ihrer Flucht nach Spanien, ihre Tochter ließ sie jedoch hilflos zurück.

Im Haus ihrer Mutter schlüpfte sie aus dem feuchten Kleid, trank lauwarmes Mineralwasser und ließ dann unter der Dusche im Freien hinterm Haus ebenso laues Wasser so lange über Haare, Gesicht, Körper laufen, bis es kalt wurde. Als sie ins Haus trat, sagte sie laut: Jetzt mach ich mir erst mal einen Tomatensalat mit viel Zwiebeln und viel Käse und viel Sekt. Das hab ich verdient.

Schon fertig!

Viola erstarrte. Wessen Stimme drang da aus der Küche?

Eine Schüssel vor sich hertragend, erschien Sarah in dem einen Quadratmeter großen Durchgang zwischen Küche und Bad, der ins Wohnzimmer mündete.

Jetzt bin ich endgültig durchgedreht!

Nein, Liebes, keine Sorge. Ich bin's wirklich ...

Sarah deckte den Tisch, als wohnte sie hier. Sie forderte Viola auf zu essen, damit sie sich von dem Schrecken erhole. Einem ihrer Körbe entnahm sie eine bauchige Flasche Rotwein und einen Kloß weißen Ziegenkäses, fügte beides zum Salat auf dem Tisch.

Mein Mittagessen zu deinem. Teilen wir? Käse hab ich nicht in den Salat geschnippelt, das mag ich nicht.

Sarah setzte sich auf den Stuhl, der den Blick aufs Zimmer freigab, und betrachtete sie aufmerksam. Viola lachte verlegen, als Sarah ihr in sachlichem Ton riet, sich etwas überzuziehen, etwas Weites aus Baumwolle oder Leinen, das den Schweiß aufsauge.

Sie versuchte, die Spannung durch Kichern zu lösen. Sarah wolle sie wohl animieren, sich anzuziehen wie eine Zigeunerin.

Mit wenigen Handgriffen löste Sarah den Knoten ihres Kopftuchs, faltete es sorgfältig zusammen und legte es auf die Lehne des Stuhls neben sich. Sie schenkte aus der bauchigen Flasche Wein in verschwenderisch geschliffene Gläser, die aus der Glasvitrine in der Ecke stammten.

Viola, nun ein Badehandtuch um den Körper geschlungen, setzte sich Sarah gegenüber, faßte mit spitzen Fingern den Stiel des Glases und ließ den Wein gegen das Licht funkeln. Dunkelrot im Schatten, verwandelte er sich nun, leuchtete hell, klar, erinnerte Viola an Kirchenfenster.

Sie lächelte. Das ist also dein Mittagessen, Wein und Käse.

Mein zweites Frühstück, berichtigte Sarah, heute bin ich spät dran. Eigentlich dürfte ich jetzt nicht faulenzen.

Nachdenklich fügte sie hinzu, sie müsse noch weiter. Sie gab sich einen Ruck und häufte einen Berg Tomatensalat auf ihren Teller. Die Spitze des Berges dekorierte sie mit dicken Zwiebelringen.

Viola linste mit einem Auge durch das Weinglas, das andre kniff sie zusammen. So bot sich ihr das Bild einer sehr verkleinerten Sarah, rot und verschwommen. Du arbeitest beim Bauern? fragte sie ihr Gegenüber, das sehr entfernt aussah.

Ja.

Sarah aß mit nicht verborgenem Appetit, kaute gemächlich Tomaten, Zwiebeln, biß zwischendurch vom Käse ab. Ebenso gründlich, wie sie sich mit dem Essen befaßte, betrachtete sie Viola. Die lächelte verlegen zurück, stocherte im Salat herum, zerbiß mit den Vorderzähnen die Zwiebelstücke, die sie in der Hand hielt wie ein Eis, lutschte den Saft aus.

Sag mal, macht das nicht mißtrauisch, daß du graue Augen hast, du Zigeunerin?

Nein.

Sarah trank einen großen Schluck Rotwein, schloß genüßlich die Augen. Viola bemerkte, wie ihr Hals sich vorwölbte und zurückschnellte. Sie sahen sich an.

Seit Sarah erschienen war, hatte Viola sich nicht gefragt, welches Verhalten jetzt das angemessene wäre. Sie hatte sich in einen Traum versetzt gefühlt: Ferien mit der Freundin. In diesem Augenblick war alles vorbei, und sie wußte, Sarah wollte es so. So war es mit Sarah immer gewesen. Sie besaß die Gabe, einem das Gefühl von Nachhausekommen zu vermitteln mit ihrer selbstverständlichen Wärme, der Zuwendung, ihrer an Hexerei grenzenden Fähigkeit, die Luft um sich herum aufzufüllen mit Sauerstoff, so daß man tiefer als sonst atmete und sich erfrischt fühlte.

Sie erkannte Sarah in dieser Besonderheit. Notwendig gehörte jedoch hinzu, was Viola jetzt erwartete. Gleich würde Sarah sie zurückstoßen. Nun hast du dich erholt, nun sei mir eine andere. Halt mir stand. Zeig, wie du bist, und ich zeige mich dir.

Viola wartete. Sie trank einen Schluck Wein.

Gut ist der, schmeckt ein wenig nach Erde. Verkaufst du den auch?

Nein, verboten. Den verkauft der Hersteller in seiner Bodega.

Sarah atmete tief. Wie sie vorher eine Atmosphäre der Vertrautheit um sich geschaffen hatte, bewirkte sie nun, daß Viola sich fremd fühlte, unbehaglich. Dabei hatte sich kaum etwas verändert. Ihre Mundwinkel waren vielleicht etwas streng angespannt, die Augen leicht nach innen gerichtet. Es schien Viola, als rücke Sarah soweit weg, wie sie sie vorhin im Glas gesehen hatte.

Sie sei in Aufbruchstimmung, sagte sie nun, müsse ihre Waren verkaufen und auch rechtzeitig zu Hause sein. Zu Hause, sagte sie.

Viola war, als kralle sich etwas an ihrem Hals fest.

Viola, du hast gesagt, es geht Sonja schlecht. Was ist los?

Viola fühlte sich wie der Kronzeuge, der des Meineids überführt wird. Sie hatte dramatisiert, um Sarah zu locken. Sie ging ins nebenan gelegene kleine Schlafzimmer. Dort, in der Kommode neben dem französischen Bett, lag das Beweisstück. Nachdem sie, wie auf dem Laufsteg ausschreitend, zurückgelangt war und sich hoch aufgereckt hatte, warf sie Sarah zwei Briefe in den Schoß.

Da. Überzeug dich selbst!

Sich selbst vermochte sie mit diesem Theater allerdings nicht zu überzeugen. Boten diese beiden Briefe neben einer unbestimmten Ahnung einen wirklichen Grund, in Sarahs jetziges Leben einzugreifen? Wollte sie denn wirklich aus der fremden Sarah wieder eine der ihren machen? Sie verbot sich, die lesende Sarah zu beobachten. Vertraute Grübeleien nahmen sie in Besitz. Sie milderten die Spannung, mit der sie das Ergebnis des Brieflesens erwartete.

War ihre Reise nur geboren aus ihrer Hast, hinter dem Leben herzurennen, hinter dem, was unter die Haut geht, was kribbelt und aufgeregt macht? Wollte sie nur ein Licht in ihrem Leben anzünden?

Eine seltsame Sorge ums Leben hatte in den letzten Monaten von Viola Besitz ergriffen. In dem Ausmaß, in dem sie nach dem Leben suchte, entglitt es ihr. Sie hatte zuweilen verzweifelte Anstrengungen unternommen, herauszufinden, was ihr fehlte. Sie hatte eine Dauerkarte in einem Fitneß-Center erworben, hoffte, körperliche Betätigung würde dieses Gefühl der Leere vertreiben. Je härter sie sich bemühte, einen Ausweg zu finden, um so mehr pappig-weiche, undurchschaubare Nebelbänke schoben sich davor, um so mehr verirrte sie sich, um so unbekannter wurde das Ziel.

Sie suchte nach einem Gefühl von Glück und Lebendigkeit. Irgendwo müßte ein Paket Glück und Leben für sie abgegeben sein. Keine Samentüte, sie hatte die Mitte der Dreißig bereits überschritten, zum Säen blieb ihr keine Zeit mehr. Sie wollte auch kein Ei, das noch auszubrüten war, woher sollte sie die Wärme nehmen, wo ihr doch Leben fehlte.

Was sie dringend benötigte, war: ein Geschenk Leben. Häufig in letzter Zeit hatte Viola überlegt, ob dies das Altern wäre, und eine Furcht hatte sie belagert, mit dem Alter das rien ne va plus auf der Suche nach ihrem Geschenk zu erreichen. In den letzten Wochen hatte sie einen Liebhaber gesucht, auch dies, seltsamerweise, wie unter einem Zauberbann, erfolglos.

Viola blickte nun doch auf Sarah, die konzentriert einen der Briefe las. Sonjas, sofort erkennbar an der Schrift. Sarah trug zwischen den Brauen ein tief eingegrabenes Ausrufezeichen. Viola ließ wie unbeteiligt ihre Augen durchs Zimmer wandern.

Sarah öffnete einen Knopf ihrer Bluse, stützte den Kopf in beide Hände, drückte das Gesicht in viele Falten, wirkte mit ihren unordentlichen Haaren, ihrer schiefgerutschten, im Schwarz verschossenen Bluse und den runden, fleischigen Armen wie eine Marktfrau, die in Sorge ist. Über die Ernährung ihrer sieben Kinder, vielleicht. Sarah sah hoch, kniff nachdenklich die Augen zusammen. Viola suchte nach Tränen, zumindest ein wenig Feuchtigkeit, nichts.

Sarah drehte den zweiten Brief hin und her. Warum solle sie auch den noch lesen, sie kenne Ursel kaum.

Damit sie Violas Sorgen um Sonja begreife.

Sarah entnahm dem Kuvert einen dreiseitigen Brief. Die schreibt ja wie ein Kind. Wie alt ist sie eigentlich?

Ende Zwanzig, glaube ich.

Arnds Frauen werden auch immer jünger ...

Welche Wohltat, Sarah lächelte spitzbübisch. Schweigend ertrug Viola die Spannung, während Sarah las. Sie faltete die Hände auf ihren Knien, gab sich abermals den Bildern ihrer jüngsten Vergangenheit und den ihr geläufigen Grübeleien hin.

Sie hatte in der letzten Zeit zuweilen einen unbändigen Hunger verspürt, hatte Süßes in sich hineingestopft, obwohl sie es eigentlich nicht mochte. Eine Erinnerung stieg in ihr hoch.

Es war nach einer Modenschau gewesen. Alles war ohne Komplikationen abgelaufen, sie hatte sicher und professionell ihre Aufgabe erledigt. Trotzdem wurde sie von einer umfassenden Trauer überfallen, als sie zu Hause angelangt war. Sie öffnete einen Pralinenkasten, wie zufällig noch, sie hätte auch etwas anderes tun können, den Fernsehapparat einschalten, beispielsweise, oder irgend jemanden anrufen. Nach der ersten Praline griff sie noch gezielt, hob mit spitzen Fingern die Kugel, die den Mittelpunkt der sonnenstrahlig angeordneten Süßigkeiten bildete. Langsam bohrte sie mit der Zunge ein Loch ins Rund, bis die süße alkoholische Flüssigkeit in ihren Mund sickerte. Sie prüfte den Geschmack, Kirschwasser vielleicht, tastete sich mit der Zunge weiter vor, stieß an Weiches, Klebriges. Richtig geraten, beglückwünschte sie sich, Kirschwasser mit Kirsche. Sie versuchte, das Loch so zu erweitern, daß sie die Kirsche erwischen könnte, ohne das Schokoladengehäuse zu zerstören.

Mit der ersten Praline hatte sie noch gespielt.

Dann wählte sie einen ‚kleinen Liebesknochen', so die Bezeichnung auf der Konfektschachtel, ein längliches und an beiden Seiten abgerundetes Ding. Genüßlich ließ sie ihre Zunge um das eine runde Ende kreisen, schmeckte klebrige Schokolade, und während sie mit den Lippen das süße Ding dünner lutschte, verspürte sie eine starke Befriedigung.

Bald aber wurde sie wahlloser, stopfte sich eine Praline nach der anderen in den Mund, zerkaute sie und griff immer schneller nach der nächsten. Sie hatte eine Flasche Sekt geöffnet, um den süßklebrigen Geschmack fortzuspülen. Auch Sekt trank sie erst seit kurzem, hatte ihn bislang als ‚Modenschaugesöff' abgelehnt und ein Glas Bier vorgezogen.

Irgendwann stellte sie verwundert fest, daß nur noch zwei Pralinen übriggeblieben waren, zwei, die sie nicht mochte, da ihre übersüße, an der Mundhöhle festpappende Cremefüllung ihr Ekel bereitete. Sie aß auch die noch und dachte an Tapetenkleister. Dann leerte sie die Flasche.

Kurze Zeit später, als die anregende Wirkung des Sekts verflogen war, überschlug sie die Menge der Kalorien, die sie soeben zu sich genommen hatte, erschrak und schämte sich. Sie beschloß, nie jemandem von diesem Happening zu erzählen.

Ihr Mund war trocken gewesen, und ein ekelhafter, süßklebriger Nachgeschmack hatte sie belästigt. Viola meinte, deutlich wahrnehmen zu können, wie in ihrem Magen Sekt und Schokolade, Marzipan, Nüsse, Nougat, Weinbrand einen heftigen Überlebenskampf ausfochten. Sie drückten sich gegenseitig in die Richtung, aus der sie gekommen waren.

Sie hatte sich dann übergeben. Beim Tee danach, Zähne geputzt, geduscht, gecremt, fühlte sie sich wie nach bestandenem Kampf, leer, ruhig, entspannt. Selbst die Trauer war verschwunden wie der Trompeter nach der Schlacht.

Damals hatte sie sich nach Sarah gesehnt. Sarah wäre die einzige gewesen, mit der sie darüber hätte reden können.

Viola wäre gern aufgestanden, um den Tisch abzuräumen. Der Käse stank penetrant nach Ziege. Sie hätte auch gern das Handtuch abgeworfen, um nackt herumzulaufen, zu tanzen, irgend etwas zu tun, nur um nicht dieser bedrängenden Spannung ausgesetzt zu sein.

Endlich hatte Sarah zu Ende gelesen, faltete nun

die Briefseiten im vorbezeichneten Kniff und steckte sie wieder in den Umschlag zurück.

In den Briefen steht nichts davon, daß du hierherkommen wolltest. Hast du dich etwa daraufhin ins Flugzeug gesetzt? Heilsarmee und Feuerwehr?

Ja.

Tränen stiegen Viola in die Augen.

Sarah musterte Viola, als wollte sie sich erinnern, wen sie vor sich hatte.

Um Sonja zu helfen?

Ja.

In ihrem Hinterkopf sagte eine Stimme: Und dir selbst, mein Kind, dir selbst vor allen Dingen.

Wobei denn helfen und wogegen?

Suchte sie nach Halt in ihrem Leben, das gerade so schlimm schlingerte, daß sie zuweilen fürchtete, über Bord geworfen zu werden? Und woraus ergab sich die Hoffnung, Sarah könnte ihr die Hand reichen und sie auf einen festen Platz setzen? Sie war doch selbst auf der Suche. Viola erinnerte sich plötzlich sehr deutlich daran, wie sie Sarah kennengelernt hatte.

Im Bus nach dem Stenolehrgang, fast zwanzig Jahre war das nun her. Sie fühlte sich belästigt von den hellen Lichteraugen einer kleinen molligen Frau. Die Kleine sprach sie dann an, ihre Stimme war hoch gewesen und ein wenig schrill, aber sie brachte das Gespräch beharrlich wieder in Gang, wenn es zu versickern drohte. Später hatten sie dies erste Treffen manches Mal wieder vorgeholt und gedreht und gewendet und darüber gelacht.

Immer wollte ich aussehen wie du, hatte Sarah gesagt, groß und doch zierlich und zart, so einen langen schlanken Hals haben, auf dem mein Haupt hätte thronen können, so herrliche Katzenaugen und eine so entschiedene Haarfarbe. Blond mit Rotstich, mein Gott! Als ich dich das erste Mal im Stenolehrgang sah, ich – dafür passen nur die Worte aus den Liebesromanen: hingerissen, überwältigt, verzaubert, zumindest bezaubert, aber da war noch etwas. Ich fühlte mich geradezu genarrt, fast gemein behandelt. Denn ich stand vor dem Spiegelbild meiner Wünsche. Und das Gemeine daran war: daß ich vor diesem Spiegelbild stehen konnte, bewies, daß solche Wesen nicht nur in Träumen erscheinen, daß es sie gibt. Mich traf so eine Art Schlag, wie es passieren soll, wenn man sich Bums auf Knall verliebt. Sofort zog es mich hin zu dir. So ein Geschöpf meiner Hausmärchen wollte ich von nahem sehen, am liebsten mit dem angefeuchteten Finger an Augen, Haare, Haut gehen und probieren, ob etwas hängen bleibt und wie es wohl schmeckt. Aber wie durfte ich aus der Fasson geratener Zwerg vor so ein Schneewittchen treten und womöglich noch fragen: Willst du meine Küche führen? Die Küche nämlich ist mein Zuhause, mein Himmel, meine Hölle.

Sarah war anhänglich gewesen. Viola verließ sich, ohne jemals darüber nachzudenken, darauf, daß Sarah ‚sich wieder melden' würde. Sarah ließ sie nicht los, näherte sich ihr ohne Aufdringlichkeit, stand auch für nächtliche Telefonate zur Verfügung, hörte mit endloser Geduld zu, wenn Viola sich wieder einmal über eine in die Brüche gegangene Beziehung ausweinte, und schenkte Viola Vertrauen, indem sie ihre verletzlichste Stelle aufdeckte, ihre Probleme mit dem Essen.

Woher kommt er nur, dieser wahnsinnige, schlimme, unstillbare Hunger, hatte Sarah immer wieder gefragt. Er hört nur auf, wenn ich bis zum Hals vollgestopft bin, mein Magen sich vorwölbt wie in einer Schwangerschaft im zwölften Monat, als würde ich mindestens einen Elefanten gebären. Wie kommt es, daß du so schlank bleibst und ich immer fetter werde.

Viola hatte Sarahs Diäten und wechselnde Stimmungen begleitet. Manchmal nahm Sarah in wenigen Wochen Unmengen ab, um aber schließlich dicker zu sein als vor der Diät. Später dann wurden die Hungertage immer weniger, und sie nahm immer rascher an Gewicht zu. Sie stopfte am letzten Tag vor Beginn der Diät noch einmal alles in sich hinein und gab dann meist am dritten Tag wieder auf, voll Haß auf sich selbst, aber zermürbt von Karotten oder Quark oder Steak mittags und abends. Dann fiel sie her über Eis und Schlagsahne und Nüsse und Spekulatius. Wie eine Tänzerin auf dem Seil, hatte Sarah es einmal beschrieben. Nur in ununterbrochener Berührung mit dem Seil stürze sie nicht ab. Die Wonne oder Lust dauere nur so lange, wie ihr Mund gefüllt sei, wie sie einen Geschmack auf der Zunge spüre. Das Gefühl des sich leerenden Mundes könne sie nicht ertragen, schiebe hastig den nächsten Bissen hinterher und sei von fast panischer Angst vorm Ende erfüllt, oder – das sei besonders verrückt – sogar davor, ihr Hunger könne aufhören, bevor sie alles gegessen habe.

Viola wehrte sich dagegen, von Sarah in die immerwährende Beschäftigung mit Essen hineingezogen zu werden. Die Sorge um den eigenen Körper war ihr vertraut, gehörte zu ihrem Beruf, ein Pfund mehr oder weniger konnte sie schon beunruhigen, und sie legte einen Fastentag ein. Sarahs Denken und Handeln aber kreisten weniger um ihren Körper als um ihren Hunger. Den schob Viola weit fort. Sie hielt feste Regeln ein, wieviel Kalorien sie zu sich nehmen durfte, welche Speisen erlaubt, welche verboten waren, und wenn sie fastete, lenkte sie sich ab, verabredete sich abends, ging ins Kino. Häufig, wenn sie abnehmen wollte, verliebte sie sich, denn dann hatte sie keinen Hunger.

Sarahs Denken kreiste um die Frage, wie will ich

eigentlich sein, wie will ich überhaupt essen, will ich dem Schönheits-, also Schlankheitsideal entsprechen, ist der Hunger nicht vielleicht ein Symbol für etwas anderes, und kann ich ihm deshalb nicht mit einer Diät zu Leibe rücken?

Immer wenn Viola fürchtete, von diesen Gedanken angesteckt zu werden, zog sie sich eine Weile von Sarah zurück.

Viola erhob sich, um den Tisch abzuräumen. Sarah stand ebenfalls auf. Sie müsse weiter.

Versteh doch, meine Sachen muß ich verkaufen!

Das ‚muß' unterlegte Sarah mit besonderer Betonung.

Warum? Viola spottete. Ziehn sie's dir sonst vom Gehalt ab?

In die Spannung platzte Sarahs Lachen. Wie sich das anhöre. Sie erhalte kein Gehalt. Ihr würde auch nichts abgezogen, nicht einmal vom Essen. Nein, ich muß, verstehst du . . .

Diesmal betonte Sarah das ‚ich'. Es sei ihre eigene Entscheidung. Sie wisse, was sie schuldig sei.

Geht es dir um die Leistung oder ums Geld? fragte Viola.

Um keins von beiden. Sarah sei kein Mannequin, das königliche Leistungen erbringe und fürstlich entlohnt werde. Sie müsse ihren Teil dazu beitragen, daß das Leben weitergehen könne. Sie wolle nicht schmarotzen bei ihren Leuten.

Viola hatte einen Moment die Luft angehalten, als Sarah über Violas Arbeit gesprochen hatte. Sie hatte einen Tiefschlag erwartet. Nun erkundigte sie sich sachlich nach dem Preis der Waren. Bevor Sarah ihre abwehrenden Hände in Worte umsetzen konnte, lüftete Viola die Tücher über den Körben und breitete Stück für Stück den Inhalt auf dem Tisch aus.

Du gestattest? fragte sie beiläufig, packte auf Sarahs ‚Nein‘ hin ungerührt weiter aus. Auf dem Tisch zwischen den Essensresten standen bald fünf Gläser Honig, eine lange, dicke Salamiwurst, an einer Seite beschnitten, drei Päckchen durch das Papier schimmernder weißer Ziegenkäse, sechs Zwölferpackungen mit Eiern.

Ich kauf das alles! erklärte Viola. Das ist morgen noch frischer, als ich es gestern bei Sancion oder im Supermarkt hätte kaufen können. Im übrigen kein Vergleich zum Flugpreis. Also, la cuenta, Gitana?

Sarah ließ die Schultern hängen.

Sie sei außerstande, Sonja zu helfen. Wie Viola sich den weiteren Verlauf des Tages Bitteschön vorstelle.

Viola spannte sich.

Jetzt mußte sie richtig handeln. Hier in diesem Augenblick klären, was in ihren Möglichkeiten lag, und noch ein wenig mehr.

Wenn du Zigeunerin meinst, ich kann dir das Halleluja singen, irrst du dich. Was ich kann: Ich kann zu dem Geld, das ich für den Flug bezahlt hab, noch das für deinen Kram da hinzutun . . . Und wenn du's wissen willst: Ich hab letzten Winter hervorragend kassiert und für den nächsten schon die besten Verträge. Und wenn du wirklich etwas von mir wissen willst, du, du verdammte Zigeunerin . . . Ihre Stimme war laut geworden. Sie konnte nicht begreifen, warum sie dem eigenen Vorsatz zuwider handelte, sich besonders diplomatisch zu verhalten.

Bei mir schmarotzt du nicht! Ich war nämlich mal deine Freundin, und eigentlich bin ich nur hierhergeflogen, weil ich es immer noch sein möchte . . .

Sarah nahm Viola in die Arme, flüsterte: Weiß ich doch, Liebchen . . .

Was weißt denn du? Viola schob Sarah von sich, packte sie mit ausgestreckten Armen an den Schultern, schüttelte sie.

Du? Du bist einfach abgehauen. Alles gefiel dir nicht mehr. Die Männer, die Arbeit, die Tochter, was weiß ich. Also weg. Und wir konnten dableiben. Du scherst dich nicht darum, ob wir dich vielleicht brauchen ... Jawohl, so ist es!

Sarah hatte stillgehalten, sich widerspruchslos schütteln lassen. Violas Arme sanken herab.

Was war nur in sie gefahren? Nun hatte sie endgültig alles verspielt.

Hast du ein Taschentuch?

Sarah vergrub ihre Hände in den Tiefen ihrer Röcke und förderte eine Packung Papiertaschentücher zu Tage.

Da. Schenk ich dir. Sie lächelte. Ich bekomm die auch geschenkt.

Viola schneuzte sich, zog fragend die Augenbrauen hoch.

Ich frage: Haben Sie vielleicht ein Papiertaschentuch für mich? Dann geben sie mir meist eine ganze Packung.

Viola verzog ihr Gesicht in einen Grenzbereich zwischen erneutem Tränenausbruch und beifälligem Grinsen.

Fällt das nicht auf?

Ich bin doch pfiffig! Ich frag nie dieselben. Mein Gedächtnis ist gut.

Sie will nur ablenken, dachte Viola. Jetzt noch ein wenig unverbindliches Geplänkel, und dann verschwindet sie. Trotzig stieß sie mit dem nächsten Schneuzer hervor, sie gehe jetzt in die Küche zum Abwaschen. Sie war entschlossen, keinen Finger mehr zu rühren, um Sarah zu halten. Sarah sammelte ihre Waren wieder in die Körbe. Viola räumte geschäftig um sie herum die Essensreste und das schmutzige Geschirr zusammen. Angestrengt übersah sie Sarah. Sie trug die Teller in die kleine Küche, ließ das Wasser in die Spüle laufen, in deren

Stein sich der Dreck eingefressen hatte. Der schmutziggräuliche Stein widerte sie plötzlich an. Ihre Finger zitterten. Ärgerlich verbot sie sich neuerliche Tränen. Und auch den geringsten Widerspruch, wenn Sarah nun fortginge.

Wahrscheinlich war sie nur neidisch auf die Freundin. Gönnte ihr nicht, wozu sie sich selbst nicht traute. Wollte sie denn überhaupt ‚aussteigen'? Sie war doch erfolgreich, wurde auf Düsseldorfer Nachmittagsmodenschauen eines recht bekannten Modehauses von älteren Frauen bei Kaffee und Kuchen als Verkörperung unerreichbarer Sehnsüchte bewundert. Ihr Gesicht wies zwar die Falten einer fünfunddreißigjährigen Frau auf, und auch um ihr Gewicht mußte sie in letzter Zeit mehr kämpfen als früher, aber sie besaß immer noch die gefragten Bewegungen eines Raubtierweibchens, und in ihre grünlich schmalen Augen vermochte sie von einer Sekunde zur anderen erotischen Glanz zu legen. Mannequin, allein das Wort klang verführerisch, unerreichbare Endstation Sehnsucht der meisten Mädchen. Warum also sollte sie Sarah beneiden, die als Zigeunerin verkleidet mit Lebensmitteln hausieren ging? Sie wollte sich nicht belügen. Ihr Beruf hatte nicht gehalten, was sie sich von ihm versprochen hatte.

Sie war abgesichert. Ihre Auftraggeber waren zufrieden. Zehn Jahre mindestens würde sie noch weitermachen können. Wahrscheinlich sogar länger, dann kämen eben die Matronenkleider an die Reihe. Aber die Zukunft lag wie eine öde Wüste vor ihr. Da würde nichts sie fordern, ihr Wachstum war nicht gefragt. Frische Jugendlichkeit mußte sie erhalten, so lange wie möglich. Hinzu käme bald das wissende Lächeln der reifen Frau und die dezentere Demonstration von Kleidern, die eleganter würden. Aber auch durch das gealterte Mannequin sollte das Mädchen von einst hindurchscheinen. Du hast dich gut gehalten, hieß, du hast dich möglichst wenig verändert . . .

Ihr Beruf langweilte sie bereits seit Jahren. Die aufgeblasene Fröhlichkeit unter den Profis, die nichtssagende Herzlichkeit, Küßchen hier, Küßchen dort, Umarmungen und Komplimente, alles ließ sie immer ausgebrannter werden.

Sie war Mannequin geworden, weil es sie reizte, Wünsche in die Tat umzusetzen. Sie hatte den Kampf gesucht und gewonnen. Nun saß sie gelangweilt auf dem Thron und knabberte Pralinen. Ja, sie beneidete Sarah. Sarah wagte es, alles umzuwerfen. Als wollte sie ihre eigene Form zerbrechen. Es war ärgerlich und faszinierend, daß Sarah sich nicht zufrieden gab.

Viola spürte, daß Sarah hinter ihr in der Küchentür stand. Sie werkelte heftiger mit dem Geschirr, drehte sich nicht um. Sarah trat neben sie, öffnete den hinter der Tür in der linken äußersten Ecke der Küche befindlichen Kühlschrank. Was machst du da? Gereizt fragte Viola die Freundin, wurde antwortlos beiseitegeschoben. Sarah stellte ihren Korb neben Viola ab.

Was soll das, Sarah?

Du wolltest doch meine Sachen kaufen. Oder gilt dein Angebot nicht mehr?

Sarah verstaute die Lebensmittel alle im Kühlschrank. Dann bot sie gelassen an, Viola beim Abwaschen zu helfen.

Viola suchte vergeblich nach einem Spülmittel, kicherte und ließ Teller auf Teller in das klare Wasser gleiten. Sie wartete darauf, daß Sarah mit dem restlichen Geschirr erscheinen würde. Sie forderte Sarah übermütig auf, alles einfach ins Wasser zu werfen, nahm ihr die zwei Gläser aus der Hand und holte die Sektflasche aus dem Kühlschrank.

Setzen wir uns auf die Terrasse und feiern wir!

Mit einem Ruck öffnete sie die schweren Vorhänge, die vor der gläsernen Eingangsfront hingen – und prallte zurück. Es war wie beim ersten Schritt in die Sauna. Die grelle Helligkeit sprang ihr in die Augen und krallte sich in ihre Kopfhaut. Viola straffte sich, als wollte sie einem Gegner standhalten. Am Gitter zwischen Terrasse und dem einen Meter tiefer liegenden Garten, wo die Agaven angriffslustig ihre Stacheln reckten, lehnte ein großer Sonnenschirm. Viola ging ihn holen.

Du spinnst wohl!

Sarah stand in der Tür, aufgepflanzt wie ein Marktweib, prall, die Hände vor der Brust verschränkt. Sie sprach derb und empört.

Spar deinen Schweiß, wenn wir gleich zu Sonja gehen, mußt du davon zehren. Bei deinen roten Haaren verbrennst du früh genug.

Brav trottete Viola zum Haus zurück. Ihr entfuhr ein Seufzer, als sie in den Schatten trat.

Trotzdem trinken wir jetzt ein Glas Sekt miteinander. Zur Feier des Wiedersehens!

Sie bettelte wie ein Kind.

Sarah wiederholte ihre Warnung vor der Hitze, deren betäubende Wirkung durch Alkohol und Aufregung verstärkt würde. Viola lachte. Sie sei heiße Scheinwerfer gewohnt – und auch Alkohol.

Ein Glas, bettelte sie. Auf unser Wiedersehen.

Sie setzten sich auf das Sofa neben dem Kamin, ließen die Gläser gegeneinander klingen. Viola genoß das kühle Prickeln im Mund. Vorsichtig legte sie ihre linke Hand auf Sarahs Schulter.

Eigentlich hab ich kaum zu hoffen gewagt, daß ich dich finde.

Sarah saß leicht zusammengesunken, barg das Glas zwischen ihren Händen, als wollte sie es erwärmen. Sie lächelte Viola zu.

Es war ja auch ein großer Zufall.

Unwahrscheinlich großer Zufall.

Viola ließ ihre Hand zu Sarahs Haaren wandern.

Gefärbt?

Getönt.

Schöne Farbe, steht dir gut, macht dich so spanisch.

Ja, deswegen.

Viola legte ihre Hand an Sarahs Wange, rückte näher an sie heran.

Du siehst überhaupt gut aus, Sarah, so frei, so ... wirklich ein bißchen wie eine Zigeunerin, ach, du, ich bin froh, dich wiederzuhaben.

Sie wollte noch näher an Sarah heranrücken.

Sarah beugte sich vor, stellte das Glas auf den Tisch.

Violas Hand verlor ihren Halt und glitt ab. Sarah lehnte sich im Sofa zurück. Viola trank hastig noch einen Schluck Sekt, spürte erleichtert, wie durch ihren Kopf eine Nebelwelle zog. Sarah nahm Violas Glas, stellte es neben ihres auf den Tisch, ergriff Violas Hände und barg sie zwischen den ihren.

Viola, ich möchte dich nicht enttäuschen ...

Sie suchte vorsichtig nach Worten.

Du hast mich nicht wieder, weißt du ...

Sarahs Hände lagen trocken und kühl um Violas.

So habe sie es nicht gemeint, nicht im Sinne von Eigentum und Besitzen.

Ich möchte dich nicht enttäuschen.

Verdammt, dachte Viola. Ein Fehler, und schon ist alles verdorben. Und ich hatte mir vorgenommen, alles richtig zu machen. Schwer ist das. Sie unternahm einen neuen Versuch, Sarah näherzukommen, zeichnete die Linien ihrer Finger mit dem Zeigefinger nach, erklärte, bemüht, den richtigen Ton anzuschlagen, sie mache sich keine Hoffnungen, die enttäuscht werden könnten. Es ginge im

Grunde um Sonja. Und sie würde es sich nicht verzeihen, wenn sie etwas gesagt hätte, das Sarah vertreiben könnte ... Sie verhaspelte sich und verzog den Mund zu einem schiefen Lächeln. Ihr Mund fühlte sich unangenehm trocken an. Ich hab Durst, sagte sie halblaut und trank das Glas in großen Zügen leer.

Sie lehnte sich im Sofa zurück, sah Sarah trotzig an. Inbegriff der Aussteigerin, dachte sie, Zigeunerin, nur die grauen Augen stören. Sarah begann zu sprechen, und Viola bemerkte ärgerlich ihren mitleidigen Tonfall.

Viola, die beiden Briefe machen mich besorgt. Es hört sich an, als würde Sonja magersüchtig. Sie lachte trocken auf. Da hab ich meine Erfahrungen! Das wünsch ich Sonja nicht.

Du warst doch nicht magersüchtig! entfuhr es Viola.

Sarah erklärte geduldig, als spräche sie zu einer Schülerin, Mager- und Eßsucht hätten viel miteinander zu tun. Das Essen werde als Mittel benutzt, um etwas auszudrücken. Sie begann in übertriebener Weise lehrhaft zu sprechen und machte sich so unverfänglich über sich selbst lustig. So hatte sie sich oft verhalten, erinnerte sich Viola, wenn es um das Thema Essen ging.

Eine Frau könne zum Schönsein nein sagen, indem sie sich überesse oder indem sie hungere, in beiden Fällen verliere sie ihre weiblichen Formen. Auch stärker, als der Frau im allgemeinen zugestanden werde, könne sie als Magere oder Dicke sein, einmal körperlich sichtbar, im anderen Extrem eher seelisch.

Jetzt lachte Sarah. Sie habe schließlich zu diesem Thema den gesamten literarischen Markt durchpflügt, sie wisse Bescheid, aber nun sei der Vortrag leider beendet.

Viola protestierte, es interessiere sie aber. Es erscheine ihr nach wie vor paradox, Essensverweigerung mit Überfressen zu vergleichen. Im übrigen verstehe sie nicht, was es mit der Frauenrolle zu tun haben solle. Sie habe solches Eßverhalten immer eher als Fortsetzung des Getröstetwerdens durch die Mutterbrust begriffen.

Einen Augenblick lang spielte sie mit dem Gedanken, Sarah von ihren seltsamen Eßanfällen in der letzten Zeit zu berichten. Diese hatten meist damit geendet, daß sie sich übergab. Auch von ihrer Furcht, die Kontrolle über ihren Körper zu verlieren, hätte Viola gern gesprochen. Sie verwarf den Gedanken. In diesem Zusammenhang von sich zu reden, wäre Koketterie gewesen.

Sarah beendete das Gespräch. Nun müßte sie sich auf den Weg machen.

Viola dachte: Ich fühl mich wohl. Es ist seltsam, aber ich fühl mich wohl. Und wenn sie jetzt abhaut, diese wankelmütige Person, trink ich den Sekt leer, leg mich schlafen und verschwende nie wieder einen Gedanken daran, sie zurückzuholen.

Sarah erhob sich, löste die Schleife des obersten Rockes, wickelte ihn ab. Darunter trug sie einen Rock mit orangeroten Röschen, ebenfalls wadenlang. Sie öffnete den Knopf dieses Rockes und hob ihn über den Kopf, zog auch den darunter getragenen schwarzen Rock mit Spitzensaum aus und warf wieder den beigen Wickelrock um. Dies sei der Dünnste. Sie verknotete ihr Kopftuch hinter dem Kopf, nahm Viola, die ihr Glas erneut vollschenken wollte, die Flasche aus der Hand.

Laß uns gehen. Auf dem Absender steht ‚casa del mar'. Oder willst du hierbleiben?

Viola war erleichtert über Sarahs Entschluß, aber ihr graute vor dem langen, staubigen Weg unter der grellen Sonne. Sie schlug vor, ein Taxi zu rufen.

Dann müßten sie hoch zum Telefonhäuschen laufen, erklärte ihr Sarah geduldig. Dort würden sie Zeit brauchen, um einen Anschluß zu erhalten. Dann wäre kein Taxi bereit. Dann würde es erst eine halbe Stunde später kommen, weil es unterwegs jede Menge anderer Leute aufgelesen hätte. Und dann versage der Motor ... Also laß uns lieber laufen.

Viola bezweifelte, daß Sarahs Behauptungen auf Erfahrung beruhten. Sie erklärte sich einverstanden, warf ein weites, dünnes Kleid aus schwarzem Baumwollstoff über, dazu flache, schwarze Leinenschuhe. Um die Haare band sie ein schwarzes Kopftuch, knotete es wie Sarah. Ihres allerdings war golddurchwirkt.

Auf der Landstraße sprachen sie nicht miteinander. Jeder Versuch, den Mund zu öffnen, hätte diesen ausdörren lassen. Autos fuhren an ihnen vorbei und schleuderten ihnen Staub ins Gesicht. Links am Weg lag ein verfallenes Steinhaus. Ein spanischer Bauer hatte dort gewohnt. Bei ihm hatte Viola früher oft Pfirsiche eingekauft. Grillen zirpten aufdringlich ihre gleichförmigen Lieder.

Angeber ...

Arnd suchte im Gewimmel der um den Swimmingpool lagernden nackten Körper, zu wem die leise Stimme gehörte. Dort. Ein Mann und eine Frau, beide krebsrot, sprachen über ihn, er verstand nicht die Worte, aber die Stimmlage.

Arnd verlangsamte seinen Schritt, hielt die Augen fest auf den Mann gerichtet, ließ sie über dessen Bierbauch kreisen, danach in sezierendem Zeitlupentempo zum hellrot aus dem Badeanzug der Frau quellenden Brustfleisch gleiten, über ihren sich vorwölbenden Bauch, bis seine Augen bei ihren platt auf dem Badehandtuch ausgestreckten Beinen anlangten, deren Fett sich zu beiden Seiten der Oberschenkel ablagerte. Arnd zauberte einen Ausdruck von Abscheu auf sein Gesicht. Er spitzte die Lippen.

Die beiden hatten beim ersten Blickkontakt hastig weggesehen, bewegten sich nun nervös auf ihrer Unterlage hin und her. Die Frau legte sich zurück und griff nach einer Bluse, um ihren Brustansatz zu bedecken, der Mann wühlte Zigaretten aus einer Badetasche, zündete eine an und starrte dabei angestrengt aufs Sprungbrett in fünf Meter Höhe, wo sich ein junger Mann mit athletischem Brustkasten auf seinen Sprung konzentrierte.

Arnd grinste, schlenderte auf die Dusche zu. Sein Handtuch schwang locker mit. Er wischte den Schweiß nicht ab, liebte den leichten Kitzel, wenn ein Tropfen sich aus den Haaren löste und langsam eine Rinne fand, um hinabzuschlängeln. Das Gefühl erinnerte ihn an den Fingernagel einer Frau, der zart über seine Haut kroch, Linien zeichnete. Am Körper bot sich den Tropfen keine Gelegenheit, Bahnen zu ziehen, sein ohnehin klatschnaß an der Haut klebendes weißes Baumwollhemd saugte sie sofort auf.

Georg spielte nur mit freiem Oberkörper, eine Angewohnheit, die Arnd als stilwidrig ablehnte. Was wäre Tennis ohne die weiße Kleidung, ohne die Balljungen, ohne den mit der Wasserwaage planierten Platz.

Arnd maß die Aufwärtsbewegung in seinem Leben auch daran, welche Art Sport er trieb. Tennis spielte er seit zwei Jahren. Die Rolex-Armbanduhr, die ihn als erfolgreichen Unternehmer auswies, hatte Ursel ihm geschenkt, wie auch die Pullover mit dem zu einem Tier stilisierten Preisschild auf der Brust. Mercedes fuhr er, seit er sich mit einem Freund zusammen selbständig gemacht hatte. Gebrauchtwagen, An- und Verkauf. Es hatte sich um einen nahezu wahnsinnigen Akt gehandelt, denn gerade am Anfang stimmte das Geld hinten und vorn nicht, aber es sollte Mercedes sein. Er hatte einen fast schrottreifen für sich selbst behalten, ihn zusammengeflickt und herausgeputzt. Ein Schmuckstück hatte er daraus gemacht, in kühlem Silberblau. Es hatte sich gelohnt, dies edle Teil vor der Werkstatt stehen zu haben. Es war ein Ausweis für liebevolle Arbeit am Fahrzeug. Sein Kompagnon hatte ihn ausgelacht. Zum Glück war der bald ausgestiegen aus dem Geschäft. Nicht die nötigen Nerven mitgebracht ...

Mit sparsamen Handgriffen befreite sich Arnd von seinem feuchten Dress. Unter der Dusche prustete er, hüpfte von einem Fuß auf den anderen, ließ das Wasser über seine verschwitzten Haare spritzen, spuckte es in hohem Bogen aus. Dann lief er zum Schwimmbecken und sprang elegant ins Wasser.

Das erschrockene Gesicht einer älteren Frau nahm er kaum wahr. Mit kräftigen Stößen durchmaß er einige Male das Becken, abwechselnd kraulend und im traditionellen Brustil. Sein vom Tennis überhitzter Kopf kühlte langsam ab. Er glitt durch das Wasser, als wäre sein Körper dafür geschaffen. Mit jedem Arm- und Beinschlag nutzte er das Wasser fürs eigene Fortkommen, dann streckte er sich und schoß wie von einem Katapult abgefeuert hindurch. Zuletzt legte er sich auf den Rükken und bewegte sich durch lockere Schläge der Beine langsam voran. Bis zu diesem Augenblick hatte er die übrigen Menschen im Swimmingpool nicht wahrgenommen, nur kurz beim Luftholen vorm Hinabtauchen des Kopfes die freien Strecken geortet, sich im übrigen aber darauf verlassen, daß ihm Platz gemacht würde.

Im Becken schwammen einige träge vor sich hin. Ältere Frauen hielten ihre gummibunt behüteten Köpfe hoch aus dem Wasser, zerteilten es, als trauten sie sich nicht hineinzugreifen.

In einer Ecke tobte ein sehr junges Paar, tauchte sich gegenseitig unter, die Frau quiekte, der Mann umschlang ihre Taille, warf sie hoch, sie klatschte auf, prustete, verschluckte sich, spritzte den Jungen naß, der sie antauchte und packte. Sie küßten sich. Arnd sah interessiert zu, schätzte den Mädchenkörper ab, sehr üppig, Frauenformen, ein Kontrast zum unbeschriebenen Kindergesicht. Arnd spürte, wie ihm das Spiel der zwei zwischen die Beine ging. Er dachte an Ursel. Sie wartete auf ihn am Strand.

Arnd stieg aus dem Becken, holte sein Tenniszeug, das er achtlos neben der Dusche abgelegt hatte. Ursel würde es waschen müssen, wie jeden Abend.

He, Sportler, komm rüber!

Er hielt nach der Stimme Ausschau. Zehn Meter von ihm entfernt saß Georg im Liegestuhl und winkte ihn heran. Er habe etwas zur Stärkung besorgt.

Arnd setzte sich in den Liegestuhl, den Georg für

ihn freigehalten hatte, leerte die Flasche Bier in wenigen Zügen. Er räkelte sich wohlig seufzend. Es schien ihm, als wärme die Sonne nicht nur seine Haut, sondern durch sie hindurch, verwandle auch ihn in einen Feuerball.

Er fühlte sich wie eingepuppt in Hitze und Ermattung, nahm die Geräusche um sich herum nur gedämpft wahr. Wenn ich jetzt noch hin und her gewiegt würde, müßte es ungefähr das Gefühl sein, das man im Mutterleib hat, dachte er.

Ich geh mir noch ein Bier holen, willst du auch eins? Arndt nickte zustimmend. Er ließ die Augen geschlossen. Vor seinen Augen flimmerte es rot, von Gold durchzogen. Er versuchte, Formen zu erkennen, Bewegungen, rollte die Augen hinter den geschlossenen Lidern. Der goldene Berg, der rechts vor dem rotabgeschatteten Hintergrund aufragte, blieb fest stehen, die Rotfarben verschwammen, bewegten sich, bis ihm schwindelte. Er stoppte die Augen, blickte fest auf den Berg.

Wie du, raunte es in ihm.

Er genoß die Hitze auf seinem Körper und gleichzeitig seine Mattheit nach der Stunde harten Spiels in dem Bewußtsein, trotz seiner blonden Haare, die hier fast weiß ausgeblichen waren und sich auf der Brust kraftvoll lockig über der dunkelbraunen Haut erhoben, und trotz seiner blauen Augen keinen Sonnenbrand befürchten zu müssen. Auf meinen Körper kann ich mich verlassen, teilte er dem Berg mit, der nach wie vor stolz vor seinen geschlossenen Lidern in die Höhe ragte.

Hier, Junge.

Arnd streckte Georg mit geschlossenen Augen die Hand entgegen. Als er das Glas spürte, faßte er die Flasche und führte sie zielsicher zum Mund. Er öffnete seine Augen auch nicht, als er das bittere Getränk durch seine Kehle laufen ließ.

Fauler Sack! Georg lachte anerkennend. Hab ich dich heute etwa kleingekriegt?

Du mich kleinkriegen? Arnd blinzelte Georg mit einem Auge an. Breitbeinig stand er vor ihm, wirkte fast wie ein Einheimischer mit seinen dunklen Haaren und Augen. Nicht so braun wie du, flüsterte der Berg.

Dabei spielte Georg immer fast nackt. Er war kleiner als Arnd, breiter in den Schultern und Hüften, insgesamt schwerer, doch ohne Fett.

Arnd setzte vorsichtig die Flasche auf den Grasboden, sprang blitzschnell auf die Beine, tänzelte vor Georg in Kampfstellung, ließ die Fäuste leicht hin- und herschwingen. Wolle mer en Kämpfche mache? imitierte er seine Tochter aus der Zeit des Kindergartenalters, lachte Georg an, täuschte mit der rechten Hand, landete die Linke auf Georgs Solarplexus. Getroffen! triumphierte er. Von wegen, du mich schaffen!

Georg spielte den Verlierer, krümmte sich wie in entsetzlichem Schmerz, stöhnte, ging halb in die Knie, preßte hervor: Arzt, Arzt, dieser Schurke, er hat mir die Eingeweide zerrissen.

Arnd grinste. Du Schauspieler, stieß er Georg an, hör auf mit dem Quatsch! Georg wandt sich und stöhnte.

Die Leute um sie herum begannen aufmerksam zu werden.

Dabei hätte Arnd schwören können, er habe den Schlag vor Georgs Körper arretiert.

Um Arnd zogen sich die zornigen und furchtsamen Blicke zusammen.

Er legte Georg begütigend die Hände auf die Schultern. Mensch, Georg . . .

Da sprang dieser hoch, schüttete sich aus vor Lachen, packte Arnds Hand und drehte sie ihm auf den Rücken. Arnd protestierte. Georg tat ihm weh.

Willst du brav sein? säuselte Georg. Will der kleine Arnie immer schön brav sein?

Einige Leute um sie herum lachten.

Warte, knurrte Arnd, gleich treff ich richtig, Heimtücker!

Georg feixte, ließ ihn aber sofort los, erwartete den herumschnellenden Arnd in Boxerhaltung. Jetzt verhaut mich wohl mein großer Bruder. Er lachte Arnd mit seinem breiten, verschwitzten Gesicht entgegen. Der grinste zurück. Spielerisch führten sie dem versöhnten Publikum einen kleinen Schaukampf vor. Dann fielen sie erschöpft in die Liegestühle.

Georg japste. Furchtbar, diese Schlägertypen, ist ja schlimmer, als einen Wald Bäume fällen.

Was du wohl für Bäume fällst . . . Arnd wies mit dem Kopf zu den Duschen. Da, Alter, steht ein ganz nettes Bäumchen. In diesem Augenblick stockte Arnd der Atem, als habe ihn wirklich ein Schlag in die Magengrube getroffen. Ein graues Augenpaar beobachtete ihn kühl. Er sah kurz hin, schämte sich über die Hitze, die ihm in die Wangen stieg. Es war nicht Sarah, obwohl die Frau ihre Augen besaß. Sie hockte im Schneidersitz zwei Meter von ihm entfernt und sah ihn an, als sei sie froh über die Gelegenheit, eine fremde Sorte Lebewesen aus sicherer Entfernung genau betrachten zu können. Als wolle sie ein Geheimnis lüften, auf das sie schon lange neugierig sei.

Georg pfiff durch die Zähne.

Das ist doch die Französin vom Strand, murmelte Arnd, während sein Blick an den nackten, vorgereckten Brüsten einer jungen Frau hängenblieb, die unter der Dusche stand.

Georg wedelte ihm mit der Hand vor den Augen. Dir kommt's wohl schon vom Hinsehn, was? Mensch, die ist doch höchstens zwanzig.

Na und?

Auch Arnd sah gebannt zu, wie die Frau anmutig und kraftvoll zum Swimmingpool schritt und dort aus dem Stand mit gestrecktem Körper ins Wasser sprang. Siehst du, sprach er insgeheim zu den grauen Augen, sportlich muß man sein, dann kann einem keiner etwas anhaben . . .

Die macht bestimmt Bodybuilding, vernahm er Georgs sachkundiges Urteil. So ein durchtrainierter Körper mit soviel Rundungen ist doch nicht mehr natürlich. Er knuffte Arnd mit dem Ellenbogen in die Seite, wies mit den Augen zum Pool, dem, ebenfalls nackt bis auf eine winzige, schwarze Bikinihose, eine Frau entstieg, deren lange, schwarze Haare an Kopf und Rücken klebten. Arnd grinste.

Die könnte ja glatt in einen Porno steigen . . .

Aber einen für Spaghettis . . .

Guck mal, wie die Pfunde schaukeln!

Die als Matratze, Kerl, da kannste federn!

Die Frau ließ suchend ihren Blick wandern, blieb an Georgs Augen hängen, die ihr frech entgegenlachten und dann zu ihren schweren Brüsten wanderten, die sich ihrer Taille entgegenrundeten. Verlegen hastete sie zu einem Liegestuhl.

Arnds Blick folgte ihr, glitt dann kurz und wie von ungefähr zu der Frau mit den grauen Augen. Sie hockte dort wie eine Statue, regte sich nicht, sah ihn an wie die Schlange das Kaninchen. Er war aber ein Mann. Er wappnete sich innerlich. Am besten wäre jetzt ein breites Grinsen in die frechen Augen. Oder ein kreisender Blick über den Körper. Oder ein Pfiff, ein Schnalzen mit der Zunge, ein verschmitztes, wissendes Zublinzeln.

Statt dessen lehnte er sich jedoch in den Liegestuhl zurück und schloß die Augen vor der stechenden Helligkeit. Er blieb einsilbig, als Georg fortfuhr, von großbusigen Frauen zu schwärmen. In München habe es einmal eine gegeben, die ihre Brüste durch zwei Löcher betasten ließ. Diesen schnellen Gelderwerb solle man der Frau dort auch empfehlen. Georg lachte laut und deklamierte einen Spruch, in dem er Brüste mit Eutern verglich.

Als kröchen Ameisen über seinen Körper, spürte Arnd den Blick der Frau. Die Sonne strengte nun auch seine geschlossenen Augen an. Die Sonnenbrille lag jedoch in der Badetasche, die Ursel zum Strand mitgenommen hatte. Ursel wartete bestimmt schon.

Es drängte Arnd, aufzuspringen und sich von Georg auf die Schnelle zu verabschieden. Er sah die grauen Augen vor sich. Gegen seinen Willen begann er sich zu rechtfertigen, suchte nach Gründen für sein Verhalten, das sie beobachtete. Er konnte sich denken, was sie davon hielt. Er kannte auch ihre Ausdrücke, wischte sie in Gedanken von ihren Lippen. Es gab Spielregeln. Auf dem Tennisplatz, beim Verkauf von Gebrauchtwagen, ebenso für Männerfreundschaften ... Freundschaft? Nein, die verband ihn nicht mit Georg. Oder vielleicht doch? ... Im Gegensatz zu Frauen verloren Männer nicht ihre kritische Distanz zum andern, wenn sie miteinander zu tun hatten ... Nein, es war keine Freundschaft, die ihn mit Georg verband, aber gerade deshalb mußten die Spielregeln um so genauer eingehalten werden ... Im übrigen, fügte er böse hinzu, es gibt auch Spielregeln für das Verhalten von Mann und Frau, eine lautet: Eine Frau hat einen Mann nicht so unverschämt anzustarren, wie du es tust, sonst darf er denken, sie will etwas von ihm ...

Er wußte, sie wollte nichts von ihm.

Georg stieß ihn an. Aufgeregt flüsterte er: Die hat unten rote Haare.

Arnd öffnete schläfrig die Augen. Georg solle ihn in Ruhe lassen, er habe keinen Bedarf nach Muttermilch. Rote Haare, schwärmte Georg, rote Haare, weißt du denn überhaupt, was das bedeutet?

Nein.

Arnd ließ seine Stimme betont trocken klingen. Er richtete sich mühsam auf, stützte sich auf die Ellenbogen, linste mit einem zusammengekniffenen Auge zu der Frau hinüber.

Ich seh nichts, nichts Fotze, nichts rot, du nicht halten, was versprochen.

Er erinnerte sich an den türkischen Schuster, zu dem er kürzlich seine Schuhe zur Reparatur gebracht hatte.

Du Gummi, du Leder?

Du Sau!

Sie kicherten beide vor sich hin.

Arnd hatte laut gesprochen, die Frau sollte ihn ruhig verstehen. Da guck nur, höhnte er in ihre Augen hinein, so reden wir Männer. Du mußt ja nicht zuhören. In Gesellschaft von Damen allerdings sind wir anders. Damen starren aber fremde Männer nicht an, verstanden? Und wenn du dir einbildest, du könntest mich mit deinem Blick ankratzen, hast du dich geirrt. Mich unsicher machen? Du bist nicht die erste, die das versucht, meine Liebe. Ihr mit eurer verdammten Überheblichkeit seid schnell mit eurem Urteil bereit. Hältst mich für einen brutalen Kerl, oder? Primitiv, denkst du, das riech ich förmlich. Gut, dann bin ich eben brutal und primitiv! Deinetwegen werde ich nicht das Schoßhündchen markieren ...

Georg geriet erneut in Aufregung.

Mensch, jetzt hol mal deine Geranien! forderte er Arnd hektisch auf. Arnd tippte den Finger an die Stirn. Sonnenstich?

Auf dem Balkon können wir beide etwas abstellen ...

Georg wies mit dem Kopf in die Richtung des

halbkreisförmig hinter Tennisplätzen und Swimmingpool angelegten Appartement-Hochhauses. Vor dem Schaufenster des Frisiersalons stand eine blondgelockte junge Frau, deren Profil zu sehen war.

Du mit deinen fetten Weibern ..., murrte Arnd. Du könntest auf Talentwettbewerb losgehn für Frauenringkampf im Schlammbad.

Georg prustete los. Das habe er einmal gesehen. Ein Erlebnis!

Arnd wechselte schroff das Thema. Aus welchem Grund Georg eigentlich Opel fahre.

Georg antwortete leicht gereizt. Er wisse schon. Großmutterwagen und so. Früher habe er einen BMW besessen, stratosilber, ein Gedicht ...

In seinem Beruf komme es jedoch aufs Seriöse an. Im übrigen habe er Familie ...

Seine Stimme wies deutliche Spuren von Überdruß auf. Arnd fahre Mercedes?

Ja.

Könne er gut verstehen. Sei das Reellste. Biete ausreichend Platz, sei schnell. Das beste deutsche Auto. Und die Weiber fliegen drauf, was?

Das ging zu weit. Diese Frau da sollte nicht annehmen, er hätte es nötig, ein glänzendes Auto als Angel auszulegen. Er verachtete Männer, die sich Frauen kaufen mußten, in dieser oder einer anderen Weise. Er war kein altes Männchen mit mickrigen Beinchen. Er hatte genug zu bieten. Die Frau da sollte ihn ruhig für einen Brutalo halten, aber nicht für einen, der seinen Unterleib in Silberchrom stecken mußte.

Hab ich nicht nötig!

Er spürte wieder die Ameisen auf seiner Haut, versuchte, die Belästigung abzuschütteln, konzentrierte sich auf die pralle Sonne, die seine Haut erhitzte.

Georg schwieg.

Arnd räkelte sich im Liegestuhl. Endlich Stille! Dieser Georg war von einem Mitteilungsbedürfnis erfüllt! Ärgerlich stellte Arnd fest, daß der Berg nicht mehr vor seine Lider zu zaubern war; nichts als flirrende rote und weiße Muster produzierten seine geschlossenen Augen. Angestrengt bemühte er sich, den verschwundenen Berg wieder zu erschaffen.

Da, ich stell das Bier neben dich.

Georg war also fortgegangen und zurückgekehrt, ohne daß Arnd es bemerkt hatte. Geübt leerte Arnd geschlossenen Auges die Bierflasche, Schluck für Schluck zog mit der Flüssigkeit wohlige Entspannung in seinen Körper ein.

Rascheln von Papier zeigte ihm an, daß Georg die Bild-Zeitung entfaltete. Arnd schloß die Augen auch vor dem rotweißen Farbenspiel und versank in eine Art Betäubung, angesiedelt zwischen Wachen und Schlaf. Die Sonne schien seinen Körper in eine heiße, grenzenlose Masse aufzulösen.

Georgs bierflaschenfeuchte Hand legte sich auf seinen Arm. Er wolle ihn auf die Wiederkehr der Bodybuilderin aufmerksam machen. Arnd schüttelte seine Hand ab. Kein Bedarf.

Ich dachte ja nur, erwiderte Georg, und Arnd vernahm erstaunt einen Beiklang von Gekränktheit ... Weil du die vorhin so mit den Augen verschlungen hast ...

Arnd stützte sich auf die Ellenbogen und betrachtete Georg durch die zusammengekniffenen Lider. Georg war unglücklich, erkannte er in diesem Augenblick, hatte es im Grunde bereits lange gewußt.

Warum sollte er nicht einmal ein ernsthaftes Gespräch mit ihm beginnen. Schließlich waren sie seit fast drei Wochen täglich zusammen. Vielleicht würde es beiden guttun ...

Georg unterbrach seine Überlegungen.

Hast ja recht, bei einer Frau wie Ursel ...

Arnd ließ sich langsam wieder nach hinten gleiten. Der Einfall, Georg zu fragen, ob etwas zwischen ihm und seiner Frau nicht stimme, hatte sich verflüchtigt.

Bei Ursel wundert mich nur immer wieder eure große Tochter ..., fuhr Georg nachdenklich fort. Ursel wirkt so jung ...

Georg lauerte auf eine genaue Auskunft. Arnd warf ihm hin, er werde es Ursel ausrichten, sie werde sich freuen.

Und wie alt ist sie?

Georg stellte die Frage betont beiläufig. Er sprach leicht schleppend.

Manches Mal hatte Arnd sich gewundert, wie wenig Alkohol Georg vertragen konnte. Er argwöhnte hastig beim Bierholen konsumierte Schnäpse. Er schwieg, als hätte er Georgs Frage nicht gehört, atmete ruhig, mit geschlossenen Augen, rechnete. Sonja war dreizehn Jahre alt, Ursel siebenundzwanzig. Er mußte Ursel älter machen.

Hast du ein Schweigegelöbnis abgelegt, soll ihr Alter ein Geheimnis sein?

Arnd betonte sein Hochschrecken, lachte und gab wie nebenbei eine Zahl von sich. Einunddreißig.

Georg äußerte sein Erstaunen, doch es schwang noch etwas anderes in seiner Stimme mit, Ärger, Neid, Mißtrauen, eine Mischung von allem.

Der ahnt doch schon lange was, dachte Arnd. Vielleicht hatte er sogar mit Ursel darüber gesprochen und würde ihn gleich der Lüge überführen. Doch was sollte es.

Die Lüge verschaffte Arnd sogar den Kitzel eines Schabernacks. Eine Frau älter zu machen ... es war fast wie Klingelmännchen spielen. Wie Ursel wohl reagieren würde, wenn sie ihn erwischte?

Arnd drehte und wendete das Wort ‚erwischen' in Gedanken und wurde sich wieder der besonderen Macht bewußt, die ihm der Besitz Ursels verlieh. Sie könnte ihn nicht bestrafen. Klingelmännchen bei Alten oder Rollstuhlfahrern, schmückte er das Bild weiter aus, ärgerte sich jedoch im nächsten Augenblick darüber, denn es verdarb den Spaß. Zum Streichespielen gehörte der Kitzel des möglichen Erwischtwerdens . . . Er würde Georg Ursels wahres Alter nicht verraten, allein darauf kam es an.

Georg blätterte schwungvoll in seiner Zeitung. Und ich dachte schon, du hättest Ursel als Minderjährige verführt.

Er schlug seinen glatten Ton an, der zu verstehen gab, wie sicher er sich fühlte. Herr der Lage.

Hast du gerade nicht, erwiderte Arnd in Gedanken. Du riechst, daß bei uns etwas nicht stimmt. Und überzeugt hab ich dich auch nicht. Schnüffler!

Was hätte er Georg erzählen sollen? Etwa, daß er nicht immer für diese Rehfrauen geschwärmt hatte? Daß er einmal verheiratet war? Jahrelang verheiratet mit einer Frau, die sich nur auszeichnete durch kurze, dicke Beine und einen scheinbar ewig währenden Kampf gegen Übergewicht und Hunger. Aber so stimmte es eben gar nicht. Es war nur das Bild, das sie von sich selbst hatte. In Wirklichkeit war sie eine bezaubernde, eigenwillige Person. Und Arnd war von ihrem Körper mehr angezogen als jemals von Violas oder Ursels. Sarah vereinte in ihrem Körper, was Arnd an einer Frau liebte. Sie besaß einen wunderbar weiblichen Unterleib mit üppigen Hüften und einem süßen runden Hintern. Ihre Beine glichen zwar nicht denen der Frauen, die zu Miß-Wahlen antraten, aber sie waren schön geformt und paßten zu Sarahs festem und zugleich weichem Gang. Sarahs Oberkörper hingegen rührte ihn bis zuletzt. Er war kindlich zart und weckte in ihm Beschützergefühle. Viola war eine Frau zum Vorzeigen, Sarah eine zum Lieben. Sie war unersetzbar wie eine eigenwillig handgeformte Vase, die, einmal zerbrochen, nie wieder herzustellen war. Georg allerdings würde das nicht begreifen ... Georg könnte er nicht gestehen: Ich bin zwar ausgezogen, aber sie war es, die mich nicht mehr wollte. Sie ekelte sich vor mir, und ich, der tausend hätte haben können, war schon erregt, wenn ich ihren Hintern von weitem sah. Je mehr sie mich ablehnte, um so mehr begehrte ich sie. Es war wie eine Sucht. Nach diesen Vergnügungen, wo jeder für sich geblieben war, sie reglos, ich wie ein Preßlufthammer, sprang mich der Kater an, riesig wie eine Wildkatze. Doch kaum verflogen, wuchs die Gier wieder, wie der Durst beim Alkohol. Als sie sich nicht mehr stumm unter mich legte und vom Recht zum Nein- und Jasagen zu reden begann, da nahm ich sie mit Gewalt.

Sollte er aussprechen: Georg, ich weiß nicht, ob du jemals von einer so schrecklichen Eifersucht getrieben worden bist zu Taten, die dich dir selbst unheimlich machen. Geschlagen hab ich sie. Aber Macht errang ich nicht. Nie besaß ich sie wirklich, diese Frau. Nie. Sollte er Georg eine Beichte ablegen? Dazu gehörte auch: Denk bloß nicht, daß darauf Ursel folgte, nein, ich bin einer, dem eine Erfahrung nicht ausreicht, für mich muß das Faß überlaufen, bevor ich merke, daß es gefüllt ist.

Sollte er sagen: Ich brauchte nach Sarah noch Viola, um zu der Einsicht vorzudringen, nur eine Frau wie Ursel würde mich glücklich machen können. Und was sollte er einem Mann wie Georg über Viola erzählen? Wagte er doch kaum, all diese Worte sich selbst zu sagen, verschwamm es doch eher in ihm, als zögen Bilder durch ihn hindurch, Wortfetzen, Satzbruchstücke, nicht zu ihm gehörig, sondern zu einer Geschichte, die er vor langer Zeit einmal gelesen hatte.

Mannequin, dies Wort würde Georg mit der Zunge schnalzen und an den ‚Playboy' denken lassen. Und wenn Arnd versuchte, ihm zu erklären, was er für Viola und was sie für ihn bedeutet hatte, wie sollte er Worte finden und noch dazu welche, die Georg verstand. Welche, die ihn selbst verstehen ließen.

Viola war Sarahs Freundin. Durfte er sich diesen Grund für seine Liebe zu Viola eingestehen? Die Freundin verband ihn mit der Frau, mit der er nicht zu Ende gekommen war. Und kein Land in Sicht. Leichter konnte als Erklärung angenommen werden: Viola ist ein exquisites Geschöpf. Und wer besitzt schon ein Mannequin? Das Wichtigste aber: Er spürte bei ihr keine Fremdheit oder gar Unterlegenheit, Viola war eine schöne Frau, mit der er gut reden konnte. Über Sarah. Über Sonja. Über sich selbst. Viola war ein prima Kumpel. Und auch ihr Sohn Frank hatte ihn nicht gestört. Im übrigen: Das Zusammenleben mit einer Frau wie Viola labte sein durch Sarah geschädigtes Selbstwertgefühl. Das würde Georg verstehen. Aber wie sollte Arnd in Georgs lüsterne Augen hinein erklären, wie ihm geschah, wenn er nachts, allein, wartend, Phantasiegebilde vor seinen Augen aufblühen ließ, ohne eigentlich im Ungewissen gelassen worden zu sein, denn Viola verschwieg nichts, auch darin die radikale Fortsetzung seiner Ex-Frau. Viola traf sich mit Kollegen nach der Arbeit oder mit einer Künstlerclique in der Kneipe. ‚Künstler', niemand konnte dies Wort so verächtlich aussprechen wie Arnd.

Künstler, Maler.

Pornographen waren das, davon ließ er sich nicht abbringen. Und schon gar nicht durch die Publicity, die sie genossen.

Action-Maler! Verrückte! Das Objekt, allein schon die Ausdrucksweise! Er hätte Viola einmal Objekt nennen sollen, an die Kehle wäre sie ihm gesprungen. Die Kunstfritzen aber durften das. Sie griffen sich eine Frau, erklärten sie zum Objekt, bekleckerten sie mit Himbeermarmelade und ließen sie durch eine weiße Leinwand springen, das Himbeersüß auflutschen und dann mit der Zunge über die zerrissenen Umrisse der Leinwand gehen. Darin würde Georg ihm sicherlich zustimmen: Diese Künstler nutzen raffiniert den Weibern gegenüber ihre Chancen aus.

Aber wie sollte er ihm sein Gefühl tiefer Verlassenheit erklären, als Viola immer später nach Hause kam?

Wie sollte Georg begreifen, daß Arnd nach Sarah noch Viola brauchte, bevor er sich für eine Frau entschied wie Ursel. Die er dann auch wählte, auslas im bitteren Bewußtsein eines notwendig neuen Maßstabs. Die Guten ins Töpfchen, die Schlechten ins Kröpfchen, so war er bei der Suche nach einer Frau wie Ursel vorgegangen. Wie sollte er Worte finden für das dumpfe Gefühl, seine Machtproben mit Frauen hinter sich zu haben.

Sieger war er nicht geblieben.

Wahre Größe hatten Sarah und Viola ihm nicht gestattet. Mit welchem Mann sollte er davon sprechen, daß er an die Grenzen seiner Kräfte gestoßen war. Seitdem hielt er sein Reich besser gesichert. Er hatte Ursel gewählt, weil er frei sein wollte von der Angst vor einem Absturz in dumpfe Hilflosigkeit. Er hatte bewirkt, daß Ursel sich in ihn verliebte. Er hatte durch den Knebel dieser Liebe ihren Lebensraum so sehr begrenzt, daß ihr keine Möglichkeit zu einer Entwicklung von ihm weg verblieb. Sie sollte abhängig sein.

Georg, müßte seine Frage lauten, hältst du auch

die Gefühle zurück, die dich an Kindsein erinnern? Dann droht Schwäche. Und bist doch ganz wund vor Sehnsucht nach einem lieben Lächeln und einer zärtlichen Hand auf deiner Haut. Unterdrückst es und wirst schroff. Kennst du den Neid auf die Frauen, die auch ihr Letztes preisgeben? Das Schlimmste aber: Sie tun dir leid, weil sie deinetwegen leiden. Du hast ein schlechtes Gewissen, aber du fühlst dich auch sicher. Und dann bringen sie die Kraft auf, alles hinter sich zu lassen. Auch dich.

Du kannst nicht wissen, wovon ich spreche. Du hättest dein Urteil bereit: Wohl einen Sonnenstich, Alter, was . . .

Ich lache und stimme dir zu.

Bei dir und deiner Frau geht alles seinen Gang. Du bringst das Geld nach Hause, wo sie auf dich wartet, für dich kocht und früher als du im Bett liegt. Du betrügst sie, und sie kümmert sich um die Kinder. Oder betrügst du sie nicht einmal und liest statt dessen nur den ‚Playboy'? Du denkst beim Vögeln an andere Frauen, und sie macht sich nichts draus. Sie hält dich auf Abstand. Du hast deine Freiheit. Liebt sie dich? Du weißt es nicht. Ich wollte zu hoch hinaus, fürchte ich. Wenn eine Frau mich nicht bis zur völligen Hingabe liebte, reichte es mir nicht. Aber es reizte mich nur, wenn die Frauen etwas besaßen, was sie hingeben konnten. Georg, ich bin bescheiden geworden, keiner darf es erfahren. Mein Vater hat mir von den germanischen Helden erzählt. Ich bin keiner geworden. Bei mir wurde viel mehr als eine kleine, verletzliche Stelle freigelassen, als ich mit der Schutzhaut des männlichen Kriegers überzogen wurde. Sicher bin ich eigentlich nur in der Werkstatt. Meine Autos besitzen ein herrlich berechenbares Innenleben. Frauen hingegen sind gefährlich. Zuerst locken sie dich, aber sobald du deine schwache Seite zeigst, verletzen sie dich. Deshalb muß ich Ursel klare Grenzen ziehen. Deshalb ziehe ich auch mir Grenzen. Meine Gefühle dürfen nicht mehr ausufern. Ursel darf jammern und vorwurfsvoll sein, aber sie soll mich nie dazu bringen, ihretwegen zu weinen.

Schluß mit dem Grübeln! Warum bekomme ich ausgerechnet heute meinen Moralischen . . .

Georg, du würdest sowieso nichts verstehen. Deine Haut aus Wachs sitzt wie angegossen. Manchmal beneide ich dich. Diese Frau dort, die aus Sarahs Augen guckt, würde mich begreifen. Das ist so eine. Ich rieche das wie ein Vampir Knoblauch. Aber ich würde ihr nichts sagen. Nie.

Hast du was?

Arnd schrak hoch.

Du seufzt, hast du Weltschmerz? Arnd blinzelte gegen die hochstehende Sonne, sein Herz raste, hinter seinen Schläfen pochte das Blut im Takt der Gedanken, aus denen Georg ihn gerissen hatte.

Sein Mund war wie ausgetrocknet. Er leckte die rauhen Lippen, nahm die Bierflasche. Lauwarm.

Pisse . . ., stöhnte er. Hab ich lang gepennt?

Wie soll ich das wissen? Ne, eigentlich nicht, eben hast du noch was gesagt, oder war es im Schlaf?

Georg lachte tief. Arnd fuhr zusammen. Er fühlte sich wie abgestandenes Bier. Wie nach einer Heimsuchung, dachte er, diese moralischen Anfälle darf ich nicht mehr so ausufern lassen . . .

Ich hol mir ein Mineralwasser! gab er kurz von sich und quälte sich aus dem Liegestuhl. Sein Körper war schwer und verkrampft wie bei einem Muskelkater. Soll ich mitkommen?

Georgs munterer Ton trieb das Klopfen hinter Arnds Schläfen an.

Georg sprang elastisch auf die Beine, drückte Arnd wieder zurück. Alter Junge, siehst ja ganz verknittert aus, ich hol . . .

Arnd stemmte sich gegen den Druck.

Betont theatralisch ließ Georg sich mit erhobenen Händen rückwärts in den Liegestuhl fallen. Das Weiß seiner Augäpfel und seiner Zähne stach gegen das braune Gesicht und gegen seine dunklen Augen ab. Arnd fürchtete, blaß auszusehen.

Nachdem er eine Flasche ‚agua mineral con gas, por favor' geleert und einen Kognak gekippt, sich im Spiegel des WC versichert hatte, daß seine Haut nicht fahl geworden war, kehrte er raschen Schritts zu Georg zurück. Der kicherte in sich hinein, als Arnd ihm die Bierflasche hinter die Zeitung schob. Hier steht: 63jährige Rentnerin am hellichten Tag vergewaltigt. Täter zerrte sie ins Gebüsch. Beide lachten.

Der war wohl augenkrank ...

Oder kam grad aus'm Knast, fügte Arnd an.

Oder da ist'n Opa aus'm Altersheim ausgerissen und wollte auch mal wieder.

Arnd prustete. Hör auf, ich verschluck mich.

Georg johlte: Ne, die aus'm Altersheim haben das gar nicht nötig, da geht's doch fidel zu.

Mit den geilen Omas ... Arnd erinnerte sich, daß er kürzlich einen Artikel in der Zeitung gelesen hatte, der ihn auf merkwürdige Weise beunruhigt hatte. Stell dir vor, in Köln wurde der Besitzer von einer Zunge gesucht.

Was? Erzähl! Georg richtete sich auf und sah Arnd gespannt an.

Blitzschnell sah Arnd zu der Frau hinüber. Sie lag auf dem Rücken, hielt die Augen geschlossen. Er wartete vergeblich auf ein Gefühl von Erleichterung. Nun könnte er sie mustern, ohne ihren belästigenden Augen zu begegnen. Aber er wollte Georg nicht aufmerksam machen.

Er sprach mit sehr lauter Stimme. Auf dem Rudolfplatz habe ein Mann eine Frau angefallen, die ihm daraufhin die Zunge abgebissen habe. Der Mann hätte sterben können. Er sei mehrfach über Rundfunk aufgefordert worden, sich seine Zunge abzuholen. Es sei ein Türke gewesen.

Mann! Georg wieherte los. Stell dir vor, die hätte dem was anderes abgebissen. Diese Weiber! Ich sag's ja immer: Vorsicht, Vorsicht!

Beide hingen ihren Gedanken nach. Kurz schoß durch Arnds Bewußtsein, was in dieser Mischung aus Traum und Wachen hochgekommen war. Vergewaltigung. Viola hatte es ihm auf den Kopf zu gesagt. Das war glatte Vergewaltigung, was du mit Sarah gemacht hast, mein Lieber, und dafür müßte man dich einlochen können.

Georg las jetzt einen Artikel vor, in dem der Rückgang der Urlauberzahl in Spanien beklagt wurde. Mit hingeworfenen kurzen Sätzen bewiesen sich Arnd und Georg ihre Kenntnis der wirtschaftlichen Lage in Europa. Arnd war nicht berührt von der Wirtschaftskrise. Das Autogeschäft ging gut. Gerade gebrauchte Luxusschlitten, auf die er sich spezialisiert hatte, verkauften sich nach wie vor. Und wenn sich das änderte, müßte er sich etwas anderes einfallen lassen. Er machte sich keine Sorgen. Georg würde nicht zugeben, wenn es ihm finanziell schlecht ginge. Er würde überhaupt nichts zugeben, was das Bild des Erfolgsmannes ankratzen könnte. Arnd wußte das. Er selbst täte es auch nicht.

Georg richtete sich mit einem Ruck auf. Arnd blinzelte gegen die Sonne.

Fräuleins, rief Georg zwei jungen Frauen zu, und als sie nicht reagierten, schickte er ein männlich tiefes ‚He, Puppe!' hinterher und betrachtete genießerisch die eine der beiden, eine kurzhaarige, stämmige junge Frau mit prall vorstehenden Brüsten. Er hielt ihr die Bierflasche auffordernd entgegen.

Schlückchen? Das kühlt . . .

Beide warfen wie auf Kommando den Kopf in den Nacken und entfernten sich mit steifem Rükken. Die Kurzhaarige stoppte jedoch plötzlich bei Georgs Pfiff, drehte sich langsam um und näherte sich Georg Schritt für Schritt. Arnd sah ihr aufmerksam entgegen.

Georgs Spannung sprang auf ihn über. Als sei zum Halali gerufen, entzündete sich sein Jagdfieber.

Die junge Frau stand vor Georg, blickte ihm unablässig in die Augen. Nur ein angedeutetes Lächeln erhellte ihr sehr ernstes Gesicht. Leidenschaftlich wirkte sie auf Arnd, wie für eine andere Situation passend, hier etwas peinlich.

Schweigend nahm sie Georg die Bierflasche aus der Hand, prüfte die Menge gegen das Licht und kippte dann die Flasche, so daß sich der Inhalt wie ein Wasserfall über Georgs knappe Hose ergoß.

Kühlt's? fragte sie sachlich, ließ auch den Schaumrest noch hinauskleckern, stellte die leere Flasche in aller Ruhe neben Georg auf den Boden und kehrte zu ihrer Freundin zurück, die auf sie gewartet hatte. Beide Frauen sahen sich an. Arnd erwartete, Kichern zu hören. Die Frauen blieben ernst.

Georg saß wie erstarrt. Er war bei der ersten Berührung mit der kühlen Flüssigkeit kurz zusammengezuckt, nur sein verzerrtes Gesicht deutete seine Gefühle an. Arnd empfand Georgs Erschrekken, das Zusammenfahren beim ersten Aufprall des Bieres, selbst die unangenehm klebrig-feuchte Hose, als wäre alles ihm selbst widerfahren. Er hätte gern zu der Frau hinübergesehen, tat es aber nicht. Es würde die Scham nur verstärken. Er sah die Frau vor sich, wie sie im Schneidersitz mit ihren kalten grauen Augen die Szene beobachtete, wie sich ihr Gesicht erwärmte, bis es aufleuchtete, und wie sie jetzt am liebsten in die Hände klatschen würde. Applaus für die Schwester im Geiste.

Da sprang Georg plötzlich auf und erreichte in abgehacktem Spurt die Kurzhaarige, packte sie in der Taille und warf sie sich über die Schulter. Alles wirkte mühelos und kraftvoll, auch wie er jetzt im gleichen kurzschrittig zackigen Lauf den Swimmingpool erreichte und mit der Frau auf der Schulter hineinsprang.

Dabei muß die doch ein ganz schönes Gewicht haben, ging es Arnd durch den Kopf. Er legte sich zurück und lächelte Georg an, der schnaubend zu seinem Liegestuhl zurückkehrte.

So, das hat gekühlt!

Beide brachen in Gelächter aus. Georg klatschte Arnd mit seinen feuchtkalten Händen auf die heißen Schenkel. Arnd schrie auf vor Lachen. Auch er sprang im hohen Satz aus dem Liegestuhl, ergriff Georg, astete ihn auf seine Schultern und warf ihn ins Wasser. Dann sprang er in weiter Hocke hinterher. Sie umkreisten sich, tauchten, warfen sich hoch und zwangen sich gegenseitig unter Wasser, bis sie sich wieder befreit hatten. Alles geschah unter Brüllen und Prusten.

Aus den Augenwinkeln hatte Arnd verfolgt, wie die Frau den Pool verließ und mit ihrer Freundin nun hastig den Weg zum Ausgang einschlug. Wohin hatte Georg unter Wasser gegriffen?

Egal, sie würden sie nicht mehr erwähnen. Wieder zurück in den Liegestühlen, sah Arnd endlich nach rechts. Die Frau war fort.

Durch Arnd strömte ein gutes Gefühl von Jugend und Kraft.

Hallo!

Oh, hallo! Georg strahlte.

Der Engländer setzte sich zwischen ihre Liegestühle auf den Rasen. Der Platz um das Schwimmbecken hatte sich gelichtet. Die meisten Leute schienen zum Aperitif oder ans Meer gegangen zu sein. Ans Meer. Arnd dachte mit schlechtem Gewissen an Ursel.

Der Engländer erkundigte sich nach ihrem Tennisspiel. Er lächelte sanftmütig, ein Lächeln, das er selbst dann noch trug, wenn er einen Gegner beim Tennisspiel austrickste. Er hatte die Fünfzig bereits hinter sich gelassen und spielte Tennis besser als die meisten Jungen. Georg und er unterhielten sich leise. Sie radebrechten auf deutsch und englisch und vergnügten sich dabei. Der Engländer genoß Arnds Achtung. Er war Flugpilot gewesen, wollte sich nun hier in Spanien mit seiner Frau, bildschön und mindestens fünfzehn Jahre jünger als er, und ihren beiden kleinen Kindern zur Ruhe setzen. England sei ihnen wirtschaftlich zu unsicher, hatte der Engländer seine ‚Auswanderung' begründet. Arnd hingegen vermutete, daß der wegen zu hohen Alters aus dem Flugdienst entlassene ehemalige Pilot seiner jungen Frau in Spanien fürs gleiche Geld mehr bieten konnte als in England.

Die Satzfetzen glitten an Arnd vorbei. Er versuchte, ein Resumé zu ziehen. Was hatte der Urlaub ihm gebracht? Manche heiße Nacht mit Ursel. Much fun, dachte er in Anlehnung an die englischen Worte, die an sein Ohr drangen. Bräune. Erholung.

Täglich Tennisspiel, Schwimmen, Körperertüchtigung. Das Pensum schaffte er in Köln nicht. Dennoch: für Erholung zuwenig Schlaf und zuviel Alkohol. Er beruhigte sich mit dem Argument, für den wenigen Schlaf in der Nacht hätte er viele kleine Schlafdosen während des Tages zu sich genommen.

Schiefgegangen war die Sache mit Sarah. Weshalb war es eigentlich so wichtig, sie zu finden? Wegen Sonja.

Sonja.

Was war nur in dieses Kind gefahren, welcher böse Geist? Sonja war der Mißerfolg dieses Urlaubs. Früher war sie so ein süßes Mädchen. Anschmiegsam. Hübsch mit ihren langen blonden Haaren und den blauen Augen, die sie von ihm geerbt hatte. Und heute: bockig und unangenehm. Und viel zu dünn. Sie aß ja auch nichts.

Wenn er ehrlich zu sich wäre, mußte er sich eingestehen, daß er Sarah gern die Verantwortung zurückgegeben hätte. Verdammt gern. Nicht völlig. Sonja war ja auch seine Tochter. Aber zur Hälfte. Wie es sich gehörte. Schließlich war Sonja auch ihr Kind. Und nicht zu übersehen war, irgendwie geriet Sonja immer mehr nach ihr.

Und Ursel wollte ein Kind. Wünschte sich eins, bestand auf ihrem Wunsch, zart natürlich, wie bei allem, was ihr wichtig war. Sie verstummte bei der kleinsten Regung seines Unwillens, blieb aber beharrlich.

Zuerst ablehnend bis schroff, schwieg Arnd zuletzt, wenn Ursel wieder damit anfing. Vortäuschend, er nähme ihren Wunsch nicht ernst, gestattete er ihr, ihren Sehnsüchten nach Weiberart nachzuhängen, ohne daß es ihn besonders anginge.

Insgeheim jedoch begann er zu träumen: Erinnerungen an Sonja, das bezaubernde kleine Mädchen, Püppchen, zum Spielen schön. Er hatte Angst gehabt, mit Sarah auch Sonja zu verlieren, ein Verlust, den er meinte, nicht ertragen zu können.

Aber es war geschehen.

Auf eine andere Weise, als er befürchtet hatte, war der Verlust seiner Tochter Sonja zu einer Tatsache in seinem Leben geworden. Ihm blieb nur die Möglichkeit, den Verlust zu schmälern, aus einer Unerhörtheit etwas Alltägliches zu machen: Mädchen in dem Alter, na ja ... Oder den Schmerz zu verdrängen und über Sonjas Abkehrungsversuche zu lachen. Sich nicht darum zu kümmern. Einzige Möglichkeit der Rache: ironische Bemerkungen, die Sonja dem Gelächter aller anwesenden Erwachsenen preisgaben. Allerdings eine Rache mit Widerhaken. Anschließend ging es ihm elender als vorher.

Es lag eine Verführung in dem Gedanken, mit Ursel ein Kind zu bekommen. Ein Baby, süß und schutzlos, das, zärtlich und stets zum Schmusen bereit wie seine kleine Sonja, sich wirklich zu seinem Ebenbild entwickeln könnte, ungestört durch Sarahs Einfluß.

Ihn trieb eine sich rasch steigernde Unruhe zu Ursel an den Strand. Er sehnte sich plötzlich nach ihrer glatten Haut, dem Flaum weiß gebleichter Härchen auf den Oberschenkeln. Ihn durchflutete ein Begehren, daß er meinte, keine Sekunde mehr warten zu können. Selbst nach ihren Vorwürfen verlangte es ihn, danach, zerknirscht zu tun, etwas von ‚letztes Match mit Georg' zu murmeln, um auch dann noch ihre bedingungslose Liebe zu erfahren.

Er verabschiedete sich kurz von Georg, ließ dem Engländer einen Wink zukommen.

Auf dem gefliesten Promenadenweg flanierten die Urlauber, die sich vom Strand zurückgezogen hatten, ein Eis schleckten, auf Caféterrassen ein Getränk zu sich nahmen. Frauen zeigten ihren Körper oder verbargen ihn unter weiten Blusen, Männer betrachteten die einen und die anderen. Arnd fiel wieder ein, daß heute sein letzter Urlaubstag war. Heute abend wollten sie nach Benidorm fahren. Er würde sich Mühe um Sonja geben, manchmal wirkte sie sehr traurig . . .

Zum Glück hatte er Georg kennengelernt, der ihm sein Auto lieh. Zum Glück lernte er oft Leute kennen, die ihm irgendwie nützlich sein konnten.

An der Haupttreppe zum Strand angelangt, warf er noch einen kurzen Kontrollblick zurück in die Gasse, in der sein Hotel lag. Eigentlich gab es nichts zu kontrollieren. Es kam Arnd auch auf nichts Bestimmtes an. Wie manche Autofahrer von Zeit zu Zeit nach der Handbremse greifen, um sich zu vergewissern, daß sie nicht angezogen ist, sandte Arnd von Zeit zu Zeit Kontrollblicke aus. An bestimmten Scheitelpunkten seiner Wege. Dies hier war so einer. Arnd nahm die Menschen, die durch die Gasse zum Strand schlenderten, auch nicht als einzelne Personen wahr. Jeder war Teil des Bildes, das seine innere Kontrollinstanz beruhigte.

Er empfand allerdings eine leichte Irritation und setzte nicht wie gewöhnlich seinen Weg über die Treppen zum Strand fort. Sein Blick gewann an Schärfe.

Vor dem Eingang zu seinem Hotel standen zwei Frauen, staubig, offenbar erschöpft, unterschiedlich gekleidet. Die eine nach Zigeunerart, die andere wie eine Urlauberin, etwas blaß, beide trugen ein schwarzes Kopftuch. So helle Haut, ging es Arnd durch den Kopf. Er zuckte zusammen, blickte noch einmal genau hin. Er hatte die Frauen erkannt.

Es schnurrt und mauzt. Eine kleine Katze streicht ihr um die verschwitzten Beine. Mühsam bückt sie sich gegen die Schmerzen, die die viel zu straff um ihre Knochen gespannte Haut verursacht.

Sie nimmt das Bündel in die Arme, spürt den Katzenflaum auf ihrer Pergamenthaut, betrachtet die graue Katze mit der ebenmäßig dunklen Zeichnung. Wie eine Schlange, denkt sie und streichelt das Tier. Mit jedem Strich verfliegen die Schmerzen. Ihre Haut weitet sich, wird weich wie das Katzenfell. Sie verwandelt sich in das Tierchen.

Ihr Körper, nun nicht mehr fremd und abgescheuert, wird leicht, sie hebt ab in die Luft, fliegt aus dem Fenster und setzt sich auf ihren Felsenplatz über dem Meer. Sie beginnt eine Unterhaltung mit ihrer Gefährtin in einer fremden Sprache, die sie jetzt beherrscht. Sie erzählt von ihrer Haut, die ihr zu eng ist, von der Sonne, die sie noch enger zieht, davon, daß ihre Kehle oft zusammengepreßt wird, als würge sie einer. Ihre Hände streicheln unablässig das Tierchen, vergraben sich im weichen Fell, gleiten heraus. Die grünen Augen der Katze ruhen in den Augen Sonjas. Sie verstehen alles. Nun rutscht die Katze von ihrem Schoß, streicht um ihre Beine.

Sonja vernimmt das Rauschen des Meeres, die spitzen Schreie der Vögel, die um die Bergkuppe kreisen, irgendwoher nähert sich Musik.

Die Katze stupst sie vorsichtig an.

Sonja greift hinter sich, schnappt nach ihr. Sie will sich eine heftige Bewegung verbieten.

In ihrer Hand liegt eine große, weiche Menschenhand. Sie schreckt hoch, öffnet die Augen, schließt sie wieder, öffnet sie. Ihr ist schwindlig. Ihr Mund ist ausgetrocknet, das Laken von ihrem Körper gerutscht, und sie friert.

Sonnimaus, hallo. Aufgewacht?

Diese fremde Frau kannte sie doch. Die roten Haare. Was hatte die in ihrem Traum zu suchen? Und verscheuchte einfach das Kätzchen. Sonja angelte nach ihrem Bettlaken, flüsterte: Hallo, Viola, schön, daß du auch hier bist. Ich hab jetzt aber keine Zeit für dich. Am Strand sind Ursel und Papi ...

Sie bemühte sich, sehr fröhlich zu klingen.

Diese Frau sollte später wiederkommen. Sie sah zwar aus wie Viola, konnte aber nicht Viola sein. War wahrscheinlich eine Gestalt wie die Katze. Also auch wirklich. Wirklicher als das wahrhaft Wirkliche, da lebendig. Das wahrhaft Wirkliche war immer nur starr wie Stein. Die Frau sollte später wiederkommen. Sonja wollte ihre Katze wiederfinden.

Viola lachte auf. Du schläfst ja noch, Kleine. He, du, ich hab eine Überraschung für dich. Eine Belohnung, wenn du jetzt brav aufwachst. Draußen steht sie. Sonja schloß die Augen. Kein Zweifel. Sie befand sich nicht mehr auf dem Felsen, und die kleine Katze war fort.

Sie seufzte, kroch aus dem Bett, wickelte das Laken um ihren nackten Körper. Viola, warum hast du mich geweckt, ich hab grad so schön geträumt, maulte sie.

Wovon denn? Viola reichte Sonja die Kleidungsstücke, die auf dem Stuhl bereitlagen. Ihre Stimme trug diese freundliche Geschäftigkeit, die Sonja an Erwachsenen nicht leiden konnte. Als hätte sie die Frage nicht gehört, schlüpfte sie in ihre Bluse und die weißen Jeans. Immer noch war die Sehnsucht nach der Katze in ihr.

Es geht sie nichts an, beteuerte sie ihrer geheimen Freundin, wir werden nichts verraten. Viola nicht und nicht den anderen. Arnd erst recht nicht. Er würde alles mißverstehen.

Sonja war, als seien Haare, zärtlicher Katzenflaum, an ihrer Haut haften geblieben. Sie zog vorsichtig den Reißverschluß der Jeans hoch. So vorsichtig, als wollte sie nichts von sich abstreifen. Sie kramte ihren spröden Ton hervor, mit betonter Schnoddrigkeit forderte sie die Lüftung des Geheimnisses. Viola lächelte vielsagend, umfaßte Sonja, als wollte sie sie beschützen.

Erschreck nicht, Sarah ist hier.

Sie rief Sarahs Namen. Die Tür zu Sonjas Zimmer öffnete sich. Unendlich langsam betrat eine Frau das Zimmer. Sonjas Herz hatte bei Violas Worten einige kleine Sprünge veranstaltet. Nun schlug es leise und regelmäßig, und sie fühlte sich erkalten.

Sarah, wer war denn das? Ihre Mutter, die sie vor einigen Monaten verlassen hatte? Eine Frau, die sie aus Fotos, Erinnerungsbruchstücken, aus zerrissenen Erfahrungen, aus Arnds Bemerkungen zu einem Bild geformt hatte, das dieser Frau im Zimmer nicht glich.

Vor Sonja stand eine Frau, wie herausgestiegen aus einem Märchen aus tausendundeiner Nacht, bot ihr mit den Augen Gruß und Wiedersehen an, flüsterte ihren Namen.

Bloß nicht einfangen lassen, warnte eine Stimme in Sonja, bloß nicht einfangen lassen. Erst läßt sie dich einfach allein, den ganzen Urlaub über, und jetzt kommt sie ausgerechnet hier hereingeplatzt, wenn du so schön träumst.

Fremd musterte sie die Frau, berührte zögernd die dargebotene Hand, antwortete in betont höflichem Schulmädchenton: Guten Tag.

Eine Anrede brachte sie nicht über die Lippen. Was sollte sie auch sagen? Sarah, zu dieser Frau, die nicht Sarah war, Mutter gar oder etwa Mami?

Die Frau ließ Sonjas Musterung über sich ergehen, lächelte verlegen. Viola durchbrach das Schweigen. Na, hab ich zuviel versprochen? Ist das nun eine Überraschung oder nicht?

Doch, ja ... Sonja erschrak über das Knarren, das sich in die Laute mischte, die sie von sich gab. Alle Kraft begann, aus ihr zu strömen. Sie bemerkte, wie ihre Hände zitterten.

Keine Schwäche! Die denken sonst, du akzeptierst diese fremde Frau als Mutter, das ist sie aber nicht, kann sie auch nicht sein, beherrsch dich! Sie stakste zu ihrem Bett, ließ sich drauffallen, wies lässig auf den kleinen Tisch, neben dem zwei Stühle standen: Bitte, setzt euch. Viola lachte und tat brav. Sie hielt die Beine geschlossen, faltete die Hände auf den Oberschenkeln. Die Frau zögerte, trat nun zum Fenster, wobei ihr weiter Rock um ihre Waden tanzte. Geht es dir gut, Sonja?

Sonja wehrte sich gegen die Dringlichkeit, mit der die Frau etwas über sie wissen wollte. Schließlich hatte sie sich monatelang nicht um sie gekümmert. War nicht einmal während des Urlaubs aus ihrem Versteck gekrochen, obwohl sie sich offensichtlich in der Nähe befunden hatte, sonst wäre sie jetzt nicht hier. Sonja schob ihre Hände unter ihren Hintern, lehnte sich lässig zurück auf die Ellenbogen, wippte mit dem übergeschlagenen Bein. Sie antwortete in gleichmütiger Höflichkeit, es gehe ihr gut.

Das Gesicht der Frau verlor seinen Halt, schien sich aufzulösen. Sie schwieg, sah aus dem Fenster.

Viola sprang auf die Füße, wollte zu Sarah gehen, setzte sich dann jedoch zu Sonja aufs Bett. Sie umarmte Sonja und drückte sie fest an sich. Sonja könne es sicherlich noch gar nicht fassen ...

Sonja stemmte sich vorsichtig gegen die Umarmung. Aus einem Nebel in ihrem Kopf brachen wirr undeutliche Bilder: Sarah weinend beim Abschiednehmen. Ihre Worte: Bitte sei mir nicht böse, aber ich muß hier weg. Ich hab dich so lieb, aber ich kann nicht mehr. Sarah und Arnd auf dem Sofa. Ob

Sonja bereit wäre, für eine Weile, vielleicht Monate, vielleicht ein Jahr, vielleicht für länger zu Arnd zu ziehen.

Sarahs scharfe Falten zwischen den Augenbrauen, der zusammengepreßte Mund, die geöffneten Hände . . .

Sonja hatte sich bereitwillig für Arnd entschieden, erleichtert, der Stimmung von Schwermut und Problemen bei Sarah entrinnen zu können. Arnd war immer lustig, Arnd hatte nie Probleme, und wenn, brachen sie aus ihm heraus wie ein Gewitter. Danach schien wieder die Sonne.

Sie hatte es nicht mehr ertragen, von Sarah in einen Sog von Nachdenklichkeit gezogen zu werden. Sie wollte sein wie andere Kinder. Oft zerriß sie ein Streit, wenn sie mit Sarah zusammen war. Ein Streit zwischen der Sehnsucht nach Sarahs Nähe und dem Bedürfnis, ihr zu entfliehen. Nun brach dieser Zwiespalt wieder aus.

Sie versuchte, kühl und klar zu bleiben, zog Fremdheit wie einen Schild vor sich, wollte am liebsten weglaufen.

Sie selbst war eine Katze, aber nicht die weiche, glänzende ihres Traums, vielmehr ausgesetzt, von Abfällen ernährt, seit Monaten nicht mehr blankgeleckt. Nun rasten ihr auf offener Landstraße riesige Scheinwerfer entgegen. Sie konnte nicht entrinnen. Zu allen Seiten reckten sich Mauern bis in den Himmel. Glatte, glitschige Stahlmauern, die keine Kerbe boten zum Hineinkrallen.

Sarah ging einige Schritte im Zimmer hin und her, als sei sie eingesperrt.

Du freust dich gar nicht, mich zu sehen . . ., murmelte sie. Widerwillig schickte Sonja sich an zu beteuern, daß das nicht wahr sei. Sie kam nur dazu, höflich Oh, nein . . . hervorzubringen, dann schnitt Sarah ihr das Wort ab.

Laß die höflichen Sprüche, Sonja!

Ihre Hände flatterten wie Schmetterlingsflügel. Ich weiß auch nicht, ob ich mich freue. Viola hat mich überredet, mit ihr zu gehen Sie sagte, ihr sucht mich.

Draußen wütete die Mittagssonne. Sarah hatte die Vorhänge leicht zurückgezogen. Das Zimmer schien zu bersten von dicker Treibhausluft. Sonja war etwas Wunderbares gelungen: Sie hatte ihre kleine Katze wiedergefunden. Deutlich sah sie, wie die Katze sich in ihrem wiegenden Gang zum Fenster bewegte. Die Zeichnung auf ihrem Rücken rollte bei jedem Schritt sanft hin und her. Obwohl winzig, schien sie die Kraft und den Stolz eines Tigers zu besitzen.

Die Katze verwandelte sich in einen großen Vogel mit graubraun gestreiften Schwingen. Er breitete sie einige Male aus und flog durch das geschlossene Fenster hinaus, gerade auf die Spitze des großen Berges zu. Sonja folgte ihm, auch sie besaß die Gabe des Fliegens, und im Nu saß sie neben dem Vogel in der Höhe, reckte ihren schmalen Hals und den spitzen Vogelkopf und blickte von weit oben in das Zimmer hinein. Sie beobachtete, daß eine Frau, die vor langer Zeit einmal ihre Mutter gewesen war, zu jemand sprach, die nicht mehr sie war. Die Frau riß die Augen weit auf, wie ein Kind. Sie sah ängstlich aus.

Sie bat ihre Tochter um ein Gespräch. Sie erkundigte sich abermals nach ihrem Befinden.

Sonja sah, wie das Mädchen seinen Mund zu einem entgegenkommenden Lächeln verzog. Sie hörte eine eifrige Mädchenstimme antworten: Ja, natürlich, aber ich freu mich doch, mir geht es gut, der Urlaub war schön, wir hatten immer gutes Wetter. Und wie geht es dir?

Gut gemacht, lobte sie das Mädchen. Und du hast

geschickt vermieden, sie anzureden. Was solltest du sagen: Mutter? Lachhaft! Sarah? Sie ist doch nicht deine Freundin. Eine Mutter kann nicht die Freundin ihrer Tochter sein. Und sie will es auch gar nicht wirklich. Sie will nur, daß wir es glauben.

Sarah zog ihren Blick von Sonja ab. Sie erhob sich und wanderte im Zimmer umher, bis sie sich auf einen Stuhl in der anderen Ecke des Zimmers setzte. Sie umfaßte den Aschenbecher mit beiden Händen, während sie zu erzählen anhob, mehr an den Tisch, den Aschenbecher, an sich selbst gerichtet als an Sonja.

Ihr gehe es auch gut. So gut wie seit Jahren nicht. Sie lebe jeden Tag von Anfang bis Ende, ohne einen Plan für den nächsten zu entwerfen. Was zähle, sei allein der möglichst erfolgreiche Verkauf von Eiern, Käse und Honig. Sie plane, bei den Gonzalez zu bleiben bis zum Schluß der Saison und sie anschließend ins Estremadura zu begleiten.

Arbeitet die in einem Laden? überlegte die Sonja auf dem Berg.

Sie hütete sich, dem Mädchen dort unten die Frage in den Mund zu legen. So war alles friedlich und in Ordnung. Sie lauschte schläfrig Sarahs Worten.

Am Anfang sei es schlimm gewesen. Ohne Arbeit. Ohne Freunde oder Bekannte. Sie habe gelebt wie ein Single im Dauerurlaub. Alles habe sich um ihr Aussehen gedreht. Jeden Tag habe sie Pläne für den nächsten gemacht. Die Menge des Essens festgelegt, Art und Umfang sportlicher Betätigung entworfen. Sie habe beabsichtigt, nach spätestens zwei Monaten zurückzukehren, braun, schlank, lebensfroh. Sie habe sich oft Sonjas Gesicht vorgestellt, wenn Sarah so verändert in der Tür gestanden hätte.

Viola lachte.

Sarah, das kenn ich. Ich mach schon lang vorm

Urlaub solche Pläne. Warum bist du nicht zurückgekommen?

Ich habe täglich den Plan vom Vortag umgeschmissen.

Sonja spürte, wie der Wind auf dem Berg um ihre heißen Wangen blies. Sie schauderte, obwohl sie schwitzte. Sie versuchte, den großen Vogel in den Arm zu nehmen wie zuvor die Katze. Der Körper war schwer zu umfassen, und der Hals war zu mager zum Anlehnen. Der Aufprall der Wellen an den Felsen dröhnte leise hinauf. Sie horchte. Es schien, als zittere der Berg.

Sarah sah das Mädchen an, sprach nur für sie.

Am Anfang dachte ich, ich hielte die Trennung von dir nicht aus. Du warst doch der wichtigste Mensch in meinem Leben ... Sarah zögerte, ihre Stimme kippte, als sie fortfuhr: Und du bist es immer noch, auch wenn es nicht so scheint.

Sonja landete hart im Zimmer. Sie strengte sich an, sofort wieder abzufliegen.

Sarah hielt sie mit ihren Augen fest. Sonja wehrte sich: Red doch nicht! Wenn ich dir so wichtig wär, wärst du nicht einfach abgehaun!

Sarah zuckte zusammen. Es drängte Sonja weiterzusprechen, alles herauszuschreien. Sarah Worte wie Scheuerlappen um die Ohren zu schlagen. Sie schluckte.

Viola schüttelte leicht Sonjas Knie. Sonja sei ungerecht. Sarah habe damals mit ihr alles besprochen wie mit einer Erwachsenen ...

Sarah unterbrach sie.

Vielleicht hat Sonja recht. Ich bin abgehauen. Gut, ich hatte Probleme, die mir über den Kopf wuchsen, aber andere haben auch Probleme und laufen nicht weg. Mir war es eben wichtiger, dem Chaos zu entfliehen, als bei meinem Kind zu bleiben.

Sarah schwieg für einen Augenblick, verbesserte sich dann.

Nicht einmal so. Ich hatte das Gefühl, das Zusammenleben mit dir, Sonja, mache alles nur schlimmer. Ich konnte keinem Druck mehr standhalten, auch nicht dem, eine gute Mutter sein zu müssen.

Sarah kniff die Augen zusammen, als wolle sie etwas scharf in eine Linie pressen. Sonja fühlte sich wie magnetisch angezogen. Als geriete sie durch das Auge in Sarahs Schädel und werde dort herumgewirbelt wie in einer Waschmaschine.

Ich verstehe nur nicht, vernahm Sonja in diesem Strudel, warum du dich jetzt beschwerst. Wieso der Sinneswandel? Ich wäre nicht fortgegangen, wenn ich nicht den Eindruck gehabt hätte, du fühltest dich bei Arnd wohler als bei mir.

Sonja preßte die Füße auf den Boden.

Was sollte sie antworten? Sarah und Viola erzählen, daß der Traum mit Arnd schon bald ausgeträumt war? Daß es mit ihm nur Spaß gemacht hatte, solange Sarah auf sie wartete? Es war, als verkehre sich das Märchen von dem Ungeheuer, das zu einem Prinzen wird, nachdem sich das Mädchen entschlossen hatte, bei ihm zu bleiben. Aber sie selbst war eben auch nicht die schöne Prinzessin.

Patzig gab sie von sich: Ich wollte auch gern zu Arnd. Ein Glück, daß ich wenigstens einen Vater habe. Aber andere Kinder haben Vater und Mutter. Alle Kinder in meiner Klasse.

Sie stand auf, erklärte wie ein Kindergartenkind: Ich muß mal ...

Sie rannte fast an Sarah vorbei, den Blick auf die Toilettentür gerichtet. Sie verschloß diese hinter sich, als müsse sie sich vor einem möglichen Verfolger schützen. Sie beugte sich über die Toilette, würgte, steckte den Finger in den Hals, würgte nur um so mehr, brachte aber kaum etwas hervor. Ihr fiel ein, daß sie heute noch fast nichts gegessen hatte. Bei dem Gedanken an Essen wurde ihr noch übler, und sie versuchte mit Hilfe des Fingers, ihren Magen vollends zu entleeren. Diesmal zog er sich zusammen, ihr Körper zuckte und schmerzte bis in den Unterleib hinein, mit einem Schwall erbrach sie Flüssigkeit und danach gelbgrünlichen Schleim.

Sie hatte alles vergessen, die Katze, den Vogel, Arnd, ihre Mutter. Nichts war mehr von Bedeutung als ihr schmerzender Körper und der gallige Geschmack im Mund. Ihre Haut hatte sich mit einem salzig feuchten Film überzogen. Sie wischte mit dem Handrücken über die Stirn.

Sie entledigte sich ihrer verschwitzten Kleidung, stellte sich unter die Dusche. Es klopfte an der Tür, die Klinke wurde heruntergedrückt. Und wieder Klopfen, fordernd, zunehmend lauter.

Sonja! Ist dir nicht gut?

Violas Stimme.

Sonja drehte sich unter dem lauwarmen Wasserstrahl. Wie gut, daß sie abgeschlossen hatte. Sie schrie, sie dusche.

Sie lächelte böse. Sollten die beiden nur warten. Sie hatte auch gewartet. Eigentlich war dieser Urlaub ein einziges Warten gewesen. Mehr noch: ihr ganzes Leben. Immer hatte sie gewartet: auf den nächsten Streit der Eltern. Auf die Versöhnung. Darauf, von Sarah zu Arnd auf Besuch zu gehen und von Arnd wieder zu Sarah. Darauf, daß endlich eine gute Fee erscheinen würde mit einem goldenen Zauberstab. Daß es endlich einmal simsalabim machte ... Darauf, daß endlich das in ihrem Leben geschah, auf das sie wartete ...

Sie drehte kaltes Wasser an, blieb ruhig drunter stehn, beobachtete, wie sich ihre Haut erschrocken unter dem Aufprall des kalten Strahls zusammenzog. Sie hielt es aus. Nichts und niemand vermochte sie zu überwältigen. Sie war stark. Es sollte ihr einmal einer nachmachen, so wenig zu essen. Sarah hatte immer gegessen, wenn Probleme auftraten. Sarah war kaputtgegangen. Sarah hatte sich weich gefuttert. Sie war versackt in ihrem eigenen Fett.

Sonja rubbelte heftig die Nässe von ihrer Haut, packte zu, Knochen und Sehnen, nur von wenig Fleisch überzogen. Sie fühlte sich fest und gespannt wie ein Flitzebogen, der sein Ziel nicht verfehlen würde.

O nein, sie bemitleidete sich nicht.

Früher beneidete sie alle in ihrer Klasse, die eine richtige Familie besaßen, einen Vater, der zu Schulfesten mit grauem Anzug und Schlips erschien, die Mutter neben sich, die ausgeschlafen, stolz und frischgelockt strahlte. Die Mitschüler gingen nach der Schule nach Hause, wo die Mutter sie mit dem Essen erwartete, den Mitschülern sortierte die Mutter am Abend den Ranzen, und sie half auch bei den Hausaufgaben. Die anderen mußten dem Vater die Klassenarbeiten vorlegen, und sie hatten Angst vor ihm. Die anderen freuten sich auf den Urlaub. Dann wurde die Ordnung gelockert. Vater in Shorts und ohne Schlips, Mutter lag in der Sonne und kicherte manchmal wie ein Mädchen, wenn Vater sie kitzelte, und auf die Kinder gaben sie nicht mehr allzu streng acht.

Für Sonja war alles gleich, sie war allein, im Urlaub oder zu Hause.

Früher, als sie noch bei Sarah wohnte und Arnd mit Viola zusammen war, hatte sie Traumurlaube mit Arnd verbracht. Nur sie beide waren irgendwohin geflogen, nach Mallorca oder Gran Canaria, und immer hatten sie alles gemeinsam unternommen. Er hatte sie seine kleine Prinzessin genannt. Und so fühlte sie sich auch, als er sie in Bars und Discotheken mitgenommen und nur mit ihr getanzt hatte. Damals fühlte sie sich den anderen Urlaubskindern weit überlegen.

Deren Väter kümmerten sich vor allem um die Mütter, deren Väter schnauzten die Kinder beim Essen an, wenn sie störten. Deren Eltern brachten die Kinder früh ins Bett, um allein zu sein.

Es hämmerte wieder an die Tür.

Sonja, ist alles in Ordnung?

Sie bejahte.

Sie schlüpfte in ihre Kleidung, stellte vergnügt fest, daß ihre Hand noch Platz hatte in dem Hosenbund, wurde plötzlich von so heftigem Hunger überfallen, daß ihr schwindelte. Sie malte sich aus, was sie essen könnte: einen großen Teller mit frittierten Tintenfischringen, dazu knuspriges Brot und Salat. Die Vorstellung, ihre Zähne in die harte Kruste zu schlagen, bereitete ihr Vergnügen.

Ihr wurde wieder übel.

Sie schloß die Tür auf und trat zu den beiden Frauen ins Zimmer.

Die Schwüle im Raum schnürte ihr den Hals zu. Augenblicklich brach ihr wieder der Schweiß aus.

Viola machte ihr Vorwürfe. Sie hätten sich Sorgen gemacht. Sonja hätte einen Ton sagen sollen.

Sonja antwortete leichthin. Sie habe geduscht, weil sie schwitzte. Das sei doch nicht verboten. Sie hörte Sarah sagen: Gute Idee! Lachend fügte sie hinzu, sie habe endlos lange nicht mehr unter einer Dusche gestanden. Ob sie Sonjas Dusche benutzen dürfe. – Was erlaubte sich diese Frau!

Das war schließlich Sonjas Badezimmer!

Sie murmelte: Klar, warum nicht, da ist nur kein trockenes Handtuch.

Ich bin nicht verwöhnt. Sarah verschwand im Bad.

Sonja legte sich aufs Bett, blätterte in einer Zeitschrift. Viola saß am Tisch und schwieg. Sonja betrachtete die Frauenabbildungen in dem Journal. Ibizamode. Weiß, rosa, rot, gerüscht und gerafft. Die Frauen waren alle sehr schön.

Warum hast du eigentlich nie für Zeitungen gearbeitet, fragte sie Viola.

Sie hatte eine scharfe Falte zwischen Violas Augenbrauen bemerkt. Sie hoffte, Viola mit einem Gespräch über Mode ablenken zu können.

Viola erwiderte knapp, sie sei zu alt dafür gewesen,als sie angefangen habe. Beide schwiegen. Sonja las aufmerksam die Anmerkungen zu den Fotos.

Ich will über etwas anderes mit dir reden, Sonja. Ich bin sauer auf dich.

Also doch, war wohl nichts zu machen. Na gut, dann stand sie eben zur Verfügung.

Sie hob ihre Augen kurz von der Zeitung, verschleierte sie, wollte Viola nicht deutlich sehen, vor allem nicht die Falte zwischen den Augenbrauen. Diesen Blick hatte sie erprobt, er rückte Menschen augenblicklich in weite Ferne.

Was habe ich denn verbrochen?

Sie dehnte die einzelnen Silben in die Länge, vermied es, den Blick wieder auf die Zeitung zu senken. Sie wollte Viola nicht noch ärgerlicher machen.

Viola legte ihren Kopf leicht nach hinten. Die Stirnfalte hatte sich zwar geglättet, sie blickte nun aber von sehr hoch oben auf Sonja herab:

Meine Kleine, du scheinst dich für unfehlbar zu halten, wenn du dir anmaßt, uns alle wie den letzten Dreck zu behandeln. Ich sage dir, meine Süße: Wenn du dich weiter so entwickelst, wirst du es bestimmt später zu einem Leben bringen, wie es die anderen Kinder in deiner Klasse führen, so mit Papi, Mami, zwei Kindern und Einfamilienhaus. Das Brett vorm Kopf scheinst du jetzt schon zu haben.

Sonja zog sich zusammen. Diese Stimme wollte

sie nicht hören. Sie kannte sie aus Streitigkeiten zwischen Arnd und Viola oder kurzen, spitz hingeworfenen Bemerkungen Violas zu ihrem Sohn Frank. An Sonja hatte Viola diesen Ton noch nie gerichtet. Sie hoffte, es würde sich um ein Mißverständnis handeln. Sie zog sich zusammen in der Hoffnung, Viola würde gleich sagen, so hätte sie es nicht gemeint.

Sonja wollte sich nicht mit ihr streiten. Viola war die erwachsene Person, die sie verehrte. Viola war erfolgreich. In allem. Sie war schlank und schön, und sie verdiente viel Geld in ihrem Beruf, um den viele sie beneideten. Viola verschaffte sich immer und überall Respekt. Nie hatte Arnd gewagt, Viola so unverschämt anzugreifen, wie er es mit Sarah getan hatte. Viola war der Anlaß für die einzigen Tränen, die Sonja Arnd jemals hatte weinen sehen. Viola hatte Arnd verlassen, nicht er sie. Sarah hatte zwar Arnd rausgeschmissen, aber nicht verhindert, daß er sie nicht verließ. Er war Sarahs Mann geblieben, auch als er schon ausgezogen war. Viola war die einzige Person, die so war, wie Sonja werden wollte. Immer hatte sie sich gewünscht, Viola hätte ihre Mutter sein mögen, immer hatte sie sich geschämt wegen ihrer Mutter, die so sehr verblaßte neben einer solchen Frau. Die in allem versagte.

Und auch Arnd. Was war er denn schon? Ein Händler, der mit Autos protzte. Ein Mann, der von einer Frau nach der anderen verlassen wurde, der jetzt Ursel fast einsperrte, nur damit sie ihm nicht auch noch davonlief.

Das Schweigen begann Sonja unangenehm zu werden, aber sie wußte nicht, wie sie es durchbrechen sollte. Schließlich redete Viola weiter.

Du hast dich benommen, als besäßest du den Anspruch aufs allumfassende Glück. Alle anderen Menschen müssen Sonja glücklich machen. Was tust du denn, bitteschön, für das Glück der anderen?

Sonja hörte zu und auch nicht. Das kann sich gar nicht an dich richten. Warum sagt Viola so etwas?

Sie selbst unternimmt soviel, um glücklich zu sein. Den Erfolg in ihrem Beruf hat sie sich selbst erkämpft. Sie tut viel für ihre Schönheit. Du selbst hast sie doch erlebt im Urlaub: Viola machte täglich Gymnastik, Viola überaß sich niemals, Viola benutzte eine große Zahl Gesichtspackungen und Cremes.

Viola sah Sonja fragend an. Immer noch von oben herunter. In Sonja regte sich Ärger.

Es waren nicht die Worte, die ihn verursachten.

Aber dieser Blick aus halbgeschlossenen Augen, mit zurückgelehntem Kopf. Sonja wehrte den Ärger nicht ab. Sie erinnerte sich an Arnds Worte in den Streitereien mit Viola.

Immer dein leeres Gelaber, hatte er gesagt. Kleinbürgerlich – dein doofstes Schimpfwort. Deine dumme Arroganz. Arroganz.

Gerade wollte sie Viola dies Wort in die hochmütigen Augen knallen, da kam sie ihr zuvor.

Sonja müsse bedenken, was sie damit anrichte, zu sagen, die Kinder, die in intakten Familien lebten, seien viel besser dran. Auch Viola fühle sich dadurch angegriffen. Sonja beteuerte schnell, sie habe Viola nicht gemeint.

Bei Viola sei alles ganz anders.

Wieso anders? Wie lebe ich denn, meine Liebe? Ich fürchte, du hast immer nur die schöne Fassade gesehen.

Viola schloß einen Moment die Augen, atmete tief.

Sonja atmete unwillkürlich mit. Sie schmeckte die trockene, heiße Zimmerluft.

Viola griff mit den Händen in ihre Haare. Der Pony stand zu Berge.

Und mir hat deine Bewunderung auch immer noch geschmeichelt. Aber du weißt ja gar nicht, wie ich lebe.

Violas Stimme drang gedämpft an Sonjas Ohren. Sie bedauerte, das Wort ‚Arroganz' nicht vorher ausgesprochen zu haben, dann wäre das Gespräch bestimmt anders verlaufen.

Sie schwitzte.

Warum müssen Erwachsene immer so anstrengend sein?

Viola hielt Sonjas Blick mit ihren grüngiftigen Augen fest: Ich bin ein Kleiderständer, Liebchen. Mein Grips ist nicht gefragt. Ganz im Gegenteil. Und ich passe mich an. Deine Mutter steigt aus den dummen Spielchen aus. Ich spiele jedes doofe Spiel mit ...

Sie lachte höhnisch auf.

Ich lasse keins aus. Die schöne Frau, die sich zur Schau stellt, das bin ich. Und die Männer schwirren um mich herum. Mit schmeichelt das. Aber hast du dich schon mal gefragt, warum keiner bei mir bleibt?

Sonja widersprach, schnell und froh, weil sie Viola einer Ungenauigkeit überführen konnte.

Du bist Arnd weggelaufen!

Na gut, aber da wir nun bei Arnd sind, auch da ist deine Überheblichkeit fehl am Platz. Such dir einmal einen Vater, der sich solche Mühe mit seiner Tochter gibt. Such dir einen, der so leiden kann wegen seiner Tochter. Denn daß er leidet, ist dir hoffentlich nicht entgangen.

Sonja war müde.

Arnds Leiden. Über dieses Thema würde sie nicht mit Viola sprechen. Sie sprach darüber mit niemandem.

Sie ging zum Angriff über.

Ich bin nicht überheblich, du bist überheblich. Ich

will nur ganz normal leben. So wie alle anderen. Ich will nichts Besonderes sein. Anscheinend aber du. Du kannst gar nicht genug bekommen. Dir reicht es nicht, umschwärmt zu werden, du willst auch noch so rumlaufen wie Sarah. Wie eine Zigeunerin. Ihr seid alle überheblich. Immer wollt ihr herausragen. Ich will ganz normal leben. Wie alle.

Viola war noch blasser geworden. Sie murmelte, Sonja solle aber aufhören, Viola anders einzuschätzen als Sarah. Der einzige Unterschied sei der, daß Sarah herauszufinden versuche, was für sie richtig sei. Sarah verhalte sich konsequent. Viola sei nur konsequent darin, dem Bild zu entsprechen, das andere für sie entwürfen.

Das Wassergeplätscher verstummte. Viola sprach abschließend und entschieden. Laß das Gespräch unter uns bleiben. Wir kennen nun unsere gegenseitigen Auffassungen. Aber ich rate dir: Sieh dir die Eltern der anderen genauer an. Vielleicht bemerkst du dann, daß es zwar leichter ist, zu leben wie alle, leichter, als etwas Neues, etwas Eigenes zu suchen. Es ist aber auch sehr schwer: Jede Menge nicht ins Massenbild passender Ecken und Kanten müssen nämlich versteckt oder schlichtweg vernichtet werden ... Das kostet Energie, mein Kind.

Sonja nickte.

Alles in ihr war wie ausgehöhlt. Als hätte sie etwas Wichtiges verloren. Nur mühsam hielt sie ihre Augen offen.

Sarah trat ins Zimmer. Sie brachte Frische und Bewegung mit. Einen Moment erschien es Sonja, als strömte sogar etwas Luft zum Atmen aus dem Badezimmer. Sarah ging locker durchs Zimmer, setzte sich neben Sonja auf denselben Platz, auf dem zuvor Viola gesessen hatte. Sie unterbreitete Sonja zwei Vorschläge, die sie sich unter der Dusche überlegt hätte. Erstens sollten sie sich einmal richtig aussprechen, und zweitens sollten sie sich von nun an regelmäßig schreiben. Viola erhob sich abrupt. Ihr Stuhl knallte gegen die Wand.

Ich laß euch besser jetzt allein. Kommt ihr in einer halben Stunde runter? Sarah nickte. Sie schien erleichtert über Violas Fortgehen.

Viola rauschte davon, ohne Sonja noch einmal anzusehen.

Eingesperrt.

Sonja rutschte ein Stück weg von ihrer Mutter, höher aufs Bett. Sie zog die Beine an, lehnte den Rücken an die Wand. Sie schloß die Augen.

Wo war die Katze geblieben?

So lang ist es doch gar nicht her, daß du dich wohlgefühlt hast in deinem Traum.

Angestrengt versuchte sie, sich das Bild ihrer kleinen Gefährtin in Erinnerung zu rufen. Es gelang nicht. Statt dessen fauchte ein Tiger sie mit aufgerissenem Maul an. Sie öffnete schnell die Augen, stützte die Hände neben sich auf. Ihr schwindelte, ihr war übel. Sie erwog, noch einmal die Toilette aufzusuchen. Vielleicht sollte ich doch etwas essen, ging es ihr durch den Kopf. Arnds Warnung stand plötzlich vor ihr: Wenn du nie etwas ißt, wirst du verrückt. Wenn du so weitermachst, landest du noch in der Klapsmühle.

Ob es so ist, verrückt zu werden?

Sarah rückte einen Stuhl dicht an Sonja heran. Sie verstehe, daß für Sonja alles schwer sei. Sie verstehe auch ihren Wunsch, in einer heilen Familie zu leben. Manchen Menschen sei das einfache Glück beschert, sie habe es sich auch immer gewünscht. Sie habe ihm nachgeeifert, aber es sei unmöglich gewesen. Einen anderen Mann als Arnd habe sie nicht gefunden, mit dem sie und der es mit ihr ausgehalten hätte. Vor allen Dingen habe sie begriffen, daß sie selbst sich ununterbrochen geschadet hätte.

Sie habe Angst gehabt, auch Sonja Schaden zuzufügen. Deshalb sei sie fortgegangen. Mit der Absicht, zurückzukehren. Auch um Sonja anschließend eine bessere Mutter sein zu können. Sie hätte ihr nichts von dem bieten können, was sie sich wünsche.

Dann hättest du kein Kind bekommen dürfen. Der Satz war Sonja unwillentlich herausgerutscht. Sie erwartete, Sarah würde nun aufbrausen wie zuvor Viola.

Was meinst du, wie oft ich mir selbst diesen Vorwurf gemacht habe. Nur: einmal Mutter, immer Mutter! Das kannst du nicht rückgängig machen. Bei deiner Geburt rechnete ich auch nicht damit, dir einmal ein solches Leben zumuten zu müssen. Arnd und ich waren verheiratet, und ich dachte, es wäre fürs Leben. Alles entsprach den Regeln: Arnd verdiente genug Geld, so daß ich zu Hause bleiben konnte, um nur für dich da zu sein. Es war wie bei den anderen Kindern in deiner Klasse. Ich ahnte nicht, daß ich mich einmal so verändern würde, daß ich allen Regeln widersprechen würde durch meine Art zu leben. Und ich kann dir nicht einmal Versprechungen für die Zukunft machen.

Sonja krümmte sich zusammen. Sie hatte die Beine leicht gespreizt, beugte sich tief hinunter. Alles schmerzte. Ihr Rücken zog, die Beine waren verkrampft, sie spürte Stiche im Magen, und in ihrem Kopf surrte es, als sei ein Mückenschwarm dort eingesperrt.

Ich glaub, ich hab Hunger, murmelte sie.

Sarah hatte sie nicht verstanden, fuhr fort, Sonja solle ruhig offen ihre Meinung sagen, sie könne auch Kritik vertragen.

Sonja wiederholte lauter: Ich glaub, ich hab Hunger. Sie hörte ihre Stimme weit entfernt, durch das Brausen, das ihre Ohren, ihren Kopf, ihren Körper ausfüllte.

Sarah erhob sich brüsk. Ihre Stimme klirrte.
Wer Hunger hat, muß essen.

La vida es una carta por jugar ...

Welche Weisheit – das Leben als Spielkarte!

Viola verzog ironisch die Mundwinkel. Diese Spanier mit ihren philosophischen Liebesliedern. Sie saß auf einem weißen Metallstuhl, die Sandkörner, die frühere Benutzer hinterlassen hatten, drückten durch das feuchte Kleid gegen ihre Schenkel. Die Terrasse war übervoll mit braunroten, ölig glänzenden Gestalten in Bikini und Badehose. Dort hinten eine spanische Familie an drei nebeneinandergestellten Tischen, sonntäglich gekleidet, drei Generationen an einem Tisch. Die älteste Frau, die Großmutter wohl, saß am Kopfende, rechts und links von ihr zwei schnauzbärtige, feurig wirkende Männer mittleren Alters. Daneben zwei Frauen. Dann folgte eine Schar von Kindern, die Mädchen in duftigen Kleidchen und mit kleinen, goldenen Ringen in den Ohren, die Jungen in knielangen, steifen Hosen. Viola ertappte sich dabei, wie sie die Familie anstarrte. Der Blick des einen Mannes begann dem ihren entgegenzuhuschen.

Sie riß ihre Aufmerksamkeit fort, lächelte Arnd zu, erkundigte sich in leichtem Konversationston nach dem Erholungswert seines Urlaubs. Arnd brummelte etwas Unbestimmtes, nickte mit dem Kopf, leerte seinen Bierhumpen.

Viola tat es ihm nach. Sie verstand ihn. Es mußte wie ein Schock auf ihn gewirkt haben, plötzlich Sarah, dazu in dieser Zigeunerverkleidung, gegenüberzustehen. Ganz gegen seine Art hatte er noch keine heftige Gefühlsreaktion gezeigt. Er wirkte wie betäubt.

Viola nahm ihr Kopftuch ab. Ihr war, als bräche Flüssigkeit aus all ihren Poren. Der halbstündige Fußmarsch hatte sie sehr angestrengt. Vor ihnen auf der Promenade strudelten die spärlich bekleideten Urlauber, um ein Eis an einer der vielen Buden zu erstehen oder eine heiße ‚belgische' Waffel, oder um einer gestern Nacht in irgendeiner Disco getroffenen Verabredung entgegenzuschlendern. Viola blinzelte aufs Meer hinaus. Die Sonne verzauberte es in eine flirrende Mischung aus Licht, Spiegel und rollendem Schmuck.

Arnd erkundigte sich, wie lange sie noch auf Sarah und Sonja zu warten hätten. Es sprach beiläufig, zwischen zwei Schlucken aus dem Bierglas, vermochte seine Aufregung vor Viola aber nicht zu verbergen.

Arnds Spannung sprang auf sie über.

Wahrhaftig, was hielt die beiden so lange dort oben? Vorhin erschienen sie alles andere als gesprächsbereit füreinander. Sie sah auf die Uhr, ermahnte Arnd fröhlich zur Geduld. Schließlich hätten sich Mutter und Tochter lange nicht gesehen. Sie atmete tief, rutschte auf dem Stuhl hin und her. Arnd nestelte an seiner Zigarettenschachtel, schüttelte, Viola griff zu, bevor er ihr eine Zigarette anbieten konnte. Sie entzündete auch schneller als er ihr Feuerzeug und hielt es ihm hin. Arnd umfaßte ihre Hand, als fürchte er, sie könnte zittern oder ihn verbrennen.

Beide schwiegen. Langsam, betont langsam, so erschien es Viola, sog Arnd an seiner Zigarette. Sie tat es ihm nach, lehnte sich nach hinten, so lässig, wie es ihr in dem glitschigen Plastikstuhl möglich war.

Mit den Augen verfolgte sie den Kellner, wie er schwarzbehost und schwitzend durch die Reihen wieselte. Er balancierte auf einem Tablett Krüge, in denen sich der Schaum hochwölbte. Violas Spannung verwandelte sich in Ärger. Arnd verhielt sich wie ein gelangweilter oder beleidigter Ehemann. Was wohl die anderen Leute über sie dachten? Wahrscheinlich vermuteten sie, Viola habe nichts

Besseres zu tun, als ihre Zeit neben einem Mann zu verbringen, der sich nicht für sie interessierte.

Dabei hatten sie sich einmal geliebt. Und das Thema war für sie noch lange nicht abgeschlossen. Nicht weil sie noch an Arnd hing, aber sie wußte, sie würde sich immer wieder in der gleichen Weise verlieben. Sie hatte lange darüber nachgedacht, warum sie sich immer wieder in ähnliche Beziehungen verstrickte, und sie war zu einem für sie nicht schmeichelhaften Ergebnis gekommen. Sie brauchte Anerkennung wie eine Droge. Nicht die leicht zu erwerbende, nicht die blumigen Komplimente der überschwenglichen Freier. Viola brauchte den Erfolg einer mühsamen Eroberung. Sie wußte es. Es schmerzte. Es schmerzte um so mehr, da sie es wußte und sich von der Abhängigkeit trotzdem nicht zu befreien vermochte.

Dabei war Arnd ein Mann der lässigen Komplimente, alles andere als kühl und zurückhaltend. Er versteckte seine Gefühle nicht, auch nicht die liebevollen. Wenn er jemanden mochte, war er nicht geizig. In keiner Hinsicht. Viola hatte sich erst für ihn interessiert, als sie sich über seine Machtposition in Sarahs und Arnds Ehe bewußt geworden war. Trotz aller Emotionalität, die sich zuweilen als überwältigende Herzlichkeit, zuweilen in Gekränktheit, zuweilen in Wutausbrüchen äußerte, bewahrte sich Arnd einen Bereich, an den er keine Frau rühren ließ. Das hatte Viola gereizt. Damals, als es begann, hatte sie sich keine Rechenschaft über ihre Beweggründe abgelegt, nannte es ‚der Funken ist plötzlich übergesprungen‘, sprach von Verliebtheit; als es jedoch aufs Ende zuging, als sie ihre Gefühle erkalten sah und seine erst recht auflodern, zwang sie sich, ihr Verhalten in Liebesdingen im Spiegel zu betrachten. Der Arnd, der in menschlichen Beziehungen letztlich unberührt und deshalb überlegen und der Mächtigere war, hatte sie gereizt. Als er den Boden unter den Füßen verlor, als er sie einsperren wollte, um sie zu behalten, als sie erkannte, es gab gar kein Letztes, das er bewahrte und das sie erringen konnte, es gab nur eine Maske, und die hatte sie gelüftet, erloschen ihre Gefühle, als wäre die Feuerwehr mit einem harten Wasserstrahl eingeschritten. In Gesprächen mit Sarah damals stellte sich heraus, daß die Zerstörung der Fassade Arnds schon viel früher und viel radikaler erfolgt war. Da hatte Sarah erzählt, daß Arnd aus Eifersucht noch nach der Scheidung ihren Schreibtisch aufgebrochen habe. Er hätte nach etwas Undefinierbarem gesucht, das ihn in Unruhe versetzte. Und als er auf Fotos von Sarah und einem Urlaubsgeliebten stieß, hatte er Sarah verprügelt. Viola hatte es Sarah verübelt, daß sie ihr nicht lange vorher davon berichtet hatte. Vielleicht hätte sie sich dann nicht in Arnd verliebt. Hätte diese Erfahrung nicht gesucht. Andererseits aber wollte sie sie auch nicht missen. Arnd hatte ihr anders gutgetan, als sie es bei Männern brauchte. Er war ein zärtlicher Liebhaber. Er war überaus fürsorglich. Und er war treu. Über das Ende einer Beziehung hinaus.

Und er hatte ihr das Ende so erschwert, daß sie gezwungen war, über ihr Verhalten gegenüber Männern nachzudenken. Damals war ihr auch bewußt geworden, daß das Ende der Beziehung zu Arnd und ihr Katzenjammer typisch für sie war. Immer hatte sich am Schluß herausgestellt, daß es kein geheimes Letztes gab, das der Mann vor allen verbarg und das sich wie ein Schatz bergen ließ. Die Zurückhaltenden hielten im Grunde nichts zurück, die Kalten waren wirklich kalt, und die mit ihren Gefühlen Geizenden waren geizig, weil sie nichts besaßen, das es zu verprassen gab. Sie wußte es genau: wie Männer sich verhielten, so entsprach es ihrem Charakter. Und doch wurde sie immer wieder von dem Geheimnis angezogen, das einer zu verbergen schien. Und immer wieder hoffte sie, sie allein besäße die Gabe, das Geheimnis zu lüften und den unheimlichen Fremden in den freundlichen Prinzen zurückzuverwandeln. Doch sie hatte Männer immer nur angekratzt in ihrer Sicherheit und verwirrt, aber nie verändert.

Sie wußte, der nächste unheimliche Fremde würde sie wieder in seinen Bann ziehen. Und dann wäre wieder einmal sie es, die sich veränderte. Und wieder einmal wäre sie um einen Schatz ärmer statt reicher.

Arnd ließ gelangweilt den Zigarettenrauch aus Nase und Mundwinkeln entweichen. Viola bot ihm spöttisch an, sie könne sich an einen anderen Tisch setzen, falls sie ihn störe. Vielleicht bräuchten die Skatspieler dort hinten einen ‚vierten Mann'. Ein leichtes Flattern der Haut unter Arnds rechtem Auge verriet Viola die Spannung, unter der er stand. Seine Augen hüpften über ihr Gesicht hinweg wie ein Floh. Sie schauerte unwillkürlich zusammen, als fürchte sie, gebissen zu werden.

Da sind sie! rief Viola plötzlich, und es klang wie der mehrstimmige Schrei einer Menge, die hungrig auf staubiger Straße und unendlich lange Zeit auf etwas oder jemand gewartet hatte. Sie erschrak ein wenig vor ihrer Stimme. Die um sie herum Sitzenden waren aufmerksam geworden, sahen sie spöttisch und neugierig an. Viola wurde heiß, und sie hoffte, die fremden Augenpaare würden zu ihren eigenen Angelegenheiten zurückkehren, bevor Sarah und Sonja am Tisch angelangt wären.

Es war ihr nicht für sich selbst peinlich, im Mittelpunkt zu stehen. Da besaß sie eine professionelle Schutzhaut. Sie fürchtete für Sarah und Sonja. Und sie kam sich täppisch vor. Als die beiden ungleichen

Gestalten nun aber die wenigen Treppen zur Veranda emporstiegen, war es allein Arnd, der sie abschätzig und kritisch musterte. Zum ersten Mal, seit sie hier zusammensaßen, sah er Viola voll in die Augen. Er setzte das breite Lächeln auf, das ihn frech und lausbubenhaft aussehen ließ. Viola trat ihm unterm Tisch gegen das Schienbein.

Viola empfing die beiden wie eine Gastgeberin. Sie bat sie, Platz zu nehmen, sie witzelte über Arnds und ihr schweigsames Warten. Sie schenkte Sarah und Sonja ein Lächeln, als lege sie ihnen die Sonne zu Füßen.

Die haben uns hier bestimmt für ein vergrätztes Ehepaar gehalten, dem der Gesprächsstoff ausgeht, wenn die Neuanschaffungen fürs Wohnzimmer erledigt sind. Und auch das Wohnmobil ist schon gekauft. Und es tut gerade nichts weh. Dann kann nur noch das große Abenteuer fürs Leben nach der Pension geplant werden ... Sie lachte. Nach Spanien ziehen, zum Beispiel ...

Sie stockte. Da hatte sie schon wieder einen Fauxpas begangen. Entschuldigend legte sie ihre Hand auf Sarahs Arm.

Arnd sah Sarah an, und es war nicht auszumachen, ob er sich freute oder ihr grollte. Er betonte, wie ausgiebig sie Sarah während ihres Urlaubs gesucht hatten, trumpfte auf, als Sonja ihm widersprach. Umständlich beschrieb er die Etappen der Suchaktion. Wie Lichter in einer Discothek wechselte Arnds Redeschwall von vorwurfsvoll zu jammernd, von ironisch veralbernd zu aufrichtig froh. In Viola spiegelte sich jede Nuance. Dem Vorwurf entgegnete sie still: Du Lügner, du bist hierhergefahren, weil es billig ist, vor allem der Alkohol. Das Jammern wischte sie höhnisch beiseite. Die alberne Übertreibung seiner vergeblichen Suche nahm sie als das Ehrliche. Seine Freude verwirrte sie. Sie betonte laut ihre Verwirrung und Erschöpfung und empfahl Arnd, zum Theater zu gehen.

Arnd beachtete sie nicht. Mit breitem Lächeln fragte er Sarah nun aus. Aus welcher Versenkung sie plötzlich auftauche, welche Bewandtnis es mit ihrem seltsamen Aufzug habe, wo sie gesteckt habe.

Viola wurde immer stärker von einer undefinierbaren Scham erfüllt.

He, rief sie. Wie sagt man so schön: Eins nach dem anderen, sonst verschluckst du dich. Sie haben zur Zeit immer nur eine Frage, mein Herr! Sie fühlte sich elend und im Stich gelassen, als Sarah Arnd anlächelte und antwortete.

Arnd schlug sich gegen die Stirn, als er hörte, sie verkaufe für einen Bauern Lebensmittel in der deutschen Siedlung. Ausgerechnet dort hätten sie nicht gesucht. Abermals widersprach Sonja, und Viola bemerkte, wie gierig sie sich auf den Anlaß zum Widerspruch stürzte. Wie eine Möwe auf den Brotkrumen. Arnd brachte sie mit einem Blick zum Verstummen.

Sonja fiel in eine Art Lethargie. Sie saß neben Sarah, mit dem Rücken zum Meer, und starrte stumpfen Blicks auf das Eisschild an der Glaswand, die die Veranda vom Restaurant trennte: Helados variados, fresas con nata, copa valenciana ... Viola lud Sonja zu einem Eisbecher ein. Es schmerzte sie, daß sie dem Kind so heftig entgegengetreten war. Sie hatte es nicht beabsichtigt, es war über sie gekommen in einer Welle aus Ärger und auch Scham, denn sie hatte sich an die vielen Male erinnert, da sie Sonjas Bewunderung leichthin entgegengenommen hatte. Vielleicht aber auch gar nicht so leichthin. Die Biene saugt den Honig, wo sie ihn erwischt, von den großen und auch von den ganz kleinen Blüten. Sie hatte mit ihrem Widerspruch gegen Sonja an Sarah Abbitte leisten wollen. Ein wenig Sühne mit der Hoffnung auf Vergebung. Nun nahm sie Sonjas Verlorenheit wahr.

Sie wiederholte ihre Einladung. Wie wär's mit copa tropicana?

Sonja fuhr leicht zusammen. Viola las von ihren Augen das Spiegelbild ihrer eigenen Verwirrung ab.

Mein Gott, schoß ihr durch den Kopf, hoffentlich kann ihr einer helfen. Sarah, fürchte ich, nicht.

Sonja antwortete ablehnend. Nein danke, keinen Appetit. Ihr Gesichtsausdruck trug nichts als Langeweile und Müdigkeit zur Schau. Sie sah ihre Mutter nicht an, verhielt sich, als sei der Platz neben ihr leer. Sie hatte den Arm leicht von Sarah abgewinkelt, auch ihre Beine strebten von ihr fort. Sie erweckte den Eindruck, als wolle sie die geringste Berührung mit ihrer Mutter vermeiden.

Arnd lachte spöttisch, als Sonja das Angebot ausschlug. Seine Tochter habe einen Weltrekord angemeldet im Guiness-Buch der Rekorde, im Fasten . . . Sein Spott war durchsetzt von Ärger und Überdruß.

Viola kam Sonja zu Hilfe. Fasten sei gesünder als Völlerei. Sie wechselte das Thema, richtete Sarah Grüße von ihrer Mutter aus. Sie erhob sich und umarmte Sarah. Sie gab ihr einen heftig knallenden Kuß, symbolisch, an Stelle der Mutter, strich über Sarahs Wange und schickte ihr perlendes Lachen in die Luft. Das wäre erledigt, beinahe hätte sie den wichtigen Auftrag doch noch vergessen.

Sie hatte ihn nicht vergessen, hatte vielmehr auf einen günstigen Augenblick gewartet, der Verpflichtung nachzukommen. Sarahs Eltern wünschten ihre Rückkehr. Der Wunsch hatte am Telefon aus dem Mund von Sarahs Mutter jedoch eher wie eine einklagbare Forderung geklungen.

Sarah bat Viola höflich, ihre Mutter zurückzugrüßen.

Viola wartete. Die Spielregel schrieb vor, daß Sarah sich nun nach dem Befinden der Eltern erkundigte. Dann erst wäre ihr Stichwort gefallen. Doch Sarah schwieg, richtete sich auf und beobachtete gespannt eine Gestalt im Innern des Restaurants. Viola versuchte, das Objekt zu entdecken. Sie sah nichts als Stühle und Tische. Auf den Tischen saubere weiße Decken, in der Mitte Vasen mit frischen Blumen. Im Hintergrund eilten Kellner geschäftig um die Theke herum. Sarahs Konzentration verschärfte sich, nun hob sie den Arm, winkte. Ein Kellner näherte sich dem Tisch. Darum ging es also. Viola schlug sich gegen die Stirn und schalt sich laut wegen ihrer Unaufmerksamkeit. Sie und Arnd ließen Sarah und Sonja ausdörren. Mutter und Tochter bestellten Mineralwasser, was Arnd zu der Frage veranlaßte, ob Sarah bei den Anonymen Alkoholikern gelandet sei.

Ich hab doch zuviel gegessen und nicht zuviel getrunken. Sarahs Antwort klang ernst, als wäre es für sie eine reale Möglichkeit, sich einer solchen Gruppe anzuschließen.

Sag das nicht, frotzelte Arnd. Ich hab vor kurzem einen Artikel in der Zeitung gelesen, da stand, daß die Leute, die ihre Freßgier nicht richtig beherrschen können, überhaupt hemmungslose Leute sind. Die saufen auch und nehmen Drogen.

Viola hätte Arnd ins Gesicht schlagen mögen. Alles hatte er verpatzt. Der Stein, den sie mühsam hinaufgerollt hatte, war mit einem Krach wieder den Berg zurückgestürzt. Arnd hatte den Ansatz, mit Sarah in ein Gespräch über ihre Rückkehr zu kommen, zunichte gemacht.

Arnd redete sich in Eifer, und Viola wußte, nun hatte es keinen Sinn mehr zu widersprechen. Nun würde er seine Auffassung – so unwichtig sie ihm selbst auch sein mochte – verteidigen, bis alle verstummt wären.

Das hab ich gelesen, in einer seriösen Zeitung, außerdem war das ein Bericht von einem Ärztekongreß, oder, nein warte, es war das Ergebnis einer Untersuchung, die an Studentinnen gemacht worden ist. Dort stand, fast 70 Prozent der Studentinnen hätten Freßsuchtanfälle, außerdem hätten sie Probleme mit Alkohol und Drogen ...

Und daraus wurde dann geschlossen, wer zuviel ißt, ist willensschwach? erkundigte sich Sarah interessiert. Arnd sah sie an: Du kannst eigentlich gar nicht mitreden. Klar, du bist mollig, vor allem um die Hüften rum, oben bist du doch passabel. Du könntest ein paar Pfund weniger haben, aber ich hab nie begriffen, warum du daraus so eine Staatsaffäre gemacht hast. Du hast das doch sogar als Grund vorgeschoben, als du dich nach Spanien abgesetzt hast. Albern. Wenn du eine Tonne wärst, würde ich es akzeptieren, geh doch mal in die Konditorei, guck dir die Trumm da mal an ...

Aber bitte mit Sahne! warf Viola ein.

Genau! Da sitzen die, um die es geht. Die sollten nach Spanien zum Bauern arbeiten gehen. Aber du! Guck dich doch um, wer hat schon eine Idealfigur?

Sarah zeigte lächelnd auf Viola.

Gut, gut, Viola, natürlich. Arnd redete sich in Hitze.

Viola begann zufriedener mit ihm zu sein. Vielleicht war dies der Weg.

Aber weißt du, wenn ich Mister Universum als Vorbild nehme, dann schließ ich mich auch gleich ein und geh nicht mehr auf die Straße.

Er hat recht, dachte Viola. Warum um alles in der Welt sollte Sarah aussehen wie sie, die schließlich ihr Geld mit ihrem Körper verdiente. Sie mischte sich in das Gespräch ein.

Außerdem, Sarah, denk doch nicht, daß es uns Frauen mit den vorstehenden Hüftknochen so leicht fällt. Das hat doch nichts mit Freßsucht zu tun, wenn man Hunger auf mehr hat. Und je älter du wirst, um so schwerer wird alles. Manchmal hab ich den Eindruck, das einzig Schlimme am Älterwerden ist, daß die Konkurrenz immer größer wird. Und wie die nachwachsen, diese Babys, die haben doch eigentlich nur mit sechzehn genau die Figur, die heute verlangt wird: Kind mit ein bißchen Kleinobst vorn und hinten. Aber unreifes Obst, bitte. Unseren Berufsstand als Maßstab nehmen, heißt all die Quälereien, die wir exerzieren, zur Norm erklären. Wir machen das doch nur wegen des Geldes.

Sie hatte den Eindruck, eine sehr wichtige Entdeckung auszusprechen, als sie fortfuhr: Vielleicht, Sarah, hast du dich immer so furchtbar gequält, weil du nie du selbst sein wolltest, sondern immer wie ich. Oder wie irgendein Ideal, abstrakt, möglicherweise 80 - 60 - 80 oder so, da kommt man nie ran, sag ich dir, das kenn ich auch, und du hast doch eine hübsche Figur, eigentlich. Guck doch mal in den Spiegel!

Sarahs Lächeln stoppte Violas Worte. Es schien ihr süffisant und überlegen, ein Lächeln, an dem alles abprallte. Sie hatte nach Argumenten gesucht in der Überzeugung, es handelte sich um einen breiten Gedankenstrom. Nun verwandelte er sich in ein Rinnsal. Gereizt folgte sie dennoch ihrer Gewohnheit, auf alles eine letzte Verzierung, vielleicht nur den Deckel auf den Topf zu setzen:

Du bist keine Zeitschriftenschönheit, klar, die Vogue könntest du bestenfalls austragen, aber erstens ist Schönheit zeitbedingt, das brauch ich dir nicht zu sagen, du Rubensschönheit. Stell dir die Welt vor, wenn alle Frauen wie Vogue-Titel aussähen . . .

Sie merkte, sie hatte sich verrannt. Arndkopie, klagte sie sich an, hast du vergessen, worauf du hinauswillst?

Arnd griff den Faden, der abgerissen war, auf, verknotete ihn sorgfältig und – er schien besser zu wissen, wo er hinwollte. Wenn du unbedingt dünner sein willst, kannst du Diät machen, aber wenn alle mit ein paar Pfund Übergewicht sich gleich nach Spanien abseilen, na, da wäre bei uns die Arbeitslosigkeit behoben.

Man sollte das probieren, schickte er hinterdrein, in die Propagandamaschine stecken: Bei Übergewicht Seidenspinnen auf Mallorca. Mensch, da bleib ich im Urlaub zu Hause. Und all die Bikinischönheiten, die übrigbleiben ... Er stöhnte selig auf.

Da wird aber auch die Konkurrenz schärfer, stichelte Viola, da bleiben nur die Powertypen ohne Schmierbauch zurück.

Die mit Hühnerbrust ebenfalls! konterte Arnd.

Aufpassen, kontrollierte sich Viola, er gleitet ab, mach nicht noch einmal mit. Sie bemühte sich um ein unverfängliches, freundschaftliches Lächeln für Sarah: Du sagst ja gar nichts. Nicht mal danke. Dabei machen wir dir so viele Komplimente.

Sarah schüttelte amüsiert den Kopf.

Komplimente, ich weiß nicht. Das läuft doch darauf hinaus: Finde dich schön, wie du bist, oder ändere dich, also mach Diät, nimm ab, und wenn du das nicht kannst, gehörst du zu den Hemmungslosen, die vielleicht auch Drogen nehmen. Ich rede eigentlich nicht gern drüber, weil alles schon wieder ganz anders ist als vor ein paar Monaten und ich vieles noch nicht begriffen habe. Ich hab euch, bevor ich abgefahren bin, versucht zu erklären, warum ich es für notwendig gehalten habe, mich nach Spanien ‚abzuseilen'. Und ich finde es immer noch notwendig.

Was zum Teufel ist bei dir anders als bei allen anderen normalen Sterblichen? begehrte Arnd auf.

Sarah seufzte. Ob anders als bei anderen oder nicht, weiß ich gar nicht mehr, aber eure beiden Wahlmöglichkeiten treffen auf mich nicht zu. Ich kann mich nicht wohlfühlen mit mir, so wie ich bin, und ich kann auch nicht dünner werden. Hemmungslos mag man das wohl nennen, obwohl das Schreckliche gerade meine Hemmungen beim Essen waren, mir schmeckte ja nichts mehr, je mehr ich aß.

Sie sah blaß aus neben dem urlaubsgebräunten Arnd. Viola hätte ihr gerne vorgeschlagen, etwas zu essen, aber es schien ihr unpassend.

Habt ihr mich gesucht, um mich zurückzuholen? Sarah war noch eine Spur blasser geworden. Ihre Augen wirkten aufgerissen und fast schwarz, als sie von Arnd zu Viola und dann zu Sonja wanderten. Sie kniff die Augen zusammen, der Mund verzog sich zu einem Strich, die Wangen höhlten sich, und die Backenknochen traten hart hervor. Wie ein Fuchs auf der Hut, dachte Viola, nicht wie eine, die zu dick ist.

Arnd gab es lachend und ohne Verlegenheit zu. Er unterbreitete Sarah einen Vorschlag. Sie solle bei ihm als Sekretärin arbeiten, es handele sich um kein karitatives Angebot, er wüßte, sie wäre zuverlässiger als jede über eine Annonce erworbene Arbeitskraft. Sie würde bezahlt nach Tarif, und darüber hinaus biete er Familienanschluß, eine Tochter, die zuweilen zum Mittagessen und ansonsten bei Büroschluß ihre Aufwartung mache.

Sonja war zusammengezuckt, als Arnd die Tochter erwähnte, krümmte sich wie ein schußbereiter Bogen, sackte sogleich wieder zusammen. Der Pfeil blieb im Köcher. Oder sie bohrt damit in sich selbst herum, sann Viola. Sie zitterte vor innerer Spannung. Sie preßte ihre Kiefer zusammen und heftete die Fäuste fest auf die Tischplatte. Sie fürchtete, das Zittern könnte sich ausbreiten und ihren Körper in Bewegung setzen.

Sie stand neben sich selbst, beobachtete ihre Erregung und auch, wie sie sie vor den anderen versteckte. Sie war sich selbst fremd.

Welch seltsamer Anlaß dafür, daß die Zähne fast aufeinanderklapperten: Eine ausgerissene Frau sollte unbedingt wieder eingefangen werden. Wenn es auch eine Freundin war, so handelte es sich gleichwohl um eine Frau. Wäre Sarah ein Mann, den Viola liebte, würde sie jetzt vielleicht ihrem Zähneklappern freien Lauf lassen, damit er erkennen könnte, wieviel er ihr bedeutete. Sie würde wahrscheinlich die Spannung in Tränen ummünzen, vielleicht einen Skandal hier auf der Terrasse vor aller Augen entfachen, ihm seine Grausamkeit vorwerfen. Aber Sarah war eine Frau.

Viola war auch nicht aus persönlichem Interesse hierhergeflogen, sondern um den anderen zu Hilfe zu kommen. Sie hatte als Vermittlerin dienen wollen zwischen Sarah und all denen, die Sarah brauchten, vor allem der Mutter und Sonja. Und sie hatte Sarahs verlorene Seele retten wollen.

Von wegen Vermittlerin!

Jetzt sitze ich hier und zittere, verhöhnte sie sich, und eigentlich ist niemand übriggeblieben als die Mutter. Sarah will nicht zurück, Sonja verhält sich abweisend. Bleibt die Mutter – und Arnd. Dem scheint's wichtiger zu sein als Sonja. Was hat er sich da einfallen lassen. Ein Arbeitsangebot!

Sarahs Augen flackerten unruhig. Sie heftete den Blick auf die Eiskarte, als wolle sie dem Interesse ihrer Tochter auf die Spur kommen.

Na, was sagen Madame zu dem Angebot? Da wird sie behandelt wie der unentbehrlichste Kernphysiker, Einstein persönlich, man reist nur ihretwegen um die ganze Welt.

Und was macht sie? Arnd drehte sich um, warf einen Blick auf die Eiskarte, grinste. Sie träumt von copa tropicana. Gut, kriegste auch, jeden Tag ein Eis, copa tropicana, copa rosa, blau, grün, mit Erdbeeren und Schlagsahne.

Laß das! fuhr Viola dazwischen. Wenn du ernst meinst, was du vorschlägst, muß Sarah es sich reiflich überlegen. Einerseits ist es nicht schlecht, gleich mit einem Arbeitsplatz zurückzukommen, das wäre eindeutig ein Pluspunkt, andererseits, dich als Chef zu haben, stelle ich mir nicht als Zukkerschlecken vor . . .

Halt du dich mal da raus! erwiderte Arnd gemütlich. Das ist eine Sache zwischen Sarah und mir.

Viola stellte ihn zur Rede. Wolle er Sarah womöglich ohne Arbeitsvertrag beschäftigen? Als Arnd beleidigt antwortete, er wisse, bei Geld höre die Freundschaft auf, empfahl sie Sarah, diese Chance nicht ungenutzt zu lassen.

Sarah verfolgte das Gespräch der beiden, als betreffe es nicht ihre Person. Nun raffte sie sich mit sichtlichem Widerstreben zu einer Äußerung auf. Sie dankte Arnd für seine Freundlichkeit. Arnd grunzte unwillig. Sie wiederholte ihren Dank. Sie sei in der Lage zu erkennen, wie freundschaftlich dies Angebot gemeint sei, schließlich sei er bisher mit Aushilfskräften gut zurechtgekommen.

Arnd widersprach eifrig: Erstens ist meine Werkstatt gewachsen und also auch die Verwaltung, und zweitens habe ich keine Lust mehr, alle naslang eine Neue einzuweisen. Außerdem, das weißt du auch, ist das ein Posten, der Zuverlässigkeit erfordert, da muß ich mich auf die Kraft verlassen können.

Er lachte. Sarah sei gar zu mißtrauisch. Sie halte seinen Vorschlag wohl für einen Köder, der sie zurücklocken solle. Da kenne sie ihn jedoch schlecht.

Schließlich sei er als Geschäftsmann cool und gewitzt, sie solle nur mal ihr Gedächtnis anstrengen. Und um der Ehrlichkeit die Ehre zu geben: Er wolle gern, daß sie zurückkomme, allein wegen Sonja ...

Sonja nahm wieder ihre Bogenhaltung ein. Viola sah, daß Sonja ihre Zähne ebenso aufeinanderpreßte, wie sie es zuvor getan hatte. Sie selbst konnte jetzt lockerlassen, das Zittern war vorübergezogen.

Ich denke vor allem an dich.

Arnd hatte sich gestrafft. Seine Stimme klang energisch, ließ den Entschluß hören, den er gefaßt hatte und nun ausführte.

Reden wir Klartext. Du bist nicht mehr zwanzig und auch kein Hippie, aber alles sieht gewaltig danach aus. Du hattest wahrscheinlich einen Nachholbedarf an Freiheit, erst warst du bei deiner Mutter, dann ging es sofort ab in die Ehe, und danach kam die Verantwortung für das Kind. In Ordnung. Versteh ich. Nun hast du deine Jugend nachgeholt. Wenn du länger hierbleibst, verkommst du. Das ist ein Sumpf, in den du gerätst. Wie willst du dich jemals wieder an geregelte Verhältnisse gewöhnen? Und deine Verantwortung als Mutter? Sollst sie ja nicht allein tragen. Meine breiten Schultern stehen zur Verfügung. Aber denk dran: Ein Kind kann man nicht abstreifen wie Handschuhe ...

Sarah schluckte, sah Arnd an, als habe er sie ausgezogen, und sie erbäte ihre Kleidung zurück.

Versöhnlich und väterlich fuhr Arnd fort, er wolle Sarah nur helfen. Keiner werde ihr jemals nachtragen, was gewesen sei. Am wenigsten er selbst, darauf könne sie sich verlassen. Aber nun müsse sie hier heraus. Und sie solle dran denken: Ein Kind sei kein Handschuh ...

Ich bin kein Baby mehr! Sonjas Stimme klang schrill. Ich verhungere nicht ohne Mutter. Ich kann ganz gut auf sie verzichten.

Von Verhungern reden wir jetzt nicht. Das ist ein anderes Kapitel! Arnd sprach scharf und schneidend.

Viola spürte an Sonjas Stelle einen Stich in der Magengegend. Es rang ihr Bewunderung ab, daß Sonja ihre Widerrede fortzusetzen wagte.

Arnd solle nicht so tun, als müsse Sarah ihretwegen zurückkommen. Das entspreche nicht der Wahrheit. Sarah solle freiwillig kommen oder es bleiben lassen . . .

Sarah seufzte. Sie zog die roten Plastikklammern ab, die die Tischdecke vorm Fortwehen bewahren sollten. Sie steckte sie wieder fest. Sie strich die Decke glatt. Sie trank von dem Mineralwasser. Sie seufzte wieder. Sie sah Sonja von der Seite an. Sonja interessierte sich allein für die Eiskarte. Sarah schluckte. Sie stimme Sonja zu. Sonja sei kein Baby mehr.

Aber sie verhungere fast . . ., sagte Arnd.

Wieso?

Viola musterte Sonja aufmerksam, die Wangenpartie, den Hals. Sie versuchte unauffällig zu erkennen, wie der Übergang vom Brustkorb zum Magen aussah. Stachen die Rippen vor, oder besaß Sonja nur einen schönen flachen Bauch?

Sie ißt nichts. Ärgerlich stieß Arnd die Worte hervor. Sie ißt einfach nichts.

Sonja verteidigte sich halbherzig, sie habe am Morgen bereits ein Brötchen gegessen. Arnd stieß sofort nach. Er verhöhnte Sonja, ein Brötchen, man höre und staune. Das Thema ging ihm nahe.

Sarah warf Sonja einen fragenden Blick zu, der unbeantwortet blieb. Nun versuchte Sarah, Arnd ihr Zögern zu erklären, sein Angebot anzunehmen. Sie könne sich nicht entscheiden, sie wisse im Augenblick nicht, was sie wolle. Alles sei so überraschend gekommen. Und sie könne ihre Arbeit in

Spanien nicht von einem Tag zum anderen aufgeben, es gebe nicht nur ,zu Hause' Verantwortlichkeiten, sondern auch hier. Die Leute hätten ihr schließlich vertraut.

Die Leute! Was zählt das neben einer Familie?

Er erkundigte sich dennoch, um welche Leute es sich handele, und Sarah gab bereitwillig Auskunft. Eine Bauernfamilie. Sie habe großes Glück gehabt, bei ihnen aufgenommen worden zu sein. Der Großvater schulde aus dem Bürgerkrieg einem Deutschen etwas und wolle es wohl an ihr wieder gutmachen. Sachlich entgegnete Arnd, so könne Sarah mit ihrem Weggehen den Großvater vielleicht einer lästigen Schuld entledigen. Sarah verstummte.

Über Viola legte sich Traurigkeit wie eine Decke. Alles um sie herum schien verdunkelt. Das glitzernde Meer bedrohlich endlos, die Menschen lächerlich in ihrer roten Haut. Das Gemisch von Knoblauchöl und Sonnenschutzmittel, das in der Luft hing, verursachte ihr Brechreiz, und das grelle Mittagslicht stach in ihre Augen. Sie war wie besessen von dem Drang, die Augen zu schließen. Ihr Kleid war hochgerutscht, und sie spürte das feuchte Plastik des Stuhles an den Schenkeln. Unterm Hintern war das Kleid völlig durchnäßt.

Sie erhob sich, um es glattzuziehen. Sie hätte schreien mögen: Lüg doch nicht, du drehst und wendest dich nur, weil du uns nicht ehrlich sagen willst, was dich an uns stört. Sarahs Ablehnung bewirkte, daß sie sich erhitzt und gedemütigt fühlte. Warum bin ich bloß hierhergekommen, fragte sie sich abermals. Sie wußte es weniger denn je.

Vielleicht zeigte sich wieder einmal nur ihre Unfähigkeit, Trennungen zu ertragen. Nie im Leben würde sie lernen, daß sie nicht alles bekäme, was sie sich wünschte. Nie im Leben könnte sie sich mit der Vergänglichkeit des Lebens und alles Lebendigen abfinden. Sie hatte ihre Lektion schon häufig lernen müssen, und in der letzten Zeit schien es ihr manchmal, als provoziere sie kurzfristige Beziehungen zu Männern, die die Trennung von Beginn an in sich trugen, um sich immer wieder daran zu erinnern. Sie hatte ihre Lektion lernen müssen, in sehr verzweifelten Augenblicken hatte sie sich ergeben und gewußt: Jedem Menschen, auch ihr, blieb nur die Möglichkeit, sich zu zeigen, und wenn sie dann nicht alle Liebe und Zustimmung erhielt, nach der sie sich sehnte, dann wußte sie zumindest, daß die erfahrene Liebe die war, die für sie bestimmt, ihre war. Sie wußte es, verhielt sich aber anders. Immer wieder entfachte sie Feuerwerk um sich herum, machte aufmerksam auf sich. Viola, die funkelnde Frau, lockte, zog an. Und blieb letztlich unberührt. So behielt sie die Kontrolle über die Situation. Sie selbst konnte entscheiden, wann die Vorstellung beendet war.

Sarah war oft durch den Nebel zu ihr gestoßen. Sarah hatte sie angegriffen, provoziert und trotzdem bewundert und geliebt. Nach der Abtreibung damals hatte sie kein Mitleid gezeigt, sogar von „Abfalleimer" gesprochen, in den Viola nun bedauerlicherweise ihr zweites Junges geworfen hätte, und von ihrer Neugier, wie Viola mit einem Mädchen umgegangen wäre. Sie hatte ihr vorgeworfen, ihren Sohn zu einem Pascha zu erziehen mit der Macht, die sie ihm einräumte, jederzeit ihre Gespräche zu unterbrechen, jederzeit Aufmerksamkeit zu verlangen, jederzeit im Mittelpunkt zu stehen. Als sie einmal mit Frank zu Sarah kam, griff er sich, kaum daß sie angelangt waren und Sarah den selbstgebackenen Kuchen auftrug, Sonjas Trompete und veranstaltete während des Kaffeetrinkens einen entsetzlichen Krach. Viola hatte sich bemüht, ruhig zu bleiben, sie sah Frank selten, wollte die wenigen freien Tage nicht mit einem Streit einläuten. Sarah hatte ihr das später vorgeworfen. Es wäre ihr schwergefallen, ihre Aggression gegen Violas ‚Kronprinzen' zu zügeln. Um so mehr Rücksichtnahme hätte sie von Sonja erwartet. Und da war dann die Sache mit der Pampelmuse gewesen. Frank hatte die zweite Pampelmuse wie selbstverständlich verlangt, obwohl er schon die erste nur Sonjas Höflichkeit zu verdanken hatte, denn sie stand nach Sarahs und Sonjas Vereinbarung ihr zu. Frank war dann in Sarahs Zimmer geschlichen und hatte sich die zweite Pampelmuse, Sarahs Diätartikel, stibitzt, als sie sie ihm nicht freiwillig gegeben hatte. Sarah warf Viola vor, sie benutze sie als warmen Unterschlupf, wenn gerade kein Mann zur Verfügung stand. Viola habe im Grunde gar kein Interesse an dem Menschen Sarah. Es war nicht nur ein Körnchen Wahrheit in Sarahs Vorwurf gewesen, hatte Viola zugeben müssen. Suchte sie nun Sarah zurückzugewinnen, weil ihr ein warmer Unterschlupf fehlte, den sie im Augenblick besonders benötigte? Da war aber noch etwas anderes, weswegen sie Sarah so sehr benötigte. Sarah hatte sie mit ihrer zunehmend schärfer und bitter formulierten Forderung, selbst wichtig genommen zu werden, zwar zuweilen überfordert und ärgerlich gemacht, zumal sie die Vorwürfe oft als ungerechtfertigt empfand. Das Nachdenken darüber hatte sie jedoch immer wieder darauf gestoßen, daß dem mangelnden Interesse, das sie Sarah entgegenbrachte – mangelnd insofern, als jeder Mann, der auch nur vorübergehend in ihr Leben trat, ihr mehr Aufmerksamkeit und Fantasie und Lebendigkeit abverlangte –, letztlich mangelndes Interesse an sich selbst zugrunde lag. Sie selbst besaß für sich einen größeren Wert, wenn ein Mann an ihrer Seite war. Und sie selbst schätzte sich geringer ein, wenn sie ihre Zeit mit einer Freundin verbrachte, weil gerade kein Mann sich für sie interessierte. Sie hatte gedacht, dieses mangelnde Selbstwertgefühl, denn das war es ja, lange hinter sich gelassen zu haben, aber Sarah stieß sie immer wieder darauf. Und wenn sie auch immer wieder gekränkt und verletzt war, hatte sie den Zwang, den Sarah auf sie ausübte, auch gebraucht. Und sie benötigte ihn im Augenblick besonders. Deshalb, so mußte sie sich nüchtern eingestehen, wollte sie, daß Sarah zurückkam.

Da gibt es noch was, das du vielleicht berücksichtigen solltest, warf sie sachlich und wie unbeteiligt ein. Nicht nur die Leute hier brauchen dich. Auch zu Hause gibt es Leute, die dich entbehren, und wahrscheinlich viel schmerzlicher, denn eine Arbeitskraft ist leicht wieder zu besorgen, aber keine Mutter oder Tochter. Oder Freundin, fügte eine innere Stimme hinzu. Sie achtete nicht darauf, sog an ihrer Zigarette, bestellte leichthin einen Kognak, vergewisserte sich, daß außer ihr keiner am Tisch einen Wunsch an den Kellner hatte.

Und una cerveza noch! rief Arnd hinter dem Kellner her.

Viola beendete ihre Argumente, kühl, wie sie begonnen hatte. Vom Muttersein will ich nicht reden, da hat Sonja ihren Standpunkt klargemacht. Und den müssen wir akzeptieren. Aber als Tochter wirst du sehr vermißt. Als ich dir sagte, ich soll dich grüßen, steckte darin natürlich viel mehr als ein Gruß ...

Wieso?

Sarahs Stimme forderte eine rasche Erklärung. Sie wirkte nicht ängstlich, ob ihren Eltern vielleicht etwas geschehen sei. Eher ärgerlich oder mißtrauisch. Viola war erstaunt über die Reaktion. Sie wußte, daß Sarahs Beziehung zu ihrer Mutter sehr eng gewesen war. Sarah fuhr häufig zu ihr zu Besuch, und sie telefonierten regelmäßig miteinander. Nun war der Kontakt völlig abgerissen. Sarah schien sich deswegen keine Sorgen zu machen.

Deiner Mutter geht es nicht gut, Sarah. Viola vernahm sich selbst, geheimnisvoll, leicht dramatisch, und sie wußte, sie übertrieb. Irgendwie schien es ihr aber gerechtfertigt, als hätte Sarah einen kleinen Schock verdient.

Warum? fragte Sarah sachlich.

Ich bin nicht genau dahintergestiegen. Deine Mutter wollte es mir wohl auch nicht sagen, vielleicht wußte sie es selbst nicht genau, aber sie hat wohl starke Kreislaufbeschwerden, Schlafstörungen, sie kam mir vor, als sei sie mit den Nerven runter.

Habt ihr telefoniert, oder hast du sie gesehen?

Telefoniert.

Hast du sie angerufen oder sie dich?

Viola zögerte. Welche Antwort war hier angebracht? Am besten die Wahrheit.

Mal sie mich, mal ich sie. Bevor ich hierhergeflogen bin, habe ich sie angerufen.

Ihr hattet telefonischen Kontakt miteinander, seit ich weg bin?

Das klingt wie ein Verhör, brauste Viola auf. Deiner Mutter ging es nicht gut, seit du weg bist, das ist alles, und da habe ich mich von Zeit zu Zeit ein wenig um sie gekümmert. Was soll daran schlimm sein?!

Nichts ist schlimm, gar nichts ist schlimm, Viola, und es sollte auch kein Verhör sein, entschuldige bitte.

Na gut, es ist mit deiner Mutter gesundheitlich nicht zum Besten bestellt, und sie hat niemanden außer dir. Dein Vater schert sich nicht um sie, schaltete Arnd sich ein.

Viola zum Beispiel kümmert sich!

Viola mußte gegen ihren Willen lächeln. Sarah zeigte jetzt eine vertrackte Ähnlichkeit mit Sonja.

Sarah, es ist deine Mutter, sagte sie sanft.

Du bist auch eine Mutter, du müßtest verstehen, daß sie unglücklich ist, wenn sie nicht einmal weiß, wo du überhaupt steckst. Sie macht sich Sorgen um dich. Sie hat deine Verzweiflung gesehen, als du abgehauen bist. Das paßt doch in ihre Welt nicht rein. Für sie hast du dich in tiefes Unglück gestürzt, erst die Sache mit Arnd, und jetzt läßt du auch noch Sonja allein... Ihr Weltbild ist völlig angeknackst...

Sicher. Und die Schuld daran habe ich, und ich soll das nun wieder gutmachen. So ist das doch gemeint, oder? – Himmel, ich bin erwachsen! Wenn Sonja sich von mir entfernt, akzeptiert ihr das, nur von mir wird erwartet, daß ich an allen Leuten klebenbleibe...

Nicht an allen, Sarah, und nicht kleben, nur Verständnis zeigen. Das erwarten wir. Und du erwartest sogar schon von Sonja, daß sie für dich Verständnis aufbringt. Das hast du von ihr schon erwartet, da war sie noch viel kleiner.

Sarahs Unduldsamkeit ärgerte Viola.

Sarah sackte leicht zusammen. Sonja beobachtete sie kühl und interessiert. Arnd ruckte auf seinem Stuhl hin und her, stieß kleine Wolken Zigarettendampf aus dem Mund. Sarah setzte gequält Wort an Wort, als sie sprach.

Das Verständnis zwischen Sonja und mir war wechselseitig. Meine Mutter hingegen erwartet nur...

Deine Mutter kann nun mal nicht anders! unterbrach Viola sie, biß sich sofort auf die Lippen. Nun hatte sie es Sarah noch schwerer gemacht.

Entschuldige, ich wollte dich nicht unterbrechen.

Sarah sah sie verwirrt an. Sie schwieg. Alle drei betrachteten sie mit wachsender Spannung, die sich bis zur Unerträglichkeit steigerte. Mit Sarah ging eine seltsame Veränderung vor, als entfernte sie sich mit den Augen von der Gruppe. Als Sarah zu ihnen zurückkehrte, atmete Viola tief. Es war ihr bedrohlich erschienen, was da mit Sarah vorging, wie eine Vorstufe von Irrsinn. Mitten im Gespräch einen so leeren Blick anzunehmen. Als sei nichts geschehen, führte Sarah ihren Satz fort, in der gleichen, nach Worten suchenden Weise.

Einseitiges Verständnis hat immer einen Beigeschmack von Aufopferung und Mitleid. Von Über- und Unterordnung. Meine Mutter macht sich freiwillig klein und hilflos und schutzbedürftig und macht die anderen dabei zu Leuten, die stärker sind als sie. Und wenn ein Starker einem Schwachen nicht hilft, ist er rücksichtslos, böse, gemein. Und schwupp bist du in der Falle. Wenn du dich nämlich erstmal aufs Helfen eingelassen hast, verkehrt sich die Macht. Als ob du einen Würfel auf den Kopf stellst, von der sechs auf die eins. Was bleibt, ist immer der Kampf um die Macht. Meine Mutter bleibt immer schwach. Wenn du ihr Hilfe verweigerst, wird sie noch schwächer. Sie diktiert die Bedingungen. Ich habe ihr Weltbild durcheinandergebracht, sagst du. Nun gut, stimmt. Aber meine einzige Möglichkeit wäre gewesen, ihrem Weltbild entsprechend zu leben. So leidet sie. Andernfalls hätte ich gelitten. Ich habe mich ihr angepaßt und mich verleugnet, und es hat immer noch nicht gereicht. Ich habe Verständnis für sie, zum Beispiel dafür, daß sie bis heute die Scheidung von meinem Vater mit seiner Schuld begründet. Er war schlecht. Er hat sie betrogen. Deshalb hat sie sich scheiden lassen. Daß ich von Arnd weggegangen bin, ohne ihm die Schuld dafür zu geben . . .

Du hast mir ständig die Schuld an irgendwas gegeben, brummelte Arnd. Stell dich doch nicht auf so einen Sockel!

Sarahs Augen irrlichterten. Viola fürchtete, sie würde sich wieder in dieser seltsamen Weise von ihnen entfernen. Sarah heftete ihren Blick auf Sonja:

Ich habe meine Mutter immer leiden gemacht, bei meinen ersten nächtlichen Ausflügen mit Männern erwartete sie mich mit roten Flecken im Gesicht und drohte mit einem Herzinfarkt. Als ich neunzehn war, war ich schwanger. Mir selbst hat das nichts ausgemacht, dazu hatte ich gar keine Zeit. Meine ganze Sorge galt meiner Mutter. Sie sollte nichts erfahren. Sie sollte nicht traurig sein. Ich wollte ihr nicht weh tun.

Du warst schwanger mit neunzehn? platzte Sonja heraus. Was hast du denn da gemacht?

Sarah nestelte an ihrem Kopftuch herum, band es los und knäuelte es zwischen den Händen.

Hey, du hast ja deine Frisur geändert! Arnd spitzte die Lippen zu einem Pfiff. Nicht schlecht, ehrlich, steht dir gut. Aber sag mal, von einer Abtreibung mit neunzehn weiß ich ja nichts. Ich weiß nur was von der . . .

Du warst noch mal schwanger? Sonjas Augen wanderten von Arnd zu Sarah. Du hast schon zweimal eine Abtreibung machen lassen? Wann war das? Sonja wirkte neugierig.

Die zweite war nach unserer Scheidung.

Vor unserer Scheidung, stellte Arnd richtig.

Gut, vor unserer Scheidung. Sarah lächelte gequält. Und ich habe auch nicht mehr Abtreibungen hinter mir. Ich habe es nur erwähnt, weil es um meine Mutter ging. Ich habe immer und ewig daran gedacht, sie nicht zu verletzen. Das spielte bei viel geringeren Anlässen als einer Abtreibung eine Rolle. Wenn ich eine Frisur hatte, die ihr nicht paßte, oder Schuhe kaufte, die sie nicht leiden mochte. Später habe ich mich nicht getraut, Weihnachten etwas anderes zu unternehmen, als zu ihr zu fahren. Sonst hätte ich sie nämlich gekränkt. Und ich hätte sie auch gekränkt, wenn ich nicht über ihren Weihnachtsbraten hergefallen wäre. Oder, ich erinnere mich zum Beispiel daran, daß ich bei ihr zu Besuch war, und wir hatten schon gut zu Mittag gegessen. Nachmittags servierte sie dann Erdbeertörtchen mit Sahne. Als ich keinen Appetit hatte, sagte sie vorwurfsvoll: Die hab ich doch extra gekauft, um dir eine Freude zu machen. Dann hat sie ihr Törtchen mit einem Gesicht aufgegessen, als hätte ich ihr einen großen Spaß verdorben. Sarah hielt inne. Sie wählte noch vorsichtiger die Worte und fuhr fort:

Ich will meiner Mutter nicht die Schuld an meinen Problemen mit dem Essen geben, schließlich bin ich ich. Und sie kann ja nur durch meine Haut schlüpfen, wenn ich es zulasse, aber ich komme nicht ihretwegen zurück. Ganz im Gegenteil: Sie ist einer der Gründe, warum ich wegmußte. Ich mußte einfach herausfinden, welche Probleme übrig bleiben, wenn ich nicht mehr unter ihrem Einfluß stehe.

Hast du es herausgefunden? erkundigte sich Viola.

Ach, weißt du, gab Sarah leichthin zur Antwort, irgendwie wurde das hier immer weniger wichtig. Hier wog nur, wie ich jeden Tag, auf mich allein gestellt, durchkommen sollte. Fast schnoddrig klang die Antwort, und Viola war gekränkt. Was hatte sie Sarah getan, daß die es nicht für nötig hielt, sie einer ernsthaften Antwort zu würdigen. Sie lehnte sich an die schmierige Lehne ihres Stuhls und sehnte sich danach, an den Strand zu gehen. Sie wollte ins Wasser springen. Sie wollte diesen Wust von Verwirrung abspülen.

Sarah schickte hinterher: Was ich meiner Mutter gegenüber lernen mußte, muß ich auch anderen Leuten gegenüber lernen, nämlich ‚Nein' zu sagen zu ihrer Vorstellung von irgend etwas, vom Leben, von mir. Ich meine damit nicht Intoleranz, nur: ‚Nein' sagen, wenn es notwendig ist für mich. Ich habe Abstand zwischen den anderen und mir geschaffen, wenn sie mir näher kamen, als ich wollte, indem ich mir eine dicke Schutzhülle zulegte: mein Fett. Aber es hat mich nicht wirklich geschützt, es machte mich nur weicher und angreifbarer. Ich habe jedes Nein heruntergeschluckt, und dann dachte ich, alle müßten verstehen, daß mein dicker Hintern sagen wollte: Leckt mich am Arsch! Ja, so drastisch müßte ich es manchmal sagen. Das verflixte daran ist nur, daß das Fett nicht schnell entfernt werden kann, wenn mir jemand nahekommen soll. Ich konnte meinen Mund nicht gebrauchen, um ‚Nein' zu sagen, und meinen Rücken nicht, um ihn anderen zuzuwenden. Deshalb mußte ich erst einmal fortgehen. Ich habe auch ‚Nein' zu meiner Mutter gesagt, als ich nach Spanien ‚flüchtete'.

Aha, klickte es in Violas Gehirn, ums Neinsagen geht's also. Auch uns gegenüber. Auch mir gegenüber. Sie hatte große Angst vor diesem Nein.

Und wo bleibt das Jasagen?

Hm, Sarah wiegte bedächtig den Kopf. Es traten kleine Fünkchen Übermut in ihre Augen. Das ist die nächste Übung. Nur Geduld. So weit bin ich noch nicht.

Als sei unsichtbar einer um den Tisch von einem zum anderen gehuscht, um allen Heftpflaster über den Mund zu kleben, versanken sie in Schweigen. Es war ein gespanntes Schweigen. Keines, das aus Vertrautheit entsteht. Dieses Schweigen trieb alle am Tisch noch weiter auseinander. Drängendes, Ungesagtes lag zwischen ihnen.

Wie war das mit der Abtreibung mit neunzehn? fragte Sonja schüchtern. Viola lächelte gegen ihren Willen. Sonja war doch das kleine Mädchen geblieben, das gern spannenden Geschichten lauschte. Viola kannte Sarahs Abtreibungsgeschichte, diesen Horror aus Engelmacherin, Blut auf der Straße, tagelangem Warten, wildem Herumrennen, Krankenhaus, der Angst, unfruchtbar zu sein. Sie bereitete ihr Übelkeit, obwohl sie ihrer eigenen Abtreibung – steril, sauber, in Holland –, von der niemand erfuhr, nicht im geringsten glich. Es gab damals keine Probleme außer der Übelkeit, und sie wollte an den lästigen Zwischenfall nicht erinnert werden. Hastig griff sie nach der Zigarette. Sarah beobachtete sie, als sie das von Arnd offerierte Streichholz verschmähte und sich des eigenen Feuerzeugs bediente. Sarah lächelte Sonja zu: Ach, das ist eine lange Geschichte. Auf jeden Fall hat meine Mutter damals doch davon erfahren.

Hast du es ihr gesagt?

Nein, ich bin zu unserem Pastor gegangen, weil ich nicht mehr weiterwußte. Damals waren Schwangerschaftsabbrüche verboten. Ich kannte auch niemanden, von dem ich annahm, er hätte mir weiterhelfen können. Da bin ich zu unserem Pastor gegangen . . .

Und? Arnd beugte sich gespannt vor, auch er schien dem Zauber des Geschichtenhörens zu verfallen.

Der hat es meiner Mutter gesagt, endete Sarah trocken.

Hat sie dich verhauen? Sonja war voll Mitgefühl. Viola wunderte sich über Sonjas Verwandlung in das ansprechbare, verspielte kleine Mädchen, das sie einst gewesen war. Es schien überraschend auf hinter der rauhen Haut der Heranwachsenden.

Sarah lachte. Na, du hast Vorstellungen! Nein.

Aber sie hat einen Tag lang geschrien, und dann hat sie mir eine Adresse besorgt.

Und dann?

Und dann ist es weggemacht worden, sagte Sarah nüchtern in Sonjas spannungsglänzende Augen hinein. Und zu deiner Information: Das andere ist auch weggemacht worden. Unkomplizierter, viel unkomplizierter, obwohl es immer noch verboten war. Da warst du noch klein, und Arnd und ich wollten uns trennen. So, das ist alles.

Fast alles, dachte Viola. Sie war Sarah dankbar dafür, daß sie keine Einzelheiten von sich gegeben hatte – sie hätte es nicht ertragen.

Sonja sann: Dann hätte ich jetzt zwei Geschwister haben können. Waren das Jungen oder Mädchen?

Arnds Spannung entlud sich in einem Zornausbruch. Wie alt Sonja eigentlich sei, daß sie derartig dumme Fragen stelle. Damit belaste sie Sarah unnötig. Ein bißchen Taktgefühl sei schließlich angebracht bei diesem Thema.

Viola lächelte. Er war so durchsichtig.

Sie wußte, ihn erinnerte dieses Thema an seine Verletzlichkeit, an Schmerzen, vor deren Wiederkehr er sich fürchtete. Er schob Sarah zwischen die Angst und sich selbst. Vielleicht brauchen wir Sarah alle deshalb, überlegte Viola. Ich bin nur geschickter im Verschleiern als er. Vielleicht können wir alle Sarah zwischen uns und irgendwas stellen, das uns Angst macht. Und was macht mir Angst? Älterwerden? Die Vergänglichkeit meines Körpers, meiner Anziehungskraft? Angst, irgendwann einmal einsam und ungeliebt zu sein, weil kein Mann mich mehr will? Sarah hat sich schon jung einen Körper angefuttert, der Männer nicht lockt. Eigentlich wahnsinnig mutig. Trotzdem wurde sie geliebt.

Violas Gedanken verwirrten sich.

Sie atmete tief auf, als Arnd vorschlug, an den Strand zu gehen. Sie stimmte sofort zu.

Sarah erhob sich und strich ihren Rock glatt. Sie wolle sich verabschieden, ‚ihre Leute' warteten. Viola erschrak. Arnd übersah Sarahs ausgestreckte Hand, kümmerte sich fürsorglich um Sonja, sie solle aufpassen, daß sie sich nicht erkälte, so verschwitzt, wie sie jetzt sei.

Sarah sah verloren zu.

Mit spitzer Stimme wies Sonja ihren Vater darauf hin, daß Sarah gehen wollte.

Arnd schlug vor, gemeinsam Sarahs Bauern aufzusuchen. Er werde sich von seinem Freund das Auto leihen. Später wollten sie ohnehin damit nach Benidorm fahren, da dies Sonjas Wunsch für den letzten Abend sei. Und Arnd erfülle die Wünsche seiner Tochter prompt. Nur Wunder . . .

Er lachte.

Sarah krampfte ihre Fäuste um das Kopftuch.

Arnd wartete ihre Zustimmung nicht ab. Ihre Leute würden sich bestimmt wundern, wenn sie plötzlich mit ihrer großen Tochter aufkreuzte.

In Viola kroch wieder das seltsame Zittern hoch. Ihr rechtes Augenlid begann zu zucken.

Denn Sonja müsse selbstverständlich mitkommen, als lebendiges Argument sozusagen dafür, daß Sarah heute und vielleicht morgen und vielleicht für alle Zeit ihre Pflichten auf dem Bauernhof vernachlässigen müsse.

Arnd legte abgezähltes Geld auf ein weißes Tellerchen zu der Rechnung, winkte dem Kellner und schaukelte sich in den Knien. Meine Güte, ich werde alt, mir schlafen die Beine ein. Raucherbeine . . . Also kommt!

Sarah folgte Arnd, ohne Zustimmung geäußert zu haben. Sie sah traurig aus.

Arnd bat Viola, zu Ursel an den Strand zu gehen,

um ihr alles zu erklären. Er selbst werde sofort Georg, seinen Freund, suchen, um das Auto zu besorgen.

Viola ließ sich erklären, wo sie Ursel finden könnte. Sie verabschiedete sich mit einem ‚Bis dann' von den dreien, vermied es, Sarah in die Augen zu sehen.

Während sie die Stufen hinabstieg, wurde ihr leicht und immer leichter. Sie begann zu hüpfen.

Da rief Arnd sie zurück.

Arnd fühlte sich wohl.

Er saß am Steuer.

Das Fahrzeug reagierte gehorsam auf seine leisesten Befehle. Es war berechenbar. Sein Gleiten begann sich bei hoher Geschwindigkeit einem Schweben anzunähern. Arnd entspannte sich.

Es hatte keine Mühe gekostet, von Georg früher als verabredet das Auto zu erhalten. Violas verheißungsvolles Lächeln hätte Georg zu größeren Gaben antreiben können. Er hatte Viola aber nicht deshalb im letzten Augenblick zurückgerufen.

Er wollte selbst zu Ursel gehen und ihr erklären, warum er nicht gekommen war wie verabredet und warum er nun schon wieder fortfuhr. Auch ihr Verständnis sollte nicht überstrapaziert werden.

Ursel hatte alles sofort verstanden. Sie war wirklich ein Schatz. Keine Sekunde beleidigt.

So hatte sich alles nicht einmal schlecht für ihn gefügt. Sein Zuspätkommen wurde entschuldigt durch Sarahs Auftauchen. Das Mutter-Tochter-Gespräch brauchte schließlich seine Zeit.

Am Strand hatte Ursel Viola einen kurzen, prüfenden Blick zugeworfen, wie üblich unter Frauen, dann hatte sie sich auf der Bastmatte geräkelt und Arnd für einen Abschiedskuß zu sich heruntergezogen.

Arnd drückte das Gaspedal weich durch. Diese Frauen. Solch aufreizendes Gehabe kannte er von Ursel nicht. Sie trug eher Zurückhaltung, eher übertriebene Scheu zur Schau.

Besitz wollte sie Viola beweisen.

In der Schönheitskonkurrenz trat sie gegen Viola nicht an. Das war bereits in den ersten Wochen ihrer Beziehung entschieden, als sie, frisch verliebt, unsicher und voll Ergebung mit Viola zusammentraf.

Ursel war damals in sich zusammengesunken, als

versage die Wirbelsäule ihren Dienst, und dann wiederauferstanden auf dem Fundament des Jüngerseins: Ihre Stimme klang leise, hoch und mädchenhaft, die Scheu ihrer Gebärden entsprach dem Schmelz jugendlicher Verehrung für eine reife Freundin.

Ursel hatte ihre Rolle festgelegt, und sie behielt sie bei, auch nachdem sie begriffen hatte, daß Viola im Kampf um Arnd keine Konkurrenz war.

In den Kurven, die sich an der Küste entlangschlängelten, nahm Arnd den Fuß nicht vom Gaspedal. Er hielt das Steuer fest. Er war sich seiner Kraft sicher.

Bald vor ihnen, bald links tief unter ihnen lag das Meer. Scheinbar grenzenlos führte es bis weit über den Horizont hinaus. Es schimmerte weißlich unter der Mittagssonne, als hätten sich Himmel und Meer vereint. Nur die Kuppel der Kirche auf dem entfernten Hügel leuchtete azurblau. Rechts ragten kahle Felsen empor, und wie jedesmal, wenn er hier entlangfuhr, wunderte sich Arnd über den Satz, den er in einem Fremdenführer über Spanien gelesen hatte.

Wißt ihr, daß hier irgendwann einmal alles grün war? gab er sein Wissen weiter.

Dann haben irgendwelche Völker alle Bäume gerodet, ich glaube, die Araber oder so. Deshalb sind die Berge heute alle kahl.

Erzählst du immer, murmelte Sonja.

Dieser Frechdachs sollte ihm nicht die Laune verderben!

Arnd konzentrierte sich aufs Fahren, schnitt die Kurven leicht an, überholte einen stinkenden, klapprigen Lastwagen, summte Töne, die sich zu einer Melodie formten, die an ‚La Paloma' erinnerte und trotzdem seine eigene war. Der Anflug von Ärger war vorüber.

Ich glaube, es waren die Christen, aber ich will noch einmal nachfragen . . ., griff Sarah nach längerem Schweigen das Thema wieder auf.

Die Christen also. Nächstes Mal wüßte er es selbst.

Wann war das?

Ich weiß es nicht. Die Spanier, bei denen ich wohne, haben mir darüber erzählt, vielmehr der Großvater. Es ist erstaunlich, welches Wissen der hat. – Halt an! Sie schrie und packte seinen Arm. Halt an, Arnd!

Arnd schüttelte ihre Hand ab. Sie hatte ihn nicht dazu bringen können, die Fahrspur zu verlassen. Nicht die geringste Abweichung hatte sie provozieren können. Arnd haßte es, wenn ihm jemand ins Steuer fiel. Er bremste trotzdem. Da sah er die Ursache für Sarahs Aufregung. Er zögerte einen winzigen Augenblick, folgte dann Sarahs Aufforderung und schwenkte scharf links in eine kleine Parkbucht, neben der tief unten das Meer lag. Arnd warf einen Blick hinab und wunderte sich über das helle Grün des Wassers. In dem Gefunkel lag wie eine Insel das Weiß eines einzelnen Segelbootes. Arnd wünschte sich sehr, dort in dem Segelboot zu sitzen, allein und weit entfernt von allen Frauen, die etwas von ihm erwarteten.

Sarah wollte aussteigen. Sie rüttelte an dem Türöffner. Arnd zeigte ruhig, wie sie ihn betätigen mußte, forderte sie auf, es noch einmal selbständig zu probieren, schließlich wisse man nie. Sie hatten vor einem Lastauto geparkt, an dessen Front ein kleiner Fiat klebte.

Sarah eilte zu der seltsamen Fahrzeugkombination. Arnd näherte sich langsam, betont lässig, als bemerkte er Sarahs Panik nicht. Hinter ihm stieg zögernd Sonja aus dem Auto. Nur ruhig, befahl er sich, das hier geht dich alles nichts an. Laß dich nicht anstecken von diesem wildgewordenen Frauenzimmer. Weit und breit war kein Mensch zu sehen.

Der Fiat klebte verlassen am Lastwagen als Verlängerung der Kühlerhaube. Der Lastwagen wirkte unberührt, wie belästigt von dem kleinen Fahrzeug, dessen Räder in der Luft schwebten. Der Fiat war wie eine Ziehharmonika bis zu seiner Mitte zusammengepreßt. Seine Schnauze schien einzig dazu zu dienen, sich an das große Auto anzuklammern. Wieviel von dem Frontfenster noch erhalten war, blieb versteckt unter einem großen weißen Tuch, das, übers Dach gebreitet, die Sicht ins Wageninnere verhüllte.

Leichentuch, dachte Arnd. Idyllisch!

Sonja schlich vorsichtig um die Wagen, als fürchte sie sich. Sarah zupfte hilflos an dem weißen Tuch.

Arnd ging zu ihr. Laß das, Sarah, sagte er so sanft, wie es ihm möglich war. Wir können nichts tun. Die Polizei war bestimmt schon da . . .

Sarah stellte sich breitbeinig vor ihm auf, halb schrie sie ihn an, halb schluchzte sie: Was weißt du denn über die spanische Polizei. Die haben doch nicht einmal versucht, die Türen zu öffnen.

Arnd überprüfte es mit einem Blick. Es stimmte. Die Türen waren von dem Unfall in Wellen gedrückt und verschlossen.

Sarah hob beschwörend beide Hände. Arnd, darin sind vielleicht Menschen, die noch leben, wir müssen irgend etwas tun.

Sonja befand sich auf der gegenüberliegenden Seite des Fahrzeugs. Sie hatte sich zum Meer gedreht. Ihre schmalen Schultern hingen herab.

Arnd wurde zornig auf Sarah. Was mischten sich die Frauen nur immer in fremde Angelegenheiten. Auf ihre eigene Tochter konnte sie nicht aufpassen, aber die Leute da im Auto wollte sie retten ... Dabei waren die schon lang hinüber, mausetot. Wer so etwas überlebte, müßte gottähnlich sein.

Er faßte Sarah hart an den Schultern und drehte sie, bis sie die an den Kühler des Lastwagens gedrückte ehemalige Front des Fiats ansehen mußte. Dort waren einmal die Vordersitze gewesen.

Guck dir das an, und jetzt guck dir deine Tochter dahinten an. Gut. Wenn du willst, brech ich die beiden Seiten auf. Als erstes nehmen wir das Tuch ab und prüfen unsere Nerven mit dem Anblick. Dann holen wir die beiden Leichen raus und sammeln die Einzelteile auf dem Sand zusammen. Dann horchst du das Herz ab, ob es vielleicht doch schlägt, vorausgesetzt natürlich, wir finden das Herz. Und dann? Willst du sie liegen lassen? Oder warten, bis die Polizei kommt? Hast du überhaupt eine Aufenthaltserlaubnis? Oder wollen wir die Leichen zurückschaffen ins Auto, und ich klemm die Türen wieder zu, ... vielleicht kommt dann in einer halben Stunde der nächste, der alle rausholt, um sein Gewissen zu beruhigen ...

Hör auf! Sarah schauerte zusammen. Das könnte deine Tochter sein, die in so einem Auto sitzt, da muß man doch versuchen zu retten, was zu retten ist ...

Arnd hörte, daß er gewonnen hatte.

Sonja drehte sich um und schlurfte zu ihnen durch den Sand. Arnd zischte so leise, daß Sonja ihn nicht verstehen konnte: Meine Tochter ist auch deine Tochter. Auf meine Tochter paß ich auf. Du auch auf deine? Ich verhindere aber, daß ihr mit einem Mal zerfetzte Leichen vor die Füße rollen ...

Arnd legte seinen Arm um Sonjas Schulter und führte sie zu Georgs Auto zurück. Er verlieh seiner Stimme einen gleichmütigen Anstrich. Sieht schlimm aus, was, Kleine, aber nun laß uns mal weiterfahren. Unfallgafferei kann ich nicht leiden. Er öffnete seiner Tochter die Tür und verbeugte sich galant.

Sonja warf einen Blick auf Sarah, die mit hängenden Armen auf demselben Fleck stehengeblieben war.

Arnd klemmte sich hinters Steuer, ließ den Motor an und den Wagen bis zu Sarah rollen. Er lehnte sich aus dem Fenster, einen Arm lässig aufs Fenster gestützt. Er lächelte Sarah zu. Jeder weitere Aufenthalt hier würde an ihrer aller Nerven zehren. Er ließ den Motor aufheulen. Sarah, deine Bauern warten!

Ohne ihn anzusehen, folgte Sarah seiner Aufforderung. Er faßte sie an den Schultern und schüttelte sie leicht. Nun komm mal wieder zu dir – und zu uns! Er lächelte gegen ihren verlorenen Blick an. Seine Lippen spannten trocken über den Zähnen. Er fluchte in sich hinein mit den Ausdrücken, die seine Mutter, würde sie ihm zuhören, am allermeisten reizen würden. Gegen seine Flüche fraß sich eine Angst, der Zwischenfall würde sich als böses Omen auf den weiteren Verlauf des Tages legen. Er war abergläubisch. Es war ihm fast zur Natur geworden, sich mit dem Schicksal zu verabreden. Oft, ohne daß er es vorplante, legte Arnd fest, daß ein bestimmter Kunde ein bestimmtes Auto zu dem Preis kaufen sollte, den Arnd sich ausgedacht hatte. Dann legte er all seinen Charme, seine Überzeugungskraft, seine List darein, dieses Vorhaben zu verwirklichen. Der Handel mit dem Schicksal war nicht in Zahlen auszudrücken. Er lautete nicht: Wenn dieser Kunde das Auto kauft, wird mein Jahresumsatz um zehn Prozent steigen. Es war mehr die Probe aufs Exempel. Der Beweis dafür, daß das Schicksal ihm wohlgesonnen war. Es war wie mit der schwarzen Katze. Sie brachte auch nur allgemeines Pech. Heute hatte er Sarahs Rückkehr beschlossen. Es hatte sich ihm aufgedrängt. Plötzlich stand die Notwendigkeit vor ihm. Heute muß ich es schaffen, sie zur Rückkehr zu bewegen. Damit wäre sein Glück für die nächste Zeit gesichert. Es mußte gelingen. Und nun dieser unangenehme Zwischenfall.

Er begann zu reden, fahrig, wie getrieben, als wollte er das Schweigen im Auto erwürgen. Unfallglotzen widere ihn an. Die Leute sollten sich besser vor einen Farbfernseher setzen, da gebe es ausreichend Ketchup zu sehen. Auf der Autobahn würden die alles nur schlimmer machen. Jüngst sei er mit Ursel am Wochenende nach Koblenz gefahren. Sie hätten drei Stunden gebraucht wegen eines lächerlichen Auffahrunfalls. Im übrigen sei der Unfall schon fast vergessen gewesen, nur die Autos hätten noch auf der Fahrbahn gestanden. Viererkolonne. Alle aus Düsseldorf. Er sage immer, Kolonnefahren sei mörderisch. Immer müsse auf Vorder- und Hintermann gleichzeitig geachtet werden. Sehr gefährlich. Man fahre viel zu dicht auf, um keinen dazwischenzulassen. Wenn dann einer bremse, sei es passiert . . .

Sarah dirigierte ihn von der Hauptstraße nach rechts ins Landesinnere. Der Weg war schmal und führte fast übergangslos von der kargen, braunroten Felslandschaft in üppige Fruchtbarkeit. Rechts und links reihten sich die dunklen, grünen Flächen der Olivenbaumfelder an wolkengleiche weiße und gelblichgrüngespickte Zitronen- und Apfelsinenhaine, die abgelöst wurden von den braungrünen Sprenkeln knorriger Weinstöcke. Wie hingetupft standen dazwischen kleine, weiße Häuser.

In Arnd zog über das leise Vibrieren des Steuerrades wieder Ruhe und Sicherheit ein. Er legte seine Hand auf Sarahs Schenkel. So war's am besten, glaube mir, da kommt gleich die Polizei und nimmt alles in die Hand. Vielleicht ist auch schon ein Unfallwagen auf dem Weg, und das Tuch ist nur darübergetan worden, damit die Sonne nicht so draufknallt, um die beiden darin zu schützen, auch vor der Glotzerei ...

Sarah sah starr geradeaus, sie rührte sich nicht. Arnd ließ die Hand noch eine Weile liegen. Es drang eine angenehme Kühle von ihren Schenkeln durch den spröden Stoff des Rockes. Er nahm erst jetzt wahr, wie schwitzig seine Handflächen waren.

Wie kommst du eigentlich darauf, daß zwei Leute im Auto waren? tönte Sonjas klare Kinderstimme von hinten. Als hätte sie auf einen Knopf gedrückt, setzte sie mit der Frage einen bunten Film in Arnds Kopf in Gang. Er sah eine junge Frau, die seltsamerweise Ursel außerordentlich ähnelte, blond, schlank, von einer mädchenhaften Anmut, wie sie sich in den kleinen Fiat zwängte, selbstverständlich auf den Beifahrersitz. Ihr lächelte vom Steuer ein schwarzhaariger Spanier mit kräftigem Schnäuzer entgegen. Eine Sekunde lang hatte Arnd das Bild des dunklen Schnäuzers über weißen, kräftigen Zähnen vor sich. Es waren Georgs Zähne. Arnd räusperte sich. Er wischte das Bild vor seinem inneren Auge wie mit einem Schwamm weg.

Ich weiß auch nicht, wie ich darauf gekommen bin, vielleicht war es ja auch nur einer ...

Oder eine ganze Familie. Sarah gab ihre ersten Worte nach dem Zwischenfall von sich. Sogar die Richtung hatte sie nur mit den Händen gewiesen, als befürchte sie, giftige Kröten auszuspucken, wenn sie den Mund öffnete.

Eine ganze Familie paßt nicht in so eine Schubkarre. Arnds innerer Filmprojektor setzte sich wieder in Gang. Diesmal ließ er ihn einen Wagen sehen, in dem die zerfetzten Leichen unzählbarer

Kinder übereinandergeschichtet lagen. Sie glotzten ihn aus starren Augen blöd an.

Er wischte die Hände an seinem T-Shirt trocken.

Wißt ihr was, verkündete er aufmunternd. Ich schlage vor, wir reden einfach nicht mehr darüber. Wir haben getan, was wir tun konnten, und das war nichts. Jetzt wollen wir uns da nicht reinsteigern, sonst vergrätzen wir uns den ganzen Tag – und den nächsten Monat dazu . . . Wir haben getan, was wir tun konnten . . . Seht nur, wie herrlich grün es hier ist. Guck mal, Sonja, der Zitronenbaum da bricht fast zusammen.

Er nahm den Fuß vom Gaspedal und ließ den Wagen sacht auf dem schmalen Grünstreifen ausrollen. Er schaltete den Rückwärtsgang ein, drehte sich um, wobei er den Arm auf Sarahs Rücken legte. Er genoß die Beweglichkeit seiner Mitte. Er brachte es fertig, locker und gerade mit den Beinen die Pedale zu betätigen und sich dabei ohne Anstrengung umzudrehen. Es breitete sich eine hitzige Lust am Leben in ihm aus. Er konnte sich bewegen. Er konnte Entscheidungen treffen. Er lebte. Als er ausstieg und zum Zitronenbaum ging, spürte er seine Beine, als wären sie gerade aus einem Gipsverband befreit.

Er wippte bei jedem Schritt leicht in den Knien und drückte sich federnd ab.

Das Geäst des Zitronenbaums wölbte sich unter der Last der Früchte schwer und breit wie der Bauch einer Schwangeren vor der Niederkunft. Arnd erinnerte sich an die Schelte seiner Mutter, wenn die Schrebergartenbäume nicht rechtzeitig abgeerntet wurden, ihre Vorwürfe, die an ‚Frau Holle‘ gemahnten. Schließlich hatte der Vater die Bäume abgesägt. Andächtig schloß Arnd seine halbgeöffnete Hand um eine der prallen Früchte. Er empfand die kühlen Noppen in seiner schwitzig-heißen

Hand wie eine Liebkosung. Gierig sog er die süßliche Luft ein.

Die Bäume summten wie ein Bienenstock. Über der Landschaft lag das unablässige Sirren der Zikaden, gleich überlasteten Stromdrähten. Drängend zog Arnds innere Hitze in seinen Unterleib. Er packte die Zitrone fester und lachte in sich hinein. Wie ein Busen, dachte er, und sah vor sich die Fotos naß perlender Frauenbrüste, die Zitrusfrüchten glichen. Er wünschte sich Ursel her und die beiden dort im Auto fort. Er würde sie hier jetzt ins Unkraut legen ...

Sacht, als wolle er den Baum nicht verletzen, pflückte Arnd so viele Früchte, wie er im Arm bergen konnte. Er eilte zum Auto zurück. Sarah und Sonja lehnten mit geschlossenen Augen und einem leicht leidenden Gesichtsausdruck ihre Köpfe an die Scheiben.

Langweilige Schnepfen, beschimpfte Arnd sie in Gedanken. Er wollte sich von ihnen nicht anstecken lassen. Er bewarf Sonja mit einer Zitrone. Sie schreckte mit einem leisen Schrei hoch, da warf er lachend noch zwei weitere hinterher, drückte eine Sarah in den Schoß, legte die anderen auf den hinteren freien Platz neben Sonja. Riech mal! forderte er Sonja auf, während er startete. So riechen die Zitronen bei uns nie.

Bald darauf wies ihn Sarah auf einen kleinen, holprigen Seitenpfad. Er führte nach fünfminütiger Fahrt direkt auf ein weißes, langgestrecktes Haus mit flachem Dach zu. Das sieht ja aus wie eine bessere Baracke, murmelte Arnd, der ahnte, daß sie am Ziel angelangt waren.

Sarah war wie verwandelt, ihre Stimme klang fröhlich, sie hatte allen Trübsinn abgeworfen. Das ist ein spanisches Bauernhaus. Es heißt auch Baracke, du hast es völlig richtig erkannt, barraca. Sie lachte. Es müßte eigentlich schon fast unter Denkmalschutz gestellt werden. Früher wohnten die Bauern alle in solchen Häusern aus Lehm mit Schilfdach. Das hätte sich bei diesem Klima kein Architekt besser ausdenken können ...

Sie trat fest auf, als sie zum Haus ging, ohne abzuwarten, ob Arnd und Sonja ihr folgten. Arnd stützte sich auf die Autotür und blickte hinter ihr her. Ihre Hüften ließen den Rock bei jedem Schritt hin- und herschwingen. Es wirkte wie ein unaufhörliches Kreisen des Hinterns. Arnd staunte. Welche Erotik Sarah ausstrahlte! Wie eine Negerin mit Korb auf dem Kopf, verglich er im stillen und grinste. Beinah so lebte sie jetzt auch. Wahrscheinlich hatte sie sich diese Art zu gehen erst hier angewöhnt.

Sarah kehrte an der Seite einer kleinen Frau zurück. Obwohl die Frau sehr dick war und ihre Füße in flachen Pantoffeln steckten, trippelte sie leichtfüßig neben Sarah her. Sie trug eine breite, lange lila Schürze, die unten durch Rüschen verziert war und bei jedem ihrer kleinen Schritte zur Seite schwappte. Mit ausgestreckten Armen ging sie auf Arnd zu, begrüßte ihn mit einem spanischen Wortschwall, drückte dann Sonja an ihre breite Brust, küßte sie rechts und links, hielt sie zur Musterung leicht von sich entfernt und meinte zu Sarah: Que guapa, la hija, que bonita! Sarah lachte und übersetzte für Sonja: Sie sagt, wie hübsch sie dich findet.

Sie hätte es nicht zu übersetzen brauchen. Die Spanierin drückte sich wortgewaltig aus mit ihren kleinen, braunen Augen, die, wenn sie lachte, von einem Faltenkranz umgeben waren. Sie glichen einer von einem Kind gemalten Sonne. Alle Falten in ihrem Gesicht lagen um die Augen herum. Es gab dort Falten wie Jahreszeiten, auf der Stirn standen welche fürs Nachdenken und für den Zorn bereit, um die Augen die für Lachen und Weinen. Ansonsten war das runde, gebräunte Gesicht der kleinen Frau sehr glatt.

Das ist die señora! stellte Sarah ihre Begleiterin vor.

Señora wie? fragte Arnd mit einer höflich angedeuteten Verbeugung.

Sag nur señora, das reicht, gab Sarah zur Antwort. Die Frau wehrte lächelnd ab: No, no, nix señora! Sie nahm Sonja an die Hand und ging mit ihr zum Haus. Me llama Maria. Sie forderte Sonja auf nachzusprechen: Maria. Sonja gehorchte schüchtern. Maria lachte ein tiefes, lautes Lachen. Bien, bien. Sie zog Sonja hinter sich her.

Arnd schloß das Auto ab. Sarah betrachtete ihn amüsiert, während er die Scheiben hochdrehte und Tür für Tür überprüfte. Sicher ist sicher.

Er ließ sich von Sarah zum Haus geleiten. Die Sauberkeit der Fliesen vorm Haus erstaunte ihn. Viele Blumentöpfe waren dort gruppiert und vermittelten einen Eindruck von Ferienbungalow.

Im Innern atmete Arnd tief durch. Er rieb sich die Augen, vermochte kaum etwas zu erkennen. Das Haus erschien ihm düster, nach der stechenden Helle draußen. Er setzte die Sonnenbrille ab, gewahrte die Einzelheiten des Raums, den großen Eßtisch im Mittelpunkt, dahinter den Kamin, die Eckvitrine, die weißgekalkten Wände. Nun bemerkte er, daß sich hinten in der Ecke etwas bewegte. Ein alter Mann saß dort auf einem Schaukelstuhl. Sein Mund war eingefallen, die Hautlappen, die einst volle Wangen gehalten hatten, lagen gefältelt über den Knochen wie ein zu weit geratener Überwurf. Die Augen leuchteten Arnd jedoch so hell aus der dunklen Ecke entgegen wie die einer Katze. Und ebenso musterten sie Arnd, ohne zu blinzeln und ohne jede Scheu. Arnd fühlte sich unbehaglich unter diesem Blick.

Sarah zupfte die Wolldecke auf den Knien des Alten zurecht und redete leise auf spanisch zu ihm.

Arnd war befremdet. Sarah verhielt sich diesem zahnlosen Alten gegenüber liebevoller, als sie heute ein einziges Mal zu ihm gewesen war. Was ging hier vor? Als habe sie seine lautlose Frage vernommen, erklärte Sarah, nachdem sie den Alten als Vater der señora vorgestellt hatte, ihm habe sie zu verdanken, daß die Familie sie aufgenommen habe. Auch bei dem Alten bildete sich nun, da er Arnd die Hand hinstreckte, eine vielstrahlige Sonne um die Augen. Arnd ergriff die Hand. Hastig ließ er sie wieder los. Ihm war, als habe er ein mit Haut überzogenes Skelett berührt. Er schluckte den Ekel hinunter. Der Mann sagte etwas auf spanisch, ohne dabei den Blick von Arnd zu wenden. In seiner tiefen Stimme lag Kraft und Männlichkeit.

Er fragt, ob du viel von Spanien kennengelernt hast, und ob es dir gefallen hat, übersetzte Sarah.

Ihr Lächeln erschien Arnd ironisch und wie ein Widerschein der spöttischen Augen des Alten. Er fühlte sich eingekreist von Hohn und Spott. Sie nutzt ihren Heimvorteil, funkte es in seinem Gehirn. Nicht mit mir.

Der will mich wohl verarschen, warf er Sarah lässig hin. Sollte sie es doch übersetzen. Er hielt seine Augen auf den Alten fixiert, genau wie der es mit ihm tat. Sarah diente nur als Medium der Verständigung. Sag ihm, ich habe viel von Spanien gesehen, von der Grenze bis Alicante, und alles aus gebührender Distanz.

Sarah übersetzte unbeteiligt.

Die Augen des Alten verengten sich leicht.

Er fragt, was dir besonders gefallen hat.

Arnd bekam genug von diesem Spiel. Der macht es wie Sonja, dachte er abfällig, wahrscheinlich ist es das letzte, wobei er Sieger bleiben kann: wer den andern am längsten ansieht. Er zwang sich, seine Augen vom Alten zu entfernen, irgend etwas widerstand ihm. So blieben sie durch die Augen ineinander verhakt, als er grinsend bemerkte: Die Wolken über Barcelona waren besonders beeindruckend, sie hatten so eine berückende Farbkombination. Sarah übersetzte. Der Alte neigte ihr langsam sein Gesicht entgegen, löste sich aus der visuellen Umklammerung mit Arnd, als habe es sie nie gegeben, und begann ein zahnloses und dennoch tief vibrierendes Lachen, in das Sarah einstimmte. Arnd spürte die Versuchung, Sarah zu schütteln und den Alten vom Schaukelstuhl zu stoßen.

Er sagt, er sei auf dich reingefallen, erläuterte Sarah das Lachen. Er hat dir ein Kompliment gemacht: Du bist komisch, obwohl du blond bist. Die meisten Deutschen sind zu ernst. Sogar wenn sie lachen.

Der Alte lehnte sich zurück und versetzte seinen Schaukelstuhl in sachtes Wiegen. Er schloß die Augen nicht, dennoch schien er zu schlafen. Arnd ging zum Kamin. Er nahm das Foto zweier junger Männer in die Hand. Sie hatten einander umarmt und lachten mit verbissener Fröhlichkeit in die Kamera. Arnd wußte, daß es sich hier um Soldaten handelte, obwohl die zwei nicht militärisch aussahen, eher leicht verwildert. Vielleicht war es aber nur die Umarmung der beiden Männer, die ihn sofort an Militär denken ließ. Aus seiner Zeit bei der Bundeswehr hatte er ähnliche Bilder mitgebracht. Es war die einzige Zeit in seinem Leben, in der er mit Männern in solch körperlicher Vertrautheit umgegangen war.

Sarah warf einen Blick auf das Foto, sagte aber nichts. Sie griff nach dem danebenstehenden Hochzeitsfoto, schwarz-weiße Farbkombination vorm Kamin.

Señora und ihr Mann.

Arnd meinte, in ihrer Stimme so etwas wie Stolz auszumachen, und er überlegte, worauf der sich beziehen könnte.

Ach, die dicke Maria, er grinste breit, als er das Bild in die Hände nahm. Die war ja sogar mal hübsch. Das Bild zeigte einen eher mickrigen Mann neben einer üppigen, langhaarigen Schönheit. Ist der heute auch so fett? Arnd wies auf den Bräutigam, deutete dann zu dem Alten in der Ecke. Oder frißt sie den Männern alles weg? Sarah lächelte. Sie wischte das Glas mit ihrem Rockzipfel sauber und stellte das Foto zurück. Sie rückte Arnd einen Stuhl zurecht, fragte ihn, ob er etwas trinken wolle, wartete kaum seine Antwort ab und eilte geschäftig fort. Sie kehrte alsbald mit zwei Gläsern zurück, zog eine etikettlose Flasche aus dem Kamin und ließ eine bräunliche Brühe in die Gläser schwappen. Ein Glas brachte sie dem Alten, das andere kredenzte sie Arnd. Selbst Aufgesetzter . . .

Arnd schnüffelte an der Flüssigkeit, eine Duftmischung aus süßlichem Alkohol und Kräutern schlug ihm entgegen. Er setzte das Glas ab, sagte in Sarahs erwartungsfrohes Gesicht hinein, ein anständiger Kognak wäre ihm lieber als etwas Süßes.

Das Licht in Sarahs Gesicht erlosch. Sie kletterte fast in den Kamin hinein. Arnd hatte ihren runden, hochgereckten Hintern im Blick. Er hörte Glas aneinanderklirren. Er war irgendwie froh darüber, daß sie für ihn derart in Bewegung war. Seine Befriedigung war aber getrübt.

Sarahs Geschäftigkeit zeigte einen Stolz und eine Verbundenheit mit den Dingen des Hauses, wie sie nur Hausfrauen besaßen. Er konnte sich nicht erinnern, daß Sarah sich in dieser Weise in ihrer gemeinsamen Küche verhalten hatte. Mit diesem Stolz hatte sie nie ihr eigenes Hochzeitsbild vorgeführt. In ihrem Eifer, ihn zu bedienen, lag das Bemühen um einen Gast – und auch die Distanz zu einem solchen.

Arnd sah wie magnetisiert zu dem Alten. Der hielt das Glas leicht erhoben, erwartete, Arnd zuprosten zu können. Arnd lächelte, angestrengt in der Bemühung um eben das Lächeln, das man Alten, Kindern und Behinderten zuwirft. Seine Lippen spannten wie ausgetrocknet, und das Lächeln verrutschte zu einer Grimasse.

Sarah brachte ein weiteres Wasserglas, das sie mit einem dunkelbraunen Getränk aus einer ebensolchen Flasche wie zuvor bis zur Hälfte füllte. Der scharfe Geruch stieg Arnd in die Nase. Er griff nach dem Glas, konnte sich kaum zurückhalten, es sofort zu leeren. Das Getränk war wie eine Rettung, ein Freund in der Fremde. Er prostete dem Alten zu und beschloß, erst das Glas an die Lippen zu setzen, wenn Sarah mittrank. Auf dein Wohl, Sarah! Auf das deine! Arnd hielt das Glas immer noch in die Höhe, übertrieb die Geste des Wartens. Sarah fragte besorgt, ob etwas nicht in Ordnung sei. Arnd lachte: Die Frage geb ich zurück. Oder willst du etwa trocken auf meine Gesundheit trinken? Das kann ich nicht zulassen ...

Sarah nahm gehorsam das gefüllte Glas, das Arnd verschmäht hatte, und setzte es an die Lippen. Fast zu schnell hatte Arnd gesiegt. Er linste zu dem Alten in der Ecke. Den hatte das Geplänkel offenbar nicht erreicht. Er süffelte vergnügt vor sich hin.

Sarahs Augen funkelten Arnd über den Glasrand hinweg an. Einverstanden?

Okay, okay, so ist's brav!

Das Getränk erhitzte im Nu Kehle und Magen. Arnd fühlte sich wie befreit. Was sollte der Alte da in der Ecke ihn stören. Und Sarah sollte ruhig zeigen, daß sie sich an diesem Ort auskannte, zu Hause war sie hier dennoch nicht. Sie spielte es nur. Sollte sie. Er gönnte es ihr. Er würde sie mitnehmen. Sarah nippte wieder an dem Aufgesetzten. Arnd beobachtete, daß es ihr schmeckte. Er beobachtete auch, daß es sie veränderte. Ihre Gesichtszüge wurden weicher, als ließe sie innerlich locker. Ein rötlicher Schimmer legte sich zart auf ihre Wangen. Es entzückte Arnd geradezu. In ihm keimte ein Plan. Sein Körper war wie befruchtet und begann zu brüten. Sarah, schenk mir noch einen ein, auf einem Bein kann man schlecht stehen! Sarah druckste herum, rückte schließlich mit der Sprache heraus. Sie habe ihm nur den Begrüßungstrunk von Señor Rodriguez überreicht, nun habe sie keine Rechte mehr. Nun müsse man auf Maria warten. Sie hatte also nicht einmal das Recht, allein an die Getränke zu gehen. Sie war die letzte der Mägde und führte sich auf wie die Tochter des Hauses. Wieso zögerte sie überhaupt, mit ihnen zu gehen?

Wo schläfst du? fragte er sie.

Nahezu fröhlich forderte Sarah ihn auf, sie zu begleiten, um das Haus zu besichtigen. Sie schien dem Dunstkreis des Alten entfliehen zu wollen. Arnd schlug vor zu warten, bis Sonja zurück sei. Wo war Sonja überhaupt? In wenigen langen Schritten durchmaß Arnd den Raum, bis er durch die hintere Tür in eine Art überdachte Terrasse trat. Hier befanden sich ungeordnet und bunt alle möglichen Arten von Stühlen, als habe sich gerade eine kleine Versammlung aufgelöst. Wo ist Sonja? fragte Arnd. Sarah reckte spielerisch die Arme zum Himmel und wiegte die Hüften hin und her. Sie forderte ihn auf, an den äußersten Rand der Terrasse zu treten. Die Zitronen dufteten bis hierhin.

Wo ist Sonja? Diese Maria hat sie sich geschnappt, und weg war sie. Wo ist sie mit meiner Tochter abgeblieben?

Sarah ließ die Arme sinken, schob sich auf den flachen Schuhen Stück für Stück herum, bis sie Arnd gegenüberstand. Alles an ihr war eine Nuance stumpfer, jeder Schimmer wie fortgeweht.

Maria tut Sonja nichts.

Selbst ihre Stimme hatte an Farbe verloren. Maria hat fünf Kinder, die braucht deins nicht zu stehlen. Ich nehme an, sie wollte ihr irgendwas zeigen. Sie kommen bestimmt gleich zurück. Mach dir keine Sorgen. Sie setzte sich auf den nächsten besten Stuhl, das Gesicht zum Gemüsegarten, wo in sorgfältig gehäufelten Bahnen Grünzeug wucherte.

Er trat hinter Sarahs Stuhl und legte ihr die Hände auf die Schultern. Wieder fiel ihm auf, wie kühl sie sich anfühlte. Sie schauerte leicht zusammen. Er wunderte sich, daß er mit seinen Händen bewirken konnte, daß Sarah zusammenschauerte.

Sei nicht böse, bat er, ich hatte Sonja ganz vergessen, und mit einem Mal fiel mir auf, daß sie nicht da war. Weißt du noch, wie ich sie mal mit zu meinen Eltern genommen habe, als sie klein war, und dann habe ich sie vergessen, und mit einem Mal war sie weg. – Ich habe mich eben erschrocken.

Ich weiß. Sarah zog seine Hände von ihren Schultern. Setz dich neben mich. Hier ist es immer herrlich kühl. Ich möchte wissen, wer diesen spanischen Bauern früher Architektur beigebracht hat. Der verdient einen Orden. Alles paßt. Ihre Stimme klang wieder lebendiger.

Arnd freute sich darüber, wie er es früher schon getan hatte, wenn seine Mutter nicht mehr böse auf ihn war. Immer wieder hatten Sarah, vor allem Viola und manchmal sogar Ursel sich darüber beklagt, daß er, wie sie es nannten, ‚Auseinandersetzungen vermied', daß er sie zu beschwichtigen, zu versöhnen, zu verführen suchte, wenn sie zornig auf ihn waren und ein Gespräch verlangten. Dann wich er aus, das wußte er wohl. Wie ein Fußballspieler kannte er alle Tricks und Täuschungsmanöver in dieser Situation. Sie fühlten sich mißachtet von ihm, nicht ernst genommen. Viola hatte es einmal so ausgedrückt: Für dich sind Frauen nur angenehme Dekorationsstücke, wie dein Auto, wie deine Möbel, dein Bett und dein Kühlschrank. Weich zum Kuscheln, glatt zum Spiegeln. Zum Ausruhen und Erholen. Zum Spielen. Sogar deine Angestellten nimmst du ernster als deine Frauen. Und wenn sie nicht spuren, drückst du aufs Alarmknöpfchen: Bitte lieb sein. Oder du schlägst drauf!

Sie hatte ihn gekränkt mit diesem Ausspruch. Sie hatte ihm Unrecht getan. Sie hatte ihn mißverstanden. Sie wußte nicht, daß er das verzerrte Gesicht seiner Mutter sah, wenn eine Frau ihm zürnte.

Im schlimmsten Fall war dies Gesicht entstellt von Furchen, die Tränen hineingegraben hatten. Viola wußte nichts davon, daß ihm die Luft wegzubleiben drohte, wenn eine Frau anfing, seinetwegen zu weinen. Und sie wußte auch nicht, was niemals eine Frau wissen durfte: daß er sie brauchte. Wie die Luft zum Atmen brauchte er eine Frau zum Leben. Er selbst wußte es, hatte es erfahren, nicht als Sarah sich von ihm trennte, das war langsam gegangen und schleppte sich, und ehe er begriffen hatte, daß es vorbei war, lag schon jede Nacht Viola bei ihm. Als die dann aber fehlte, plötzlich, eine Nacht nach der anderen, und er nicht einmal wußte, wo sie war, da begann er zu ahnen, wie es mit ihm stand. Es war ja nicht so, wie Viola ihm vorwarf, als er sie zu halten versuchte. Er war durchaus in der Lage, sich selbst zu versorgen, das hatte er im Zusammenleben mit ihr lernen müssen. Es war die Luft in der Wohnung, die anders roch beim Heimkommen, wenn eine Frau dorthin gehörte. Überhaupt war alles anders in der Wohnung, wenn eine

Frau dort lebte. Es war nicht einmal nötig, daß sie ihre bunten Fetzen zur Dekoration benutzte, wie Viola es tat. Die Wochenenden waren anders, ebenso Feiern und Urlaub. Das Leben war farblos ohne eine Frau. Aber das durften sie nicht wissen.

Sarah und er saßen nebeneinander, still blickten sie vor sich hin. Arnd griff nach Sarahs Hand und begann mit ihren Fingern zu spielen, langsam, versunken, Finger auf Finger ließ er mit seinen zusammenstoßen, verschränkte ihre Hände und hielt Sarah fest.

Er empfand nichts dabei als eine tiefe Vertrautheit, die lange Wurzeln in ihm geschlagen hatte. Daran änderte auch nichts, daß sie sich im Augenblick aufführte wie eine Exotin. Er lachte leise: Du bist für mich langsam so etwas wie eine Schwester, Sarah . . .

Sarah rührte sich nicht. Sie saß still und blickte vor sich hin, aber sie entzog ihm auch nicht ihre Hand. Arnd vertrug es schlecht, wenn er keine Antwort erhielt. Er boxte sie leicht in die Rippen, ohne ihre Hand loszulassen, die nun allerdings wie die einer Marionette am schlaffen Band mehr ihm gehörte als ihr. Wie ist denn das bei dir? Oder hast du immer noch Aggressionen gegen mich?

Sarah lächelte Arnd an. Auch Geschwister sind aggressiv gegeneinander, Arnd, gerade Geschwister. Ich glaube, irgendwie habe ich auch Geschwistergefühle für dich. Geschwister haben viele gemeinsame Erinnerungen, das haben wir auch, Geschwister sind durch viele unterschiedliche Gefühle gegangen, das ist bei uns auch, und Geschwister kommen irgendwie nie voneinander los. Das scheint bei uns auch zu sein. Vielleicht ist Sonja für uns beide das, was Eltern für Geschwister sind . . .

Wenn man vom Teufel spricht . . ., lachte Arnd.

Sonja stand vor ihnen. Erhitzt, strahlend und mit

geröteten Wangen trug sie Seite an Seite mit Maria einen tiefen Korb, der ihr ordentlich die Arme langzog. Dennoch nahm sie ihn nun ganz allein in beide Hände und wuchtete ihn vor Arnd und Sarah, um ihnen die Ausbeute zu zeigen: Zitronen, Pfirsiche, Weintrauben waren übereinandergeschichtet, so daß die untere Lage leuchtende Farbkleckse in die obere setzte. Es war lange her, daß sie Arnd so angestrahlt hatte. Maria verschwand hurtig wie ein junges Mädchen.

Hast du auch gepflückt? fragte Arnd sie.

Ein Schatten huschte über Sonjas Gesicht. Was denkst denn du?! Du hättest übrigens die Zitronen gar nicht klauen brauchen, sie haben sie uns geschenkt.

Arnd lag eine scharfe Entgegnung auf der Zunge. Er verschluckte sie. Diesen Leuten sollte es nicht gelingen, einen Keil zwischen ihn und seine Tochter zu treiben. Sonja war auch schon nicht mehr ansprechbar. Wie ein kleiner Hund lief sie hinter Maria her und verschwand.

He, nimm das Zeugs mit rein! rief Arnd ihr nach. Sonja drehte sich nicht einmal um. Das ist doch alles für uns! Wieso für uns? erkundigte er sich bei Sarah, die sich anschickte, den beiden zu folgen. Ein bißchen hat Sonja wahrscheinlich mißverstanden. Das soll jetzt alles für uns frisch auf den Tisch kommen. Den Rest und die Zitronen geben sie euch dann mit.

Arnd fühlte sich bedrängt von dem Geschenk. Als habe die Frau ihn beobachtet bei seinem Diebstahl und wolle ihn nun beschämen. Gereiztheit bemächtigte sich seiner. Er war froh, daß Sarah ihn allein ließ, denn er wußte, diese Gereiztheit würde jetzt seine Sprache und Gestik bestimmen, auch wenn es ihm gelang, die Worte zu unterdrücken.

Er lehnte sich zurück in den Korbstuhl, streckte

die Beine lang aus und strengte sich an, Gelassenheit zu finden. Wieso surrte es in ihm, als würde sein Motor zu stark angetrieben? Wieso fühlte er den kaum bezähmbaren Drang, sich ins Auto zu setzen und wegzufahren? Natürlich mit Sarah und Sonja. Wieso fiel es ihm so schwer, die Zeit hier abzuhocken wie andere unangenehme Besuche auch? Es lag eine Art Verführung in der Luft, die nicht ihm galt, ein Parfüm, das er nicht riechen konnte, dessen Wirkung er gleichwohl bemerkte. Irgend etwas gab es hier, das ihn ausschloß.

Zum Teufel damit! Er streckte seine Beine noch etwas länger. Vielleicht mögen die dich hier einfach nicht, die fette Maria und der Alte. Und das kümmert dich soviel wie der Fliegendreck da oben an der Decke. Ihm fiel etwas ein. Im Nu lärmte er durchs Haus. He, Sarah, wo bist du, du wolltest mir doch eure Gemächer vorführen . . .

Er tappte durch den dunklen Flur in eine große Küche, in der Sonja dicht neben Maria werkelte, um ein Tablett mit Wein und Obst und Käse und Brot und Oliven zu füllen. Sarah warf Maria einen fragenden Blick zu, den die nicht auffing. Arnd entging der Blick aber nicht. Als Sarah ihre Frage laut stellte, schüttete Maria einen Schwall von Worten nebst Gelächter über Sarah und Sonja aus, während sie die beiden mit energischen Bewegungen aus der Küche schob.

Sarah führte sie eine schmale Stiege empor, die eher einer Hühnerleiter als einer Treppe glich. Mühsam kroch Arnd von der Leiter durch ein Loch in einen Raum, der nicht Dachboden und nicht Flur war, eher ein ausgebauter Hühnerstall. Er mußte sich bücken, um Sarah zu folgen. Erst allmählich gewöhnten sich seine Augen an das Halbdunkel im Raum. Licht fiel nur durch ein kleines, viereckiges Fenster in der Schräge, unter der ein Bett stand.

Hier schläfst du? Arnd bemühte sich, sein Entsetzen zu verbergen.

Nein, hier schlafen die señora und der señor.

Maria? Arnd lachte schallend. In dem schmalen Bett mit noch einem dazu? Wie spillerig ist der denn? – Aber wir wollten doch dein Zimmer sehen!

Ich zeig euch das ganze Haus. Gleichmütig führte Sarah die beiden zum Flur zurück, der sich bei näherem Hinsehen als Vorratsraum entpuppte.

Und wo schläfst du?

Arnd folgte ihr hinab ins Wohnzimmer, wo eine bunte Tafel hergerichtet war.

Hier schläft der Vater der señora, erläuterte sie mit ausholender Geste. Sie beachtete Arnds vorwurfsvolles Kopfschütteln nicht. Er hat nämlich Probleme mit den Beinen, und deshalb schläft er jetzt unten. Früher hat er oben geschlafen und señora und señor unten.

Und du? Sonjas Frage ließ Spaß daran durchklingen, daß sie derartig auf die Folter gespannt wurden.

Ich? Ihr wollt gern mein Zimmer sehen? Nun, ihr habt jetzt das ganze Haus gesehen, größer ist es nicht.

Irgendwo mußt du doch wohnen? fragte Arnd erstaunt.

Ich wohne hier.

Sarah beschrieb mit dem Arm einen Kreis, der bedeuten konnte, hier im Wohnzimmer, hier im Haus oder: hier auf der Welt.

Was willst du uns mit dieser Geheimniskrämerei sagen? Ein neuer Verdacht stieg in ihm auf. Sie wohnte gar nicht hier. Sie arbeitete nur für die. Sie hatte irgendwo einen Kerl, mit dem sie lebte. Daß er nicht eher darauf gekommen war. Das veränderte alles. Da würde es ihm kaum gelingen, sie wegzulotsen.

Da ist sie dann eben weg. Schlägt hier neue Wurzeln, macht sich seßhaft. Vorbei und vergessen. Das Leben geht weiter. Geht sowieso weiter. Und wie es weitergeht!

Er trottete hinter Sarah in die Küche. Sarah machte es sich breitbeinig auf der Sitzbank bequem, die hinter einem großen Tisch in der Küche stand. Ihr Grinsen war so breit, wie sie die Beine spreizte.

Wie eine Marktfrau, dachte Arnd. Ordinär. Und mit der war ich mal verheiratet.

Hier schlafe ich! verkündete sie.

Du schläfst in der Küche? Sonja setzte sich begeistert neben Sarah auf die Bank und wippte ein wenig. Die ist doch viel zu hart.

Sarah wippte mit. Die Bank knirschte. Oh, laß uns aufhören. Sonst kracht noch die Bank kaputt.

In Arnds Erleichterung mischte sich ein seltsamer Druck, wie er zustande kommt, wenn eine unerwartete Antwort einen zu weiterem Handeln treibt. Da lebst du ja wie eine Fürstin, bemerkte er mit gutmütiger Ironie.

Das kannst du glauben.

Arnd filterte aus Sarahs betonter Munterkeit einen unsicheren Unterton heraus. Er führte ihn darauf zurück, daß sie nun endgültig wie nackt vor ihnen stand in der Jämmerlichkeit ihres spanischen Lebens.

Maria erschien in der Türöffnung, Sarah und sie wechselten einige Worte, lachten.

Im Wohnzimmer nahmen alle um den übervollen Tisch herum Platz. Maria zog Sonja neben sich und füllte ihr den Teller mit Salami, Oliven, Käse und Weintrauben. Arnd beobachtete staunend, wie Sonja mit Genuß vom Weißbrot abbrach und ihren Teller in kleinen Happen, aber stetig, leerte. Maria mischte in Sonjas Glas ein wenig Rotwein mit sehr viel Wasser, und der Alte prostete Sonja zu. Sonja erwiderte seinen Gruß. Der Rotwein zauberte im Nu einen rosa Hauch auf ihre Wangen. Vielleicht lag es aber auch daran, daß sie vorhin so lange Zeit mit Maria draußen in der Mittagssonne verbracht hatte. Ohne Sonnenschirm, unter den sie sich sonst sofort verkroch.

Arnd fühlte sich angegriffen von Sonjas Appetit. Wie ein Film lief vor ihm ab, wie Sonja angewidert oder gelangweilt in irgendwelchen von ihm bestellten und teuer bezahlten Speisen herumstocherte. Nur allzuoft aß er den Rest selbst, weil er gelernt hatte, Eßbares nicht zu vergeuden. Er hatte sich immer wieder dagegen wehren müssen, Sonjas Verhalten nicht als Angriff gegen seine Person aufzufassen. Nimm's doch nicht persönlich! Ursels Trostspruch. Doch wie sollte man etwas nicht persönlich nehmen, wenn es so offensichtlich persönlich begründet war wie Sonjas Appetit?

Maria füllte zum zweiten Mal Arnds Glas, das er in wenigen Zügen hinunterkippte, ohne wahrzunehmen, was er trank. Erst beim dritten Glas fiel ihm der erdige, reine Geschmack des Weines auf.

Macht ihr den Wein selbst? Er richtete seine Frage an Maria, zeigte auf den Wein, dann auf sie und den Alten. Sie verstand sofort, lachte ihn zufrieden an. Sie gestikulierte wild, redete in diesen maschinengewehrknatternden Tönen, die aneinandergereiht doch wieder überaus weich und warm klangen. Maria schenkte sein und ihr Glas voll, und sie ließen die Gläser gegeneinanderklingen.

Hast du sie verstanden? fragte Sarah, als die Zeremonie beendet war.

Ich habe verstanden, daß das irgendwo dahinten gemacht wird.

Sarah lobte ihn in einem schulmeisterlichen Ton. Sie hat gesagt, daß wir hier Wein bekommen von

Nachbarn, die ihn in der Nähe von Polop selbst herstellen. Dort, wo sie herkommen, im Estremadura, keltern sie auch Wein für den Eigenbedarf. Es ist aber zu umständlich, ihn von dort hierherzunehmen. Außerdem ist dieser auch gut.

Die wohnen nicht hier? Ich denke, das ist ihr Bauernhof. Arnd spuckte das Wort Bauernhof verächtlich aus.

Hier wohnen sie nur drei Monate im Sommer. Die Familie des señor kommt aus dieser Gegend, aber dann begann der Tourismus all die alten Dörfer zu zerstören, außerdem starb Marias Mutter, da sind sie ins Gebiet Estremadura gezogen.

Der Alte hatte ihr Gespräch mit leicht zusammengekniffenen, hellen Augen verfolgt. Er begann zu reden. Es klang tief und männlich und stand in krassem Gegensatz zu seinem verfallenen Körper. Sonja lauschte fasziniert den Tönen, die ihr genauso fremd waren wie Arnd, die ihn aber bloß starr werden ließen und ablehnend, während sie auf ihr Gesicht einen Ausdruck zauberten, der Arnd an die Zeit erinnerte, als die kleine Sonja seinen Geschichten von Banditen und Piraten und schönen Jungfrauen lauschte.

Sarah übersetzte mit ernster Miene, als handele es sich um eine für Arnd bedeutsame Botschaft. Der Vater der senõra meint, daß es hier früher sehr schön war. Die Küste von Alicante bis Valencia ist ein sehr fruchtbares Land. Die Menschen, die hier wohnten, liebten die Erde wie sonst nur ihre Frauen und ihre Freiheit. Für die Erde taten sie aber mehr als für die Frauen und auch mehr als für die Freiheit. Und wenn sie für die Freiheit soviel getan hätten wie für die Erde, hätten sie die Erde nie verloren.

Er ist ein Dichter, dein señor. Arnd verzog spöttisch die Mundwinkel. Er hatte leise gesprochen, fast geflüstert, irgendwie fühlte er sich beobachtet, als verstände der Alte jedes Wort.

Sarah überging seinen Einwurf.

Sie pflegten die Erde, und wenn die ihnen ihre Früchte schenkte, ernteten sie sie und hielten sie in Ehren. Die Erde versorgte sie auch mit Wasser, ohne das der Mensch nicht leben kann. Dann verkauften sie die Erde an die Fremden, und das ist genauso schlimm, wie die eigene zu Frau verkaufen, und es ist das gleiche, wie die Freiheit zu verkaufen.

Sarah machte eine Pause, und der Alte fuhr fort: Ein Fremder liebt die Frau nicht, die er kauft, er benutzt sie nur und beraubt sie ihrer Scham und Ehre und Würde und Anmut. Danach kann sich kein Mann in seiner Seele mehr an seiner Frau laben. Genauso liebt der Fremde die spanische Erde nicht, die heute eine Prostituierte ist, kreischend gekleidet, schmutzig und heruntergekommen und nur auf den auf die Schnelle im Treppenflur erworbenen Gewinn bedacht. Die Brunnen versiegen, weil die Menschen vom Land fliehen, als sei es verflucht. Aus Bauern werden Taxifahrer oder Gepäckträger, aus Bäuerinnen Zimmermädchen oder Putzfrauen. Früher schöpften sie das Wasser aus den Brunnen, heute müssen sie es von den Konzernen kaufen.

Wieso kaufen? unterbrach Arnd Sarahs gleichförmigen Redefluß.

Private Firmen besitzen hier Wasserlizenzen, erläuterte sie. Du beziehst von ihnen Wasser, wie bei uns das Heizöl . . .

Das ist ja wahnsinnig, entfuhr es Arnd. Da hat er Recht. Wasser ist lebensnotwendig, gerade hier in diesen heißen Breitengraden, da darf man doch nicht von privaten Firmen abhängig sein . . .

Ihm fiel etwas ein.

Wir hatten oft kein Wasser im Hotel. In einigen Feriensiedlungen soll sogar totaler Wasserausfall gewesen sein. Das widerspricht dem, was du gesagt hast. Wenn man Wasser kaufen kann, dürfte es keinen Ausfall geben. Ich denke, es liegt an der Hitze, daß die Wasserversorgung so unberechenbar ist.

Sarah hatte sicherlich wieder etwas mißverstanden und erzählte Schauergeschichten. Sie war schon immer etwas realitätsfremd. Sie glaubte alles, was ihr gesagt wurde. Deshalb hatten sie auch nicht mehr zusammengepaßt. Das wußte er plötzlich sehr sicher, und es tat ihm wohl. Sarah hatte sich mehr und mehr verstrickt in abenteuerliche Ideen, die ihr irgendwelche Leute oder Bücher ins Ohr gesetzt hatten. Wohin das schließlich führen mußte, sah man jetzt. Schläft in der Küche. Es war unerträglich mit ihr geworden. Sie entwickelte damals auch eine Halsstarrigkeit bei der Verteidigung absonderlichster Theorien. Es bereitete ihm eine Art Wiedersehensfreude, eine gewisse Starrheit in Sarahs Blick und Gesichtsausdruck wahrzunehmen.

Sicher habe die Wasserknappheit damit zu tun, daß die Ausländer mit ihren Swimmingpools und dem Blumensprühen und überhaupt nachlässig Wasser vergeudeten. Daß jedoch einige Feriensiedlungen zur gleichen Zeit Wasser zur Verfügung hätten, wo es anderen ausgehe, liege an den Verträgen, die die Verwaltungen mit den Wassergesellschaften geschlossen hätten.

Arnd wollte gerade auf die mangelnde Logik aufmerksam machen, die in Sarahs Argumentation lag – denn wie konnten Verwaltungen Wasser erhalten, wenn die Ausländer mehr verbrauchten als vorhanden war –, da begann Maria sich an Arnd zu wenden. Sie sprach mit den Händen, wies auf ihn und auf Sonja, wiederholte dieselben Worte immer wieder. Ihre Augen glühten wie Kohlestücke.

Sonja sah Arnd neugierig an, während sie die

Beeren einer üppig und lang von ihren Fingern tropfenden Weintraube abbiß. Das hat sie wohl mal im Kino gesehen, glitt durch sein Bewußtsein, während er sich anstrengte, Maria zu verstehen. Maria möchte gern wissen, ob du wieder verheiratet bist, übersetzte Sarah. Und sie fragt auch, ob Sonja Geschwister hat.

Die ist ja ganz schön neugierig, deine Chefin, habt ihr das denn nicht alles schon durchgehechelt?

Maria wußte bis heute nicht, daß ich eine Tochter habe.

Sie hatte Sonja verschwiegen!

Wie einige seiner Kegelbrüder den Ehering abzogen, wenn sie ihre jährliche Tour machten.

Das war Verrat.

Kalt warf er Sarah hin: Antworte selbst!

Er bemerkte Sarahs Verlegenheit, als sie nun auf spanisch redete.

Maria lachte ihn an, freundlicher als bisher, schien ihm, und er überlegte, was sie von ihm gedacht haben mochte. Sie sagt, du bist ein guter Vater, gab Sarah wieder. Sie bemühte sich, fröhlich und gleichmäßig wie vorher zu scheinen. Arnd ließ sich jedoch nicht täuschen. Er bemerkte ihre Verwirrung.

Sein Ärger schlug in eine ausgelassene Hochstimmung um. Es würde Sarah nun nicht mehr möglich sein, zu arbeiten wie vorher. Ihr Geheimnis war gelüftet. Er schenkte sich selbst aus der braunen Weinkaraffe nach, füllte auch die Gläser der anderen und, einem plötzlichen Impuls folgend, erhob er sich zu einem Toast.

Er sprach mit warmer, tiefer Stimme. Er hörte sich gern reden.

Ich bedanke mich für die freundliche Aufnahme in diesem Haus, das Sarahs zweites Zuhause geworden ist. Ich bedanke mich auch, weil Sarah hier so freundlich behandelt wird. Das konnte ich bereits in der kurzen Zeit beobachten, die ich hier verbrachte. Wenn Sarah und ich auch nicht mehr durch das heilige Band der Ehe verbunden sind, so sind wir dennoch Freunde und auch die Eltern von Sonja. So fühle ich mich nach wie vor berechtigt, in Sarahs Namen zu danken. Denn – hier machte er eine bedeutungsschwere Pause, während er den Blick von den Anwesenden förmlich wegriß, um ihn wenige Sekunden auf dem Tisch ruhen zu lassen. Er blickte ihnen der Reihe nach in die Augen und schloß: Wenn hier auch ihr zweites Zuhause ist, so liegt doch die Betonung auf zweites, und ihr erstes, ihr eigentliches Zuhause, ist nach wie vor bei uns in Deutschland, bei ihrer Familie, ihren Freunden, ihren Eltern, und – vor allem – bei ihrer Tochter.

Er gab Sarah mit einem Nicken zu verstehen, daß sie nun übersetzen sollte. Er blieb mit gesenktem Kopf stehen, als sammle er seine Gedanken, auch, als sei es unschicklich, zu beobachten, wie die Anwesenden seine Worte aufnähmen. Sarah endete, und er griff den Faden wieder auf.

So wünsche ich mir, daß wir alle am Tisch anstoßen auf unsere Sarah, die jetzt auch ein wenig Ihre Sarah ist, was wir Ihnen durchaus gönnen, sozusagen die Füße und die Beine überlassen wir Ihnen, den Rest aber reklamieren wir für uns.

Es irritierte ihn, daß niemand lachte oder schmunzelte. So konnte er nicht richtig in Schwung kommen. An sich war er ein guter Redner, der über sich hinauswuchs, wenn das Publikum richtig reagierte. Er überlegte auch nie vorher, was er eigentlich sagen wollte. Er griff ein Thema heraus, das zwischen den Anwesenden eine Rolle spielte, und ließ es laufen, angetrieben durch die Bewegung auf den Gesichtern der Zuhörer. So geschah es bei Betriebsfeiern oder im Kegelklub oder bei Familienfesten. Hier war aber alles anders. Seine Lust zu sprechen erlosch so schnell und heftig, wie sie sich entzündet hatte.

Er hob das Glas, nickte jedem einzelnen höflich zu und trank. Auf Sarahs Wohl! war alles, was er noch von sich gab.

Sarah übersetzte, während alle tranken. Maria klatschte: Bravo, bravo!

Arnd hatte die Rede schon hinter sich gelassen und auch das Interesse am Beifall. Er sah auf die Uhr, fast vier, sie mußten fort, die anderen würden auf sie warten. Er zeigte Sarah das Zifferblatt, erinnerte sie an Ursel und Viola. Mit Groll bemerkte er, wie Sonja ihre maulige Miene aufsetzte. Sie sagte keinen Ton. Sarah erhob sich und erklärte Maria und dem Alten den Aufbruch in vielen spanischen Worten. Maria sah enttäuscht aus. Sie legte ihre Hände auf Sonjas Wangen und gab ihr einen Kuß auf die Stirn.

Die Abschiedszeremonie ging schnell vonstatten. Maria begleitete sie zum Auto und winkte.

Arnd stellte das Autoradio an und summte mit. Julio Iglesias sang. Immer sang in Spanien Julio Iglesias oder einer, der sang wie er.

Was heißt das eigentlich? fragte er Sarah. Übersetz mal, zeig, was du kannst!

La vida es una carta para jugar – das Leben ist eine Spielkarte, du kannst gewinnen und verlieren ...

Und wenn der eine gewinnt, verliert der andere ...

Arnd summte mit.

Zum Strand.

Drei bunte Badetücher über der Schulter, eine Bastmatte unter dem Arm, dirigierte Arnd Sarah mit dem Druck seiner freien Hand zwischen ihren Schulterblättern. Sonja trottete schweigend neben ihnen her.

Arnds Berührung war Sarah nicht unangenehm. Der Druck auf ihrem Rücken enthob sie gleichsam auch der Verantwortung, das Schweigen zwischen ihr und Sonja zu durchbrechen. Es hatte sich während Arnds kurzer Abwesenheit zwischen sie gelegt und wuchs von Sekunde zu Sekunde weiter an.

Auf Geheiß von Arnds Hand ging Sarah die Treppen hinunter, die zum Strand führten. Sie entledigte sich ihrer flachen Holzpantinen, schrak zurück, sobald sie den ersten Schritt auf dem Sand getan hatte. Arnd warf ihr einen besorgten Blick zu, warnte sie vor einer Verbrennung. Er wartete, bis Sarah ihre Schuhe wieder übergezogen hatte, und führte sie dann hinter Sonja her, die, ohne einen Blick auf ihre Mutter, in Richtung Wasser weitergeschlendert war.

Vorbei an den in lockeren Reihen auf dem Strand gelagerten Menschen, die vornehmlich Haut trugen. Als Schmuck winzige Fetzen Stoffes, diesen jedoch verarbeitet und gemustert, als drücke er allein die Besonderheit des einzelnen aus.

Sarah fühlte sich fremd, als stierten alle auf sie, die mit Rock und Bluse bekleidet war und zudem noch ein Kopftuch trug. Hastig knotete sie es auf und ließ ihr Haar vom Wind zerwühlen.

Jetzt fragen sich alle, wie der Deutsche an die Spanierin kommt, dachte sie. Und schämte sich. Spanische Mädchen und Frauen gingen nicht auf Kontaktversuche der Ausländer ein. Daß ein Kellner einmal eine Nacht verbrachte mit einer Kundin, die mit betrunkenem Locklachen und tanzenden

Händen eine Einladung signalisierte, gehörte zum Ferienleben an der spanischen Küste. Die ausländischen Männer aber, die taxierend, mit geschwellter Brust und eingezogenem Bauch, wohlgefällige Blikke über die Hintern und Brüste der spanischen Zimmermädchen oder Kellnerinnen kreisen ließen, sicher, schon eine aufzulesen, die jeden Hunger würde stillen können, irrten sich.

Sarah dankte Arnd wortlos dafür, daß er mit seinem um ihre Schulter gelegten Arm ein Besitzverhältnis deutlich machte. Solcherart paarweises Auftreten schien zum Urlaub zu gehören wie die braune Haut, der Bikini und der eingezogene Bauch. Einen Mann zumindest hatte sie vorzuweisen.

Schweigend wanderten Arnd und Sarah am Wasser entlang, hinter Sonja her, die mit demonstrativem Hüftschwung Überlegenheit bezeugte. Plötzlich spürte Sarah, wie ein Ruck durch Arnd ging. Unmerklich hielt er im Schritt inne, zuckte zusammen, straffte sich und legte seinen Arm fester um Sarah. Sonja war stehengeblieben. Sarah bemerkte, wie ihre Tochter zufrieden auf etwas blickte, dann zuerst die Augen und darauf den ganzen Körper Arnd zuwendete.

Sarah wappnete sich innerlich. Sie spannte die Rückenmuskeln, strengte ihre Aufmerksamkeit an.

Arnd schlang seinen Arm noch fester um sie.

Nun sehen wir wirklich wie ein Liebespaar aus, dachte sie, während die Spannung stieg. Kriechstrom. Ein Lachzwang befiel sie. Sie unterdrückte ihn.

Da entdeckte sie Viola und Ursel.

Ursel, tiefbraun, schlank, im schmalen, gelben Bikinihöschen, das eher als Schurz zu bezeichnen war, Viola in schwarzer Bikinihose, gerafft dort, wo sich bei anderen Frauen der Bauch zeigt, blaß bis auf die tiefdunklen Brustwarzen, lagen nicht allein auf einem Bettlaken. Vor ihnen, entgegengesetzt zur allgemeinen Liegerichtung, erkannte Sarah zwei Männerrücken, braun, breit, muskulös. Sie begann, sich wie eine Zuschauerin im Kino zu fühlen, eine Empfindung, die von weither zu gelangen schien.

Strahlend grüßte Arnd die Vierergruppe: Sie amüsierten sich offenbar hervorragend ... Sein drohender Unterton entging Sarah nicht. Schließlich war sie einmal mit diesem Mann verheiratet gewesen, bis weit über die Scheidung hinaus.

Viola strahlte zurück. So schnell habe sie sich so nette Bekannte nicht erträumt. Sie stellte vor: Markus aus Heidelberg, Student der Wirtschaftswissenschaften, Ferdinand aus Freiburg, Student der Jurisprudenz, was soviel heiße wie ‚Vorsicht vor dem Recht', und ... Viola holte weit aus in Sarahs und Arnds Richtung, wobei sie die Mittel- und Zeigefinger der rechten Hand spreizte wie beim Ballett. Dies sei Sarah aus ... Sie blickte Sarah fragend an, und als diese schwieg, fuhr sie fort: Sarah aus Spanien. Originalton Spanien. Sie studiere ... Viola wechselte einen kurzen, scharfen Blick mit Sarah. Das Leben, schloß Viola lachend. Und hier ... Viola richtete ihre Augen auf Arnd, und Sarah erkannte die Kälte darin und wie genüßlich sie Arnd eins auszuwischen trachtete.

Arnd legte seinen Arm schwerer auf Sarah.

Sarahs ehemaliger Gatte. Ja, meine Herren, mancherlei Verirrungen beschert das Leben. Arnd also, seines Zeichens hochgearbeiteter Mercedesfahrer.

Was war nur in Viola gefahren?

Sarah spürte Arnds Klammergriff. Sie sah Sonja an. Die spiegelte Viola: kalte, abschätzende Augen, Schadenfreude, selbst der leicht betrunkene Augenglanz fand sich bei ihr wieder. Sarah blieb steif stehen.

Arnd ließ sie los. Er richtete sich an Sonja.

Na, mein Schatz, wollen wir uns in die kühlen Fluten stürzen?

Er umschlang Sonja besitzergreifend.

Mit dem Lächeln, das ihn während des Gesprächs nicht verlassen hatte, wandte er sich an Sarah. Ob sie mitkomme.

Wir kommen alle mit! Viola sprang auf die Füße, umarmte Sonja, die sich ihr, wie Sarah meinte, dankbar zuneigte.

Mit Hilfe ihrer Hände maß sie den Abstand zwischen ihrem und Sonjas Kopf. Sie stellte sich vor Sonja und überprüfte Taillen-, Hüft- und Brustmaße. Sonja solle Mannequin werden. Am besten löse sie Viola ab, die ohnehin zu dick werde. Sarah beobachtete die beiden mit einem wehen Gefühl. Viola sei nicht zu dick, lächelte sie. Es gebe keinen Unterschied zu früher. Viola sei schlank und schön. Alle schwiegen verlegen. Sarah hatte nicht den lockeren Ton angeschlagen, der zum Strand gehörte. Viola lachte schnell und laut.

Deine Tochter ist schlanker, meine Liebe, und bald ist sie schöner als wir alle, auch als du, du Gitana. Sie reichte Sonja die überkreuzten Hände und, kaum daß Sonja zugegriffen hatte, schleuderten beide im Kreis. Mit einem Juchzer ließ Viola sich neben den Jurastudenten hintüberkippen. Arme und Beine von sich gestreckt, spielte sie Erschöpfung.

Allez-hopp, ins Wasser! Schon sprang sie wieder auf ihre Füße, selbst die lang, schlank, elegant. In Sarah kam erneut das alte Gefühl der Unterlegenheit hoch. Regungslos folgte sie Viola mit den Augen. Wie sie sich unbefangen aus dem Stand hinabbeugte, ohne Furcht, ihre Brüste würden wie Säcke dem Studenten vorm Gesicht baumeln oder Fettrollen könnten entlarven, daß der zuvor gezeigte, flache Bauch nur Ergebnis trainierten Luftanhaltens war.

Vor Sarahs innerem Auge stand ihr Spiegelbild aus der Zeit kurz bevor sie den Entschluß gefaßt hatte, fortzugehen. Hinter sich eine Abmagerungskur, die begonnen hatte mit einem Schlemmertag, an dem alles, was in den folgenden Wochen entbehrt werden sollte, noch einmal genossen wurde: Kekse, Eis, Schlagsahne, Wein, Schokolade. Dann drei Tage lang strengste Diät. Am vierten Abend lief sie kurz vor Geschäftsschluß los und füllte sich heißhungrig die Einkaufstasche. Sie wurde von einem kalten und zugleich wie betrunkenen Entschluß getrieben, die Diät abzubrechen. Sie wollte bleiben, wie sie war. Am nächsten Morgen hatte sie Verstopfung. Sie setzte den rechten Fuß auf die Waage und beobachtete, wie der Zeiger die Ziffern an sich vorüberschnellen ließ. Dann stützte sie sich schwer auf die Türklinke und zog vorsichtig den linken Fuß auf die Waage. Die Zahlen schlichen jetzt. Sie ließ die Klinke beim Wiegen nie ganz los. An diesem Morgen bewies ihr das Zählwerk ihrer intimsten Feindin, daß sie während der Diät ein Kilo zugenommen hatte. Sie war verzweifelt. Die betrunkene Kälte vom Vortag hatte sie jedoch nicht verlassen. Sie setzte sich vorm Spiegel ihren Augen aus.

Woher kam nur dieser unstillbare Hunger?

Sie sah in den Spiegel und dachte, tiefer als jetzt werde sie nicht mehr sinken können. Kalt und distanziert wanderten ihre Augen über die Fettpolster der gegenübersitzenden Frau. Die Oberschenkel wie Meeresgrund bei Ebbe, die Falten, die das Fett warf, wie Jahresringe eines Baums. Sie stellte fest, daß ihr Körper in der vergangenen Nacht von Pickeln heimgesucht worden war. Ihre Schultern, ihre Beine, ihre Brust, die Arme waren aufgewühlt von kleinen, runden, rötlichgelben Pusteln.

Sie ekelte sich vor sich selbst.

Welche Macht trieb sie dazu, ihren Körper so bis an die Grenze der Dehnbarkeit zu füllen, bis die Haut riß. Bis die Gifte, die innen goren, durch die Haut nach außen treten mußten. Sie sah vor sich ein Leben mit einer endlosen Reihe von Diäten und Eßanfällen. Ein ganzes Leben voll von Haß auf sich selbst. Ebenso kalt wie sie sich betrachtet hatte und wie sie tags zuvor ihre freudlose Eßorgie gefeiert hatte, wußte sie plötzlich, sie müßte fortgehen. Wußte es, ohne zu begreifen. Sie mußte dieser Situation entfliehen, in der sie ständig Hunger hatte. Sie hätte vorgezogen, sich selbst zu entfliehen. Doch sie wußte, sie mußte sich selbst auf die Spur kommen. Sie setzte ihren Entschluß damals mit großer Geschwindigkeit in die Tat um. Ihr Fett umgab sie wie ein Schutzmantel. Kein Widerspruch drang hindurch. auch kein Abschiedsschmerz.

Viola tätschelte Ursels Wange.

Na, Kleine, hat dich die Sonne im Sand festgeschweißt? Komm, auf in die Fluten! Wollen doch mal sehen, ob wir deinen Männe gemeinsam unterducken können.

Breitbeinig, die Arme in die Hüften gestemmt, griff Arnd Violas Vorschlag auf. Ja, Ursel möge doch versuchen, ihren Männe unterzuducken.

Erschrocken sah Ursel von Viola zu Arnd, quälte sich ein Lächeln ab.

Sarah hatte sich etwas abseits von der Gruppe in den Sand gesetzt. Ihr Blick hing an Sonja. Nach dem wilden Tanz langsam in die Knie gesunken, hockte sie und malte Figuren in den Sand. Sie wirkte geistesabwesend, als träume sie Violas Zukunftsbild hinterher. Mannequin, dachte Sarah, welch verlockende Aussicht für ein Mädchen, das sich immer dünner hungert. So brach Viola der Essensverweigerung den giftigen Stachel. Das Spiel könnte

Erfolg haben, denn Arnd würde darauf eingehen. Dann müßte sich Sonja etwas anderes einfallen lassen, um ihn zu ärgern. Vielleicht überessen? Sarah erwog den Gedanken, umgab Sonja mit ihrem eigenen Fleisch, belustigt über die Vorstellung von Sonjas schmalem, struppigen Kopf mit Sarahs schweren Hüften und Oberschenkeln. Das Bild bewirkte jedoch eine leichte Beunruhigung.

Sarah bewunderte Violas Einfühlungsvermögen. Ohne Rücksicht stieß sie bis an die Grenzen vor, die Menschen um sich ziehen. Sie dehnte diese Grenzen oft spielerisch aus, verletzte sie jedoch nie so, daß der andere schutzlos würde. Und mit der Anmut, dem Lachen und dem erhobenen Kopf einer Seiltänzerin vermittelte sie bei alledem den Eindruck eigener Unantastbarkeit. Diese Leichtigkeit hatte Sarah nie besessen und sich doch immer gewünscht. Violas Geschmeidigkeit einer Wildkatze faszinierte sie und war ihr fremd.

Sarahs Lieblingstier war der Schwan. Hunde mochte sie nicht. Sich selbst jedoch verglich sie mit einem Hund. Ein fetter Hund, der nicht fortlaufen kann, weil er bequem ist. Das den Umständen angepaßte Fell fängt auch Schläge ab. Demütige Lichter im Blick. Ein Hund, der nach einem Herrchen sucht, das er auf allen Vieren umwerben, lecken kann, um dessen Streicheln er buhlt, zu dessen Füßen er sich kuschelt, klein, unscheinbar, winselnd, den Schwanz eingezogen. Sarahs Fell drückte aber auch das Gegenteil aus: die Einsamkeit des Wolfes. Niemand vermochte wirklich, ihr nahezukommen, da sie sich unter ihrem Fett verbarg. Unter dem Hundskleid lauerte der Wolf. Unzähmbar. Gierig. Häßlich. Und einsam. Gefährlich, weil böse über die Einsamkeit. Verborgene Grausamkeit. Unter die Hülle gesteckt. Grausam nur noch gegen sich selbst.

Sarahs Aufmerksamkeit hing an Sonja, die nach

Arnds scharfen Worten von ihren Malereien aufgeblickt hatte, sich leicht vorbeugte, um sich auf die Fäuste zu stützen. Den Kopf vorgereckt, mit den angespannten Halsmuskeln, erweckte sie das Bild einer Katze auf der Lauer.

Sarah war erschrocken. Was mochte nur zwischen Arnd und Sonja vorgefallen sein?

Vater-Tochter-Probleme? Oder Eifersucht, vielleicht auf Ursel? Sonjas Blick aber zeigte den Wunsch nach Zusammenbruch des Vaters an, nicht nach dem seiner Freundin. Gierig verschlang Sonja jeden Zug in Arnds Gesicht, der das geringste Zeichen von Unsicherheit aufwies.

Sarah ließ Bildfetzen in ihrem Kopf abspulen: Arnd mit wutverzerrtem Gesicht, Arnd mit sicherem Blick hinter dem Steuer seiner Mercedes, Arnd, der mit abschätzendem Lächeln einen Frauenhintern betrachtete. Ihr Ekel, wenn sein Pferdegesicht sich ihr näherte, die großen Zähne sich spielerisch in ihre Brüste gruben, in ihren Hintern. Ich könnte dich auffressen!

Doch auch Bilder der Zärtlichkeit für seine kleine Tochter, bei der Verschwörung gegen Sarah, wenn Sonja einen von Sarah verweigerten Wunsch an Arnd richtete, den er erfüllte. Papi kann alles, meine Süße, Unmögliches sofort, Wunder dauern etwas länger!

Sarahs Kleidung wurde feucht von Schweiß. Die Sonne brannte auf ihre unbedeckten Haare. Sie suchte nach Mitgefühl für Sonja in sich. Doch da war nichts außer der Fremdheit, die zwischen ihr und den anderen stand.

Der Ökonomiestudent erhob sich, zog den anderen in die Höhe, der verblüfft folgte. Sie müßten nun gehen.

Viola lachte, hakte sich bei ihnen in der Mitte ein. Ob ihr großer Bruder sie ängstige?

Der Ökonom fragte verlegen, wieso Bruder. Er habe gedacht... Du dachtest? unterbrach sie ihn mit heller Stimme. Lernt ihr das auch auf der Uni?

Sie schleppte die beiden im angedeuteten Can-Can-Schritt bis einen Meter vor Arnd. Sie lächelte ihn unter halbgeschlossenen Lidern an, das Gesicht schräg zur Seite geneigt.

Sonja hockte unverändert in ihrer Katzenhaltung. Es fehlt nur noch, daß ihr die Zunge aus dem Mund hängt, schoß Sarah durch den Kopf.

Sie beobachtete die Menschen, die vor ihr Theater spielten. Gefährliches Theater. Jeder mußte achtgeben, das richtige Stichwort zu erwischen und nicht die Maske zu verlieren.

Schwester? grinste Arnd Viola an. In seinem Blick flimmerte es, sein Gesicht gewann das Feste und Überlegene zurück, als er nun fragte, sie schrecke wohl auch vor Inzest nicht zurück? Mit einem plötzlichen Griff packte er Viola.

Sie gestatten, meine Herren?

Er trug sie langsam ins Wasser und ließ sie erst hineingleiten, als die Wellen bis zu seinem Hals schwappten. Alles spielte sich schweigend ab. Sarah konnte Violas Gesicht nicht erkennen. Viola hatte nicht gejuchzt und gestrampelt, wie dies übliches Beiwerk einer solch symbolischen Entführung ist. Nun schwamm sie zügig fort.

Sonja beschäftigte sich wieder mit dem Malen von Figuren in den Sand.

Die beiden Männer standen mit Blick aufs Meer. Dann legte der eine dem andern den Arm um die Schulter, und ohne Sarah und Sonja eines Blickes zu bedenken, schlenderten sie dicht am Wasser entlang in Richtung der Treppen, die zur Promenade führten.

Auf Sarah legte sich ein Gefühl tiefer Verlassenheit.

Sie begriff nicht, warum sie Viola gefolgt war. Sonja, die als einziger Grund gelten dürfte, gab ihr deutlich zu verstehen, daß sie ihre Hilfe nicht wünschte.

Sarah hätte sich auf den Sand legen und weinen mögen. Sie schluckte und beobachtete ein Zigeunerpaar, das seine Arbeit tat. Er in kniekurzen Khakihosen, gleichfarbig mit dem langärmligen Hemd und dem breitkrempigen Hut, lange, schwarze Haare, blitzweiße Zähne im braunen Indiogesicht. Zum Aufschneiden der Kokosnüsse benutzte er ein langes, rundgebogenes Messer. Sein Lockruf ‚Hay coconut' übertönte den Strandlärm. Dicht hinter ihm ging seine Frau. Größer als er, zart, schmal, mit halblangem Bordürenrock bekleidet, auf dem Kopf einen Strohhut. Anmutig schritt sie auf ihren Ledersandalen durch den heißen Sand, ein Tablett mit zerteilten Melonen vor sich balancierend. Hay melonas, hay melonas ... Sarah sah, wie die Frau das Kreuz durchdrückte, um das Gewicht des Tabletts auszugleichen.

Was machen wir nun mit dir, Gitana? Viola beugte sich über Sarah. Wassertropfen perlten über ihren Körper. Sie blinzelte besorgt.

Ich dachte, Mutter und Tochter nutzen die Zeit ohne die andern für ein Schwätzchen. Du scheinst dich aber nicht für deine Tochter zu interessieren ...

Sarah bemerkte erst jetzt, daß der Platz, auf dem Sonja gehockt hatte, leer war.

Wo ist sie?

Viola antwortete mit einem Kopfnicken in Richtung Wasser. Sarah fiel es schwer, in dem Gewimmel von nackten Oberkörpern, Bällen, Luftmatratzen und Wassertieren einen bestimmten Menschen zu erkennen. Sie folgte mit den Augen Violas Zeigefinger.

Da auf der Luftmatratze, oben blau, unten rot.

Sarah verengte die Augen, sah nun ihre Tochter, wie sie, auf dem Bauch liegend, Arme und Beine ausgebreitet, sich mit leichten Paddelbewegungen der Hände vom Ufer fortbewegte.

Meine Tochter, dachte sie, nie hätte ich diese Entfremdung zwischen uns zulassen dürfen. Violas Vorwurf schwang in ihr nach. Sie wehrte sich dagegen. Sie wußte, welch verheerende Folgen das Gefühl des Versagens für sie hatte. Früher stopfte sie in solchen Augenblicken sich und Sonja mit Süßem voll. Am gleichen Tisch. Gemeinsamkeit und Versöhnung bei Eis und Schlagsahne. Oder selbstgebackenem Kuchen. Extra für dich, Sonnimaus!

Viola forderte sie auf, sich umzuziehen und ins Wasser zu gehen.

Laßt ihr sie immer so weit mit der Luftmatratze raus?

Nun war sie es, die mit dem Kopf in Sonjas Richtung wies, die einen besorgten Ton anschlug.

Was weiß ich. Bin doch gestern erst angekommen. Hast du das vergessen?

Ja. Ein staunendes ‚Ja'. Und mit dem gleichen Staunen sah Sarah jetzt Viola genauer an. Leicht angetrocknetes Salzwasser auf der Haut, die Haare feucht ins Gesicht geringelt. Eine Urlaubsschönheit. Es war, als würde sie aus einem Traum erwachen und sich mühsam durch die Nennung von Einzelheiten in Erinnerung rufen müssen, daß ihre Wirklichkeit sich hier befand und nicht dort. Sie war es, die hier seit Monaten lebte, und Viola war die Fremde. Arnd und Ursel würden morgen abfahren, sie hingegen bis zum Schluß der Saison hier verweilen und danach Spanien nicht verlassen. Doch es gelang ihr nur, die Fakten zusammenzutragen. Ihr Herz oder was es auch war, das dies Gefühl von Fremdheit traurig und schwer in ihren Bauch legte, so daß es dort schmerzte und zog, als befände sie sich kurz vor der Menstruation, dies Organ vermochte sie nicht zu überzeugen.

Sie erhob sich. Sie erwartete, all die schlanken, sportlichen, gebräunten Menschen würden sie beobachten und verspotten. Sie entledigte sich ihrer Bluse, gab den Blick frei auf die weiße Haut ihres Körpers, die sich kraß abhob vom schmutzigen Braun ihrer Arme und dem helleren des Gesichts. Auch die Beine, wußte sie, gaben ein derart lächerliches Bild ab: dunkelbraun bis zu den Knien, höher hinauf weiß. Alle Braunteile muskulös, auch Arme, Hals, Kinn, Wangen. Alles unter der Kleidung verborgene Weiße hingegen puddinggleich. Oberschenkel und Hintern sogar wie klumpige Orangenhaut.

Sie forderte einen Bikini von Viola, gestattete sich kein Zaudern mehr. Dann gab sie sich eben dem Gespött der Urlauber preis! Vielleicht sollte ich Geld nehmen, erwog sie, pro Foto hundert Peseten, ähnlich dem bekleideten Affen, der den Urlaubern ständig wieder vorgeführt wird. Als Spanierin verkleidete Deutsche, ausgezogen, auf ihren konkurrenzuntüchtigen Pelz beschränkt. Vielleicht wäre das die Attraktion überhaupt: angezogener Affe neben ausgezogener Fettel. Auf Postkarten zu verewigen ...

Sie vermied einen Blick auf ihre nackten Brüste, die, klein und mit Schwangerschaftsstreifen verziert, leicht nach unten zogen. Lange schon hatte sie ihre Brüste nicht mehr nackt im Spiegel gesehen. Früher, erinnerte sie sich, hatte sie ihren Körper noch bis zur Taille annehmen können. Wenn ein Mann sie auszog, begann der Horror erst ab der Taille. Dann zeigten sich Bauch und Hüften, vor allem aber der bis zum Schmerz pralle Hintern, dessen Unförmigkeit besonders betont wurde durch die schmale Taille mit dem flachen Magen und durch die bis zu Sonjas Geburt apfelsinenhalb kleinen Brüste, durch die schmalen Schultern, durch das zarte Gesicht.

Sarah bereiteten dicke Frauen ästhetisches Mißvergnügen. Sie hatte immer nur schlanke Freundinnen, hätte es nicht ertragen, sich in einem häßlichen Gegenüber gespiegelt zu finden. Auf der Straße musterte sie dicke Frauen, die jungen in indische Gewänder gehüllt, die alten in Korsetts geschnürt, sichtbar an den zusammengepreßten Hüften, den sich vorwölbenden Mägen. Es erfüllte sie mit Abscheu. Da war kein Fleisch in Bewegung, aber Sarah empfand den Horror dieser Frauen nach, wenn sie sich vorm Spiegel auszogen. Sie fragte sich oft, wie viele Frauen wohl bei einem verhaßten Mann blieben, nur aus Angst, jemals vor einem anderen nackt und ungeschützt ihr Fleisch zeigen zu müssen. Sie verglich die in Kleidung verpackten Frauen mit Schweinebraten, die im Netz prall und rundlich waren, aber ohne diese Verpackung zu einer formlosen Masse auseinanderfielen.

Sie hatte sich in den letzten Monaten eingebildet und damit zu leben begonnen, von innen heraus, ohne Spiegel, ohne begutachtenden Blick einer Freundin oder eines Mannes, daß ihre Körperteile aneinanderwuchsen. Unter dem schweren Gewicht des Lebensmittelkorbes wurden ihre Schultern stark und fest, und sie meinte, bei ihren langen Wegen über kraftvolle Beine zu verfügen. Auf diesen Beinen zu gehen, bereitete ihr Genuß. Sie schienen sogar zu wachsen bei jedem ihrer Schritte, in die sich auch die Hüften einpaßten, rund, ausladend, wie es zur Schönheit der Frauen dieses Landes gehörte.

Schönsein. Sie hatte die Erfahrung gemacht. Von innen gespürt, wie ihr Körper sich dehnte und wuchs, zugleich verengte und Spannung einzog.

In ihrer neuen Umgebung erhielt sie Bestätigung.

Que guapa! schickten die Männer hinter ihr her. Bonita nannten die alten Frauen sie.

Wie geht's, meine Schöne?

Sarah spürte, wie ihr Körper auseinanderfiel. Als wäre der Kitt bröcklig gewesen, löste sich der Oberkörper in der Taille ab und schwebte drei Meter über dem Unterleib, der plump, kurz, breit der Erde verhaftet blieb. Es war noch schlimmer als früher. Nun kam die Trennung der weißen von den braunen Körperteilen hinzu.

Viola hatte in Ursels Badetasche gewühlt, hielt Sarah ein weißes Höschen mit goldenem Saum und Seitenbändchen entgegen. Sarah starrte die Hose entsetzt an. Du spinnst wohl! Das ist Sonjas Größe. Da kann ich gleich nackt gehen.

Viola kicherte.

Mach ich mit. Diese Schurze sind wie im Busch. Sieh dich um: Alle haben so kleine Höschen an.

Streng fügte sie hinzu, wobei sie in Sarahs empörte Augen unter den Stirnfalten einen ebenso scharfen Blick zurücksandte: Stell dich nicht an! Bist du katholisch geworden? Als wir letztes Mal in Spanien waren, trugst du überm Hintern die Hälfte von diesem Stoff.

Sarah spürte die Nadelspitze der Verletzung. Sie hielt den Atem an. Würde Viola jetzt fortfahren, Sarah habe immer gehofft, die Bräune schmälerte optisch ihren dicken Hintern?

Viola wühlte in der Tasche, fingerte eine gelbe Hose heraus, hielt sie prüfend hoch.

Besser? fragte sie sachlich.

Sarah zog die Hose vor ihren Hüften in die Breite. Sie seufzte, es werde schon gehen. Unter dem Rock wechselte sie die Wäsche. Das Höschen paßte.

Viola starrte auf Sarah. Sie kicherte erst und brach dann in ein Gelächter aus, an dem sie sich zu verschlucken drohte.

Sarah erwartete, das versammelte Strandvolk würde in das Gelächter einstimmen. Sie war aus ihrem Körper getreten. Er verharrte ohne ein Gefühl.

Normal wäre es doch, überlegte sie qualvoll langsam, ich würde mich jetzt schämen oder wütend werden. Ich müßte mich wehren. Viola schütteln oder drohen, ich würde gehen, wenn sie nicht aufhörte, mich mit diesem Lachen anzufallen. Nein, ich müßte vorwarnungslos verschwinden, und zwar endgültig.

Sie nahm das Absterben ihres Körpers kühl als Vorstufe von Wahnsinn hin und wandte sich von der kichernden Viola ab, dem Meer zu. Das Wasser umspülte ihre heißen Füße. Mit jedem Millimeter, der vom Wasser berührt wurde, nahm sie ihren Körper wieder in Empfang. Immer noch ungerührt und mitleidlos entschloß sie sich, den heutigen Ferientag am Meer zu genießen. Weit entfernt vom Strand entdeckte sie Sonja. Dort kreuzten die Surfer, die ihr Fach beherrschten.

Sarah glitt sicher durch das Wasser. Sie schwamm an einer grauhaarigen Frau vorbei, deren junges, energisches Gesicht ihr auffiel. Die Frau hielt es anmutig über Wasser. Man sollte ihr sagen, daß sie so langsamer vorankommt, ging Sarah durch den Kopf. Ist doch ein Widerstand. Außerdem verkrampft sie ihre Nackenmuskeln. Sie mußte über sich lachen. Wie ein Computer. Wasser, Knopfdruck: leicht, beweglich, sicher, schnell ... Strand, Knopfdruck: Dinosaurier ... Wer hatte sie bloß mit diesen Daten gefüttert?

Sie schwamm schneller, verausgabte bewußt ihre Kraft, suchte die Grenze. Keuchend gelangte sie bei Sonja an, die sie offenbar schon erwartet hatte und ihr interessiert entgegensah. Du schwimmst gut! Sarah strich die nassen Haare aus dem Gesicht, kniff die Augen zusammen, bis sie wieder klar sehen konnte. Darf ich mit auf die Matratze? Sonja rutschte, bis ihre Beine im Wasser lagen. Sie forderte Sarah gleichgültigen Tons auf, hochzuklettern. Sarah schwang sich auf das Unterteil der Matratze, rutschte hinunter, versuchte es abermals, brachte nun auch Sonja zum Kippen. Lachend scheiterten die beiden mehrmals, bis es ihnen endlich gelang, zu zweit nebeneinander Platz zu finden.

Geruhsam trieben sie dahin, ließen die Hände ins Wasser baumeln, den Rücken von der Sonne verbrennen.

Schwimmst du oft? fragte Sonja nach einer Weile. Das sieht toll aus.

Nein, antwortete Sarah, seit ich in Spanien bin, bin ich nicht geschwommen.

Sie war auf Sonjas sachlichen Ton eingegangen. Doch, verbesserte sie sich, am Anfang, als ich hier war, habe ich kaum etwas anderes getan. Aber jetzt schon lange nicht mehr. Schweigend paddelten sie im Gleichklang ihrer Hände dahin.

Und du, griff Sarah den Faden wieder auf, würdest du's von hier aus bis zum Strand schaffen?

Sonja gestand freimütig, daß sie sich in Gefahr begab.

Und wenn du mit der Matratze hinausgetrieben wirst? fragte Sonja.

Dann schrei ich um Hilfe. Hier sind doch so viele Surfer und Motorboote . . . Sonja hatte sich offenbar schon ihre Gedanken gemacht.

Und wenn keiner in der Nähe ist?

Abwarten und Teetrinken.

In hoher Geschwindigkeit näherte sich ihnen ein Surfer. Er hing an seinem gestreiften Segel und beachtete Sarah und Sonja nicht.

Du meinst, daß die dich hören? fragte Sarah, nachdem er an ihnen vorbeigeglitten war. Die sind doch mit sich selbst beschäftigt.

Gleichmütig erwiderte Sonja: Wenn ich ihnen mit der Matratze in die Quere komme ... und dann noch laut schrei. Sarah war erstaunt, wie kühl Sonja sich alles überlegt hatte.

Es ist doch gefährlich, von einem Surfbrett überfahren zu werden.

Dann halte ich die Matratze hoch ...

Sie schwankte zwischen Achtung vor so genauer Überlegung und der Sorge, es würde Sonja im Zweifelsfall an Übersicht und Konsequenz mangeln, und sie würde in Panik ausbrechen.

Was du machst, ist auch gefährlich, sagte Sonja nach einer Weile.

Beide paddelten leicht mit den Füßen und versuchten, durchs Wasser hindurch bis auf den Grund zu sehen.

Kannst du schnorcheln? fragte Sonja die Mutter.

Klar. Mit Schnorchel.

Sie lachten.

Ich kann's auch nicht mit Schnorchel.

Was kannst du eigentlich, außer Surfern im Weg zu liegen? Sarah betonte die Frage als übertriebenen Erwachsenenvorwurf.

Sie fühlte sich entspannt mit diesem jungen Mädchen und schob die Angst fort, Sonja könnte die Veralberung von Erwachsenen als Anbiedern mißverstehen.

Sonja zog die Stirn in Falten. Sie dachte nach. Kindliche Augen unter einer runden Stirn.

Ich glaube, ich kann wirklich nicht viel.

Verschmitzt fügte sie hinzu: Ich kann den Papi ärgern. Bis zur Weißglut! Da bin ich Profi ...

Ich wünsch dir, darauf nicht angewiesen zu sein, murmelte Sarah.

Wie sehr Sonja ihr ähnelte. Auch sie verstrickte sich anscheinend in einem Wirrwarr aus Liebe und Haß.

Sarah gab sich einen Ruck. Sie wollte für Klarheit sorgen. Sie begann mit fester Stimme, sie werde nicht mit Sonja und Arnd und Viola zurückkommen. Sie würde die Kraft nicht aufbringen.

Sonja paddelte mit den Füßen im Wasser, als hätte sie Sarahs Worte nicht gehört.

Sarahs Stimme wurde brüchig. Sie habe heute sogar einmal das Gefühl gehabt, verrückt zu werden. Sie habe befürchtet, nicht einmal den einen einzigen Tag durchzuhalten.

Sonja schwieg.

Es ist kaum vorstellbar, aber ich bin sicher, ich werde wahnsinnig, wenn ich mit euch komme.

Sonja schlug jetzt fest mit den Füßen in Richtung Strand. Der Wind unterstützte sie, bald lagen nur noch hundert Meter zwischen ihnen und dem bunten Menschengewimmel. Sonja drehte ihrer Mutter den Kopf entgegen, nun wieder mit verschlossener Miene. Was meinst du wohl, was ich werde? schrie sie. Sie rutschte von der Luftmatratze und schwamm mit heftigen Stößen dem Ufer entgegen.

Ich könnte doch nicht helfen, Schätzchen . . ., murmelte Sarah und unterdrückte Tränen. Sie sah, wie Arnd sich aus dem Wasser zu Sonja begab und ihr fürsorglich ein Badehandtuch über die Schultern legte. Er begann sie abzureiben, und Sarah fiel sein zärtlich besorgter Gesichtsausdruck auf. Als Sonja einen Schritt von ihm wegtrat und das Handtuch von den Schultern warf, wünschte Sarah, sie hätte das nicht getan. Sie wünschte, Sonja möge nicht ihre einzige Fertigkeit darin entwickeln, Arnd zu ärgern. Arnd zuckte mit den Schultern und begann, sich selbst trockenzureiben.

Er ist unversehrter als ich, führte sie das stille Gespräch mit ihrer Tochter fort. Ich muß lernen, mit meinen Behinderungen zu leben. Zuerst einmal das lernen.

Alle fanden sich aus dem Wasser wieder am Strand ein. Ursel und Viola ließen das Salzwasser auf ihrer Haut von der Sonne trocknen, Arnd schlang das Badehandtuch um seine Hüften, suchte in der großen Tasche nach einer Ersatzhose.

Ursel, hast du meine gelbe Hose nicht eingepackt?

Viola stützte sich auf die Ellenbogen, verfolgte gespannt Arnds Suche.

Sonja hockte sich wieder in den Sand und zog ihre Augen zu schmalen Schlitzen zusammen. Auch sie beobachtete Arnd. Keine der beiden sagte ein Wort. Arnds Bewegungen wurden fahrig. Wütend zog er die Bikinihose heraus, die Viola Sarah angeboten hatte. Er knurrte, ob die etwa für ihn sei. Von Zeit zu Zeit warf er einen bösen Seitenblick auf Ursel.

Sarah wunderte sich über Violas und Sonjas schadenfrohes Grinsen. Da kam ihr ein Verdacht. Sie blickte an sich hinunter.

Gelb ist deine Hose? fragte sie.

Arnd bejahte, ohne hochzusehen. Er hatte die Tasche ausgekippt und ordnete verbissen ihren Inhalt. Sarah wechselte mit Viola einen Blick. Die begann wieder ihr albernes Kichern. Sarah näherte sich Arnd vorsichtig, tippte an seine Schulter.

Kann es sein, daß ich deine Hose anhab?

Quatsch! Arnd blickte nicht hoch. Dann aber doch langsam bis zu Sarahs gelber Badehose. Empört richtete er sich auf.

Spinnst du?

Sonja blinzelte zwischen zusammengekniffenen Lidern in angespanntem Katzengesicht.

Viola kicherte, nun bleibe Arnd nichts anderes übrig, als doch Ursels weißes Bikinihöschen anzuziehen . . .

Sarah und Arnd standen sich gegenüber, er das

Handtuch um die Hüften geschlungen, sie in seiner Badehose. Sie betrachteten sich hilflos gegenseitig.

Gib mir mal die Bikinihose, forderte Sarah nach einiger Zeit der Entschlußlosigkeit. Und ein Handtuch. Die goldenen Bänder der Bikinihose schnitten ins Hüftfleisch ein. Sarah legte sich auf den Sand. Sie spürte, wie ihre Sinne dumpf wurden, eingeschläfert durch das gleichmäßige Rollen der Wellen an den Strand und die gleichbleibenden Geräusche der Menschen im Wasser, die schreien mußten, um das Meer zu übertönen und die Gelegenheit dankbar ergriffen. Im Hintergrund vernahm sie das Röhren eines Motorbootes. Der Wind strich sanft über ihre Haut. Sie spürte, wie ihr Körper sich gleichsam auszudehnen begann, als würden Fäden gelockert. Alle Geräusche begannen zu versinken in dem gleichmäßigen Branden des Meeres.

Sie sah hoch. Viele Kinder waren im Wasser, bunte Luftmatratzen, Schlauchboote, Gummibälle und alarmrote Schwimmflügel. Scharf abgeschnitten wurde dieser Streifen durch die Surfer. Die grellbunten Segeldreiecke, die ihre Bahn durchs Meer zogen, wirkten wie Wächter, die sich begegneten und voneinander fortstrebten, aber zur Stelle waren, wenn es galt, einen Menschen in das ihm zugestandene Terrain zurückzuscheuchen.

Der weitaus schmalste Teil des Meeres war für diejenigen, die eng zusammengepfercht sich gegenseitig behinderten beim Ballspielen und mit den Dingen, die sie ins Wasser geschleppt hatten. Nur sehr wenige Köpfe wiesen auf Menschen hin, die nicht mehr mit dem Wasser anzufangen wußten, als darin zu schwimmen. Sie bewegten sich in dem Gebiet, das beherrscht wurde von denen, die Besitz vorzuweisen hatten: Surfbretter, Motorboote, größere Schlauchboote, dazwischen diejenigen, die sich mit ihrem Geld die Genehmigung erkauft hatten, für eine Stunde mühsam das Wasser zu treten. Wie verirrte Radfahrer kamen sie Sarah vor. Entspannt sah sie zu, wie der glatte, hellblaue Taft des über die Szene gespannten Himmels von einem Flugzeuggeschwader zerschnitten wurde. Die spitzen, halbabgebogenen Schnauzen der Maschinen riefen in ihr den Eindruck raubvogelgleicher Gier hervor. Da war der Spuk schon vorüber, die Flugzeuge waren in den Taft eingetaucht und verschwunden. Am Himmel blieb der blaurot gestreifte Fallschirm, an dem sich ein Mensch über die Bucht ziehen ließ, und weit hinten am Horizont ein Schiff mit weißen Segeln.

Sarah wagte einen Blick zu den um sie herum lagernden Menschen. Sie fühlte sich nicht mehr verfolgt.

Unter einem gelbgesprenkelten braunen Sonnenschirm lag ein vielleicht halbjähriges Baby, das stillvergnügt mit seinen Händen und Füßen spielte, daneben baute ein kleines Mädchen Sandkuchen. Die Mutter der beiden las in einem Buch.

Sarah bemerkte, wie ein runder Schatten die Sitzgruppe der drei überflog. Sie erkannte eine Frisbyscheibe, aufgefangen von einem jungen Mann, der bis zu den Füßen im Wasser stand. Seine langen Beine mündeten in schmale Hüften, auf denen ein breiter, muskelbepackter Oberkörper thronte. Geziert wurde die Erscheinung von einem winzigen Kopf mit fliehendem Kinn und dürftigem Bart über der Oberlippe.

Sarah verfolgte die gelbe Frisbyscheibe auf ihrem Flug über den menschenvollen Strand bis zum äußeren Rand kurz vor den Sonnenschutzdächern vor der Promenade. Dort nahm ein ähnlich schmalhüftiger Muskelprotz die Scheibe in Empfang, indem er sich längelang in den heißen Sand warf.

Die Scheibe flog im hohen Bogen zum Wasser.

Der in der roten Badehose zog seine Zähne über die Unterlippe und brachte ein erwartungsfrohes Lächeln zustande. Die Mutter der beiden kleinen Kinder sah von ihrem Buch auf, verfolgte den runden Schatten, der dicht neben einem älteren Mann landete. Aufmerksam wandte die Frau ihren Kopf hin und her, bis die Scheibe mehrmals ihren Empfänger gewechselt hatte, manchmal geradewegs, manchmal auf Umwegen über die Schulter eines Urlaubers oder nach rasantem Flug dicht über dem Kopf eines Kindes direkt vor dessen Füßen landete.

Die Frau erhob sich. Barbusig, mit prallen, hängenden Brüsten, die aussahen, als ob sie noch stillte, bewegte sie sich in die Richtung des Rotbehosten. Müssen Sie über alle hinwegwerfen, rief sie ihm zu. Das kann die Kinder treffen ...

Der Mann bedachte sie mit einem Hasenlächeln. Er warf die Scheibe in elegantem Schwung aus seinen schmalen Hüften.

Die Frau trat einen Schritt weiter auf ihn zu. Hören Sie nicht? Ich möchte nicht, daß Sie hier spielen.

Sarah sah sich um. Gespannt verfolgten die auf ihre Ellenbogen gestützten Urlauber die Szene. Einige lächelten belustigt, anderen stand die Neugier im Gesicht, wer wohl Sieger würde. Sonja saß und lauerte in ihrer Katzenhaltung.

Der junge Mann maulte: Wieso? Passiert doch nix! Er empfing linkshändig mit sicherem Griff sein Spielzeug, dann stellte er sich breitbeinig vor die Frau und warf ihr durch die Beine die Scheibe so entgegen, daß sie gerade zehn Zentimeter an ihrem Kopf vorbeizog.

Sarah sah auf die das Schauspiel verfolgenden Männer. Die lächelten. Sie fühlte sich verpflichtet, der Frau zu Hilfe zu kommen.

Der Mann trat einige Schritte auf die Frau zu,

reckte ihr seinen Oberkörper entgegen, ballte die Fäuste. Was ist? fragte er, und es klang drohend. Seine Zähne waren hinter der behaarten, schmalen Oberlippe verschwunden. Die Frau machte schnell einen Schritt auf ihn zu. Sie reckte ihren Oberkörper ebenso wie er.

Wenn Sie hier weiter die Scheibe in der Gegend herumwerfen, besteht die Gefahr, daß eins meiner Kinder getroffen wird. Was tun Sie, wenn es eine Gehirnerschütterung hat? Können Sie die Verantwortung tragen?

Der Mann brummelte etwas, das Sarah nicht verstand. Er empfing im Rückwärtsgehen den gelben Flugkörper und trollte sich.

Die Frau würdigte keinen der Schaulustigen ringsum eines Blickes. Sie strich ihren Kindern über den Kopf und widmete sich wieder ihrem Buch.

Kurz darauf rasten die Frisbyspieler in Gesellschaft von vier anderen erstaunlich gleichgebauten jungen Männern ans Meer, stürzten unter Gejohle ins Wasser, rannten hintereinander wieder heraus, kämpften, flohen voreinander im Zickzack und im Kreis, benutzten einen kleinen Jungen als Objekt, um den Kreis eng zu schleudern, ließen ihn verdutzt und weinend im Sand zurück und tobten weiter. Sie bewarfen sich mit Sand, tosten wieder über den vollbelegten Strand ins Wasser, um sich dort mit Schlick zu bewerfen und ihn sich gegenseitig in die knappen Badehosen zu stecken.

Sarah verfolgte den Ablauf wie einen Film. Sie sah den neidischen Blick eines rotverbrannten, fettleibigen Mannes. Sie bemerkte die angstvoll lüsternen Blicke zweier junger Mädchen. Sie wunderte sich. Die Männer erschienen ihr wie entlaufen aus einem Versandkatalog für Bodybuilding. Sie unterschieden sich nur in der Länge der Beine und Arme. Ansonsten gleichförmig schmale Hüften, muskelbepackte Brustkörbe und kleine Köpfe. Das stärkste Unterscheidungsmerkmal war die Farbe der Badeslips.

Die Männer näherten sich Sarah und Sonja. Sie leerten dicht vor ihnen ihre Badehosen vom Schlamm, indem sie diese weit abspreizten und schüttelten. Da wurde Sarah bewußt, wie unverhohlen neugierig Sonja und sie die Männer betrachtet hatten. Sie sah schnell aufs Meer hinaus und fühlte sich zurückversetzt.

Sie will Sonja vom Schwimmen abholen. Sie kommt zu früh, hat noch ein wenig Zeit, sie bleibt im Auto sitzen. Sie leistet sich einen Luxus: Sie blickt um sich. Sie sieht vorübergehende Frauen, große Schritte, eilig, enge Cordhosen, pralle Hintern und Oberschenkel, blond ausgebleichte Haare, sich im Eilen einanderzuwendende, ernste Gesichter.

Sie hört heiße, sinnliche Musik im Radio. Der Sprecher verkündet, was das besondere am Jazz sei. Aus wenig werde viel gemacht. Dann singt eine Frau mit immer anderer Stimme, anderem Rhythmus den gleichen Satz. Die Luft draußen ist klar. Sie kurbelt die Scheibe hinunter, lehnt ihren linken Arm auf den Fensterrahmen, fühlt sich wohl. Die herbstliche Nachmittagsluft bringt ein wenig Sonne mit. Und sie blickt um sich. Junge Männer schlendern aus dem Schwimmbad. Glänzend schwarze, noch leicht feuchte Haare, lockere, spielerische Bewegungen. Sie freut sich an ihrer Unbefangenheit, vergleicht sie mit jungen Hunden, vergißt sich selbst. Sie riecht die Chlorwärme, die von den jungen Körpern ausgeht, ist ihnen nahe und doch weit entfernt, als habe sie die Unsichtbarkeitspille geschluckt. Da nimmt sie wahr, wie einer der Jungen vor ihr turnt. Er muß es schon eine Weile getan haben, aber sie hatte es nicht bemerkt.

Er stützt seine Hände auf zwei Markierungssteine, die den Durchgang vom Schwimmbad zum Parkplatz begrenzen. Es ist genau gegenüber von ihrem Auto. Sie blickt gebannt hin. Er turnt dort wie an einem niedrigen Barren, zwischen seinen Beinen befindet sich sein Fahrrad, und dies dient ihm als Partner bei seiner Übung mit gespreizten Beinen. Dabei schaut er nur sie an. Sie ist erschrokken, fällt wie im Schock wieder in sich hinein und sieht sich von außen.

Sie war eben nicht unsichtbar gewesen. Im Auto, mit lauter Musik und heruntergekurbelter Scheibe sitzen nur Männer oder Nutten oder nuttenähnliche Frauen. Frauen, die etwas jagen. Die einen Mann suchen. Die dreist sind. Zu dreist.

Sarah will sich die gute Stimmung nicht verderben lassen. Sie produziert ein betont überlegenes Lächeln und sieht den Jungen an. Er beturnt sein Fahrrad. Er bewegt seinen Unterleib kreisend auf dem Fahrrad, das Fahrrad bewegt sich kreisend mit. Nun geht er sanft nach vorn, gerade so weit, daß das Fahrrad nicht wegdriftet, und nun wieder zurück.

Er sieht sie triumphierend an.

Sie ist das Fahrrad.

Sie strengt sich sehr an, ihr überlegenes Lächeln beizubehalten. Sie nimmt wieder ihren starren Ich-guck-niemanden-an-Blick an, mit dem sie nur sich selbst von außen sieht. Die anderen Jungen schlendern neben Sarahs Auto, bleiben dort stehen und unterhalten sich laut. Sie lachen.

Sie kurbelt das Fenster hoch, stellt das Radio ab, steigt aus und geht zum Eingang des Schwimmbads. Gerader Rücken, erhobener Kopf, Schultern nach vorn gezogen. Sie sieht nicht nach links und nicht nach rechts. Wie soll sie jemals etwas begreifen, wenn sie es nicht einmal betrachten darf?

Sarah stieg aus der Erinnerung auf. Sie sah die Männer vor sich im immer gleichen ekstatischen Kampf. Sie spürte Angst, berührt zu werden. Wie ein Schmetterling, der nach der Berührung von Menschenhand auf ewig verdächtigt und ausgestoßen wird von seinesgleichen.

Ich muß weg von hier, entschied sie.

Ich bin ihnen nicht gewachsen.

Ich verliere wieder alles, was ich von mir gefunden habe.

Sie begriff plötzlich ihren Hunger: Er war nichts als Anpassung. An Zustände, an Menschen, denen sie sich fremd und ausgeliefert fühlte. Mit dem Essen stopfte sie Trauer zu. Danach spürte sie nichts mehr als ihren vollen Magen. Das Meer von Tränen war vom Essen trockengelegt. Sie schrie auch niemandem mehr ins Gesicht, was sie wollte oder nicht wollte, sie hatte ja alles gehabt. Und sogar zuviel. Sie hatte es sich selbst bewiesen: Sie war maßlos in ihren Wünschen. Also nahm sie sich selbst am besten nicht ernst.

Früher hatte sie versucht, Forderungen an andere zu stellen. Arnd hatte sie da sehr verletzt mit seiner schroffen, gereizten Weigerung, auf sie einzugehen. Er sei nicht auf Kommando zärtlich, er sage nicht auf Kommando, daß er sie liebe, er sei nicht ihr Hampelmann. Wenn ihr nicht genüge, was er ihr freiwillig gebe, habe sie Pech gehabt. Mehr bringe er nun einmal nicht . . . Viola hingegen hatte sich später dafür interessiert, was Sarah brauchte, um vertrauensvoll zu sein. Und Sarah hatte Vertrauen zu Viola entwickelt. Wenn aber ein Mann in Violas Leben trat, veränderte sich sofort alles. Und Sarah verbot sich sogar ihr Gefühl des Gekränktseins. Sie hatte sich abgewöhnt, von anderen etwas zu verlangen. Sie mußte sich alles selbst geben. Sie gab sich sogar viel zu viel. Sie aß.

So konnte sie sich eingliedern in das große und kleine Ganze, in die Familie, in die Freundschaften, in das Zusammensein mit ihrem Kind, in die Hausarbeit und die dummen Jobs von Zeit zu Zeit. All das ließ sie fremd und ausgehungert zurück. Hätte sie sich nicht vollgestopft, bis sie einer mumifizierten Eule glich, sie hätte geschrien, mit den Füßen gestampft, die anderen von sich gestoßen, vielleicht eine Bombe geworfen. Und sie wäre noch einsamer zurückgeblieben. Eine Ausgestoßene.

Als sie nach Spanien ging, hatte sie den Schritt freiwillig vollzogen. Sie wurde nicht ausgestoßen, sondern sie war es, die ausstieg.

Es kam wie eine leuchtende Erkenntnis über sie, die sie beglückte. Gleichzeitig wußte sie, sie hatte noch lange nicht alles begriffen. Als schneiderte sie ein Kleid. Bis jetzt war erst der Zuschnitt gelungen.

Sonja suchte mit bösen Augen ihre Bluse. Sarah bat sie, ihr auch ein Hemd zu reichen. Nachdem beide ihre Blöße bedeckt hatten, drehten sie den Männern die Rücken zu.

Friert ihr? Arnd, aufgestört, hob den Kopf aus der Rückenlage und blinzelte sie aus gerötetem Gesicht an.

Nein! Sonjas Stimme klang hell. Sie sei aber durstig. Ob Sarah mit ihr kommen wolle, etwas trinken. Arnd erhob sich schwerfällig. Auch er habe Durst, er begleite sie. Viola sprang auf die Füße, blinzelte die drei an, schüttelte sich leicht den Sand von der Haut. Sie sei dabei. Ursel hielt die Hand vor die Augen, seufzte schläfrig: Was trinken?

Sie brauche nicht mitzukommen, entgegnete Arnd.

Viola stupste Ursel mit dem Zeh in die Rippen. Steh auf, müdes Haus. Ich spendiere ein Eis.

Eis? Mir auch? Mit Erdbeeren und Schlagsahne? Ursel richtete sich mit einem Ruck auf. Erstaunt sah sie Sonja an. Viola brach in ihr irres Kichern aus. Sie legte Sonja den Arm um die Schultern, antwortete ebenso fröhlich, wie Sonja gefragt hatte: Auch dir, Kleine. Nichts wie los! Eis und Erdbeeren und Schlagsahne und eine Wunderkerze obendrauf ... gibt's das hier noch?

Sonja warf ihrem Vater über die Schulter einen triumphierenden Blick zu, als wollte sie sagen: Na bitte! Wer ist hier verrückt?

Arnd empfing den Blick, als nähme er die rhetorische Antwort auf sich.

Sonja legte ihren Arm um Violas Taille, sagte fröhlich: Na, Tantchen, dann woll'n wir mal!

Viola schlug ihr auf den Hintern: Frechdachs! Sonja heulte begeistert Protest. Arnd trat zwischen Ursel und Sarah, umarmte beide und schob mit ihnen hinter seiner Tochter her.

Alle glücklich! Sogar Sonja ...

Seine Stimme tönte tief und zärtlich. Er verstärkte kurz den Druck auf Sarahs Schultern. Sie müsse doch merken, wie Sonja auflebe. Es sei manchmal schwierig mit dem Kind ...

Ursel fügte im gleichen zärtlich besorgten Ton hinzu, Sonja sei im Augenblick in dem Alter, in dem sie eine Mutter eben brauche.

Ich bin ja heut so glücklich, so glücklich, so glücklich, summte Arnd. Er ließ seine Hände an Sarahs und Ursels Hüften gleiten und hob sie mit einem Ruck gleichzeitig in die Höhe. Bei ‚glücklich' stöhnte er und setzte sie wieder ab.

Du wiegst weniger, sagte er zu Sarah. Früher warst du schwerer ...

Oder du schwächer, gab Sarah zu bedenken.

Ich bin ja heut so glücklich, so glücklich, so glücklich ...

Arnd hüpfte im Takt am Wasser entlang. Sarah und Ursel mußten sich, fest von ihm in der Hüfte gepackt, seinem Schritt anpassen, um nicht zu stolpern. Tapfer hüpfte Sarah mit. Ihr Bikinihöschen begann zu rutschen.

Wir sind ja heut sooo glücklich, dachte sie.

Einen großen bunten Eisbecher! Sonja klatschte in die Hände. Bitte, bitte, Tante!

Hast du überhaupt Lust auf Eis? fragte sie sich. Oder spielst du nur das kleine Mädchen, um dich mit Viola wieder auszusöhnen? Aber Viola gibt sich große Mühe um dich, da kannst du ihr auch ruhig einmal einen Gefallen tun. Und sie ist wirklich die einzig nette Erwachsene, die du kennst. Gar nicht wie eine richtige Erwachsene. Viola ist manchmal fast wie eine Freundin. Mit Viola war es sogar möglich zu vergessen, daß Erwachsenwerden verdammt schwer war.

Vor langer Zeit wurde Sonja von allen möglichen Leuten freundlich angelächelt. Süßes kleines Mädchen. Selbst fremde Leute auf der Straße nannten sie so. Jetzt aber war sie ein Wesen wie ein Marsmensch oder wie ein Mondkalb oder ähnliches. Wie ein richtiger Mensch kam sie sich jedenfalls nicht vor. Eher wie der Schneider Zettel aus dem Mitternachtstraum. Ein wenig verhext. Wie bei ihm die Ohren, wuchsen bei ihr Arme und Beine. Besonders unheimlich: Seit einiger Zeit sprossen Haare auf ihren Schamlippen. Und sie wurde auch nicht behandelt wie ein richtiger Mensch.

Die Großen schienen bisweilen geradezu böse zu sein, weil sie kein kleines Mädchen mehr war. Arnd wirkte, als habe sie ihm damit eine Enttäuschung bereitet. Es war, als käme sie auch den Erwachsenen wie verhext vor. Manchmal behandelten sie sie wie ihresgleichen. Dann wurden ihr Aufträge übergeben, dann sollte sie Verantwortung tragen. Wenn sie versagte, wurde sie gescholten: Du bist doch kein Baby mehr! In anderen Augenblicken jedoch wurde sie behandelt wie ein Baby. Dann wurden strengere Verbote ausgesprochen als zu der Zeit, als sie noch viel jünger war. Sie durfte nicht mehr mit Freundinnen und Freunden verschwinden, ohne zu Hause ihr Ziel und die genaue Zeit ihrer Rückkehr anzugeben. Auch nach Geburtstagsfeiern durfte sie nicht mehr bei ihren Freundinnen schlafen. Arnd hatte es strikt untersagt. Er wüßte aus eigener Erfahrung, was in den Nächten nach diesen Schummerparties alles passieren könnte. Dabei veranstalteten sie gar keine Schummerparties. Vielleicht war er ja ‚so einer' gewesen. Aber er sollte doch nicht von sich auf andere schließen.

In Violas Gegenwart konnte sie das alles manchmal vergessen. Dann fiel ihre Ungelenkigkeit von ihr ab wie einer Schlange die Haut. Sie schrumpfte gleichsam zu einem gedankenlosen Kind zusammen und dehnte dabei den Spielraum ihrer Bewegungen aus.

Im Eingang der Eisdiele prangten hinter Glas Eissorten in allen Farben, grün, blau, bunt, rot und gelb, als habe einer eine Farbschatulle genommen und Mischen geübt. Sonjas Magen machte sich bemerkbar. Er öffnete sich und verlangte gleich nach allen Farben auf einmal. Ärgerlich unterdrückte sie diese Gier. Das wäre ja noch schöner . . .

Viola steuerte auf den größten Tisch zu. Sie bestellte für Sonja und sich eine ‚copa de la casa'. Im Nu brannte vor ihnen ein Wunderkerzen-Feuerwerk ab.

Sonja verschlang ihr Eis, sie richtete zwischen genüßlichem Löffeln einen triumphierenden Blick auf Arnd, der mit einem liebevoll spöttischen Kopfschütteln antwortete. Sie bemerkte abfällig, daß Sarah sich als einzige an Erdbeeren hielt.

In das löffelklappernde Schweigen hinein platzte Arnd mit der Information, er habe im übrigen bereits vorsorglich eine Wohnung für Sarah gesucht. Ein Kegelbruder habe sie ihm angeboten. Drei Zimmer, und nicht allzu teuer.

Sarah war überrascht. Drei Zimmer gleich?

Sonjas Hände wurden kalt, als tauchten sie in Eiswasser. Sie fröstelte. Sie schluckte einen großen Eisklumpen hinunter, der sie auch innerlich in eine Eistruhe verwandelte. Tief über ihren Becher gebeugt, löffelte sie weiter.

Jetzt kommt's. Jetzt kommt's gleich. Jetzt fliegt der ganze Schwindel auf. Sie wollen nämlich Sarah gar nicht unbedingt zurückhaben. Sie wollen dich loswerden. Sie wollen dich abschieben. Und Sarah will dich auch nicht. Angst kroch an sie heran. Wie im Film. Die Krokodilaugen der Lokomotive schieben sich näher. Da liegt einer verhext auf den Schienen. Oder gefesselt . . .

Sie verwandelte sich in einen Eisklumpen. In ihren Ohren begann es zu summen. Sie vernahm Arnds tiefe, freundliche Stimme nur noch gedämpft.

Sarah benötige doch auch Platz für Sonja. Selbst wenn diese nicht zu ihr ziehen wolle, werde sie schließlich oft zu Besuch kommen.

Sarah schwieg. Sonja hielt den Kopf tief übers Eis geneigt. Sie schabte winzige Eishappen auf den Löffel. So würde es länger reichen. Sarah erkundigte sich sachlich nach dem Preis der Wohnung, als erwäge sie ernsthaft eine Rückkehr.

Plötzlich stürzte die Vorstellung eines erneuten Lebens mit Sarah über Sonja herein. Überscharf sah sie einen Film vor sich abrollen. Sie spielte mit, und sie sah zu.

Sarah steigt in Rock und Bluse in die Straßenbahn, um zur Arbeit zu fahren. Sonja spulte den Film zurück.

Arnd klingelt morgens bei ihnen. Dann stürzt Sarah aus der Wohnung. Oder er kommt kurz hoch und trifft mit Sonja Verabredungen. Oder er frühstückt bei ihnen. Wenn er sich mit Ursel gezankt hat.

Abends kommt Sarah langsamer die Treppe

hoch. Sie ist nun ein bißchen blaß. Sie sagt: Ich bin müde, laß mich erst wieder zu mir kommen. Sie sieht sich Sonjas Hausaufgaben an. Sie meckert, wenn etwas nicht ordentlich genug ist. Sie richtet das Abendessen, sie räumt auf, sie stopft Wäsche in die Waschmaschine. Zwischendurch meckert sie immer mal wieder mit Sonja. Irgend etwas macht Sonja immer falsch.

Dann essen sie. Dann soll Sonja sich bald fürs Schlafen fertig machen, weil am nächsten Tag Schule ist und sie früh aufstehen müssen. Dann liest Sonja noch ein wenig im Bett. Oder telefoniert mit einer Freundin. Sarah geht mit Viola ins Kino. Oder setzt sich vor den Fernseher.

Das Wochenende verbringt Sonja abwechselnd bei Arnd oder Sarah, meist bei Arnd, weil sie in der Woche bei Sarah ist. Mit Arnd fährt sie ins Grüne, und er lädt Ursel und sie zum Essen und dann ins Kino ein. Oder sie fahren zwei Tage in die Eifel ...

Wenn sie bei Sarah das Wochenende verlebt, gehen sie gemeinsam einkaufen, backen Kuchen, sehen Filme im Fernsehen an.

Sie hob den Blick zu Sarah.

Dies war nicht die Frau aus dem Film.

Die Sarah von früher war immer bemüht um Freundlichkeit und Verständnis, immer bemüht darum, Sonjas Wünsche zu erfüllen. Sonja sollte glücklich sein. Über jener Sarah lag aber auch ein leichter Schatten, eine nicht greifbare Traurigkeit, die, wenn sie nach außen drang, in etwas Nörgeliges, Muffiges überging. Wenn es dann zum Streit kam, war Sonja erleichtert. Dann konnte sie Vorwürfe an die Stelle einer dumpfen Bedrückung setzen. Dann wurde sie laut. Die Sarah von früher war aber so weich, so warm, so unangreifbar, daß Sonjas Ärger gegen sie selbst zurückschlug. Dann fühlte sie sich schlecht und schuldig.

Sie sah die Frau am Tisch genau an und stellte fest: Nicht nur Kleidung und Frisur waren verändert. Dies war nicht ihre alte Mama. Es wäre sogar unpassend, Mama zu ihr zu sagen. Nicht um zu zeigen, daß sie Sarah als Mutter nicht mehr anerkannte, auch still für sich konnte sie diese Anrede nicht benutzen. Sarah verkörperte nicht mehr, was für Sonja das Wort ‚Mama' einst bedeutet hatte.

Vielleicht wäre ein Zusammenleben mit dieser Frau anders, als sie es sich vorstellte? Vielleicht könnte sie an Sarahs Seite etwas finden, das richtig war? Das ihr etwas Festes bot in all dem Morast, in dem sie ständig ausrutschte und nichts als ‚Nein!' sagen konnte. Aufmerksam beobachtete Sonja ihre Mutter.

Sarah schwieg.

Sonja atmete nahezu ein, wie bedrückt die anderen über Sarahs Schweigen waren.

Sie wußte nicht, was vorgefallen war, hatte nicht hingehört.

Sie fand viel Vertrautes in Sarahs Gesicht. Die Augen, deren Verschiedenheit Sonja seit jeher bestürzten. Das rechte war sogar schon durch ihre Träume gegeistert. Ein Hexenauge. Scharf und böse konnte es einen fixieren. Die Augenbraue darüber zog sich fast gerade bis zur Schläfe. Die linke war runder und weicher. Holzlöffel und Vogelschwinge, diesen Gegensatz trug Sarah im Gesicht. Sonja mochte das linke Auge sehr. Es war groß und rund wie bei einer Prinzessin. Es sah ein wenig verträumt aus und sehr zärtlich. Das linke Auge war unfähig, böse zu sein.

Wundersamerweise vermochte Sarah aber nur mit dem rechten Auge Sonja festzuhalten.

So auch jetzt.

Sonja, möchtest du, daß ich zurückkomme?

Obwohl sie über die Augen nachgedacht hatte,

fühlte Sonja sich unbehaglich unter dem Blick, der allein aus dem rechten Auge zu kommen schien.

Du hast komische Augen . . ., murmelte sie.

Sarah hatte sie mit ihrer Frage in eine unangenehme Verwirrtheit gestoßen.

Sarahs rechtes Auge verengte sich. Sonja sah ins linke. Es war zwar auch ein wenig zusammengezogen, schien sie aber trotzdem versonnen und freundlich anzusehen. Von der ansteckenden Spannung des anderen war darin nichts zu finden.

Sarah habe ihr eine Frage gestellt, rief Arnd Sonja zur Ordnung. Da habe sie eine vernünftige Antwort zu geben und nicht in so dummer Weise vom Thema abzulenken. Sie solle nicht feige sein . . .

Sonja blieb keine Zeit, sich zurechtzufinden in dem, was sie zunehmend verwirrte.

Sarah fixierte Arnd mit dem rechten Auge, nur für den Bruchteil einer Sekunde, aber es schien Sonja, als schleuderte sie ihm einen kleinen Pfeil entgegen, vor dem er zurückwich.

Sarahs Stimme nahm einen scharfen Unterton an. Sie frage Sonja, weil alle anderen am Tisch entweder in Sarahs oder Sonjas Interesse handelten. Sie könne für sich selbst sprechen. Ihre Zeit sei noch nicht reif. Auf sie treffe das dumme Wort ‚Aussteiger' zu, das wisse sie, und sie beabsichtige nicht, jemals wieder in ihr altes Leben einzusteigen . . .

Arnd unterbrach sie begütigend. Keiner verlange von ihr, etwas ungeschehen zu machen. Selbst ihre Zigeunerkleidung dürfe sie zu Hause weitertragen, das sei sogar modisch.

Sonja beobachtete, wie Sarahs linkes Auge die Führung übernahm. Sarah sah Arnd hilflos und unsicher an. Es gehe nicht um Kleidung.

Worum denn?

Sarah seufzte.

Als sei eine Schleuse geöffnet worden, flutete

über Sonja ein Gefühl der Zärtlichkeit für ihre Mutter. Sie schlug die Augen nieder. Sie meinte, alle am Tisch müßten merken, was in ihr vorging.

Ganz schnell faßte sie zwei Beschlüsse. Sie wollte bei Sarah bleiben. Keiner sollte davon wissen, daß sie es wollte. Es war das erste Mal seit langer Zeit, daß sie ein Ziel vor Augen sah, und es erfüllte sie mit einer unbekannten Erregung, die angenehm war und durch sie hindurchzuströmen schien.

Sie hörte genau zu, als Sarah weitersprach.

Sie würde Sarah schon verstehen, wenn sie nur aufpaßte.

Sarah hob beschwörend die Hände und schüttelte den Kopf. Wenn sie gewußt hätte, worum es genau gegangen sei, hätte sie es ändern können. Sie sprach langsam, suchend, als folge sie der Spule ihrer Wörter, ohne zu wissen, wohin die führten.

Wenn ich gewußt hätte, wo ich aussteigen wollte, hätte ich es zu Hause tun können. Oder, vielleicht besser: Ich hätte wissen müssen, wo ich einsteigen wollte. Ich hatte ein dumpfes, schlechtes Gefühl, gegen das ich anging ... Wenn es mich überwältigte, habe ich dagegen angefressen. Dann ging es mir zwar immer noch schlecht, aber das Schlechtfühlen hatte einen Grund und einen Sitz: Ich war übervoll. Ich hatte ein schlechtes Gewissen. Ich machte Diätpläne. Das war überschaubar. Alles meine eigenen Probleme. Da gab es Abhilfen: Diätpläne lesen, Kalorientabellen erstellen, hungern. Das Ungreifbare war verwandelt in eine Aufgabe: Dünnerwerden!

Aber das sei doch bei allen so, warf Ursel ein. Jeder esse einmal zuviel, dann müsse er Diät halten. Selbst sie müsse aufpassen mit dem Essen. Arnd unterstützte Ursel. Er habe nie begriffen, warum Sarah aus einem Allerweltsproblem die Aufgabe ihres Lebens gemacht habe. Dabei sei sie nicht einmal dick. Im übrigen befürchte er, sie habe ihrer Tochter mit dem vielen Reden übers Essen direkt Angst davor eingejagt ...

In Sarahs Gesicht lösten sich fast ununterbrochen das rechte und das linke Auge in der Führung ab.

Ich habe mir geschadet und ich habe Sonja geschadet, stimmt. Nun soll ich zurückkommen. Ich frage: Wem nütze ich damit?

Mir! antwortete Viola sehr sanft.

Warum ausgerechnet dir?

Weil du mir fehlst, weil ich dich brauche, weil ich dich mag ...

Wir mögen dich alle, fiel Arnd ein, und wir wollen dir helfen. Wir gehen nicht zugrunde ohne dich, wir wollen nicht übertreiben, ich finde auch andere Angestellte, aber weil ich dich mag, will ich dir helfen. Hier verkommst du ... schläfst sogar in der Küche ... ehrlich, Leute, sie schläft auf einer Küchenbank ... Sarah, wir wollen dir helfen.

Sarah schwieg.

Schließlich bedankte sie sich gequält noch einmal für Arnds Angebot und versicherte, es richte sich nicht gegen ihn, wenn sie es nicht annehme. Sie wolle noch keine endgültige Entscheidung treffen.

Rasch unterstützte Viola sie. Sarah habe Zeit. Nur keine Übereilung.

Arnd griff seinen Faden noch einmal auf.

Sarah müsse nur den kleinen Sprung wagen und ihrer aller Hilfe annehmen. Sie habe es auch schwer gehabt, man hätte ihr eher unter die Arme greifen müssen. Seit der Scheidung ohne Mann, ohne feste Arbeit, immer mit dem Kind allein, da müsse man sich ja eine Ersatzbefriedigung zulegen. Das sei Frustessen gewesen, was Sarah getrieben habe. Sie müsse sich nur darüber klar sein, daß sie in Spanien keine bessere Perspektive geboten bekomme. Wie wolle sie hier eine richtige Arbeit finden? Wie wolle sie hier einen Mann finden?

Ursel erkundigte sich sachlich, als handle es sich um den Frisurwunsch einer Kundin, wie die anderen sich Sarahs Abreise vorstellten. Sarah besitze schließlich kein Flugticket, könne also am kommenden Tag nicht mit ihnen fliegen.

Arnd reckte sich selbstbewußt. Das solle sie seine Sorge sein lassen. Nur Wunder ...

Er griff nach Sarahs Hand, die abwesend mit dem Löffel im Eis stocherte, das Sonja von sich weggeschoben hatte und das jetzt einem matschigen Brei glich.

Sarah wandte sich wieder Sonja zu, wollte ihre Meinung zu ihrer sofortigen Rückkehr hören.

Irgendwann komme ich ja sowieso, willst du, daß ich sofort komme?

Wie sollte sie das wissen?

Sie wußte ja nicht einmal genau, was sie nicht wollte.

Sonja versuchte, sich ihrer Beschlüsse zu erinnern. Sie waren ihr entglitten, wie ihr die kleine Traumkatze entglitten war. Da war aber doch etwas gewesen, das ihr eine Richtung gezeigt hatte. Ihre Aufmerksamkeit schwand. Sie spürte es deutlich und erschrocken, konnte aber nichts dagegen tun.

Gleich schimpft Arnd wieder.

Dabei willst du gern antworten.

Du willst wirklich ...

Sie tappte im weiten Meer der Worte herum, als gäbe es nur Fremdsprachen.

Sie strengte sich an wie bei einer Klassenarbeit, auf die sie sich zwar vorbereitet hatte, bei der jedoch in der ersten Sekunde bereits alles Gelernte wie weggeblasen schien.

Sie sah plötzlich den Urwald vor sich, von dem sie in der letzten Zeit immer wieder geträumt hatte. Im

Traum hatte sie ihn in ein Fernsehbild verwandelt. Doch auch wenn sie sich sagte, sie könnte es ausschalten, so hatte sie immer weiter wie gebannt hineingestarrt.

Sonja schüttelte einfach den Kopf.

Sie schämte sich. Arnd würde sich verraten fühlen. Viola wäre enttäuscht. Sie hatte bestimmt auf Unterstützung durch Sonja gehofft. Sarah? War sie erleichtert, weil sie nun Sonja vorschieben konnte, um sich vor einer eigenen Entscheidung zu drükken, wie Erwachsene es gern taten, wenn sie in Bedrängnis waren? Oder war sie gekränkt?

Sarah matschte nachdenklich mit dem Löffel im Eis herum. Du würdest wahnsinnig gern unter ihrer Schädeldecke lesen. Du würdest gern sagen: Versteh mich nicht falsch, ich hab nicht nein gesagt. Ich hab nur keine Antwort gewußt.

Ich stelle den Antrag, das Thema zu vertagen. Viola stimmte Arnds Vorschlag sofort zu.

Ich möchte noch etwas fragen.

Ursel klang wie eine Bittstellerin. Selbst Arnd schien der Ton unangenehm aufzufallen. Sie solle nur fragen. Sie lebe in einer Demokratie, da dürfe jeder fragen, was er wolle, forderte er sie gereizt auf.

Vielleicht war er aber gar nicht böse auf Ursel, vielleicht hielt er es nur nicht mehr aus, Sarah immer bitten zu müssen. Es machte ihn bestimmt verrückt. Schließlich war er es gewohnt zu bestimmen.

Sonja erinnerte sich daran, wie sie gelernt hatte, zu ertragen, daß eine andere die Bestimmerin war. Sarah und die Mutter von Karoline, Sonjas Freundin, hatten nach vielen wilden Streitereien festgelegt, daß jeweils das Mädchen, das Besuch hatte, bestimmen dürfte, was gespielt wurde. So wechselte sich das ‚Bestimmerin-sein' ab. Da fühlte Sonja sich manchmal recht fremd und auch gequält, wenn

Karoline in ihrem eigenen Reich herrschte, wie es ihr gerade in den Sinn kam . . .

Sonja freute sich darüber, daß Arnd jetzt in der Rolle war, in die er sonst immer die anderen drängte: ein Bittsteller. Es gab für Arnd manchen Grund, Sarah zurückzuwünschen, einige kannte Sonja, andere ahnte sie. Sie war sich sicher über die Rolle, die ihr dabei zugeteilt wurde.

Arnd hat dich satt.

Ständig beobachtest du ihn. Wie er mit Ursel umgeht. Wie er mit allen möglichen Tricks durchsetzt, was er will. Du hast ihn durchschaut. Das weiß er. Und daß du nichts sagst, bringt ihn ganz durcheinander. Wie du immer auf sein linkes Ohr starrst. Daß du nichts ißt.

Er will dich loswerden. Und er will dich behalten.

Sie nannte es so, weil es dem Behalten eines liebgewonnenen Gegenstandes glich, den man nicht wegwerfen mochte, selbst wenn er nicht mehr zu den übrigen Möbeln paßte oder völlig unbrauchbar geworden war. Es glich auch dem Behalten eines gealterten Haustieres, das nur noch Mühe bereitete. Aber aus Erinnerung an die schönen Stunden, aus Pietät, weil niemand es mehr haben wollte und die einzige Möglichkeit, es loszuwerden, das Töten wäre, behielt man es eben.

Aber lieber mache ich mich auf den Weg, schoß es Sonja durch den Kopf, wie die Bremer Stadtmusikanten, bevor ich mir von irgend jemand ein Gnadenbrot vorsetzen lasse . . .

Arnd wollte sie halten, dessen war sie sich sicher, damit sie sich nicht in die Welt wagte. Aber er wußte nicht, wie er es anstellen sollte. Und sich über Sonja oder sogar über sich selbst Gedanken zu machen, dafür war er viel zu bequem. Also brauchte er Sarah. Dies war das eine.

Das andere war weniger leicht zu fassen.

Er wollte auch Sarah behalten. Sie fehlte ihm. Es machte ihm Angst, wenn eine Person aus seinem Umkreis verschwand. Wenn ein Schaf verschwindet, kläfft der Hirtenhund es zurück.

Vielleicht war er auch neidisch auf Sarah.

Weil sie schaffte, was er selbst nicht zustandebrachte.

Es war nicht das erste Mal, daß sie diese Urteile über Arnd in ihrem Kopf fällte: machtgierig, neidisch, verlogen. Sie besaßen eine magische Wirkung und verliehen ihr Schutz gegen Arnd.

Sie betrachtete Arnds Gesicht. Es verlor seine Umrisse, als drohe es auseinanderzufallen.

Dies Gesicht hast du schon einmal gesehen. Am Tisch bei Maria. Genau. Da sind noch andere solche Bilder. Als wären sie gespeichert, kannst du sie jetzt hervorzaubern: Arnd an deinem fünften Geburtstag, als er mit dir und Sarah frühstückte; Arnd bei der ersten Vorführung deiner Ballettklasse, bevor er seinen Fotoapparat zückte, der die tollen Instantfotos produzierte . . . Die Bilder verwischten.

Sie ließ es geschehen.

Sie hörte nun Sarah zu, die auf Ursels Frage nach dem, was Sarah immer ‚Ihr Problem' nannte, antwortete. Sie hörte ‚Zwang', ‚Lust', ‚Hilflosigkeit', ‚Überfülle', ‚Tabletten', ‚Diätsorten', ‚Akkupunktur', ‚alles probiert'.

Sie hätte die Liste der Wörter fortsetzen können. Das Thema langweilte sie. Die Anziehungskraft war ein für allemal vorbei, die dazu geführt hatte, daß sie zuerst all die bunten Bilder der herausgerissenen Illustriertenseiten mit mehr Vergnügen betrachtete als ihre eigenen Bilderbücher. Danach verschlang sie Bücher über gesunde Lebensführung, nicht die Rezepte, die waren langweilig, aber die spannenden Geschichten über einstmals ungeheuer dicke Menschen, die mit eben dieser Diät soviel abgenommen hatten, wie ein Ferkel wiegt. Um diese Bücher herum sponnen sich viele Geheimnisse ...

Sarah aß von Zeit zu Zeit völlig anders als Sonja. Eigentlich aß sie fast immer anders. Manchmal Brötchen, die für Sonja verboten, für Sarah reserviert waren, bis Sonja sich mit ihrem Quengeln durchsetzte und ein kleines Häppchen und dann noch eins und schließlich ein ganzes Brötchen bewilligt bekam. Eigentlich schmeckte es nach nichts, trotzdem aßen sie von nun an eine gewisse Zeit lang nur noch diese Brötchen. In dieser Phase gab es auch Götterspeise in vielen Farben, immer Schlagsahne, viel Quark und eine Unmenge Eier. Sonja wurden die Eier verboten, da zu viele davon für Kinder ungesund wären. Sonja mußte zu allem Obst und Gemüse hinzufügen.

Sarah durfte immer essen, was für Sonja ungesund war. Für Sarah war es Diät.

Speisen konnten so etwas wie Maskerade feiern. Die gleiche, die heute im Engelsgewand einherging und für alleinseligmachend erklärt wurde, trug morgen Hörner und einen Klumpfuß. Ein Bissen davon war imstande, den Erfolg einer ganzen Woche zunichte zu machen.

In den letzten zwei Jahren, bevor Sarah fortging, traten an die Stelle der bunten Diätbücher eher graue, die vollbeschrieben waren und nur aufgelokkert wurden durch Schwarzweißfotos fröhlich-dikker Frauen.

Geheimnisvolle Dinge geschahen.

Plötzlich verschwand die Waage aus dem Badezimmer.

Plötzlich durfte Sonja alles essen, was sie wünschte.

Plötzlich gab es Käsekuchen mit Sahne zum Frühstück, Mittag- und Abendessen.

Plötzlich lehnte Sarah jedes Gespräch über Gewichtsprobleme und Diäten ab. Sie hüllte sich in weite Kleider und wurde dicker.

Sonja, diätgeschult wie sie war, bemerkte es nicht erst zu dem Zeitpunkt, als Sarah die Waage wieder hervorkramte, einen Entsetzensschrei ausstieß, tagelang schlecht gelaunt war, im Wohnzimmer wild alte Kleidungsstücke zu Haufen schmiß, anprobierte und schließlich einen Weinkrampf bekam.

Da begannen wieder die Eierzeiten, die Quarkorgien. Der Kühlschrank war wieder gefüllt mit Möhren und grünem Salat statt mit Kuchen und Schlagsahne. Ob die Stimmung des Tages leicht und scherzhaft, frühlingsgleich oder herbsttraurig oder gewitterbedroht würde, konnte Sonja nach dem ersten Blick auf die Mutter vorhersagen, wenn die von der Waage kam. Nach der Schlemmerzeit war es noch schlimmer als vorher.

Sonja begann, dem gemeinsamen Essen mit Sarah aus dem Weg zu gehen oder ihr Soll hastig zu erledigen und mit den Worten ‚Darf ich aufstehen?' dem Tisch zu entfliehen. Es störte Sarah nicht.

Die gereizte Stimmung, die gemeinsames Essen begleitete, Sarahs mißtrauischer Blick auf Sonjas Eßmanieren, ihr schneller Vorwurf, wenn Sonja nicht aß, was Sarah gekocht hatte, ihr höhnischer Unterton bei der Frage ‚Ist wohl nicht süß genug?' oder ‚Ist wohl zu gesund für dich?', die Spannung, die sich von Sarah auf Sonja übertrug, alles schien wie weggeblasen, wenn Sonja einmal zu ihrer Mutter in die Küche zurückging: Sie saß am Tisch, hörte Radio, blätterte in einer Zeitung und löffelte in einer Schüssel Quark.

Ursel erzählte von ihren Diäten.

Viola fügte lachend eigene Erfahrungen hinzu.

Sarah antwortete, wenn sie gefragt wurde.

Sonja hielt sich wie von innen die Ohren zu. Gespräche über Ideal-, Normal-, Übergewicht und über Diäten waren ihr gleichsam körperlich widerwärtig. Wenn Ursel Diät hielt, ließ Sonja keine Anstrengung unversucht, nicht mit ihr zusammen essen zu müssen. Sie ließ sich von Freundinnen einladen. Sie aß vor dem gemeinsamen Abendbrot, ließ deutliche Spuren zurück, um Beweise zu haben. Morgens verschlief sie, oder ihr fiel plötzlich ein, daß sie noch Hausaufgaben zu erledigen hätte oder daß sie vor der Schule mit jemandem verabredet wäre, um noch etwas zu üben, oder – wenn der Zwang zur gemeinsamen Mahlzeit zu erdrückend wurde – sie bekam eine Magenverstimmung. Sie legte sie sich nicht scheinbar zu, sie bekam wirklich eine Magenverstimmung. Ihr Magen schmerzte, sie erbrach sich sogar oder wurde von Durchfall heimgesucht. Sie sehnte diese Anfälle nicht gerade herbei, denn sie konnten durchaus unangenehm sein, sie war aber dennoch zufrieden, daß sie sich auf ihren Körper verlassen konnte.

Mit jemandem am Tisch zu sitzen, der Diät hielt oder auch nur über Diäten redete, erschien ihr scheußlich. Es war, als springe die Spannung, unter der diese Leute standen, augenblicklich auf sie über, als werde ihr Gehirn vergiftet mit allen möglichen Gedanken und Bildern.

Sonja hatte sich geschworen, nie in ihrem Leben Diät zu halten. Ihr Körper sollte ihr gar nicht erst von solcher Bedeutung sein, daß sie ständig mit seiner Veränderung beschäftigt wäre.

Sie war klug genug zu beobachten, daß Ursel Diät hielt, um in ihre engen Hosen hineinzupassen. Und Ursel zog die engen Hosen nur an, um die Blicke der Männer anzulocken. Und damit Arnds Hand sich auf ihre Hüften legte, damit er in der Öffentlichkeit zeigte, daß sie ihm gehörte.

Sonja hatte sich geschworen, nie in die Lage zu kommen, daß ein Mann solcherart seine Hand auf ihre Hüften legte. Es erschien ihr geradezu unanständig, enge Hosen anzuziehen, damit eine Männerhand sich auf die eigene Hüfte legen sollte.

Auch sollte nie eine Waage Macht über Sonja gewinnen.

Sie besaß die Macht über ihren Körper.

Sie beschloß, wann sie aufhörte zu essen.

Sie war in der Lage, den Hunger zu besiegen.

Am Tisch dämmerten alle vor sich hin.

Arnd kraulte Ursels Rücken.

Sarah matschte wieder im Eis, das sich mittlerweile in eine milchigtrübe Flüssigkeit verwandelt hatte.

Viola rauchte.

Ich habe einen Vorschlag, unterbrach Arnd das Schweigen. Wir fahren zu Jesus von Nazareth.

Viola kicherte.

Ernsthaft! Willst du Jesus mal kennenlernen?

Viola kicherte lauter. Oh, gern, immer schon, ist nur so mühsam da oben rauf . . .

Okay, schmunzelte Arnd. Laß dich überraschen . . .

Und du?

Du läßt dich auch überraschen.

Wie immer wirst du mitgenommen. Wie an der Leine. Wie ein kleiner Pudel. Sie gehen irgendwohin. Arnd bestimmt. Und du wirst mitgenommen. Gefragt wirst du nicht, ob du auch willst.

Aber trimmen läßt du dich nicht.

Das sollen sie nur versuchen!

Was sind wir alle glücklich!

Viola legte ihre Arme um Sarah und Sonja, die neben ihr auf der Rückbank des geräumigen Wagens saßen. Sie hatten darauf bestanden, daß Ursel ihren Platz vorn neben Arnd einnahm, wie es ihr zukam. Sarah spürte Violas Hüften an den ihren, warm, vertraut, als hätten sie sich nie verloren. Doch das Gefühl von Zusammengehörigkeit beglückte sie nicht. Sie klammerte sich an den Gedanken, daß es gestern noch anders gewesen war und morgen wieder anders sein würde.

Jalón!

Sie würde viel Wein trinken müssen. Wenig würde nicht ausreichen, um alles zu überstehen. Jalón – neblig-trüb stiegen Erinnerungen hoch, Worte, Bilder, längst vergessen geglaubte Gefühle.

Warum hatte sie nicht energischer widersprochen?

Wie eine Ewigkeit kam es ihr vor, daß sie das letzte Mal dort gewesen war. Mit der Absicht, nie wieder einen Fuß in diese Stadt zu setzen.

Se viva, España! Arnds Stimme erfüllte dröhnend das Auto.

Se viva España!

Sarah, witzelte er, ich könnte eigentlich bei dir bleiben, oder besser: Ich bleib bei deinen Wurzelbauern, und du fährst mit Sonja zurück und übernimmst meinen Laden.

Und ich? erhob Ursel kokett Einspruch.

Du, mein Wurzelmäuschen? Arnd legte seinen Arm um sie, steuerte sicher mit einer Hand. Dich pack ich in den Koffer und stell dich in mein Kämmerchen, und abends ... Er verlieh seiner Stimme einen geheimnisvollen Märchenerzählerton: ... abends, wenn der starke große Arnd müde und von der Hitze der Felder aufgeladen, gefüttert mit Knoblauch und Zwiebeln und Wurzelgemüse, in seine Kemenate kriecht, öffnet er langsam einen Verschluß, und dann noch einen und dann die Schlaufe und die Schnalle, und dann steigt aus dem Koffer die blonde Märchenprinzessin der spanischen Nacht . . .

Mama hat aber kein Kämmerchen, die schläft in der Küche, warf Sonja trocken ein.

Und warum soll deine Prinzessin nicht arbeiten? Viola lachte.

Und warum soll ich den ganzen Tag in diesem Koffer hocken, du Egoist, du wirst immer brauner, und ich soll kaum Luft haben, und das in Spanien! Ursel schmiegte ihren Kopf in Arnds Hand.

Noch Einwände? Sarah, du bist dran.

Sarah hatte aus dem Fenster gesehen. Sie fuhren ins Landesinnere, im Hintergrund lagen verfallene Häuser, auf den schmalen Äckern waren einzelne Traktoren zu erkennen. Sie bemerkte die rote, sorgfältig gehäufelte Erde. Daneben Weinfelder und ab und an ein weißgetünchtes, kleines Haus, vor dem ein oder zwei alte Autos standen.

Sonja hat Recht, murmelte sie. Ich schlafe in der Küche. Nun, meine Süßen, sagte Arnd, alles der Reihe nach: Also, Viola, arbeiten darf sie nicht, weil sie doch eine Prinzessin ist, und die haben immer schöne, weiße Hände, ist dir das noch nie aufgefallen? Nun zu dir, Ursel, du bist die Prinzessin der Nacht, das scheinst du nicht genug zu schätzen, an die Prinzessin der Nacht darf kein Sonnenstrahl ran, nur ich in der Nacht, und nun zu euch, ihr zwei Weiber da hinten. Eins ist doch wohl klar, mit meiner Hilfe ist das Wurzelbäuerchen bald ein dicker, ausgewachsener Bauer, und weil ich doppelt und dreifach soviel schaffe wie Sarah, steht mir auch doppelt und dreifach soviel Platz zu. Zufrieden? Er zog Ursel zu sich heran. Und du, mein Kind, kriegst täglich eine Flasche Wein mit in den Koffer und eine Knoblauchzwiebel, damit du nicht schimpfst, wenn ich stinke.

Sie wolle sich lieber anziehen wie Sarah, nörgelte Ursel, und sich zeigen lassen, wie man aus der Hand liest. Dann zöge sie in der Gegend herum und den Touristen das Geld aus der Tasche.

Arnd umfaßte das Steuer wieder mit beiden Händen. Er wies auf eine kastenförmige Villa, kupferrot wie die Erde. Riesig und fensterlos wirkte das auf einem Hügel erbaute Haus, von dem Treppen zu einem umzäunten Tennisplatz führten – wie ein Bunker.

Welcher Magnat verschanze sich dort wohl. Osborne solle hier an der Küste auch ein Haus besitzen. Verkaufe Sarah auch in diesen Villen?

Sarah wollte nicht reden. Sie wollte sich innerlich darauf vorbereiten, was sie in Jalón erwarten könnte. Sie bemühte sich, Arnd mit einer schnellen Auskunft zufriedenzustellen. Sie habe ein festes Revier, das mehrere Siedlungen mit kleinen Ferienhäusern umfasse. Spanier würden auf ihre Verkleidung nicht hereinfallen. Im übrigen besäße das spanische Dienstpersonal meist Verwandtschaft in der Gegend, also eigene Bezugsquellen.

Sie schwieg, sah aus dem Fenster.

Die Landschaft wurde karger, die Felder braun, vereinzelte Häuser wirkten wie zufällig über die Erde verstreut. Sie schienen unbewohnt zu sein. Vor einem schwang sich ein alter Mann auf ein Fahrrad.

Plötzlich erfüllte Sarah eine wilde Sehnsucht.

Draußen glitten Bäume an ihnen vorüber, Pfirsiche, Mandeln, Oliven.

Die Mandelblüte im Winter, beschloß sie, die werde ich noch erleben.

Und ihr war, als könne sie es nicht mehr abwarten. Als würde jeder weitere Tag ohne Mandelblüte ein Stück vergeudetes Leben sein. Als würde mit dem Aufplatzen der Blüten auch das in ihrem Leben aufplatzen, auf das sie wartete. Dieses Warten schien ihr ganzes bisheriges Leben bestimmt zu haben. Als sei sie mit einer unbestimmbaren Sehnsucht nach etwas bereits geboren worden, und nur die Mandelblüte würde es ihr bringen können.

Wer ist Osborne? meldete sich Sonjas klare Kinderstimme.

Kognakfritze, stinkreich, wenn du so einen mal heiratest, könnte dein alter Vater sich gleich mit zur Ruhe setzen.

Arnd fuhr langsam auf der geraden Hauptstraße nach Jalón hinein, eine staubige, häßliche Stadt. Rechts und links dicht neben der engen Straße ragten schmutzige Häuserreihen drei Stockwerke hoch. Keine Blumenkästen boten Versöhnung an. Auf dem schmalen Bürgersteig saßen vereinzelt schwarz gekleidete Frauen mit dem Rücken zur Straße, meist strickend, manchmal starrten sie nur die graue Wand an. Neben einer ein Mann, der mit seinem Blick dem schweren westdeutschen Auto folgte. Sein Stuhl nahm die umgekehrte Richtung zu dem der neben ihm sitzenden Frau ein. Gruppen von Männern hatten links der Straße locker die Stühle aufeinanderzugeordnet, auch sie warfen neugierige Blicke auf das vorüberfahrende Auto. Nun eine Gruppe junger Frauen, ein Mädchen dabei, auch ihre Stühle zur Wand gestellt.

Zwei Kurven noch, dann steuerte Arnd den Wagen gemächlich auf einen großen Parkplatz.

Sie reckten sich nach dem Aussteigen, als hätten sie eine lange Fahrt hinter sich, begutachteten die Nummernschilder der parkenden Autos, große deutsche Wagen. Viola näherte sich Sarah mit den ihr eigenen schlaksigen Schritten und legte ihr einen Arm um die Schulter.

Schön hier, murmelte sie.

Den parkenden Autos spendeten hohe Platanen Schatten. Vor ihnen zog sich ein ausgetrockneter Fluß parallel der Straße entlang. Er war bewachsen mit hohem Buschgras. Oleander wucherte hier und da, leuchtend in unterschiedlichen Rotfarben und üppigem Grün.

Arnd stieß einen bewundernden Pfiff aus.

Sarah atmete tief ein, genoß nach der stickigen Luft im Auto die Berührung durch den lauen Wind. Zögernd folgte sie den anderen über die Straße zur ‚Bodega Co-operativa'.

Vorm Eingang wartete Viola auf sie, legte ihr wieder einen Arm um die Schulter, warf ihr einen prüfenden Blick zu.

Ist irgendwas?

Sarah schüttelte den Kopf. Sie zwang sich zu einem Lächeln, schlang ihren Arm um Violas Taille. So betraten sie die alte Scheune, aus der eine Touristenattraktion gemacht worden war.

Ein kleiner, hagerer Mann wieselte auf Arnd zu.

Halleluja, Halleluja!

In Sekunden verwandelte er sein Gesicht, das traurig wirkte durch die scharfen, die Wangen durchpflügenden Falten und die heruntergezogenen Mundwinkel, zu einem breiten Lachen.

Im gleichen lautfröhlichen Ton grüßte Arnd zurück: Halleluja, Halleluja!

Eine neben dem Eingang hockende alte Frau betrachtete ernst die Szene.

Sarahs Augen gewöhnten sich an das Halbdunkel. Sie begann, in dem Durcheinander von Menschen und Dingen zu unterscheiden. Rechts neben ihr erstreckte sich ein scheinbar endlos ins Dunkle verlängerter Raum, in dem Weinfässer lagerten, Salamiwürste, Schinken, Knoblauchstangen in Fülle von der hohen Decke hingen oder sich auf den Fässern, Kisten und Kommoden türmten. Arnd trat zu Sarah und Viola.

Das hier ist also Jesus' Reich.

Er unterstrich seine Worte durch eine ausladende Gebärde. Er zog sie vor die lange Bar zur linken Seite, begrüßte mit Handschlag die schmale, kränklich aussehende Spanierin hinterm Tresen, stellte Sarah und Viola vor.

Jesus' Frau, erläuterte er. Sie spricht kein Deutsch. Da vorn, das ist seine Mutter, irgendwo müssen auch die Kinder sein.

Er lachte laut. Jesus bekommt jedes Jahr ein neues Kind.

Sie gingen durch einen Mauerdurchbruch, über dem ein sombrerogroßes Büschel getrockneter Mimosen hing. Arnd ging voraus, nebeneinander paßten sie nicht hindurch, da locker aufeinandergestapelte Limonadenkisten den Weg versperrten.

Ursel und Sonja hatten im hinteren Raum bereits an einem der langen Holztische direkt am Fenster Platz genommen. Sie setzten sich in der gleichen Formation wie im Auto, nur daß Sarah nun zwischen Sonja und Viola saß und Arnd und Ursel ins Gesicht sehen konnte. Eingekreist fühlte sie sich, am Weglaufen gehindert wie der Schäferhund, der draußen im Patio eng angekettet vor sich hin hechelte. Sein Fell war zerfetzt, Fliegen hatten sich auf den offenen Wunden niedergelassen. Er bildete einen seltsamen Gegensatz zu den verspielten Formen der Tonfiguren, die das Patio bis zum Bersten füllten. Engel waren darunter, geschwungene Sokkel, an deren Rand kleine, nackte Jungen ihr Glied in Bereitschaft hielten, Weinkrüge und Blumenvasen, Schüsseln, Teller, Tassen und Schalen.

Schweigend blickte die kleine Gesellschaft hinaus. Sonjas Blick lag auf dem Hund. Sie ballte ihre Fäuste im Schoß. Die glatte Stirn hatte sie zu weichen Wülsten zusammengezogen. Ihr Mund bildete einen Strich.

Was sie wohl denken mag, überlegte Sarah. Sie hätte ihre Tochter, die sie trotz allem jetzt als kleines Mädchen ansah, gern in den Arm genommen und gestreichelt.

Halleluja, Halleluja, Jesus von Nazareth grüßt euch. Der kleine Spanier stand neben ihrem Tisch, den Notizblock gezückt. Er strahlte Ursel an. Sie gab sein Lächeln zurück. Arnd bestellte für alle Wein, Salat und die Hausplatte, bei der es sich um eine Spezialität handle, wie er den Frauen erklärte.

Na, hab ich euch zuviel versprochen? Ist urig hier, was? Stolz blickte Arnd in die Runde. Ist jetzt noch'n bißchen leer. Aber ihr werdet sehen, bald ist mächtig was los.

Er sollte recht behalten, die fünf quergestellten großen Holztische, an denen jeweils zwölf Personen Platz finden konnten, waren kurze Zeit später voll belegt. Immer wieder scholl Jesus' ‚Halleluja, Halleluja!' durch den Raum. Arnd und die Frauen verzehrten schweigend den Salat und die geräucherten Wurstwaren und beobachteten die Neuankömmlinge.

Eine Gruppe auffälliger, dicker Leute trat ein. Alle gleich gekleidet mit einem weißen T-Shirt, auf dem eine große Kuh abgebildet war. Darunter die Aufschrift ‚Caroline'. Sonja starrte mit ihrem zusammengepreßten Mund auf die Kühe, die durch die Bäuche in die Breite gezerrt wurden. Sie hatte noch kein Wort gesagt, seit sie hier eingetreten waren. Sie stocherte im Salat, kaute verbissen an einem Schinkenhäppchen. Sarah lächelte ihr zu.

Sonja tat, als bemerke sie das Lächeln nicht, starrte weiter auf die Kühe.

Viola knuffte Sarah in die Seite, zog ihren Blick auf sich, lächelte abfällig und zugleich mit diesem wortlosen Verstehen, das Sarah sich bei Sonja wünschte.

Die Kuhgruppe belegte den hintersten Tisch im Raum unter einem wagenradgroßen Büschel getrockneter Mimosen. Eine sehr dicke Frau verharrte vor einem Tisch, der überquoll von Touristenkitsch. Prüfend nahm sie eine kleine Faßimitation in die Hand, stellte sie dann wieder an ihren Platz zurück, um einen bemalten Krug herauszugreifen.

Der Raum war nun nicht mehr nur angefüllt mit Gerümpel, hinzu gesellten sich Gläserklirren, Tellerklappern, das ‚Halleluja, Halleluja!' mengte sich zwischen hartes Lachen, Wortfetzen, in der Lautstärke eskalierende Sätze.

Arnd und Ursel hatten sich zu unterhalten begonnen. Sonja starrte sie an, als verfolge sie kleines, widerliches Ungeziefer beim Kriechen übers Gesicht der anderen.

Sarah fiel das Schweigen am Tisch schwer auf die Seele. Sie verstand nicht, warum sie sich ausgeschlossen fühlte durch Arnds und Ursels Getuschel. Sie wollte Sonjas Starren unterbrechen. Sie suchte nach einem Gesprächsanfang. Da wurde ihre Aufmerksamkeit wie magnetisch angezogen, und sie begann ihrerseits zu starren.

Ein Paar mittleren Alters am Tisch der Kuh-Gruppe füllte sich die Teller. Der Mann häufte Salat, Salamischeiben, Käse, Oliven wahllos zu einem bunten Berg, den er mit Messer und Gabel durcheinanderwälzte und dann in Haufen verschlang. Sarah war es peinlich, ihm auf den Mund zu starren. Aber es war, als werde sie in einen Lichtkegel gesetzt, der sie geradewegs zu seinem bei jedem Gabelbiß kurz und weit aufgerissenem Maul trieb. Sie konnte sich nicht wehren gegen die halluzinogenhafte Vergrößerung des Schlingens, gegen eine Verschmelzung mit diesem gierigen Mund. Seine ohnehin schon winzigen Augen verengten sich bei jedem Happen, als fixiere er einen Gegner und treibe ihn gleichzeitig aus seinem Blickfeld.

Fresse ich, fragte sich Sarah, um nicht von solchen Männern gefressen zu werden? Ebenso, wie er seine Zähne wahllos und gierig ins Essen schlägt, geht er vielleicht auch mit Frauen um. Beraubt sie ihrer Besonderheit, verformt sie zum verzehrbaren Objekt. Will Frauen nicht genießen, will sie nur unschädlich machen. Nimmt sie nicht wahr in ihrer Eigenart, verschlingt sie achtlos. Hat die Art, wie Menschen essen, etwas damit zu tun, wie sie leben? Oder fange ich nur wieder an zu spinnen?

Sarah sah auf die neben dem Mann sitzende Frau, die, nachdem sie ihren Teller vorsichtig mit vielen kleinen Happen bestückt hatte, eine Tomatenscheibe in den gespitzten Mund steckte, sie einsaugte und auslutschte. Es hatte etwas Obszönes an sich, wie die dickliche Frau mit den blonden, kurzen Locken Tomatenviertel auf Tomatenviertel in der runden Öffnung ihres rosa geschminkten Mundes verschwinden ließ. Sarah beobachtete gespannt, wie die Frau mit den Händen eine Salamischeibe zu einer Rolle formte und sie langsam bis zur Hälfte in ihren Mund schob, die zweite Hälfte rutschte willig in die runde, kleine Öffnung, und Sarah meinte, ein Schmatzen zu hören, als sich das weiche Rund fest hinter dem letzten Zipfel schloß.

Von einem plötzlichen Bedürfnis nach Luft getrieben, erhob sich Sarah.

Arnd erklärte, die Toilette befinde sich draußen im Hof.

Er kenne sich ja wirklich gut aus hier.

Violas scherzhaft hingeworfener Satz besaß einen schärferen Unterton, als sie wohl selbst beabsichtigt hatte. Sie schloß sofort ihr entwaffnendes Lachen an.

Sarah ging an den Tischen vorbei zur Hintertür. Als sie ins Patio trat, setzte lautes Hundegebell ein, verzweifeltes Heulen und wütendes Kläffen im Wechsel. Der Hund zerrte wie wild an seiner kurzen Leine. Das Kläffen und die Angst, in die es Sarah versetzte, weckten in ihr ein Gefühl der Mutlosigkeit, das sich rasch steigerte.

Sie schloß sich ein und versuchte, in der Abgeschiedenheit des winzigen Raumes ein inneres Gleichgewicht zu finden.

Was war es, das sie derartig bedrückte? Diese armselige Kaschemme dürfte ihre Stimmung nicht so beeinflussen. Sie kannte die Gründe für diesen trüben Mischmasch aus Nepp und Anbiederung. Jesus mußte Geld verdienen, das für den Winter reichte. Eine Touristenattraktion fernab vom Strand. Wer fuhr schon nach Jalón, um dort etwas zu essen und zu trinken, es sei denn, er bekäme etwas Besonderes serviert, etwas Kitzliges, das er bewahren konnte über den Urlaub hinaus.

Sie wußte es, verkleidete sich nicht ohne Grund als Zigeunerin, um in den deutschen Siedlungen Eier und Käse zu verkaufen. Sie wußte, daß man den Deutschen ein bißchen fremdes Leben bieten mußte, um sie zu locken. Dennoch – warum fühlte sie sich so doppelt elend?

Verantwortlich für Jesus, den sie immer am Arm hätte packen mögen und schütteln und auffordern: Schluß jetzt! Verantwortlich zugleich für die Deutschen, die der eigentliche Grund für sein albernes Verhalten waren. Es ging um ihr Urlaubsglück.

Warum fühlte sie sich für beide Seiten schuldig?

Als trüge sie die Verantwortung, daß so etwas nicht stattfinden solle auf der Welt.

Schuldig an dem zu kurz angeketteten Hund, der sich der Fliegen in den Wunden nicht erwehren konnte.

Schuldig an Sonjas verbissenem Starren.

Schuldig an der stumpfen Gier der Kuh-Frau. Oder war es etwas ganz anderes, das sie niederdrückte? War sie gerade dabei, sich wieder einmal zu belügen? Wollte sie nur nicht wahrhaben, was seit Arnds Worten ‚nach Jalón' in ihr schwelte?

Dabei hatte sie sich so angestrengt, alles in sich auszulöschen, was sie an Jimmy erinnern könnte.

Mit einem Ruck setzte Sarah die Wasserspülung in Gang. Atemlos, wie gehetzt, durchquerte sie den Patio, ließ das neuerliche Bellen des Hundes hinter sich.

Bei ihnen am Tisch saß ein Ehepaar mit einem großen Jungen. Sarah quetschte sich durch die Stuhlreihen zu ihrem Platz. Eine frische Wurstplatte stand auf dem Tisch, ebenso neuer Salat, die Weinkaraffe war aufgefüllt.

Die drei Erwachsenen unterhielten sich über die Art der Spanier, mit Tieren umzugehen. Arnd erzählte von einem Erlebnis in einem spanischen Hotel. Die Besitzer hatten nur auf seine Drohung hin, er würde sich ein anderes Hotel suchen, einen in der Sonne kurz angebundenen Hund in den Schatten gelassen.

Sonja lauschte mit gerunzelter Stirn.

Sarah verspürte keine Lust, sich am Gespräch zu beteiligen. Sie fühlte sich vollgestopft mit unnützem Zeug, Wein, Brot, Kaffee, Käse, Salat, Wurst, aufgenommen seit dem Morgen und nicht verdaut. So wenig wie heute habe ich mich seit Monaten nicht mehr bewegt, sann sie miesgrämig.

Der Schinken war salzig und zäh, sie schob ein Tomatenstück hinterher, das den Mund mit Essiggeschmack füllte, trank dann einen Schluck Rotwein. Als wollte sie sich beschweren, um nicht vom Stuhl aufzuspringen und wegzulaufen, als wollte sie sich den Mund stopfen, um nicht loszuschreien, als wollte sie zwischen sich und die anderen all die Geschmacksempfindungen legen, die ihren Mund durchwanderten.

Sie musterte das Ehepaar an ihrem Tisch. Die Falten in dem vergrätzten Gesicht des Mannes schienen von der Sonne tief eingegraben zu sein, schlecht gelaunt wirkte er, selbst wenn er einen Lachgrunzer in Richtung seiner Frau von sich gab. Das Gesicht der Frau war glatt und kantig, mit Flächen, über die ein Bügeleisen einige Wege zu bewältigen hätte. Alles an ihr wirkte wie gemeißelt, die große Nase, die kalten, grünen Augen. Ihr blondes Haar trug sie straff aus dem Gesicht zu einem hohen Pferdeschwanz gestriegelt. Dickes Gold an Ohren, Hals und Arm paßte zu ihr wie auch der giftgrüne Bahamashort.

Mann und Frau stießen mit ihrem Sohn an: Prost auf den Urlaub. Arnd griff den Spruch auf. Alle erhoben ihre Gläser, lächelten einander zu, tranken.

Die kantige Frau beugte sich weit über den Tisch und fragte Sonja, warum sie sich an der Zeremonie nicht beteilige. Sonja blickte betont an der Frau vorbei, hinter sie zur Wand, wo sich ein kleines Regal mit wild durcheinandergewürfelten Kassetten und Souvenirs befand. Arnd ermahnte sie. Er lächelte der Frau verbindlich zu, Sonja sei noch zu jung für Wein.

Ohne Ausnahme? Die beiden Kinder müssen doch ungefähr im gleichen Alter sein, unserer ist zwölf, und du? Wieder wandte sie sich an Sonja, riß ihre grünen, feucht schimmernden Augen weit auf. Arnd nickte Sonja auffordernd zu.

Ganz langsam ließ Sonja ihre Augen zu der Frau wandern, und Sarah spürte die Anstrengung, die es sie kostete zu antworten. Ich bin zwölf Jahre alt. Sie betonte jedes Wort.

Die Frau lachte und knuffte ihren Sohn in die

Seite. Na, das wär doch 'ne kleine Freundin für dich, oder?

Sarah spürte an Sonjas Stelle Panik hochsteigen. Gleich setzt sie die beiden noch nebeneinander, mutmaßte sie, vermochte aber nichts zu unternehmen, um Sonja zu Hilfe zu kommen.

Viola lehnte sich gemächlich in ihren Stuhl zurück, fingerte eine Zigarette aus der Schachtel und bat den zwei Stühle neben ihr sitzenden Mann um Feuer. Dabei warf sie ihm einen schmachtenden Blick zu. Sarah erkannte die geübte Stimme der femme fatale: Verkuppelt Ihre Frau Sie ebenfalls, Herr . . .? Das kantige Gesicht der Frau versteifte sich.

Der Mann deutete eine Verbeugung an, gab geschmeichelt seinen Namen bekannt. Kreuzlercher.

Herr Kreuzlercher, wie weit erstreckt sich die Kompetenz Ihrer Frau?

Viola bezog die Frau ein. Sie wäre nicht abgeneigt, ihre Gesellschaft verlasse sie morgen, und wenn sie so verlockende Angebote vernehme . . . Sie faßte den Jungen in den Blick. Eigentlich bevorzuge sie junge Männer. Wie wäre es denn mit ihr als kleiner Freundin?

Die Frau kicherte. Ihr Mann sagte: Wein, Weib und Gesang!

Jesus trat an den Tisch. Er legte einen großen Schinken vor den Mann, erkundigte sich, ob dieser ihnen zusage. Das Gesicht der Frau hatte sich dunkelrot verfärbt. Sie strahlte Jesus an, als übe sie Violas Schmachtblick. Wunderbar, sagte sie. Alles ganz wunderbar bei Ihnen.

Jesus wurde zur Kuh-Gruppe gerufen. Dröhnend forderten sie ein Lied. Jesus baute sich vor der Kuhgruppe auf und schmetterte in klarem Tenor ‚So ein Tag, so wunderschön wie heute‘. Er begleitete seinen Gesang mit heftigen Dirigentenschwüngen. Als er ‚Trink, trink, Brüderlein, trink' anschloß, fiel die Kuhgruppe ein.

Nachdem Jesus die letzten Töne hatte lang ausklingen lassen, ergriff er die Weinkaraffe mit dem langen Schnabel, die er zuvor bereitgestellt hatte, zielte mit ausgestreckten Armen im hohen Bogen in den Mund, ließ den Strahl langsam und genüßlich in Nasenrichtung hinaufklettern, höher hinauf zu den Augen, dann zur Stirn. Ein blutähnliches Gerinsel lief von der Stirn zum Mund. Die Karaffe hielt er weiterhin mit ausgestreckten Armen in die Höhe. Kein Wein war verschüttet worden.

Die Kuhgruppe johlte und klatschte. Langsam ließ Jesus den Strahl abwärts wandern und beendete sein Schauspiel. Nun ging er vom letzten Tisch im Raum zum ersten, nahm von seiner Frau eine mit Wasser gefüllte Karaffe in Empfang und forderte die Männer auf, es ihm nachzumachen. Ein dikker Mann in Badehose und engem Hemd versuchte es. Er schüttete sich alles Wasser ins Gesicht, übers Hemd, über die Badehose.

Die kantige Frau klatschte in die Hände: Das finde ich gut, das finde ich astrein, das gefällt mir. Macht ja nichts, daß es danebengegangen ist. Sie forderte ihren Sohn auf, es auch zu versuchen. Er war sofort bereit, sie meldeten ihn bei Jesus an. Jesus näherte sich, fragte: Wer? Der Junge? Er lächelte wieder und entfernte sich. Die Vorstellung war beendet.

Sarah legte die Hände an die Wangen, an die Stirn. Die Hände waren eiskalt, das Gesicht brannte. Ursel hatte sich an Arnd geschmiegt, Viola rauchte, Sonja kippelte mit dem Stuhl.

Heiß? Viola legte ihren Arm wieder um Sarah. Ob sie auch Lust habe zu verschwinden?

Arnd erhob sich sofort. Er wirkte leicht gereizt. Okay, okay, den Kaffee können wir ja da hinten trinken, da ist noch so ein Schuppen, der wohl mehr nach eurem Geschmack ist. Im Stehen trank er sein Glas leer. Na los, meine Damen!

Sarah bleib wie erstarrt sitzen. Da hinten ist noch so ein Schuppen . . .

Mami, komm, wir gehen jetzt hier weg. Sarah erkannte in Sonjas Augen so etwas wie Verstehen. Mami, hatte sie gesagt. Nur eine Hälfte von Sarah fühlte sich angesehen, berührt, durcheinandergebracht. Die andere Hälfte war eiskalt.

Sie könnten hier den Kaffee trinken, es sei doch recht nett, schlug sie leise vor.

Viola drehte sich nicht einmal um, sie hatte sich schon mit leicht spöttischem Lächeln von ihren Tischnachbarn verabschiedet und schritt dem Ausgang zu. Sonja hatte sich bei Sarahs Worten auf den Stuhl zurückfallen lassen, murmelte: Meinetwegen – ganz wie ihr wollt. Ursel warf Sarah einen fragenden Blick zu.

Arnd schimpfte. Er habe schließlich gemerkt, wie sich die Dame mokiert habe. Jetzt wolle sie bleiben? Ihn verkaufe keiner mehr für dumm . . .

An ihrem Tisch ging die Kuhgruppe vorbei, deren Mitglieder je nach Körperumfang ein Kälbchen oder einen Bullen auf der Brust trugen. Sie johlten und sangen. So war Sarah Aufschub gewährt. Sie folgte der Gruppe mit den Augen. Am Ausgang versammelten sie sich im Kreis um die Kinder von Jesus, einer machte ‚eins, zwei, drei', und auf sein Kommando dröhnten alle „Muh". Die Kinder brachen in lautes, erschrockenes Schreien aus, ein kleines Mädchen lief davon.

Sarah erhob sich. Sie ergriff Sonjas Hand. Gehen wir, sagte sie sanft. Mir war eben nicht gut, jetzt ist es besser. Sonja entzog ihr die Hand nicht.

Es war kühl geworden. Sarah sog die milde Luft tief ein. Sie versuchte anzuwenden, was sie gelernt hatte: Die eigene Mitte finden. Sie spürte aber vor allem Sonjas kalte Hand in ihrer, die auch nicht wärmer war.

Arnd, Ursel an seiner Seite, übernahm die Führung. Er winkte Viola, die auf dem Parkplatz stand, vom Oleander Blüten abpflückte und sich in die Haare steckte. Sie brachte den anderen Frauen welche mit, klemmte sie Sonja hinter die Ohren, flocht sie Sarah in die Locken, gluckste dabei: Schrecklich, dieser Schuppen! Der totale Urlaubshorror. Aber sonst ist Spanien immer noch schön. Alles, was wächst, ist schön, alles, was herkommt, ist verkorkst . . .

Sonja lachte: Dieser Jesus ist auch hier gewachsen.

Er hat lange in Deutschland gearbeitet, erwiderte Sarah mit der gleichen sanften Stimme wie zuvor.

Sonja warf ihr einen wachen Blick zu: Du kennst den?

Sarah erschrak. Reingefallen. Von wegen eigene Mitte. Sie haspelte, alle, die hier gut deutsch sprächen, seien einmal ‚bei uns' gewesen.

Ihre Gedanken kreisten. Bei uns, sage ich schon wieder, bei uns, bei ihnen, hier, dort, ich wollte doch die Wurzeln rausreißen.

Als hätte sie ihre Gedanken verfolgt, bemerkte Viola: Bei uns, Sarah? Gehörst du denn noch dazu? Ich hatte den Eindruck, du fühlst dich hier zu Hause.

Sie waren bei einem alten Bauernhaus angelangt. Ein Messingschild wies es als ‚artesina' aus. Sie bogen in einen Vorgarten ein, wo große Bäume kleinen Tischen und Holzbänken Schatten spendeten. Um einen der Tische saß eine Gruppe junger Leute von hippieartigem Äußeren, mehrere kleine Kinder spielten bei ihnen, einer zupfte zerrissene Töne auf einer Gitarre. Kaffee stand vor ihnen auf dem

Tisch, Wasser, eine alte Frau stillte ein Baby. Ansonsten alles leer.

Drinnen ein höhlenartiges Gewölbe. Eine Bar mit langem Tresen. An den Wänden Federzeichnungen spanischer Landschaften.

Sarah fühlte sich im Halbdunkel umfangen von der Wärme des Raumes, der zwanglosen Schönheit der Ausstattung, der schmeichelnd rauhen Stimme Joan Armatradings, die den Raum vibrieren ließ. Arnd und Ursel, kaum erkennbar weit hinten im Zwielicht, wühlten in Seidenkleidern, die dicht gedrängt auf einem Ständer zum Verkauf angeboten wurden. Sonja und Viola gesellten sich zu ihnen. Viola hielt sich die Kleider vor, stieß leise Entzükkensschreie aus über die zarten Farbtöne und die lässigen Schnitte. Wie kleine Vogelschreie drangen sie zu Sarah, die sich auf einen Barhocker gesetzt hatte, einem vollbärtigen jungen Mann direkt gegenüber.

Sie spürte, wie ihr Gesicht sich veränderte. Würde Viola sie jetzt sehen, würde sie womöglich wieder einen ihrer spitzen Vogelschreie von sich geben. Arnd wüßte noch eher, was in ihr vorging, er kannte dies Gesicht aus einigen seltenen, aber entscheidenden Augenblicken ihres Lebens. Es war, als zöge ihr jemand die Haut zu den Haaransätzen. Ihr Körper wirkte gespannt wie eine Bogensehne kurz vor dem Abschießen des Pfeils.

Die braunen Knopfaugen im Gesicht des Mannes funkelten Sarah fröhlich an, er streckte ihr beide Hände entgegen und fragte auf englisch, wo sie all die Zeit gesteckt habe. Sarah ergriff die Hände nicht, sagte kurz, sie habe nicht viel Zeit, er müsse schnell verstehen, ohne zu fragen, es sei wichtig für sie.

Eine Hand legte sich auf ihre Schulter, Sarah drehte hastig den Kopf, erkannte Viola. Sie hatte sie nicht kommen hören. Der Mann hatte bei Sarahs Worten allmählich die Arme sinken lassen, beschäftigte sich nun damit, Gläser durchs Spülwasser zu ziehen. Viola trug eine glockenförmige Seidenbluse mit weiten Ärmeln in zartgelben Orangetönen.

Ist die nicht fantastisch? jubelte sie und drehte sich vor Sarah einmal um sich selbst, die Bluse wurde durch den Wind hochgetrieben und gab den Blick frei auf Violas leicht gerötete Haut. Dieser Stoff ist so angenehm, da hält die zärtlichste Männerhand nicht mit.

Viola schwang sich auf einen Barhocker, lächelte den bärtigen Mann an. Ob ihm die Bluse an ihr gefalle?

Er sah kurz von seinen Gläsern hoch, musterte sie ernsthaft, ließ den Blick hochwandern zu ihrem Gesicht, dem Haar, verzog keine Miene, als er in langsamem Deutsch sein Urteil abgab: Ja, es ist schön, aber vielleicht schwarz wäre besser zu ihrem Haar ... There is a very beautiful one in black.

Er verließ seinen Platz hinter dem Tresen. Viola folgte ihm zum Kleiderständer, und Sarah vernahm englische und deutsche Brocken eines Gesprächs über Mode, Seidendruck und Arnds Fragen nach der Einträglichkeit eines solchen Geschäftes. Sarah rieb die Handgelenke aneinander, als gäbe sie einem Juckreiz nach, den Handschellen verursacht hatten. Wie nie zuvor an diesem Tag nahm sie die Ketten wahr, die sie an diese Gruppe von Menschen dort hinten fesselten. Alte und neue Ketten. Sie hatte die alten sprengen wollen, aber es waren neue gewachsen, schmerzhaft wie die alten, sogar noch schmerzhafter, da die Wunden, die die alten gescheuert hatten, noch lange nicht verheilt waren. So blieb sie doppelt stigmatisiert zurück. Wenn ich jetzt weglaufe, überlegte sie, einfach verschwinde, nachher sage, mir war nicht gut, dann hätte ich es doch erst einmal hinter mir.

Sie konnte sich in diesem Augenblick genau hineinversetzen in einen Gefangenen, der gegen die verschlossene Tür springt, Verletzungen nicht achtend, der lieber beim Sprung durchs verschlossene Fenster riskiert, an Schnittwunden zu sterben, als weiter von immer gleichen Mauern umgeben zu sein, die immer gleichen Schritte auf immer gleichem Boden zu machen.

Die junge Frau mit dem Baby betrat das Gewölbe. Abraham! Das Baby quiekte. Abraham, may I use your phone? Sarah hatte den Kopf abgewandt, glitt vom Barhocker und schlenderte zur Ecke des Raumes, wo sich ihre Leute befanden.

Ein Glück, daß ich nicht so leicht zu erkennen bin, dachte sie.

Abraham kam ihr entgegen, blickte über sie hinweg zu der jungen Frau. Als sie auf gleicher Ebene standen, trafen sich ihre Augen und verhakten sich ineinander. Beide blieben stehen. Abraham sagte leise und bekümmert: Oh, Sarah, Sarah, you can't escape, you can't ... Sarah empfand einen kurzen Augenblick lang heftige Wut auf Abraham. Sie riß ihren Blick von ihm los.

Na ihr Schönen, was habt ihr euch ausgesucht? Ihre muntere Stimme drang durch den Raum und übertönte die Musik. Viola drehte sich vor einem Spiegel hin und her, betrachtete sich skeptisch. Sie trug ein hautenges, schwarzes Seidenkleid, das sich nur in der Taille nicht an den Körper preßte. Alles war deutlich zu erkennen, die Brustwarzen auf ihren runden Brüsten, die schmale Bikinihose, die eine kleine Falte in ihren Hintern grub. Das Kleid war an der Seite hochgeschlitzt, und nur um den Schlitz und am weiten Rückenausschnitt war es mit den grünen Mustern einer Kreuzotter verziert.

Du siehst hinreißend aus, entfuhr es Sarah, und es war wohl der erste Augenblick an diesem Tag, da sie nichts im Kopf hatte als das Bild, das sich ihr bot. Das Kleid mußt du dir kaufen, es ist, als hätte es hier für dich gehangen und auf dich gewartet ...

Da war sie wieder, die Erinnerung. Fast wörtlich hatte sie diesen Satz schon einmal gesagt, nicht zu einer Frau, nicht über ein Kleid.

Viola drehte sich, um ihren Hintern sehen zu können. Es sei sehr eng. Sei sie dafür nicht zu fett?

Abraham war wieder zu ihnen getreten. Nein, das sind Sie nicht, Ihre Freundin hat Recht, dieses Kleid hat auf Sie gewartet, ich schenke es Ihnen. Er sah Violas Spiegelbild ernst in die Augen. Viola errötete. Oh, dachte Sarah, Viola verliert die Fassung, das ist selten.

Das kann ich nicht annehmen, ich kaufe das Kleid und die Bluse auch. Und ich behalte es gleich an. Sie stoppte einen Augenblick, ließ die Augen abwechselnd auf Abraham und dann auf Sarah ruhen. Ach, so ist das ..., sagte sie dann leise und nachdenklich. Ich verstehe ...

Was verstehst du? Arnd spannte seine beiden Hände um ihre Taille, drückte sie an sich und bewunderte das Bild des schönen Paares im Spiegel. Bist schon rassig, Viola, mein Schatz, ehrlich – was verstehst du?

Viola ließ ihn eine Weile gewähren, auch sie betrachtete das Spiegelbild. Sinnend bemerkte sie, sie könnte mit Arnd für Modefotos auftreten. Alles passe zueinander, er sei größer, breiter, die Farben harmonisierten. Allerdings bevorzugten die Fotografen bei Paaren farbliche Unterschiede.

Sie entzog sich Arnds Händen, wandte sich Abraham zu und stützte lässig einen Arm auf seine Schulter. So ist es besser. Ein dunkler Mann steht mir einfach besser.

Dann ließ sie auch Abraham stehen, schnappte sich ein schwarzes Kleid, dem ihren ähnlich, weniger eng geschnitten, in der Taille durch eine breite Schärpe gerafft. Der Rückenausschnitt glich dem ihres Kleides, nur rankten sich um ihn grüne Blätter, die sich in geschwungener Linie von der Spitze bis zum Saum wanden, wo sie wiederum dem Kleid einen Rahmen setzten.

Sie befahl Sonja, das Kleid überzuziehen. Sonja zog es über ihre Jeans und drehte sich unter Violas kurzen Handgriffen vorm Spiegel. Sie behielt ihre gleichgültige Miene bei. In ihren Augen jedoch stiegen kleine, funkelnde Pünktchen. Wie sagtet ihr vorhin? wandte sich Viola an Sarah und Abraham. Hier scheinen alle Kleider zu warten, und dieses hat jetzt die Endstation Sehnsucht erreicht. Kind, komm mal, du bist wunderschön ... Sie strich Sonja über die struppigen Haare. Du mußt nur noch ein bißchen Geduld haben. Noch ein, zwei Jahre, und du wirst nichts lieber tun wollen, als vorm Spiegel zu stehen.

Abraham nickte. Sie werde einst so schön wie ihre Mutter. Er sah Viola an. Sie wedelte abwehrend mit den Händen. Sonja sei nicht ihre Tochter. Sie hätte zwar nichts dagegen einzuwenden, aber leider ... Sie wies auf Sarah. Da stehe die glückliche Mutter. Abraham öffnete den Mund, brachte jedoch nur ein ‚Oh' heraus.

Sie kauften die Kleider und noch eine Bluse für Ursel. Sonja weigerte sich, das Kleid anzubehalten. Sie überlegten, wohin sie sich setzen sollten. Arnd schlug vor, nach draußen zu gehen, um die Abendluft zu genießen. Sarah sträubte sich, gab vor, zu frieren. Arnd bot ihr seine Jacke an. Viola warf Sarah einen forschenden Blick zu, kam ihr zur Hilfe, auch sie bevorzuge es, drinnen zu bleiben. Das gab den Ausschlag. Viola steuerte auf eine versteckte Nische zu.

Sarah fragte sich, was Viola zu ihrem Verhalten bewog. Was ahnte sie? Sie setzte sich neben Viola, vermied es, ihrem Blick zu begegnen. Viola geriet in eine geschäftige Geschwätzigkeit. Sprach über die Seidenkleider, die Schnitte, die Mode, ihre Modenschauen und ihre Engagements in der nächsten Zeit. Sarah ließ alles an sich abperlen, überlegte, wie sie einem Zusammentreffen mit den Amerikanern draußen aus dem Weg gehen könnte. Ihr fiel nichts ein. Abwarten, dachte sie. Vielleicht gehen sie eher als wir. Ausharren. Verzögern. Sie versuchte, sich am Gespräch zu beteiligen.

Sie ist sehr abgefallen, vernahm Sarah, und es dämmerte ihr erst allmählich, daß Arnd über Sonja sprach.

Ich war jetzt auf einem Elternabend. In der Klasse steckt wohl insgesamt der Wurm drin.

Sarah trank einen großen Schluck aus dem Whiskyglas, das vor ihr auf dem Holztisch stand. Sie öffnete den Mund, um etwas zu fragen. Viola kam ihr zuvor: Was heißt das, Wurm drin?

Die Lehrerin habe erzählt, daß die Klasse sich solidarisiere, um den Leistungsstand möglichst niedrig zu halten. Strenge sich einer an, besser gesagt eine, denn es handle sich ausschließlich um Mädchen, werde sie von den anderen schikaniert.

Viola kicherte, den Wurm finde sie nicht allzulang.

Und du? Sarahs Stimme klang ungewohnt rauh, sie räusperte sich. Hast du Freundinnen in der Klasse?

Sonja stierte vor sich hin, als hätte sie nicht gemerkt, daß die Frage an sie gerichtet war. Arnd antwortete an ihrer Stelle. Eine Freundin habe sie, Dagmar, ihre Busenfreundin. Mit Dagmar telefoniere sie stundenlang. Im übrigen halte sie sich aus allem heraus.

Sarah bemühte sich, Arnds gereizten Tonfall zu überhören. Sie wandte sich abermals an Sonja. Wie schön, daß Dagmar und sie immer noch befreundet seien.

Arnd stubste Sonja an. Sarah rede mit ihr.

Sonja hob gleichgültig den Blick. Sarah solle besser sofort ‚den Papi' fragen, er wisse ohnehin alles besser.

Arnds Augenbrauen zogen sich zusammen. Was sie damit sagen wolle.

Er rede, als ginge er in ihre Klasse.

Die Falte zwischen Arnds Augenbrauen vertiefte sich.

Viola versuchte zu vermitteln, Arnd müsse berücksichtigen, daß Sonja erwachsen werde. Eine Busenfreundin sei von großer Bedeutung in diesem Alter. Auch sie habe stundenlang telefoniert. Im übrigen sitze auch sie nur hier in Spanien wegen ihrer Busenfreundin. Sie legte ihre Hand auf Sarahs und lächelte.

Sarah quälte sich. Sie wollte Sonja gern helfen, wußte aber nicht wie. Der Neid auf Viola, den sie all die Stunden unter der Bewunderung verborgen gehalten hatte, brach hervor. Sie wußte nun wieder, warum sie auch vor Viola hatte davonlaufen müssen, warum sie es nicht ertrug, von dieser Frau als Busenfreundin behandelt zu werden. Behandelt, dachte sie, das ist es, was sie mit mir anstellt. Sie braucht eine Busenfreundin, und da nimmt sie mich, ergreift mich in der unwiderstehlichen Art, in der sie alles ergreift, und stopft mich in das Loch ihres Lebens, das nur geflickt werden kann mit einer Freundin. Sie schob die Bedenken fort, ob sie vielleicht ungerecht sei, ob sie Viola, die sich so viel Mühe gab, nicht Unrecht tue. Sie wünschte sich einen Streit, einen Streit, bei dem sie all die am heutigen Tag aufgestauten Gefühle der Verwirrung und

Scham zum Ausdruck bringen, aus sich herauslassen könnte, um sie nicht weiter mitzuschleppen, weiter in sich hineinstopfen zu müssen durch immer mehr Essen und Trinken.

Deine Busenfreundin? fragte sie mit hoher Stimme. Ich weiß nicht, Viola, machst du dir da nicht etwas vor? Freundinnen können nur Gleiche sein, und wir sind nicht gleich, sind nie gleich gewesen, du bist immer die Schöne, Erfolgreiche, Leichte in allem gewesen, und ich nur dein Gegenstück.

Aber Sarah! Viola verstärkte den Druck ihrer warmen Hand auf Sarahs, die eiskalt war. Fang doch nicht schon wieder damit an. Du bist so schön, jetzt erst recht, du Gitana, aber warst es doch auch vorher als deutsches Moppelchen ...

Deutsches Moppelchen! Arnd lachte los. Er hatte seine Stirn entspannt bei Sarahs Worten, ließ seine Augen nun wohlgefällig von Sarah zu Viola wandern. Deutsches Moppelchen, na, du bist gut, Viola!

Viola stotterte, Arnd mißverstehe sie. Sie habe nur sagen wollen, wie sehr Sarah sich verändert habe.

Sarah war zusammengezuckt. Sie fühlte sich, als hätte sie die Rolle des ‚deutschen Moppelchens' nie verlassen. Ihre Schwere wurde ihr bewußt, als zöge sie sie zu Boden.

Das deutsche Moppelchen und die Sphärenelfe ... Sie sprach grimmig.

Ich war für dich immer nur wie ein Accessoire, wie deine Ohrringe, wie deine Armreifen und all der übrige Klimbim, der dich in Szene setzen soll. Jawohl. Durch meine Masse kam deine Anmut nur noch mehr zur Geltung. Und du brauchtest meine Bewunderung ...

Sarah hatte den Bauch ganz eingezogen, um alles ohne Pause von sich geben zu können. Nun atmete sie tief. Es war ihr leicht zumute und etwas traurig.

Viola war blaß. Ihr hellrot geschminkter Mund

stach grell hervor. Mit weit aufgerissenen Augen starrte sie Sarah an. Deren Groll löste sich auf.

Sonja sah ihre Mutter interessiert an, öffnete den Mund. Arnd kam ihr zuvor.

Viola benötige viel Bewunderung. Dies sei wohl auch der tiefere Grund für ihre Berufswahl.

Du auch! warf Sonja ein.

Arnd fuhr fort, als hätte er es nicht gehört. Er lächelte.

Viola empfange auch viel Bewunderung. Und nicht ohne Grund. Warum aber gönne Sarah ihr die Bewunderung nicht. Sarah müsse vielleicht mehr für sich tun, dann stünde sie auch mehr im Mittelpunkt. Sie laufe ja herum ... Eben wie eine Zigeunerin. Er spuckte das Wort voll Verachtung aus.

Was ist denn schlimm an Zigeunern? mischte sich Sonja wieder ein. Sie hatte ihren Gesichtsausdruck verändert, hellwach und voller Interesse blitzten ihre Augen.

Na hör mal, warum mag denn keiner die Zigeuner? Keiner auf der ganzen Welt, überall werden sie doch weggejagt, aus jedem Land ...

Phhh! Sonja ließ Luft ab, legte Spott in den kurzen Laut. Was weißt du denn schon von Zigeunern, du kennst ja gar keine.

Er wisse genug über Zigeuner, auch wenn er sie nicht kenne. Er müsse auch nicht malen können, um ein Urteil über Bilder abzugeben. Zigeuner seien auf der ganzen Welt unerwünscht, denn sie seien faul, sie klauten, sogar Kinder klauten sie.

Violas Lachen perlte durch den Raum. Was die Zigeuner mit den Kindern machten nach dem Raub, wüßte sie gerne.

Sie nehmen sie mit und lassen sie für sich arbeiten.

Was ist mit Django Reinhard? fragte Sarah sachlich.

Viola lachte wieder. Den kennt er doch gar nicht, oder? Ihre Augen hatten sich verengt.

Wer ist das? erkundigte sich Sonja bei Sarah.

Ein Musiker, mein Schatz, ein wunderbarer Musiker, der noch mit drei Fingern auf der Gitarre spielte, und wie. Er war weltberühmt.

Warum hatte er nur noch drei Finger?

Sarah mußte lächeln. Sie erinnerte sich an Sonjas Fragen, früher, als sie ihr noch Geschichten erzählte. Warum Rumpelstilzchen unbedingt das Kind der Königin haben wollte, warum der Vater von Dornröschen kein dreizehntes Geschirr kaufte, wie es zuging, daß der Wolf Rotkäppchen und die Großmutter verschlungen hatte, ohne zu beißen und zu kauen.

Django Reinhard habe in einer Art Zirkuswagen gewohnt. Der habe gebrannt und dabei sei Django Reinhard verletzt worden. Zwei Finger seiner linken Hand seien steif geblieben.

Hat er in dem Wagen geschlafen, als es brannte? Wie ist der Brand entstanden?

Sarah lächelte. Sonja wolle ja immer noch alles genau wissen. Sie könne eigentlich gar keine schlechte Schülerin sein.

Ist sie aber, knurrte Arnd, und was Sarah mit ihrem Django beweisen wolle? Der Ausgangspunkt der Diskussion sei schließlich Sarahs Neid auf Viola gewesen.

Ich will dir etwas sagen, Arnd! Violas Stimme klang bitter. Das eine ist Sarahs und meine Sache. Darüber rede ich nicht hier und nicht jetzt. Das andere sind deine Bemerkungen über Zigeuner. Da ist meine Meinung: Ich halte es zwar für ein sehr dummes Vorurteil, daß Zigeuner Kinder klauen. Aber: Besser sie klauen Kinder, als daß sie sie quälen und zu Tode prügeln, wie es bei uns oft genug passiert.

Arnd hatte mit beiden Händen die Tischkante ergriffen. Nun klammerte er sich daran fest.

Wenn hier einer Vorurteile habe, dann Viola. Wie sie um alles in der Welt darauf komme, die Deutschen quälten ihre Kinder und prügelten sie sogar zu Tode?

Er solle Zeitung lesen, es gebe auch Statistiken – im übrigen hohe Dunkelziffern.

Arnd höhnte: Dunkelziffern kann sich jeder ausdenken. Dunkelziffern beweisen gar nichts. Ich kenne niemanden, der seine Kinder schlägt, meiner Meinung nach werden die Kinder in Deutschland so liberal groß wie nirgendwo sonst.

Um Sonjas Mund hatte sich ein spöttischer Zug eingegraben. Sie sah Arnd hart in die Augen, sagte aber nichts. Keiner am Tisch sagte ein Wort. Sarah wußte, auch sie würde Arnd nicht an sich selbst erinnern. Der Rest des Abends hing an einem dünnen Faden, auch sie würde ihn nicht mit dem kleinen Finger berühren und zum Zerreißen bringen. Sie zürnte sich, daß sie diese Stimmung provoziert hatte. Viola hatte recht, über so etwas durfte nicht in Arnds Beisein geredet werden.

Arnd sah auf die Uhr und leerte sein Whiskyglas. Gehen wir? Es ist schon fast neun, ich habe Sonja versprochen, noch heute mit ihr in Benidorm auf die Kirmes zu gehen. Ich halte meine Versprechen.

Viola kippte den Whisky hinunter und raffte ihre Tüten zusammen. Sie schlenderte zu Abraham, der hinter der Theke stand und rauchte.

Vielleicht komme sie in den nächsten Tagen wieder bei ihm vorbei. Seine Kneipe gefalle ihr und auch die Kleider. Und auch ihn würde sie gern wiedersehen.

Abraham sah verlegen zu Sarah. Er schloß Sarah und Viola in sein Lächeln ein, das freundlich war und zugleich eine Mauer zwischen ihnen errichtete.

Sarah nahm Viola in den Arm. Sie spöttelte: Viola, laß Abraham in Ruhe, er hat eine bildschöne

Frau. Sie entwirft und schneidert die Kleider, und gemeinsam haben sie noch drei schöne kleine Kinder.

Woher weißt du das? wunderte sich Arnd, der Arm in Arm mit Ursel näherkam und nun seine Brieftasche zückte. Sarah informierte ihn leichthin, hier wisse jeder über jeden Bescheid.

Ihr Ton täuschte den Gleichmut nur vor. In ihrem Inneren stritten sich unterschiedliche Gefühle: Erleichterung, weil sie diesen Ort nun verlassen würde; Furcht, ob die Gruppe draußen noch anwesend wäre; Drängen, die Nacht möge bald überstanden sein; Angst, an ihr Schaden zu erleiden; Sehnsucht, Sonja in der kurzen verbleibenden Zeit näherzukommen und mit Viola zu klären, was nötig war.

Sie verließen das Gewölbe und traten in die milde Abendluft hinaus. Die bunte Gruppe saß draußen immer noch am gleichen Tisch, es schien, als stünden vor ihnen die gleichen Kaffeetassen, die gleichen Colagläser.

Die Kinder waren auf den Schößen der Erwachsenen eingeschlafen, der Gitarrenspieler hatte sein Instrument an den Baum gelehnt, wiegte ein Kind in den Armen. Sarah bog hastig rechts ab. Viola schlenderte zu der Gruppe. Sie rief Sarah herbei.

Sarah tat, als hörte sie nichts. Viola rief abermals.

Bedächtig setzte Sarah einen Schritt vor den anderen. O nein, dachte sie, so nicht, Viola, diese Rache gelingt dir nicht. Diesmal nicht. Kein Mensch könnte sie zwingen umzukehren.

Vor ihr am Straßenrand kam quietschend ein alter, klappriger Citroën-Caravan zum Stehen. Sarah hielt im Schritt inne. Nun gab es kein Entrinnen mehr. Sie drehte sich um, suchte mit den Augen Sonja. Die hatte sich zu Viola gesellt, beide beugten sich über das schlafende Baby, sprachen mit der Frau.

Juanita, erkenn mich nicht, flehte Sarah, Juanita, erkenn mich nicht!

Aus dem Citroën sprang ein Mann. Seine langen Locken wehten hinter ihm her, als er schnurstracks auf Sarah zuhastete. Er blickte über sie hinweg auf die Gruppe unterm Baum, nahm Sarah nicht zur Kenntnis.

Patric, sprach Sarah ihn insgeheim an, lauf weiter, lauf! Wir haben nichts miteinander zu schaffen.

Als er sich mit Sarah auf gleicher Höhe befand, sah er sie flüchtig an. Sarah hielt den Kopf gesenkt, beschleunigte ihren Schritt.

Von hinten tönte Viola: Sarah, Sarah, nun komm doch endlich.

Sarah dachte kalt und ohne dem Zittern ihrer Beine nachzugeben, ein paar Schritte noch, und ich habe es geschafft.

Der Mann mit den langen Haaren stoppte, Sarah hörte es. Sie beschleunigte ihre Gangart, zwang sich, nicht zu laufen, fiel in ein Hüpfen, das dem Laufen einen spielerischen Anstrich verleihen sollte. Sie vernahm zwei, drei federnde Schritte, dann legte sich eine Hand auf ihre Schulter.

Sie blieb stehen. Alles um sie herum hatte zu vibrieren begonnen, die mild-kühle Abendluft, der schweflige Himmel, das alte, von Abraham restaurierte Bauernhaus, die Bäume, die nutzlos herumstanden, da sie niemandem mehr Schatten spenden mußten, der Kiesweg, auf dem ihre und Patrics Füße Knirschen erzeugt hatten. Alles vibrierte, auch die Hand auf ihrer Schulter. Und sie mit.

Sarah! Er drehte sie sanft herum, hielt sie mit gestreckten Armen von sich, küßte sie auf die Wange. Begeistert sprudelte er Begrüßungsworte, ohne sich zu vergewissern, ob Sarah sein amerikanisches Englisch verstand. Wie schön sie aussehe . . .

Er umschloß sie fest mit seinem rechten Arm, so

legten sie Meter für Meter zu der Gruppe von Menschen zurück, vor der Sarah seit zwei Monaten geflohen war.

Juanita drückte Sonja ihr Baby in den Arm, flog auf Sarah zu. Sie bewunderte Sarahs Aufzug in derselben Weise wie zuvor Patric. Mit gestreckten Armen hielt sie Sarah von sich, um sie besser betrachten zu können, umarmte sie dann und küßte sie. Die anderen am Tisch kannten Sarah nur beiläufig, begrüßten sie, fragten höflich, wo sie jetzt arbeite, ob sie beabsichtige, in Spanien zu bleiben. Sonja, das Baby im Arm, hatte sich auf Juanitas Stuhl gesetzt.

Alle nahmen Platz. Auch Arnd und Ursel kamen hinzu. Ursel erbot sich, Sonja das Baby abzunehmen. Sonja sah fragend zu Juanita, hielt das Kind fest. In all dem Trubel hatte Sarah einen Augenblick lang nur Augen für Sonja, die mit verändertem weichen, aber selbstbewußten Gesichtsausdruck auf dem Stuhl saß, den Rücken gerade, ohne ihn anzulehnen, die Arme zu einer festen Höhle für das Kind gerundet.

Juanita wehrte ab. Kinder sind gern bei Kindern. Sie zwinkerte Sonja zu. Oder bei jungen Señoritas, du bist ja schon fast kein Kind mehr. Sie sprach deutsch, mit einem harten R, dem weichen T der Spanier. Sie hatte eine Weile in Calpe in einem Frisiersalon gearbeitet und bei den deutschen Kundinnen rasch Deutsch gelernt. Sarah kannte Juanitas Lebenslauf, auch was sie auf sich genommen, hinter sich gelassen hatte für ein Zusammenleben mit dem Mann, den alle hier nur Cowboy nannten, weil er Winter wie Sommer Cowboystiefel und einen Schlapphut trug. Einst, es erschien Sarah, als wäre es vor langer, langer Zeit gewesen, Zeit, die nun einschrumpfte, zusammenschmolz zu einem einzigen harten Klumpen Abschiedsschmerz, einst war Juanita ihre Freundin gewesen.

Rasch entspann sich eine Unterhaltung hier und dort. Englische, deutsche, spanische Worte flogen auf wie Schmetterlinge und erfüllten den in abendliches Blaurot getauchten Garten mit buntem Leben. Abraham trat aus dem Bauernhaus, trug auf einem Tablett eine große Karaffe Rotwein und viele Gläser.

Arnd bemerkte zu Ursel: Das haben wir doch gar nicht bestellt.

Abraham erwiderte: Das ist mein Gastgeschenk, zur Feier des Wiedersehens von Juanita und Sarah.

Er richtete seine Augen so fest auf Arnds, als kupple er sich an ihnen für ein Stück gemeinsamen Weges an: Sehen Sie, wie hell der Abend geworden ist und wie sanft?

Er hielt eine Hand in die Luft. Machen Sie es mir nach, und Sie werden spüren, wie die Luft Sie streichelt, jetzt streichelt sie uns alle, sie ist sanft geworden und steht doch nicht still. Das alles kann geschehen, wenn zwei Seelen, die sich verloren glaubten, zusammentreffen.

Seine Augen waren noch dunkler geworden, sein Bart zitterte leise, als er fortfuhr und seinen Blick noch tiefer in Arnds bohrte: In solchen Augenblikken, Señor, sollte kein Mensch eine Frage stellen, denn es sind ohnehin nie die Worte, die die Antworten geben. Ein Mensch sollte sich nur streicheln lassen von der Luft und der Verfärbung des Himmels und den Wein schmecken, in dem alles liegt, und alle Antworten werden kommen von allein zu dem, der sie wirklich sucht.

Arnd hatte seinen Mund spöttisch verzogen. Er hob nun die rechte Hand, als schwöre er.

Abraham achtete nicht auf ihn. Er setzte sich neben Sonja und blickte ernst auf das Baby. Ich habe drei Kinder, sagte er ihr. Eines ist so groß wie dieses und eines fast so groß wie du, ein Junge, er trägt unser Kleines auch immer auf dem Arm, wie du, aber du machst es besser. Ich weiß nicht, wie es kommt, aber Mädchen können das besser.

Weil die Mädchen mit Puppen spielen, mischte sich Viola ein. Das übt.

Abraham widersprach sanft. Sein Sohn habe seine kleinen Geschwister zum Spielen. Es sei, als trügen die Mädchen die Ahnung ihrer Brüste, ihres Beckens, ihrer Schenkel in sich.

Juanita lachte. Ein tiefes, rauhes Lachen. Sie bemerkte auf spanisch: Abraham, du Philosoph, du hättest Priester werden sollen.

Sarah stimmte in das Lachen ein. Sie fühlte sich leicht und unbeschwert, verstand nicht mehr, warum sie ein Zusammentreffen mit Juanita und den anderen so gefürchtet hatte. Sie fügte auf spanisch hinzu: War er ja auch. Beinahe. Er hat doch sogar mal Theologie studiert, unser Abraham.

Viola fiel ins Englische, erkundigte sich neugierig, warum Abraham hier arbeite. Sie wirkte in ihrem eleganten schwarzen Seidenkleid wie ein Fremdkörper unter den Männern in Jeans und Hemden, deren Farben allesamt ausgeblichen waren, und besonders neben Juanita und Sarah, die sich ähnelten wie Schwestern mit ihren langen, schwarzen Locken, den weiten Röcken, den flachen Sandalen. Obwohl Juanita schmal und zierlich war, fühlte sich Sarah bei ihrem Anblick wie gespiegelt, nicht in Gegensatz gesetzt. Sie bemerkte Violas angespanntes Bemühen, sich einzugliedern. Keiner der Männer bedachte sie mit besonderer Aufmerksamkeit, zwei unterhielten sich leise in englischer Sprache, einer folgte schweigend Abrahams Ausführungen. Patric war im Haus verschwunden. Der Gitarrenspieler schlug wieder leise Akkorde an. Abraham rief theatralisch aus: Gott hat mein Volk verlassen, also habe ich Gott verlassen!

Dein Volk? Viola wollte mehr wissen. Welches ist dein Volk, warum hat Gott es verlassen?

Der schweigende Mann antwortete an Abrahams Stelle: Wir kommen alle aus den USA, wir sind desertiert, als wir merkten, was damals in Vietnam lief. Wir wollten nicht mehr mitmachen.

Er bemerkte Violas Verwunderung, fügte lächelnd hinzu: Es gibt viele von uns, die in Spanien hängengeblieben sind. Wir sind wie eine kleine Kolonie, und bei Abraham treffen wir uns. Er ist wie unser aller Vater. Abraham ist schon abgehauen, bevor er zum Kämpfen eingesetzt wurde. Abraham ist sauber, an seinen Händen klebt kein Blut.

Viola schlug einen leichten Ton an. Blut könne man abwaschen.

Abraham wies sie zurecht: Darüber macht man keine Witze. Nur eigenes Blut kann man abwaschen, nicht das der anderen. Das verklebt dir die Seele, dein Leben lang.

Durch Sarahs Unterleib zog ein Schmerz, ihre Gebärmutter verkrampfte sich, sie erwiderte den Druck von Juanitas Hand. O ja, sie beide wußten, daß diese Männer hier eine verklebte Seele besaßen, und sie wußten auch: Dagegen war nichts zu tun. Mit aller Liebe gelang es nicht, sie reinzuwaschen.

Helles Lachen durchbrach das leise Gemurmel am Tisch. Patric trat aus dem Haus, an seiner Seite eine sehr schmale Frau, deren blonde Haare bis zur Hüfte reichten. Viola starrte ihr entgegen. Sarah sprang auf und umarmte diese Handvoll Frau.

Betty, fine to see you.

Sarah, you came back. That's good.

Sarah führte Betty zu ihren Leuten, stellte sie als Künstlerin der schönen Kleider und als Abrahams Frau vor.

Viola sprudelte einige Komplimente hervor, die

Betty lächelnd entgegennahm. Sarah ahnte, was in Viola vorging. Betty war eine außergewöhnliche Erscheinung, sehr groß, mit einem Knabenkörper, über dem ein sehr langer Hals ein Gesicht balancierte, das sofort Aufmerksamkeit anzog wegen der Geometrie des ausladenden Kinns, der hohen Wangenknochen und der fünfmarkstückgroßen, wie aufgerissen wirkenden hellblauen Augen. Sarah wußte um Violas Instinkt für Konkurrenz. Wieder einmal rang ihr Viola Bewunderung ab. Freundlich verwikkelte sie Betty sofort in ein Gespräch über die Herstellung der Seidenkleider, zog sie neben sich und drückte sie auf einen Stuhl.

Arnd mahnte zum Aufbruch. Er habe Sonja den Kirmesbesuch in Benidorm versprochen.

Sonja drehte ihr Gesicht zum Horizont, der sich von einem schwefligen Rot in ein süßliches Blauviolett verwandelte. Sarah nickte Arnd zu. Der erhob sich im Nu, verabschiedete sich von allen, erklärte den Aufbruch.

Juanita flüsterte: Sarah, komm wieder, bitte, du brauchst Jimmy doch nicht zu sehen. Komm mich zu Hause besuchen.

Zu Hause, dachte Sarah, zu Hause.

Juanita, wo ist denn das? Dir ist doch keins mehr geblieben. Wie mir. Wie uns allen. Du hast alles zurückgelassen, deine spanische Familie, deine Tradition, deine Religion, alles, wie auch ich. Nur – dein Zuhause ist, wo deine Kinder sind . . .

Sie legte Juanita die Hand auf die Wange, streichelte ihre Haare. Ich komme, Juanita, versprach sie.

Der Abschied vollzog sich schnell, alle begleiteten Sarah und ihre Leute zum Parkplatz.

Vor ihnen, auf der anderen Seite des Flußbettes, lag ein verfallenes Steinhaus, umgeben von einem gepflegten Garten, auf dessen englischem Rasen ein Gerät Wasser in die Runde sprühte. Ein Mann pflanzte einen Baum ein. Einer der Amerikaner, derjenige, der zuvor Gitarre gespielt hatte, stellte sich breit vor dem ausgetrockneten Flußbett auf, rief zu dem Baumpflanzer hinüber: Hello, Jimmy! Sarah spürte nur den Schmerz. Sie ergriff Juanitas Hand, preßte sie. Juanita riß sich los, machte rasch einige Schritte auf den Gitarrenspieler zu, packte ihn am Arm. Zu spät.

Guess, who is here! fuhr er fort zu schreien.

Sarah!

Der Mann stieß mit einem harten Ruck den Baum in die Erde, ließ ihn los und setzte sich mit großen Sprüngen in Bewegung zum Parkplatz.

Oh, Sarah!

Sarah begriff nicht mehr, warum sie auch vor Juanita geflohen war. Sie wollte durch nichts an Jimmy erinnert werden, aber jeder Oleanderstrauch, jeder Baum, jeder Klang einer Gitarre, einer Trommel rief die Erinnerung wach.

Ich werde sie wirklich aufsuchen, entschied sie und wunderte sich, wie ihr dieser Entschluß Distanz verlieh zu dem, was jetzt auf sie einstürzen würde.

Jimmy stand vor ihr. Seine Haare strubbelten um seinen Kopf. Zärtlichkeit strömte durch Sarah, sie hätte gern hineingegriffen. So hatten die Haare ihm immer wild ums Gesicht gestanden, wenn er aus dem Bett gestiegen war. Ihrem gemeinsamen Bett. Und wenn es auch der Sand war oder der Rasen. Seine Nase stach bleich aus dem gebräunten Gesicht hervor. Er verzog seinen schmalen Mund zu einem Lächeln, das schief geriet.

Sarah!

Jimmy!

Sie bemühte sich, ihrer Stimme einen gleichmütigen Ton zu verleihen. Es mißglückte wie sein Lächeln. Ihre Augen hakten sich ineinander fest. Sie schwiegen. Sie versank in seinem Gesicht, den scharfen Falten von den Augen zum Mund, den zusammengepreßten Lippen, vor allem aber den Augen, weitblau, wie das Meer am Nachmittag.

Jimmy schluckte: Sarah, wir haben uns lange nicht gesehen!

Zwei Monate und drei Tage . . .

Es war ihr gleichgültig, wie sehr sie sich damit verriet. Alles war wieder aufgestiegen, als sie in diesem Gesicht versank, das ihr einmal lieber war als jedes andere. Das kleine Lokal, in dem er Gitarre gespielt und gesungen hatte mit diesem Gesichtsausdruck, der ihr Vertrauen weckte, bevor sie noch ein einziges Wort mit ihm gewechselt hatte. Ihr tagelanger, rascher Gewichtsverlust. Sie mußte nur wissen, heute abend sehe ich ihn wieder, und schon verging jeder Hunger. Tagelang bereitete ihr Körper sich darauf vor, ihn anzusprechen. Und sie wußte, sie konnte ihrem Körper vertrauen, er allein war es, der zu entscheiden hatte, wann es soweit war. Nach fünf Tagen war es soweit, fünf Tage, in denen sie geschwommen hatte und geturnt, sich gesonnt und gecremt hatte, in denen sie Kontakt aufnahm zu dem, was sie zuvor als Schild umgeben hatte.

Sie bereitete sich vor auf Nähe, legte eine Hülle nach der anderen ab. Am sechsten Tag war sie soweit. Sie setzte sich neben ihn, als er seine Gitarre zusammenpackte. Selbstverständlich, ganz ohne Scheu sagte sie: Ich möchte dich gern kennenlernen, ich bin noch nicht lange hier, will aber bleiben, vielleicht kannst du mir ein paar Tips geben, die mir helfen.

Er hatte gelächelt, ihr in die Augen gesehen, und sie wußte klar und scharf: Den will ich. Er zögerte.

Abgeschlafft, meinte er, heute bin ich abgeschlafft, mag nicht mehr, vielleicht morgen. Ich sitze da auf'm Markt, mit Mütze, und spiel Gitarre, fängt früh an, will jetzt schlafen. Komm doch hin, wenn du Lust hast.

Sie fand ihn jedoch nicht in dem bunten Gewimmel von prallgefüllten Ständen mit Tomaten, Käse, Oliven, Handtaschen, Schmuck, suchte die Töne seiner Gitarre in dem Kreischen der Händler, bis es keinen Zweifel mehr gab: Er war nicht erschienen. Sie spürte es, bevor sie sich durch unentwegtes Auf- und Ablaufen vergewissert hatte. Ihr Herz war leer, ihre Haut wurde durch nichts in Schwingung versetzt, er konnte gar nicht in der Nähe sein. Sie war wie gelähmt vor Scham und Trauer.

Sie verbot sich von nun an, die Bar, in der er spielte, aufzusuchen. Ein Schmerz brannte in ihr, der dem Erlebten nicht entsprach. Sie versuchte, diese Verwüstung nicht zuzulassen, aß dagegen an, wild durcheinander, was sich fand, verfolgte aufmerksam Männer mit den Blicken, suchte einen, der ihr helfen könnte, die Sehnsucht zu löschen. Keiner gefiel ihr, und ihr geschah, was sie immer als Aberglauben abgetan hatte: Sie spürte seine Nähe, lange bevor er vor ihr stand. Sie saß am späten Nachmittag in einer Eisdiele hinter dem Strand, hatte einen großen Eisbecher mit Sahne bestellt, ungeachtet ihres schwindenden Geldes. Sie sehnte ihn sich herbei und verbot sich gleichzeitig dieses Gefühl. Sie zuckte zusammen, als er zu ihr trat und sie erstaunt fragte, ob sie es auch wirklich sei und ob sie Lust habe, mit ihm einen Spaziergang am Strand entlang zu machen. Sie stimmte sofort zu, bestellte das Eis wieder ab, schwieg an seiner Seite. Wie sollte sie jemals wieder sprechen.

Er entschuldigte sich, weil er sie damals versetzt hatte. Er hatte verschlafen. Sie murmelte nur, er brauche sich nicht zu entschuldigen. Sie wußte kaum mehr, wovon er sprach. Nichts zählte, als jetzt neben ihm zu gehen, das Meer an seiner Seite, die Berge zur anderen. Er erzählte von sich, davon, was ihm wichtig war, sein Garten, das Stück Zuhause in der Fremde, seine Musik, daß er daheim, vor diesem Scheißkrieg, auf dem richtigen Weg gewesen war. Er hatte gezielt Lehrer aufgesucht, um besser zu werden, seine Musik entwickelt, und sich mit ihr. Und hier: Alles nur Zufall, schloß er. Geklimper, abgedroschen. Neues will keiner hören, abgeschnitten von allen Anregungen, wie soll einer da vorankommen.

Sie versuchte, ihn auf seinen inneren Reichtum aufmerksam zu machen, der vorhanden sein müsse, wenn er Stillstand schmerzlich wahrnehme. Bei mir gibt es so was nicht, bekannte sie lachend. Ich fühle mich wohl in der Fremde, besser als zu Hause, ich habe mich immer nur in fremde Richtungen bewegt, meine Lehrer wurden mir vorgesetzt, in jeder Hinsicht, davon abgeschnitten zu sein, bekommt mir gut. Ich kann in diesem Vakuum endlich einmal suchen, was es in mir gibt.

Insgeheim war sie fortgefahren: All mein Reichtum ist mein Fett, alle meine Bewegungen drehen sich darum, gingen immer nur ein paar Zentimeter nach außen und ein paar zurück.

Als sie sich verabschiedeten, hatte sie sich vor ihm aufgepflanzt, ihre Augen in seine verhakt und gesagt: Du mußt noch eins wissen: Ich hab mich in dich verliebt.

Er war nicht verblüfft, ihr schien, als wären ihm derlei Geständnisse geläufig. Er antwortete nur: Ich finde dich sehr anziehend, aber verliebt habe ich mich nicht. Ich habe mich schon endlos nicht mehr verliebt. Das kann ich, glaube ich, gar nicht mehr.

Er hatte sie eingeladen, abends nach seinem Auftritt zu ihm zu kommen, hatte sein schmales Lächeln in ihre Richtung abgeschickt: Ob ich dir dann allerdings etwas tun kann, weiß ich noch nicht, ich bin dann immer ziemlich ausgepowert.

Sie ließ alles offen, sagte nicht zu und nicht ab. Sie ging nicht hin, aus vielen Gründen: Sie war wieder dicker geworden, hatte Angst, sich vor ihm auszuziehen, sie hatte lange mit keinem Mann mehr geschlafen, fürchtete, unbeholfen zu sein, ungeschickt, langweilig, doch vor allem: Sie wollte sich nicht noch mehr verlieren. Es war, als wäre sie in Fluggeschwindigkeit in eine Richtung gerast und überblickte nun, daß es dort unbegrenzt weiter ging, daß der Horizont nur eine optische Täuschung war und dahinter wieder Luft, Atmosphäre, aber keine Flughäfen, nur Meere und Berge. Sie wußte nicht, ob ihr Treibstoff ausreichen würde.

Es ging danach aber noch schlimmer mit ihr. Als wäre sie belagert von seinem Bild, und kein Platz mehr übrig. Nichts erschien ihr mehr von Bedeutung, als ihn wiederzusehen. Dennoch suchte sie ihn nicht auf. Sie schlich nur abends um die Bar herum, wenn sie wußte, er spielte. Manchmal drangen einige Gitarrentöne heraus, begleitet von seiner warmen Stimme, und sie ertrug den Schmerz mit grimmiger Genugtuung, als habe sie sich einer Selbstbestrafung unterworfen. Nach einer Woche, gegen elf Uhr, zur Zeit seines Auftritts, öffnete sich die Tür der Bar. Sie mußte nicht hinsehen. Sie wußte, daß er es war. Sie hatte seine Schritte gehört, sich umgedreht, ihn begrüßt, als habe sie nur auf ihn gewartet. Sie ging mit ihm, und sie blieb bei ihm.

Sie hatte es nie für möglich gehalten, solch ein Vergnügen am Körper eines Mannes erleben zu können. Sie fieberte ihm entgegen, bis er sich ausgezogen hatte und bei ihr im Bett lag. Wie eine Reise durch unbekannte Länder, voll fremder Gerüche, Töne und Farben war das Gleiten ihrer Fingerkuppen über seinen Körper. Alles an ihm liebte sie, sein wohliges Seufzen, wenn sie sich an ihn drückte, seine kurzen, gekräuselten Haare auf der Brust, die stark entwickelten Muskeln auf den Oberarmen, seine weiche, helle Haut. Es erfüllte sie mit einer Mischung aus Ehrfurcht, Erregung und immer wieder Neugier, mit ihren Fingern von den unbehaarten, weichen Hautpartien zu den behaarten zu wandern, die ihre Hand sanft kitzelten. Sie strich wieder und wieder über die Rundung seines Bauchnabels, zu den gekräuselten Haaren in seinem Schoß, um zu spüren, wie er den Atem anhielt, die Bauchdecke anspannte, ihren Händen entgegenstrebte und dann mit einem Seufzer ausatmete, wenn sie sein Geschlechtsteil sanft umkreiste, in die Hand nahm, damit spielte. Sie hätte es nie für möglich gehalten, an einem Penis solche Freude zu haben, ihn als lebendigen, selbständigen, aufmerksamen Spielgefährten anzusehen.

Alles, was sie mit Jimmy erlebte, war gut, nichts befremdete, nichts störte sie.

Ob sie sich wie ein Baby zusammenrollte und er von hinten in sie eindrang oder sie, die Beine ineinander verknäult, sich Seite an Seite liebten oder sie sich auf ihn setzte und fast bewegungslos genoß, wie er in ihr war. Nie in ihrem Leben hatte sie sich derart zu Hause gefühlt in ihrem Körper, der sich straffte, fester wurde, die Beine schmaler, muskulöser, als treibe sie Sport.

Es hatte sie anfangs nicht gestört, daß Jimmy nicht von Liebe sprach. Sie empfing von ihm Liebe und Nähe und Zärtlichkeit wie nie von einem Mann zuvor, auch wenn dort von Liebe die Rede gewesen war. Wenn so Nicht-Liebe ist, gestand sie damals lachend Juanita, die schnell zu ihrer Vertrauten geworden war, will ich nur noch nicht geliebt werden.

Und doch schlich sich eine neue Aufmerksamkeit

ein. Sie stellte fest, von wie geringer Bedeutung sie für Jimmy war, nichts trieb ihn zu ihr als der Zufall. Ein schicksalhafter Zufall, den sie immer spürte, lang bevor er eintraf. Aber auch die Leere, wenn er sie völlig vergaß, ahnte sie.

Bereits am Nachmittag war sie sich sicher, er würde am Abend nicht nach Hause kommen. Sie spürte, wie der Kontakt abbrach, der sie verband. Sie litt, bekämpfte die Voraussicht, schalt sich wegen ihres Aberglaubens, aber immer traf alles ihrem Gefühl entsprechend ein. Kam er zurück, verhielt er sich, als wäre nichts geschehen. In ihren Gesprächen herrschte augenblicklich allumfassende Nähe und Offenheit. Er teilte sich ihr mit, seine Ängste, seine Selbstzweifel, seinen Kampf, besser als Musiker, einzigartig zu werden. Sie beteuerte sich selbst, so könne nur einer sein, der liebte. Wollte sie ihn jedoch ansprechen auf seine Unzuverlässigkeit, versuchte sie zu drängen auf eine Klärung der Gefühle, beharrte er darauf, sie nicht zu lieben, bat sie, nicht darauf zu warten, versicherte, er sei zur Liebe nicht mehr in der Lage.

Sie sah Jimmy an auf dem Parkplatz, alle anderen Menschen waren versunken. Sie vernahm seine Worte über den Baum, den er gerade pflanzte, seine Aussicht, in Madrid bei einem Konzert aufzutreten, ließ ihn weiterreden, fühlte sich klar und dumpf zugleich. Sie sah seine wirren, weichen Haare auf der Brust und spürte alles wieder, wollte sich ausziehen und an ihn schmiegen, seine Haut an ihrer fühlen.

Damals hatte sich ein Amerikaner eingefunden, der Workshops zur Begegnung mit seinen Landsleuten veranstaltete. Widerwillig war sie Jimmy gefolgt, aber besser ein solches Wochenende als eins ohne ihn.

Sie tanzten mit Schleiern, zufällige Paare bildeten sich, einer sollte dem anderen folgen in der Bewegung, und zuletzt sollten beide zusammen tanzen, ohne daß einer führte. Sie tanzte mit einer Frau, die sie nicht kannte, die sie nicht kennenlernen wollte. Doch es entwickelte sich zwischen ihnen eine unerwartete Harmonie und Neugier. Im Tanz aufeinandergerichtet lernte Sarah die Frau kennen und sich selbst in völlig neuen Bewegungen und Gefühlen. Sie ahnte, daß dies alles etwas mit ihrem Leben, mit Jimmy und ihr zu tun hatte. Ein starkes Glücksgefühl in diesem Tanz, in dem etwas gewachsen war, zog sie zu dem Gedanken: So etwas geschieht nicht zwischen Jimmy und mir. Er lebt immer nur in seinem Gleis, wir tanzen nicht miteinander auf Neues hin, in zwei Jahren wird alles sein wie heute. Ich habe mit ihm alle Erfahrungen gemacht, die möglich waren, nun folgen nur noch Wiederholungen. Sie tanzte dann auf Aufforderung des Leiters ihre augenblicklichen Gefühle, ließ Ungeduld ausbrechen, trommelte auf den Boden, erhob sich, griff in die Luft wie in die Welt, griff nach Jimmy, tanzte ihr Leben und griff ins Leere.

Dieses Wochenende schwang in ihr lange nach. Zwei Wochen später, nachdem sie alles mögliche Eßbare in sich hineingestopft hatte, nahm sie mit Worten Abschied von Jimmy und erklärte ihm, nicht länger ins Leere greifen zu wollen, erklärte ihm, daß sie sich wünschte, zwischen ihm und ihr würde etwas entstehen und wachsen in der Weise, wie sie es beim Tanz mit der fremden Frau erlebt hatte. Er verstand sie, sprach von Ungleichheit zwischen ihnen, entstanden durch ihre einseitige Liebe, ließ sie gehen ohne ein Wort des Widerspruchs.

Danach waren in ihr wieder all die Gefühle aufgestiegen, vor denen sie nach Spanien geflohen war. Unerfüllte Sehnsucht nach Wärme, Leere, danach, sich selbst ohne fremde Hilfe, ohne Hilfe eines Mannes in Bewegung zu setzen. So gab sie der Bewegungslosigkeit einen Grund. Sie aß ihr verbliebenes Geld regelrecht auf. Sie aß gegen die Leere an, sie aß, bis sie nichts mehr spüren konnte als ihren Bauch, sie aß, bis ihre Sehnsucht nur noch drängte, dies Gefühl der Fülle wieder zu verdauen, und dann aß sie aufs neue.

Arnd ermahnte Sarah, sich zu verabschieden. Die anderen saßen schon wartend im Auto.

Sarah lächelte Jimmy in die blauen Augen. Sie gaben sich die Hand. Schnell ließ sie noch einmal ihre Hand durch seine Haare gleiten, über seine Brust. Bye, bye, Jimmy!

Sie drehte sich um und ließ alles hinter sich, verabschiedete sich nicht mehr von Juanita und den anderen, die sich nun gemeinsam mit Jimmy auf den Weg zu dem klapprigen Citroën machten.

Wer war denn das? fragte Arndt, während er Gas gab und auf die Allee bog. Du hast ihn ja nur angeschwiegen.

Ach, murmelte Sarah und versuchte, mit dem Blick noch einmal das verfallene Steinhaus mit dem englischen Rasen und dem umgekippten Baum zu erwischen, ein Freund von Juanita, ich kenne ihn nicht sehr gut.

Ihre Brust wurde zerrissen von einem wütenden Schmerz.

Sie schlug vor, in Benidorm ein ihr bekanntes hübsches Fischrestaurant aufzusuchen.

Sonja maulte, sie wolle auf die Kirmes, nicht schon wieder in ein Restaurant.

Auch gut, entschied Sarah für sich, dort gibt es Fritten ...

Die Sonne war untergegangen. Schwefliges Licht faserte in den dunkelblauen Himmel. Das Auto schaukelte über die unebene Straße, vorbei an der sich verändernden Szenerie auf den Bürgersteigen. Die schwarzgekleideten Frauen verschwanden hinter den Haustüren, ließen die Stühle hinter sich zurück, als wüßten sie, daß bald schon neue Benutzer auftauchen würden. Überall bildeten sich Gruppen älterer und junger Männer. Nur vereinzelte schienen ihren Anschluß noch nicht gefunden zu haben.

Als Jalón hinter ihnen lag, wurde alles um sie herum dunkel. Ihr Weg führte in gewundenen Linien durch verlassene Felder, vorbei an kleinen Häusern, vorbei an der rostroten Bunkervilla, die sich wie ausgestorben dem Himmel entgegenreckte.

Sie nahmen den Weg über die Autobahn. Beidseitig lagen graue Felsen, über denen sich Sterne zusammenballten und hoch in den Himmel kletterten.

Arnd ließ den Wagen auf Hochtouren über den Asphalt rasen. Er benutzte die Mitte der Autopista, mußte so in Kurven die Geschwindigkeit nicht verringern. Der Motor dröhnte. Alle dösten vor sich hin.

Sarah sah hinaus in das letzte hinter den Felsen verschwindende Zwielicht. Bald, wußte sie, in ein, zwei Minuten würde die Nacht hereinbrechen, die schwarze, spanische Nacht, in der die Sterne die Sehnsucht weckten.

Dann begannen die Stunden, in denen zuviel getrunken wurde. Sarah kannte diese Nächte, auch die Trauer und tiefe Verlassenheit, wenn dann niemand da war, der sie in die Arme nahm.

Sie versuchte in der Dunkelheit der Fahrt, dem leisen Wiegen und steten Dröhnen, sich selbst wiederzufinden. In ihr wirbelte alles durcheinander, und sie fühlte sich, als rase sie wie ein dicker Tornado durch die Nacht. Angestrengt versuchte sie, in diesem Durcheinander Ordnung zu schaffen. Die Gestalten aus ihrem alten Leben hatten sie herausgerissen aus der Eintönigkeit immergleicher Tage, in der niemand sie davon abhielt, sich selbst nah zu sein.

Sie unterdrückte den Drang aufzustoßen, es erschien ihr unschicklich, die Stille im Auto durch Rülpsen zu stören. Sie schmeckte ein säuerliches Gemisch von Salami und Rotwein und verabscheute sich. Sie wußte jedoch, es war ihre Art, in einer Situation auszuharren, die ihre Kräfte überforderte. Bevor sie die Richtung bestimmen könnte für morgen, müßte sie alles sortieren, den Mischmasch von Vergangenheit, alter und junger, von all den Personen, die ihr ein Bild ihrer Person aufzuzwingen versuchten oder es unbeabsichtigt taten. Erst dann, wußte sie, könnte sie leicht werden ohne Angst, vom Boden abzuheben.

Sie suchte einen Punkt, auf den sie sich konzentrieren könnte, wie früher im Bett, wenn sie zuviel getrunken hatte und die Erdanziehung zu verlieren drohte. Dann hob sie ihren Oberkörper auf ein dikkes Kissen, knipste Licht an und suchte mit den Augen einen Halt im Zimmer, einen nebensächlichen, belanglosen Punkt, sei es der Tisch oder die Lampe oder nur ein Fliegenfleck auf der Tapete.

Sie griff ihren Abschied von Jimmy heraus, wahllos, wenn er auch bedeutsamer war als der Fliegenfleck an der Wand. Warum war sie fortgegangen, obwohl sie ihn liebte, wie sie niemals zuvor einen Mann geliebt hatte. Sie war so stolz auf ihre Liebe gewesen, so bei sich selbst, wenn sie bei ihm war, so voller Selbstachtung, wenn sie sich ihm hingab. Ergebung ohne Abhängigkeit hatte sie bis dahin nicht gekannt. Jetzt erlebte sie es ganz entgegen dem ihr vertrauten Gefühl der Wut auf sich selbst, wenn sie sich verliebte. Und sie wußte, er lohnte es. Sie liebte ihn, stolz auf ihn und auf sich. Allein ihn anzusehen, tat gut. Sie sah seine Bescheidenheit, gar Schüchternheit. Sie wußte, daß unter der Kruste desjenigen, der jede Nacht tingelnd Geld mit seiner Musik verdiente, ein anderer Jimmy steckte.

Der eine glühte Nacht für Nacht auf wie die spanischen Sterne und magnetisierte Sehnsucht durch seine Stimme und die Klänge, die er der Gitarre entlockte, doch nicht allein dadurch. Er besaß die Fähigkeit, Energie aufzusaugen und plötzlich loszulassen. Alles Feuer brach auf einmal aus ihm heraus, und es war, als elektrisiere er den Raum. Unter diesem abendlich ausbrechenden Glanz ruhte sein anderes Gesicht, das sogar etwas verlegene, wenn er über sich selbst bittere Witze machte.

Jimmy war für sie einer, der nie stillstand, weil er sich ununterbrochen in Frage stellte, gar selbstzerstörerisch bis an die entferntesten Grenzen, aber aus diesem Grund ging er immer über sich selbst hinaus. Sie liebte ihn wie einen Menschen, fehlerhaft und unvollständig, aber auf seinem Weg, heftig, verzweifelt und mit Rückschritten, die er eher wahrnahm als die Vorwärtsbewegung, sie liebte ihn als Spiegelbild ihres eigenen Weges. Das erste Mal in ihrem Leben liebte sie einen, dem sie sich gleich fühlte. Ein hilflos suchender Mensch, dessen Größe sie erkannte. Und sie entdeckte ihre eigene Größe in seiner.

Jetzt, im Auto, rechts und links Felsen, und sie rasten in der Mitte, wurde alles unklar und unsicher. Sie wußte, sie könnte auf dieser Fahrt nicht ans Ende ihrer Überlegungen gelangen, keine Ordnung in ihre Wirrnis bringen. Benidorm näherte sich viel zu schnell. Plötzlich konnte sie die Trauer nicht ertragen, Jimmy verloren zu haben. Es war, als würde ihr von einer gleichgültigen Macht alle

Trauer der Welt auf den Nacken gelegt. Sie zog die Schultern zusammen, ihr Magen drückte, und sie hätte weinen mögen, aber selbst dafür war der Schmerz zu schwer und zu umfassend. Es tat ihr nicht nur weh, Jimmys Augen verloren zu haben, helle, blaue, erstaunte und offen nur für sie, es war auch der Schmerz nicht verwirklichter Liebe.

Jimmy brachte es fertig, die Leute glauben zu machen, seine Augen seien braun, passend zu seinen eher dunklen Haaren. Sarah hatte Fotos von ihm gesehen, und immer wirkten seine Augen braun. Sarah hatte ihn beobachtet bei seinen Auftritten, kritisch und kühl distanziert, seine Wirkung auf die anwesenden Frauen, die zu glitzern und funkeln begannen. Seine Augen wirkten dunkel wie seine Stimme. Wenn er ihr aber am Tisch gegenübersaß und sie ansah, ihr ganz plötzlich, unerwartet nahe kam, so unerwartet, daß es wie ein Schock in ihren Bauch fuhr, waren sie hellblau.

So berührte er sie bereits am Anfang mit diesem Blick zu dem Satz: Unseren Rhythmus müssen wir erst noch finden, deinen und meinen. Sie sah dies helle Blau in seinen Augen, wenn sie ihn rüttelte, im Bett, ihn fast anschrie: Ich liebe dich, kapier doch! Sein Lächeln, erstaunt, verlegen, und seine Augen von einem durchsichtigen Blau, als biete sich keine Mauer zur Seele.

Benidorm kündigte sich mit hohen Lichtern an. Schon von weitem war das Riesenrad des Europaparks zu erkennen. Im Autoradio erklang Musik aus dem Film ‚Alexis Sorbas'. Sarah hatte sie bislang nicht wahrgenomen, sie war untergegangen im Summen des Motors und ihrer Gedanken, nun vernahm sie, als sei es an sie gerichtet: ‚God has a very wide heart, but there is one sin, he cannot forgive: if a woman calls a man to her bed, and he will not go. I know, because a very wise old turk told me.'

Sie dachte an Jimmy, an seine blauen Augen, an die Nächte, die sie ohne ihn dagelegen hatte. Es mischte sich mit den näherkommenden Lichtern.

Ihre Panik wuchs. Die Zeit schrumpfte. Gleich würden sie anlangen, und wieder einmal wäre ihr nichts klarer.

Gedanken blitzten in ihr auf. Meine Liebe zu Jimmy war voller Antworten, die ich seit Jahren gesucht hatte, aber auch voll von seiner Abwehr, sich wirklich auf mich einzulassen. Er schlief gern mit mir, immer wieder, er genoß meinen Genuß, er redete mit mir über alles, auch über seine Verzweiflung, und er nahm an, was ich ihm entgegenbrachte, eigentlich stimmte alles zwischen ihm und mir vom ersten Augenblick an. Doch vom ersten Augenblick an erklärte er: Ich bin nicht in dich verliebt.

Für mich war alles in seit Jahren erträumter Weise, unvorstellbar, aber er – war nicht magnetisiert.

Warum ich gegangen bin?

Die Liebe war mir vergiftet worden.

Sie hatte sich ihre Liebe selbst vergiftet, die Eiterbeule Erkenntnis klopfte und pochte, schließlich zog sich von ihr ausgehend ein schwarzer Strich durch Sarahs Venen, durch alle zugleich, und wäre sie nicht gegangen, wäre sie abgestorben.

Nach dem Workshop hatte die Erkenntnis sie angefallen, als habe sie auf der Lauer gelegen, ganz plötzlich bei der Lektüre einer deutschen Frauenzeitschrift, psychologischer Beratungsteil, ein Artikel über die Liebesunfähigkeit eines Mannes. Diagnose: Narzißmus. Sarah hatte wie elektrisiert gelesen. Der Mann kenne Liebe nur in der Konstellation von oben und unten, dies sei das Schema, das er gelernt habe. Partnerschaft habe er nicht gelernt. Ein Monument könne man nicht lieben, einen unter sich Stehenden ebensowenig. So vermeide er wirkliche Nähe. So liebe er letztlich nur sich selbst.

Von da an hatte Sarah alles unter dieser Diagnose gesehen. Und sie hatte begonnen, Jimmy zu beobachten.

Sie gewann Distanz. Sie fühlte sich überlegen, weil sie zu lieben imstande war. Und sie hatte begonnen zu essen, mehr als sie brauchte, mehr als ihr schmeckte, nur um sich zu füllen. Da hatte sie gehen müssen.

In Gedanken verloren wartete Sarah mit den anderen Frauen unter den grellen Lichtern, die aufblitzten und verstummten. Arnd kaufte Eintrittskarten. ‚Divertase' las sie in funkelnden Lettern: Divertase.

In sie war eine tiefe, allumfassende Trauer eingezogen. Sie hatte alles verloren. Ein Traum drängte sich ihr auf, den sie geträumt hatte, Wochen nach der Trennung von Jimmy. Sie hatte ihn vergessen, nun stand er vor ihr, klar und leuchtend wie die Lettern ‚divertase'. Sie schob die Traumbilder fort, aber es nützte nichts, sie fühlte sich elend wie zuvor. Was hatte sie schon geleistet in ihrem Leben? Nichts. Nichts war übriggeblieben von dem, was sie begonnen hatte, alles durch die Finger geronnen, Sand, nun zu einem Berg getürmt, unter dem sie begraben wurde.

Ihr schwindelte.

Hilfesuchend sah sie sich um und gewahrte die Verlorenheit der anderen, als habe ihr die Trauer eine Brille verpaßt, die sie durch die Masken der anderen hindurchblicken ließ.

Ursel spähte angestrengt zu Arnd, und Sarah hätte sie gern getröstet. In Ursels Anstrengung erkannte Sarah die Notwendigkeit ihres eigenen Verlustes dieser Ehe.

Es tat weh, den großen Berg einer gescheiterten Ehe auf den Schultern zu tragen. Jeden Morgen aufs neue kam einer, der den Berg aufhob und ihn ihr auf die Schultern legte. Angesichts Ursels Bemühen, Arnd nicht aus dem Blick zu lassen, konnte Sarah ihren Packen von den Schultern nehmen, die Verschnürung lösen und einige Steine herausnehmen. Steine, die ihr vorwarfen, ans Leben und vor allem an einen Mann zu große Forderungen zu stellen.

Sie nahm die Steine heraus und warf sie fort, weit weg. Doch es blieben noch genug andere übrig. Der schwarze Stein der Trauer über Abschiede, über alles, das täglich zurückgelassen wurde mit jedem Schritt. Der Stein des Irrtums, ein dicker, grauer Stein, schwer zu tragen. Irrtum, eine Ehe einzugehen mit einem Mann, der fürs Leben nicht zu lieben war. Irrtum, eine richtige Frau und Mutter sein zu wollen, die für alle Tage und Sorgen und Freuden da war. Irrtum, ein Kind zu gebären, als sie noch gar nicht soweit war, diesem Halt zu bieten. So viele Irrtümer.

Die Frauen schlenderten hinter Arnd durch das Tor, an den uniformierten Wärtern vorbei, die die Eintrittskarten abrissen.

Sarah wollte auch den letzten Stein noch sehen. Es war der grellweiße, kalkige, der an Schulkreide erinnerte: der ihrer Schuld. Immer hatte sie Menschen mit hineingezogen in ihre eigenen Verstrikkungen, immer wieder hatte sie anderen Kummer bereitet, immer wieder jemanden verlassen müssen, obwohl es vielleicht gar nicht nötig war.

Ihr Traum stand wie der Kreidestein vor ihr. Sie schob ihn weg, packte ihre Steine ins Paket, legte es sich wieder auf die Schultern, überlegte, daß ein Rucksack wahrscheinlich praktischer wäre, da auch andere Pakete noch auf ihren Schultern lägen, die sie einmal zu sortieren hätte.

Sie entschied, die letzten Stunden genau hinzusehen auf die, die aus ihrem früheren Leben aufgetaucht waren, und die inneren Bilder erst später wieder hochkommen zu lassen.

Vor ihr gingen Sonja und Viola. Sonja griff nach Violas Hand und hob ihr ein lachendes Kindergesicht entgegen, angestrahlt von den bunten Lichtern der Geisterbahn, zu der sie sich gegenseitig zogen. Augenblicklich legte sich wieder Trauer auf Sarah.

Sie war die Mutter dieses Kindes, und sie hatte versagt. Egoistisch, krankhaft, süchtig. Sie hätte nie Mutter werden dürfen. Oder sie hätte es bleiben müssen.

Die kleine Gruppe schlenderte den Park entlang, als würde er niemals ein Ende nehmen: ‚Divertase en Europapark'. Die Illusion des großen Kirmesvergnügens mit 10 Büdchen. Sonja und Viola gingen Hand in Hand vor Sarah her, Arnd und Ursel hielten sich eng umschlungen. Sarah ging allein mit der Bürde ihrer Erinnerungen. Zu all diesen Menschen hatte sie einmal gehört. Sie hatte alle verlassen, nun verließen alle sie. Sie hätte viel darum gegeben, Sonjas Hand in ihrer zu spüren.

Sie erkannte von weitem, daß im Augenblick der allstündliche Auftritt eines Artisten in der Mitte des Platzes stattfand. An einem zehn Meter hohen Kran hing ein gefesselter Mann, angestrahlt von mehreren Scheinwerfern. Durch Drehen, Rucken, Schlingern seines Körpers versuchte er, sich aus den Fesseln zu befreien. Sarahs Gruppe blieb stehen, alle reckten ihre Köpfe und verfolgten die angestrengten Bewegungen des Mannes.

Vor Sarahs Augen erschien Jimmy, gefesselt vorm Publikum, geblendet von Scheinwerfern. Und doch setzte er sich zwanghaft, obwohl zum Geldverdienen andere Möglichkeiten blieben, immer wieder dem Balanceakt aus zwischen Reinfall und Applaus. Sie hatte es nie begriffen, auch nicht seine verzweifelte Gier nach mehr Publikum, größeren Sälen, mehr Applaus. Angesichts des gefesselten Mannes, Schmierenartist, auf den die blondgelockte, rosageschminkte Partnerin mit dem dreiviertel nackten Hintern betont atemlos wartete, den Atem des Publikums dirigierend, verstand sie: Es war eine Sehnsucht nach Applaus, der für drei Minuten das Gefühl verlieh, besonders zu sein und in dieser Besonderheit geachtet und geliebt. Sarah wußte plötzlich auch um die Vergänglichkeit dieses Augenblicks und die Verlorenheit, die zurückblieb. Sie bedauerte jeden Augenblick nach Jimmys Auftritten, in dem sie es nicht geschafft hatte, ihm nur Mutter zu sein. Sie hatte sich dagegen gewehrt. Artist sein ist ein Beruf wie jeder andere, war ihr Argument, bilde dir doch nichts ein. Seine Augen hatten geschwiegen. Sie hatte ihn nicht verstanden. Und doch.

Der gefesselte Mann hatte sich befreit, und Beifall wurde laut. Als habe jemand auch Fesseln in Sonjas Gesicht gelöst, lachte sie. Sie sah von Viola zu Sarah. Ihre Augen trafen sich. Sonjas Augen verdunkelten sich, wurden wieder fragend.

Sarah hätte ihrer Tochter gern den Traum erzählen mögen, der in ihr schon seit langem lauerte, den sie wegsteckte, weil sie ihn fürchtete. Der Traum hatte sie mehrere Nächte belagert, längst nachdem sie von Jimmy fortgegangen war. Sie ahnte, sie hatte eine Erfahrung zu früh abgebrochen. Sie fürchtete, Jimmy nie hinter sich lassen zu können, weil sie fortgegangen war, bevor sie innerlich so weit war.

Arnd schlug vor, die Geisterbahn aufzusuchen. Alle stimmten zu. Viola lachend und ironisch, Ursel ein wenig fröstelnd, Sonja aufgeregt, etwas ängstlich und doch in der tröstenden Gewißheit, daß Märchenfiguren nicht echt sind. Sarah war müde. Doch sie wollte auch dabei mitmachen.

Sie mußten sich paarweise auf die Wagen verteilen. Sarah setzte sich allein in die Mitte. Vorn Arnd und Ursel, hinten Viola und Sonja. Es hatte einen kaum merkbaren Ruck in der Gruppe gegeben, bevor sie sich auf Sarahs Geheiß in dieser Weise verteilten. Nur Sonja zauderte länger, sah Sarah so direkt an, wie sie es den ganzen Tag über noch nicht getan hatte. Immer, so fiel Sarah nun ein, festgehalten von dem Blick ihrer Tochter, hatte Sonja eigentlich an ihr vorbeigesehen, und sie war sogar recht froh darüber gewesen. Welchen Anblick könnte sie schon bieten, was könnte sich alles entlarven, blickte eine nur genauer hin. Sonja lächelte ihr aufmunternd zu, und Sarah gab es einen Stich.

Die Bahn ruckte. Viola strahlte noch einmal zu Sarah, und ab ging's in die Dunkelheit. Sarah, wie auf Knopfdruck, der ein Karussel in Gang setzt, fiel in den gefürchteten Traum. Nun, während die Geister und Totenköpfe, die Hexen und schrill klirrenden Gespenster ihr in scharfen Kurven entgegenstürzten und sie ankreischten, ließ sie ihn laufen, und während vorn und hinten die Frauen spitze Schreie ausstießen, hielt sie in der Dunkelheit die Tränen nicht mehr zurück. Sie fühlte sich sonderbar wohl in dieser Wirrnis.

Sie sah Jimmy, der zu ihr gezogen war in ein flaches, breiteres Haus. Allein seine Nähe, selbst wenn er mit verschränkten Armen neben ihr stand, gab ihr Sicherheit. Doch dann hatte sie ihn fortziehen lassen, ihm vielleicht gar die Wohnung bereitet, in einen hohen Turm, von wo er Ausblick hatte über ein weites Gelände. Sarah sah sich, einen Einkaufskorb im Arm, in die Richtung von Jimmys Turm gehen. Sie bemerkte, wie er sich in sein Zimmer zurückzog, als er sie sah. Trotzig ging sie fort. Auf halber Strecke jedoch fiel ihr ein, daß sie ihm zumindest sagen wollte, wie sehr er sie durch sein Verhalten verletzte, und sie kehrte um. Am Turm angelangt, erklomm sie Stiegen. Kälte und Stille überfielen sie. Er war unter der Bettdecke, und sie vermutete, daß er sich vor ihr verstecke. Sie entfernte sich leise und traurig, entwendete jedoch die perlene Kette, die sie neben dem Bett fand. Diese Kette gönnte sie niemandem, sie würde sie stehlen und fortwerfen. Auf ihrem Einkaufsweg wurde sie aus einer Telefonzelle angerufen: Jimmy war tot, ermordet, und sie sollte sofort umkehren. Alle verdächtigten sie des Mordes. Nur sie selbst wußte es besser. Als der Kommissar die Betroffenen zu sich einlud, setzte sich Sarah neben ihn und sprach von ihren Gefühlen. Sie sei nicht die Mörderin und sei es trotzdem. Denn sie sei es, die die Perlenkette fortgeworfen habe. Hätte sie unter die Bettdecke gesehen, hätte sie erkannt, daß er allein war und zu Tode verletzt. Sie hätte ihn retten können. Sie sei seine Mörderin.

Sarah war es seltsam wohl, es war ein süßes Gefühl, so weinen zu können angesichts all der hart und schroff auftauchenden Todesfiguren am Rande der Dunkelheit, begleitet von dem schrillen Frauenkreischen. Als sie das Ende der Fahrt ahnte, wischte sie schnell ihr Gesicht trocken und bemühte sich um einen der Geisterbahn entsprechenden Ausdruck: ein wenig erschrocken, ein wenig amüsiert, ein wenig Spiel, ein wenig Ernst und taumelnd angesichts der plötzlich einbrechenden Helligkeit. Sie taumelte nicht deshalb. Ihr Taumeln ging tiefer. Grundsätzlich war in ihr kein Halt, und das schon seit Jahren. Deshalb vermochte sie nicht, Jimmy zu retten, nicht sich selbst, nicht ihre Tochter. Sie war nicht fest, weder außen noch innen. Sie suchte danach seit langem vergeblich.

Auf allen Gesichtern lag der Widerschein des Schreckens, den die Geisterbahn hervorgerufen hatte. Der Schrecken ging über das eben Erlebte hinaus. Es war der Schrecken des Todes. Die Freude war die, ihm entronnen zu sein. Ins Angesicht gesehen, die eigenen Fratzen verzerrt in den Figuren erkannt, verlacht und verlassen. Selbst Arnds Gesicht ließ beides erkennen, seine Kinderzüge und die Greisenfratze mit Höhlen um die Augen und ausgefallenen Zähnen.

Sarah rieb sich die Augen. Sie beteiligte sich brav am allgemeinen Stöhnen der Erleichterung.

Sie schlenderten weiter, drängten sich zwischen entgegenströmenden Urlaubern hindurch, vorbei an englischen, französischen und deutschen Lauten, mußten achtgeben, nicht auseinandergerissen zu werden.

In Sarah wuchs Sehnsucht nach irgend etwas. Sie konnte es nicht in Worte oder Bilder fassen. Sie brachte es mit Jimmy in Verbindung, kannte diese Sehnsucht aber schon viel länger als ihn und hatte sie zuweilen nicht mehr gespürt, nachdem sie ihn verlassen hatte.

Es war die vertrackte Sehnsucht, die sie ohne Appetit essen ließ. Sie versuchte, diese Sehnsucht zu betäuben, auch durch Alkohol, weil ihr sonst drohte, in einem runden, roten Wirbel ohne Ziel die Besinnung zu verlieren. Die nur in Rotfarben vorstellbare Gestalt der ziellosen Sehnsucht hatte sie nicht angetroffen in der Geisterbahn, und doch brachte gerade sie Sarah dem Tod immer näher. Sarah erschrak, als eine kleine, knochige Hand in ihre glitt und fest drückte. Sie drehte rasch den Kopf zur Seite, konnte kaum glauben, daß diese Hand Sonja gehörte und auch, daß sie sich so eigenartig weich, kindlich und zugleich fest anfühlte. Sonja hielt ihr Gesicht von Sarah abgewandt, folgte mit ihrem Blick Kindern, die in kleinen Booten auf einem Mini-See herumkurvten. Sarah verstand. Sie auch noch anzusehen, nachdem sie ihr die Hand gereicht hatte, wäre zuviel gewesen. Sarah schlenderte im Gleichschritt mit ihrer Tochter an den wenigen Jahrmarktsständen vorbei. Sie gelangten an eine Losbude, wo es grellrosa oder hellblaue Plüschteddys zu gewinnen gab. Arnd bezahlte, und jede Frau erhielt das Anrecht, fünf Lose aus den bunten Plastikeimern der Losverkäufer zu ziehen, die so voller Anteilnahme und Freundlichkeit den Akt der Auswahl verfolgten, als läge ihnen eben dieser Käufer besonders am Herzen. Sonja löste ihre Hand aus Sarahs. Sarah empfand diesen Abschied schlimmer als alle vorherigen von ihrer Tochter, und sie hätte festhalten mögen. Festhalten jedoch hatte sie sich seit Sonjas Geburt verboten.

Sie hatte es mißtrauisch erwartet, als Mutter nicht loslassen zu können, auch von der eigenen Tochter nicht genug zu bekommen, die eigene Tochter aufzufressen, bis von dieser nichts übrigblieb. Jetzt hätte sie zupacken mögen. Einen Augenblick lang zuckte die Vorstellung auf: Tu‘s doch, tu‘s jetzt und lach dabei! Laß sie spüren, daß du sie packen möchtest mit Haut und Haaren, daß du wohl von der Unmöglichkeit weißt, aber es trotzdem wünschst, daß deine Gier auch auf sie geht, daß deine Gier sich eigentlich auf alles richtet, das dir etwas bedeutet, daß du eine gierige Person bist. Der Gedanke durchfuhr sie: Ließest du diese Gier zu, würdest du dich vielleicht nicht mehr aufs Essen beschränken müssen.

Sonja runzelte die Stirn bei der Wahl ihrer Lose, sie sah ernsthaft aus und wie ein Kind, das eine Aufgabe zu bewältigen hatte. Sarah brachte es nicht fertig, Gleiches zu tun. Viola und Ursel waren anmutig und in fröhlicher Kopie des Kindes damit beschäftigt, das Los zu ziehen, das ihnen als Haupttreffer einen rosa oder hellblauen Teddybär in Aussicht stellte. Sarah bat Sonja innerlich. Nimm meine, denk nicht, es ist, weil du das Kind sein sollst und weil ich auf der Erwachsenen beharre, es ist nur: Ich kann es nicht. Ich bin täppisch und unbeholfen, wenn ich ein Kind sein soll. Ich kann es nicht. Bitte nimm es mir ab, ohne daß es einer merkt. Sie hielt sich direkt neben Sonja, beobachtete interessiert den folgenschweren Akt der Wahl, bat leise, als Sonja fertig war: Ziehst du für mich mit? Ich glaube, du hast mehr Glück. Sie bemerkte ihre Ungeschicklichkeit. Genau das war es doch, was Kindern von Erwachsenen immer vorgegaukelt wurde: Du hast mehr Glück als wir, streng dich für uns an.

Sie erwartete furchtsam Sonjas forschenden Blick. Aber Sonja nahm Sarahs Aufforderung wie ein Geschenk an. Mit großen Gesten griff sie in den Topf, lachte dabei und reichte ihrer Mutter ein Los nach dem anderen. Sarah wurde mit jedem Los, das Sonja ihr bot, einbezogen, und wieder stieg so viel Erinnerung auf einmal hoch, daß sie neben der Freude die Luft anhielt: die Angst im Kindergarten, anders zu sein; der Stein in der Schule, den eine Gruppe von Jungen nach ihr warf, und sie dachte, die täten es, weil sie anders war als die anderen, dick, unbeweglich; die Anstrengung später auf Parties, dazuzugehören, zu lachen, wenn die anderen lachten, gleichzeitig nicht durch zu lautes Lachen aufzufallen.

Sie lachte mit Sonja. Beide beugten sich eifrig über die Lose, während sie sie öffneten, gierig, atemlos, mit dem leichten Stocken des Herzens im letzten Augenblick, bevor das weiße Stück Papier aufgerissen vor ihren Augen lag. Sonja hatte eine Zahl und Sarah hatte eine. Sie stürmten gemeinsam zur Ausgabe der Preise, jede erhielt einen Trostpreis, einen Zuckerlutscher in geringelten Regenbogenfarben. Triumph empfand Sarah, als sie lutschend neben Sonja auf Viola zuging. Das Kind in ihr lachte und freute sich ganz unverschämt, das Kind saugte sich fest an diesem kleinen, runden Ball im Mund und ließ ihn mit einem Flop herausrutschen, das Kind in ihr gehörte dazu und war für diesen Augenblick lang Sieger, und sei es im Kampf um das eigene Kind.

Mit einem Juchzer stürzte sich eine fremde Frau auf Sonja, die zusammenzuckte und sich dicht an Sarah drängte. Sarah holte tief Luft, bevor sie sie begrüßte. Sie waren auf die Frau gestoßen, die Sonja schon bei Jesus von Nazareth mit ihrem Sohn verkuppeln wollte. Sie rief ihren Mann herbei. Ihre freudige Erregung ließ jedes „Andreas" erzittern.

Einen winzigen Augenblick lang erschien es Sarah, als würde der nächtliche Kirmesplatz beleuchtet durch die strahlendroten Köpfe der drei Fremden und die grellgrünen Bahamashorts der Frau. Sarah hielt nach Arnd und Viola Ausschau, winkte sie heran. Sogleich erfolgte eine turbulente Begrüßung. Die Frau und Viola umarmten sich wie alte Freundinnen, Arnd schlug dem Mann auf die Schulter, darauf dem Sohn, worauf der Mann Arnd auf den Rücken klopfte. In der Pause, die den hingeworfenen Begrüßungsworten folgte, zog Arnd Ursel unter seinem Arm hervor und machte sie als seine Frau bekannt. Die fremde Familie trug die Namen Andreas, Moni und Kai. Ursel strahlte den fremden Mann an. Sarah erwartete einen Augenblick lang, sie würde einen Knicks machen.

Die Fremdheit trat wieder zwischen Sarah und die anderen, die vertraute Schwester Fremdheit. Als sei sie eben nur kurz abgelenkt gewesen und erfülle nun wieder getreu ihre Pflicht. Doch da war ein Unterschied: Dicht neben sich spürte Sarah ihre Tochter.

Der Kirmesbesuch wurde jetzt gemeinsam fortgesetzt, lachend, in dichterem Pulk als zuvor, sich immer wieder auf die Schultern schlagend. Sarah und Sonja trabten schweigend mit.

Sie blieben alle vor dem Karussell stehen, das Autos an ausgestreckten Greifern auf Kinderdruck hoch und runter hüpfen ließ. Der fremde Andreas lachte ein tiefes Hoho und forderte die Kinder auf, eine Runde zu wagen.

Sonja strebte fort, zog Sarah hinter sich her, vorbei am nächten Losstand, vorbei an den Buden, deren Duft von gebratenen Kartoffeln und Würstchen Sarahs Appetit weckte, hin zum Riesenrad, der letzten Möglichkeit in diesem Park, sich zu amüsieren, wenn man davon ausging, daß das Hufeisen des Parks rechts begann und links endete. Die anderen hasteten hinter Sonja und Sarah her, Moni kicherte, nach Atem ringend, die Kleine habe es aber eilig. Irgendwann, es schien Sarah wie ein langer Fluchtweg, obwohl der Park kurz war, standen sie vor dem Riesenrad.

Damit will ich fahren, entschied Sonja und schickte einen Blick in die Höhe, als könne sie dort nach den Sternen greifen oder dem Mond.

Sarahs Sehnsucht brach los, plötzlich, als hätte Sonja einen Knopf gedrückt, und sie hätte sich krümmen mögen, um sich zu schützen. Sie sehnte sich danach, mit der gleichen Bestimmtheit zu Jimmy sagen zu können: Dich will ich, ich will jetzt mit dir schlafen bis da oben hinauf in die Sterne, ich will, daß du bei mir bist. Sie hätte schreien mögen, weinen, die Arme ausstrecken, in ihr war etwas, das verging vor Trauer, und sie wußte in diesem Augenblick blitzhell, daß es das war, was sie immer wieder essen ließ.

Sie kannte diese Art von Erkenntnis, sie war ihr vertraut von manchem Augenblick wie diesem.

Sterne, Einsamkeit und Menschen, zuviel gegessen und getrunken, zu viele Eindrücke zu verdauen. Dann erschien plötzlich eine Erkenntnis, als sei sie diejenige, die zähle, um alles zu erklären, alles, alles. Aber es war immer eine andere Erklärung. Die Gesellschaft verteilte sich schnell auf zwei Viererboxen: Arnd, Ursel, Andreas und Viola auf eine, Moni, Kai, Sarah und Sonja auf die andere.

Monis Gesicht verlängerte sich einen Augenblick vor Enttäuschung, als leierten die Bänder aus, die die scharfen Kanten zusammenhielten. Im Nu hatte sie alles wieder beisammen, verzog den Mund zu strammem Lächeln und knuffte ihren Sohn in die Seite: Na, Hahn im Korb, wie fühlst du dich?

Kai brummelte eine undeutliche Antwort, während er hinter das in der Mitte der Kabine befindliche Steuerrad kletterte.

Die beiden Kinder saßen in der Mitte der Gondel, die beiden Frauen am Rande, zwischen sich das durch ein Tau verschlossene Türchen. Das Riesenrad setzte sich in Gang, ruckte kurz und hielt wieder an.

Kai begann auszuprobieren. Er legte die Arme breit hinter sich auf die Brüstung und schaukelte ein wenig. Sonja hatte ihr gelangweiltes Gesicht aufgesetzt.

‚Divertase' blitzte auf und ab. ‚Divertase'.

Sarah blickte stumpf auf die bunten Lichter. Sie hatte diese Rundfahrt zu überstehen.

Was drohte ihr auch?

Sie erinnerte sich an Jimmys Rat: Wenn du vor irgendwas Angst hast, stell dir das Allerschlimmste vor, das passieren könnte, und überlege, wie du dem begegnen könntest, wäge Möglichkeiten ab, auch die der Flucht, wenn das andere zu bedrohlich ist, aber überlege immer: Was ist schlimmer, standhalten oder fliehen? Sie hatte Angst, es zog in ihrem

Bauch, als stände sie kurz vor Blutungen oder als hätte sie Blähungen. Sie stellte sich also das Schlimmste vor. Absturz! Unwahrscheinlich. Das Zweitschlimmste: Ihr würde übel von dem Schaukeln und Drehen.

Kai hatte mittlerweile begonnen, mit dem Lenkrad die Gondel in Bewegung zu setzen, auf sein Gesicht legte sich ein Ausdruck von Besessenheit. Sarahs Magen begann zu revoltieren, sie spürte, wie voll er war und daß die Wurst, der Salat, der Käse und der Rotwein noch lange zu warten hatten, bis sie an der Reihe waren, im Anschluß an all das, was heute schon aufeinandergeschichtet worden war, verdaut zu werden.

Das Riesenrad schob ihr rundes Gefängnis ruckweise in die Höhe. Von oben ertönte Violas Klingellachen, begleitet von Arnds selbstgefälligem Baß und dem leicht meckernden Tenor des Mannes, der Andreas hieß. Moni versuchte eine Kopie von Violas Lachen, es verrutschte in die Disharmonie und begleitete hoch das Meckern ihres Gatten. Sie begann, Kais wildes Kreisen durch leichtes Wiegen zu untermalen. Es war zu spät zum Aussteigen. Sarah war gefangen in diesem Bienenkorb, dessen Ausblick sie jetzt schaudern machte. Sie tastete sich mit den Augen schräg zu Sonja. Die starrte auf den Kirmesplatz, als gäbe es dort ein Geheimnis zu lüften.

Sie gelangten auf den höchsten Punkt des Kreises. Sarah vergaß Übelkeit und Ekel. Unter ihr lag Benidorm, das verkommene Lichterchaos, links aus dem Dunkel direkt unter ihnen flatterten Stimmen und bunte Bildfetzen auf, Freilichtkino, und doch, trotz allem, trotz der Verworfenheit und Zerrissenheit dieses Ortes, spürte Sarah, wie sie ergriffen wurde von ihrer Höhe, der Nähe zu den vielen Sternen. Es zählte trotz allem, auf dieser Welt zu leben.

Trotz all dessen, was ununterbrochen kaputtging. Je weiter man sich von ihr entfernte, um so deutlicher wurde die Erde in ihrer zerbrechlichen Schönheit sichtbar. Sie spürte schmerzende Sehnsucht, etwas Ordnung zu schaffen, ein wenig dafür zu sorgen, daß es besser würde auf dieser Welt, klarer, behutsamer mit jedem einzelnen, einfach besser. Aber der Wunsch war verworren. Wie sollte sie auch anfangen, so etwas durchzuführen. Alles, was ihr blieb, war sie selbst und ihre Tochter.

Moni riß sie mit aufgeregten Seufzern aus ihren Gedanken. Ach wie schön, seht doch nur, diese vielen Lichter!

Sonjas Mundwinkel zuckten spöttisch. Wie ist doch die Welt im allgemeinen so schön ... zitierte sie den Satz, den Sarah ihr bei einer Bergwanderung einmal lachend vorgetragen hatte. So empfindet, wer nicht empfindet, Sonja, hatte sie damals hinzugefügt. Wußte schon der alte Heine ...

Moni stimmte begeistert zu: Ja, wirklich, Kleine, das ist es, wie ist doch die Welt schön!

Im allgemeinen ..., fügte Sarah an, warf Sonja einen Verschwörerblick zu und kicherte. Sonja brach in Lachen aus, und Sarah stimmte ein. Bald lachten beide wie wild. Alle Spannung in Sarah entlud sich in diesem Lachen, Tränen begannen ihr aus den Augen zu kullern, sie hielt ihren Bauch und wußte nicht, wohin mit allem Lachen, das in ihr war. Sie ließ es herausspringen, sich überschlagen, überstürzen, immer lauter werden und kreischender.

Monis verständnisloses Gesicht, ihr unsicherer Versuch, sich dem Ausbruch anzuschließen, stachelten Sarah und Sonja nur noch mehr an. Sie lachten und kicherten, prusteten und gluckten, während das Riesenrad kreiste.

Wie ist nur die Welt im allgemeinen so schön ..., preßte Sarah heraus, und ihr Lachen schlug über die Worte und die Lichter, die sie umgaben. Wie eine Seifenblase schwoll in diesem Lachen Sarahs Trauer über ihre verlorene Liebe an, bis sie platzte. „... und die Liebe im allgemeinen so schauerlich herrlich', deklamierte sie spöttisch für sich selbst. Jeder Mann ein König, voll Macht und geheimem Einfluß auf Volk und Frau. Jede Liebe ein Märchen. Wie hatte sie sich angestrengt, ihren Jimmy in ein prächtiges Exemplar von Mann aufzublasen!

Wie ist die Natur im allgemeinen so schön! kicherte sie wieder los. Sonja riß den Mund weit auf. Ihr Lachen klang unbeschwert, nicht betrunken und leicht hysterisch wie Sarahs Kichern. Sarah scherte sich nicht um Monis Anstrengung, ihrem Lachen Folge zu leisten, auch nicht um Kais offenkundigen Ärger, der sich in immer heftigerem Anstoß zu immer schnellerem Kreisen ihrer Gondel äußerte, als wolle er damit ihrem Überschwang Einhalt gebieten.

Sarah gab sich mit ihrem Gelächter ihrer eigenen Lächerlichkeit preis: Sie hatte aus einem Emigranten, haltlos, ohne Heimat und Wurzeln, einen Märtyrer für die Zerrissenheit und Verlorenheit der Welt gemacht. Jesus von Nazareth, der Name war nicht abwegiger als ihr unentwegtes Manipulieren an der Wirklichkeit. Einen drittklassigen Sänger und zweitklassigen Gitarristen hatten sie in den Star aller Stars verzaubert. Selbstverständlich nur als Anlage, als Möglichkeit. Ein verkanntes Talent. Daß es so blieb, daran trugen die Umstände Schuld, die anderen, die Verhältnisse. Nie er selbst. Aber sie war es, die alles in ihm entdeckte, was sonst auf ewig verschüttet geblieben wäre. Sie hatte den Edelstein aus dem Geröll geklaubt. Sie verlieh ihm sogar geheime Kräfte über ihr Ahnen und Fühlen. Sie modelte seine Distanz zu tiefer Liebe zu ihr um, so tief, daß sie ihn in seinen Grundfesten erschütterte und er sie deshalb ‚verdrängen' mußte. Wie hilfreich so ein bißchen psychologisches Vokabular war, es machte augenblicklich aus Gleichgültigkeit und Ablehnung geheime Probleme und Verdrängungen.

Sarah griff zum Steuerrad. Sie legte ihre Hand auf Kais. Hör auf damit, mir ist schwindlig! Kai, als habe er nicht gehörte, schwang seinen Oberkörper nach rechts, um das Rad anzutreiben. Sarah verstärkte den Druck auf seine Hand. Sie versuchte, seinen Blick einzufangen. Es war unmöglich, denn er hielt die Augen halb geschlossen, nur damit beschäftigt, seine Raserei aufs Fahrzeug zu übertragen. Sarah stützte sich mit beiden Händen auf das runde Steuerrad und stemmte ihr Gewicht gegen seins. Triumphierend nahm sie wahr, daß ihr Gewicht seine Kraft ausglich. Sie legte ihn lahm. Da sah er sie an. Sie hielt seinen Blick fest, auch in dem kurzen Augenblick, wo sie Haß und Rachlust aufglimmen sah und sich dagegen wappnete, er würde sie stürzen lassen durch ihr eigenes Gewicht, indem er das Steuer abrupt freigäbe. Sie spürte eine allmähliche Lockerung und paßte sich an.

Hör jetzt bitte auf!

Sie schrie lauter als nötig, um über Sonja hinweg mit der Stimme zu ihm zu dringen. O.k. Schnell kam seine Antwort, und nun überrumpelte er sie doch durch augenblickliches Loslassen. Sie fing die Gegenbewegung mit ihrem Körper ab und brachte das Steuer endgültig zum Stillstand. Breitbeinig und mit ausgebreiteten Armen lehnte sie sich hintüber, um in den Himmel zu sehen. Sie spürte Monis Ablehnung und Kais Wut. Es glitt an ihr ab.

Sonja folgte ihrem Blick und lehnte sich ebenfalls nach hinten, während die Kabine langsam abwärts kreiste, um wieder emporzuklettern. Wie einfach alles sein könnte! Sie überließ sich ihren Gedanken.

Wie klar und einfach, wenn ich in die Wirklichkeit nicht immer irgendwelche Dramen setzen müßte.

Aus einer einfachen Geschichte, wo ein Mann eine Frau gern mochte, schätzte, ihr Vertrauen schenkte, aber aus welchen Gründen auch immer keine Liebe, hatte sie eine Tragödie gebastelt. Der Prinz auf der Suche nach der einzig wahren Geliebten, die ihn von seinem Mißmut erlösen würde. Der sieben Bälle veranstaltete, nur um die Auserwählte zu finden. Und sie, Aschenputtel, noch in Staub und Fett gekleidet, wartete darauf, von ihm erkannt zu werden. Hatte sie erst seine Liebe errungen, verwandelte sich der Prinz in die Wünschelrute, mit der sie dreimal auf die Erde schlagen mußte, um ihre eigene, unter den Pfunden versteckte, atemberaubende Schönheit hervorzuzaubern. Seine Kraft würde ihr Fett zum Schmelzen bringen, denn um sie zu lieben, hatte er ja darunter blicken müssen.

Sie sah in den Sternenhimmel, legte einen Arm um ihre Tochter, und es war, als löse sich ein Knoten in ihrer Brust. Als habe das Lachen an einer Schleife gezogen, die den Knoten zusammenhielt. Nicht nur einen Knoten, viele auf einmal. Nun löste sich einer nach dem anderen, und sie holte tief Luft. Sie sagte sich: Es ist irreal. Sie sah diesen Satz deutlich vor sich, sie konnte ihn riechen und schmecken. Vor allem: Sie konnte ihn ertragen. Es ist irreal. Niemand und nichts würde sie jemals von ihren Pfunden erlösen können, und vielleicht wollte sie es auch gar nicht. Sie selbst hatte sich die Pfunde angefressen, sie selbst könnte sie auch wieder verlieren, aber vielleicht wollte sie es ja gar nicht.

Es ist irreal! Und: Vielleicht will ich es ja gar nicht?

Sie holte tief Luft, die Knoten zogen sich nicht wieder zusammen, obwohl aus dem einen Satz schon zwei geworden waren. Sie hatte die Kraft genossen, die sie Kai entgegenwerfen konnte, und sie fühlte sich nun ein wenig erschöpft. Ihr schwerer Körper hatte gearbeitet. Sie genoß auch die Gewißheit, in einer anderen Welt zu leben als diese Moni, der die Anstrengung im Gesicht stand, in der großen Schönheitskonkurrenz im Rennen zu bleiben. Es war gut, daß sie schon vor langer Zeit verloren hatte.

Wie wäre es, das Steuer nun endlich selbst in die Hand zu nehmen?

Diesen dritten Gedanken ertrug sich nicht mit der gleichen Ruhe wie die ersten zwei. Dazu gehörte, die Richtung und die Geschwindigkeit zu bestimmen. Dazu gehörte: Sie müßte herausfinden, ob sie wirklich dünner werden wollte. In ihr blitzte der Verdacht auf, sie wollte weder dünner noch wirklich unter der Oberfläche erkannt und durchschaut werden. Es war, als besäße sie einen verborgenen Schatz, eine glänzende, reine Perle tief in sich, die sie verstecken wollte. Einer, der sie liebte, würde die Perle anrühren, womöglich beschmutzen oder zerstören. Vielleicht war es da vernünftiger, so zu tun als ob. Vielleicht lag in ihrer dummen Tendenz zur Verdrehung der Wirklichkeit eine geheime, große Vernunft. Zu der Tragödie, die die Illusion der Liebe aufführte, gehörte auch die Gewißheit, nicht wirklich berührt zu werden.

Der Korb war zum Stillstand gekommen, die anderen standen bereits in lebhafter Unterhaltung. Moni, einen Arm um Kai, schob ihn vor sich in den Kreis der anderen hinein. Sie preßte sich von hinten an ihn und blinzelte schelmisch an seiner Schulter vorbei.

Hinter meinem großen Sohn verschwinde ich fast. – Was machen wir jetzt?

Arnd verbat sich jeden Streß. Er drehte Ursel sanft aus der Gruppe dem Ausgang zu. Seine Devise lautete: Ein wenig drauflosbummeln. Moni begab sich schnell an Arnds freie Seite. Sie hob ihm ihr Gesicht entgegen. Ich mag es, wenn Leute so frei sind, so locker und offen. Denen hat das Leben viel mehr zu bieten, als den Planern bis ins Detail. Wie zum Beispiel mein Mann ...

Von hinten scholl laut und betont fröhlich Andreas‘ Protest. Einige Vorübergehende hielten an und beobachteten die Gruppe um Arnd, als Andreas seiner Frau von hinten um den Hals griff und scherzhaft ein Würgen andeutete. Er kickte ihr leicht in die Kniekehlen.

Er lachte. Sieh mal, Arnd, mein lockeres Frauchen. Will aufs geradewohl von hier bis zum Strand laufen und auch noch wieder zurück, dabei bricht sie jetzt schon zusammen.

Arnd blieb stehen. An die Entfernung hin und zurück habe er nicht gedacht. Nun müsse doch Kriegsrat gehalten werden. Sarah habe doch zuvor etwas von einem Fischrestaurant gesagt.

Sarah versuchte, die Stimmung wiederzufinden, in der sie den Vorschlag gemacht hatte. Sie wußte nicht einmal mehr, ob sie wirklich von einem Fischrestaurant gesprochen hatte. Es gebe eins, am Ende der Altstadt, murmelte sie.

Arnd entschied, dorthin zu fahren.

Jetzt kam Sarah wieder der große Hunger in den Sinn, der sie bei ihrer Ankunft in Benidorm befallen hatte. Sie erkundigte sich bei Sonja, ob sie auch Lust habe, essen zu gehen.

Sonja war schon hinter ihrem Vater hergestakst. Sie erschien Sarah wieder mißmutig. Nun drehte Sonja sich um und zog ihre Mutter an der Hand weiter. Vorhin hätte sie auf die Kirmes gewollt. Jetzt sei ihr egal, wie es weitergehe.

Viola schaltete sich ein. Sie stieß Sonja in die Rippen. Toll, Kleine! Sarah, fang jetzt bloß nicht noch mal eine Diskussion an. Sonst kommen wir hier nie weg.

Im Auto wurde Sarah vorn neben Arnd plaziert, um ihn zu lotsen. Die anderen folgten ihnen. Sarah bewältigte ihre Aufgabe zu Arnds Zufriedenheit. Sarah erledigte alles, als verkaufe sie Eier und Honig, aufmerksam, konzentriert. Sie ging darin auf, sich an den Weg zum Restaurant zu erinnern, an die Einbahnstraßenregelung rundherum, wo möglicherweise noch ein Gäßchen gefunden werden könnte, das noch nicht vollgestopft war mit parkenden Autos. Sie setzte sich wie selbstverständlich an die Spitze ihrer kleinen Prozession. Sicher und gewandt schlängelte sie sich durch die Menschenmassen und schuf so eine Rinne, durch die die anderen ihr folgen konnten. Durch einen schnellen Blick vergewisserte sie sich von Zeit zu Zeit der anderen in ihrem Schlepptau. Sie bemerkte, daß Sonja ihr nicht nur dichtauf folgte, sondern auch Vergnügen daran fand, wie ein Wiesel durch die Menschen zu huschen. Im Restaurant bewerkstelligte Sarah durch ein kurzes Gespräch mit dem Chef, daß drei Tische aneinandergerückt wurden, im Hinterhof, einem Paradiessymbol aus Palmen und Geranien. Ihr entging dabei nicht Arnds Unruhe, sein Bemühen, sich an die Spitze der Verhandlung zu setzen durch entschiedenes Wedeln mit der Hand, durch ‚sisi‘ und ‚nono‘. Sie kümmerte sich nicht darum, führte das Notwendige zielstrebig zu Ende, bis sie am Tisch Platz nehmen konnten. Sie richtete es ein, daß Sonja und sie nebeneinander saßen.

Als sie dann Empfehlungen aussprach: Die Gazpacho sei gut, und ein Fischteller reiche für drei Personen, erst da bemerkte sie die Kälte, mit der sie alles ausgeführt hatte, ihre Interesselosigkeit. Sie horchte in sich hinein. War es wieder einmal so weit gekommen, daß sie sich keinen Appetit, keine

Lust auf Genuß am Essen gestattete, solange die anderen sie beobachten konnten, eine Selbstkasteiung, die anschließend in unbeherrschtes Hineinstopfen umschlug? Nein, das war es nicht. Sie war voll. Voll von Nachdenklichkeit, Schmerz, Trauer und Sehnsucht. Da war kein Platz für irgend etwas anderes. Sie fühlte sich, als sei hochgekommen, was sie seit Jahren hinuntergestopft hatte.

Als hätte sie ihr Leben lang hinuntergestopft, was ihr nicht zu ertragen schien. Trauer über ständiges Sterben, tägliche Trauer über täglichen Verlust. Trauer über die eigene Fehlerhaftigkeit, über diesen Abgrund von Gefahr, der drohte, wenn wieder einmal etwas falsch gemacht war. Angst, ausgestoßen, abgelehnt, nicht geliebt zu werden.

Heute waren diese Gefühle alle hochgekommen. Heute hatte alles Essen nichts genützt. Nun schien die Angst unnötig. Sie verstand ihre Angst vor ihren Ängsten, vor all dem Schwarzen und Schweren und undefinierbar Dunklen, aber sie war heute nicht gestorben. Die Todesangst, meinte sie nun klar erkennen zu können, würde sie ertragen, sie mußte den Brunnen nicht mehr zuschütten, um nicht hineinzufallen. Sie hatte sich weit vornüber gebeugt, vielleicht war sie sogar hinuntergestiegen, aber sie war nicht abgestürzt. Die Erleichterung hockte in ihr wie ein kleines Tier auf dem Sprung. Sie fürchtete, im nächsten Augenblick könnte es sich davonstehlen und sie zurücklassen mit den Schmerzen, die einen großen Kreis zogen um ihren Magen und Bauch.

Sie wollte die Schmerzen aushalten. Sie konnte es nicht ändern: Dieses Leben, das ihr zur Verfügung stand, war unvollkommen, und das Loch würde immer offen bleiben, einmal hier, einmal dort, sie würde es nie zustopfen können, mit nichts. Es war ihre Entscheidung, wie sie damit umzugehen hätte, ob dick oder dünn, ob verliebt oder allein, ob mit Tochter oder ohne, und sie würde mit keiner Entscheidung Enttäuschungen, Schmerzen, Fehlern, ja, Lächerlichem und Peinlichkeiten entgehen können.

Sie staunte über ihre Einsicht, und zugleich staunte sie darüber, daß sie ihr ganzes bisheriges Leben gebraucht hatte, um dahin zu gelangen. Doch erschien sie ihr auch jetzt wie angeflogen, zufällig und unzuverlässig.

Arnd ermahnte sie, dem Kellner Bescheid über ihre Bestellung zu geben. Der stand neben ihr mit gezücktem Notizblock. Offensichtlich hatten alle schon bestellt, während sie in ihre Gedanken eingesponnen war. Sie sagte auf spanisch, sie habe keinen Hunger.

Arnd unterbrach sie. Hab ich recht gehört, nada heißt doch wohl nichts?

Alle fielen über Sarah her, redeten ihr zu, doch ein wenig zu sich zu nehmen, die Nacht sei noch lang, sie solle kein Spielverderber sein, sie müsse doch nicht ausgerechnet heute mit dem Abspecken beginnen, so hätten sie aber nicht gewettet, schließlich sei sie es gewesen, die sie hierher entführt habe. Moni kniff mit angeekelter Miene den Fleischring vor ihrem Magen in die Fäuste und forderte Sarah auf, sie nicht im Stich zu lassen, sonst fühle sie sich neben Viola und Sonja wie ein Zweizentnerweib.

Sonja und Viola schwiegen. Viola hatte kurz in Sarahs Gesicht geforscht, dann den Kopf gesenkt und bei dem Wortschwall der anderen begonnen, rhythmisch mit den Fingern auf den Tisch zu klopfen. Sarah beteuerte, sie könne sich für nichts entscheiden, habe Lust auf Naschen und sich deshalb unverschämterweise einen Teller bestellt, sie werde bei allen schmarotzen. Sie bewahrte Ruhe, und ihre

Klarsicht betraf nicht nur ihr eigenes Inneres, sondern auch das der andern. Moni, so ahnte sie, hatte sich selbst Absolution erteilt, im Urlaub zu essen, wie es ihr schmeckte. Sie roch Monis Panik, die Kraft für die anschließende Diät nicht aufzubringen, und die Verstärkung des Selbstvorwurfs, wenn eine wie Sarah, die sich offensichtlich undiszipliniert verhielt, in einer Runde, die aufs Essen aus war, die Beteiligung verweigerte. Sarah wußte, daß Arnd ihre Weigerung auf sich selbst bezog wie alles andere auch und daß er es als Ablehnung seiner Gesellschaft, seiner Person, seines Charakters verstand.

Arnd hatte am heutigen Tag bereits einiges bewältigen müssen: Sonjas offenkundige Aggressionen, Violas Parteinahme für Sonja, Sarahs Ablehnung seiner Vorschläge. Sie lächelte ihm in die Augen, zwischen denen sich die Längsfalte heute tiefer eingegraben hatte. Sie wolle gern von seinem Essen probieren. Ob er es erlaube.

Arnd brummte. Sie wolle nur eine Extrawurst. Wie immer. Sie sei eben etwas Besseres ...

Andreas lachte. Es klang, als schlüge einer zwei leere Blechbüchsen gegeneinander.

Mensch, Arnd, diese Weiber. Sind alle gleich. Wir müssen uns verbünden. Die sind schließlich in der Übermacht. Lauter Weiber, nur wir zwei ...

Du hast deinen Sohn vergessen!

Andreas sackte leicht zusammen, als habe Moni ihn mit ihrer spitzen Rüge geradewegs in den Unterleib getroffen. Wieder ließ er sein scheppterndes Lachen laut werden. Wie ihm das nur habe passieren können. Den kleinen Prinzen vergessen, den geliebten.

Ich heirate nie! Patzig gab Sonja den Satz von sich.

Arnd fragte sie gereizt, wie sie darauf komme.

Moni stimmte Sonja hastig zu, sie sehe ja, welche Last die Männer darstellten. Andreas fiel brummelnd ein, das Kind beweise Intelligenz.

Viola prustete los und steigerte sich in heftiges Kichern, wobei sie ihre Augen beziehungsvoll zwischen allen herumhuschen ließ. Sarah bemerkte den unnatürlichen Glanz in Violas Augen. Sie wunderte sich. Viola war betrunken. Wie war das möglich, da sie selbst vollkommen nüchtern war. Sie betrachtete die anderen prüfend. Auch Ursels Augen glänzten in dieser Weise.

Sonja beobachtete den Kellner bei seiner Arbeit, als sei sie nur an ihm interessiert und als sei nicht sie es gewesen, die den Sturm im Wasserglas ausgelöst hatte.

Arnd forderte sie scharf auf, seine Frage zu beantworten. In seiner Stimme schwang so viel Drohung mit, daß Sarah zusammenzuckte. Konnte es sein, daß er Sonja schlug? Wie eine Lawine brach über sie die Angst vor Schlägen. Sie spürte, wie sich ihre Nackenmuskeln anspannten, wie sich ihr Rükken versteifte gegen den fast übermächtigen Wunsch, sich zu ducken.

Sie verstand plötzlich ihren Bauch als Schild gegen diese und jede Drohung. Ihr Bauch sagte: Wag es nicht! Ich bin stark. Ihr Bauch setzte sich auch zwischen Jimmys Kälte und Sarah, ihr Bauch ließ ihn ins Leere laufen. In ihrem Bauch vergrub sie die unerträglichen Gefühle der Demütigung und Ohnmacht. Ihr Bauch gab ihr einen Halt in der schier verrücktmachenden Verwirrung zwischen dem liebenswerten und zärtlichen Jimmy und dem, der ihre Sehnsucht nach Zärtlichkeit und Liebe schroff zurückwies. Er hatte sie nicht weniger verletzt, als Arnd es mit seinen Schlägen getan hatte.

Tief im Grunde ihres Bauches fühlte sie sich selbst als Mädchen, so alt etwa wie Sonja, das seinen Nacken versteifte gegen die Schläge des Vaters, das nicht wollte, daß er ihren Kopf zum Wakkeln bringen könnte. Sie spürte in ihrem steifen Rücken die Kraft, die das junge Mädchen verausgabt hatte, um nicht zu weinen. In der Demütigung den Kopf oben behalten, in der körperlichen Ohnmacht moralisch mächtig sein. Sie bemühte sich, jede kleine Veränderung in Sonjas Verhalten einzufangen, schaute sich ihren Nacken an. Schmal und zart trug er Sonjas Kopf. Und doch bemerkte Sarah eine eigentümliche Starre.

Halsstarrig, dachte sie und begriff, was dieses Wort bedeutete. Sonjas Blick ruhte nachdenklich auf ihrem Vater, auf Viola, dann glitt er zu Moni und Andreas. Sarah, in ihrer neuen Hellsichtigkeit, erkannte Sonjas Kampf zwischen einer schnippischen Bemerkung und der Mühe, sich auf eine ehrliche Antwort einzulassen. Es sei ihr nur so rausgerutscht, rang Sonja sich schließlich ab.

Sarah lächelte. Wie genau diese Antwort auf Arnds Seelenlage abgestimmt war!

Arnd lockerte die Stirnfalten, Sonjas kindlich vorgetragene Erklärung nahm er wohlwollend entgegen.

Aber weißt du, Papsi, so Eheleute kommen mir auch manchmal vor, als ob sie sich immer nur streiten. Das ist doch bei Ursel und dir ganz anders. Manchmal denk ich, das liegt daran, daß ihr nicht verheiratet seid. Mit Mami hast du dich auch immer gestritten.

Arnd gab nicht acht auf die neugierige Spannung, die in Andreas und Monis Mienen eingezogen war. Er nahm Sonja in den Arm.

Aber Sonnimaus, so dumm bist du doch nicht, daß du meinst, das gute oder schlechte Verstehen hängt vom Trauschein ab. Sarah und ich ... Er stockte, streifte Sarah mit einem Lächeln, ergriff über den Tisch hinweg ihre Hand. Ach, wir haben uns auch nicht nur gestritten, was? Wir hatten auch unsere guten Zeiten. Sein Lachen bezog die Tischgesellschaft wieder ins Gespräch ein. Weiß der Teufel, warum es mal klappt und mal nicht. Oder weiß das vielleicht einer hier am Tisch?

Sarah antwortete mit einem leichten Händedruck. Warm hockte in ihr die alte Liebe zu Arnd, und sie ließ das Gefühl zu. Es hatte Gründe gegeben, ihn zu lieben, sein kindliches Bedürfnis, sich durch eine körperliche Berührung bei Gesprächen des Kontakts zu versichern. Seine Abhängigkeit von der Zustimmung durch andere, seine weit ausgebreiteten Arme, in die er ihm liebe Menschen einschloß. Die andere Seite derselben Münze war seine Abwehr gegen alles, was sich gegen ihn richten könnte.

Alles was geschah, bezog er auf sich, allen stellte er sich aber auch zur Verfügung. Seine Hilfsbereitschaft und seine Fähigkeit, Kontakte herzustellen, war die andere Seite seiner Überempfindlichkeit, die sich jedoch nur auf ihn selbst bezog.

Sonja ist Ihre Tochter? erkundigte sich Moni bei Sarah in einem Neugier schlecht tarnenden höflichen Tonfall, mit dem sie jemanden im Gipsverband hätte fragen können, ob er aus dem Skiurlaub komme.

Sarah nickte. Sie vermied die Formulierung einer Antwort, da sie das „Sie" nicht aufgreifen wollte, das sie und Moni ausschloß aus der Runde der allgemeinen Zugehörigkeit.

Wußten Sie das nicht? Viola kopierte Monis Tonfall und ihre höflich distanzierte Miene perfekt. Moni ließ ihre Glasmurmelaugen zu Viola blitzen. Sonst hätte sie nicht gefragt. Aber sie hätten sich doch duzen wollen.

Viola bewahrte die Distanz der Höflichkeit. Man

vertue sich so leicht, wenn man gerade anfange, sich zu duzen.

Viola solle das schwerfallen? Arnd fiel unvermittelt in einen überaus höhnischen Tonfall. Viola duze sich doch mit jedem Hans und Franz.

Viola warf Andreas einen schmelzenden Blick zu. Sie sei Mannequin, müsse er wissen, und da gebe es besonders viele männliche Kollegen, die Hans und Franz hießen.

Andreas richtete sich auf in seinem Stuhl, er wölbte den Brustkorb vor. Moni kicherte. Ob Violas Telefonnummer immer am Wochenende in der Zeitung stehe.

Sarah bemerkte verwundert Violas Anstrengung, jeden Angriff, der Sarah galt, auf sich selbst umzulenken. Wahrscheinlich fühlt sie sich so viel stärker als ich, daß sie meint, dem besser gewachsen zu sein, mutmaßte sie. Vielleicht will sie mir damit ihre Freundschaft beweisen. Oder es macht ihr Spaß. Ein kleiner Ringkampf als Ausgleich gegen die Langeweile. Übt die geistige Beweglichkeit. Viola erschien Sarah unter ihrer Maske verborgener als je zuvor. Sie verstand immer weniger, was Viola an ihr lag.

Viola besaß einen großen Bekanntenkreis, sie gehörte nicht zu der Sorte Frauen, die eine Freundin brauchten, weil sie sich allein nirgendwohin trauten. Sie hatte ihre Freakkneipe, wie sie es nannte, und dorthin ging sie allein, auch mitten in der Nacht noch, wenn ihr danach war.

Konnte es nur daran liegen, daß sie in Sarah alle Eigenschaften fand, die sie selbst nicht besaß, aber vor denen sie Angst hatte, viel größere noch als Sarah selbst? Konnte es sein, daß Sarah für Viola so etwas war wie ein Amulett, das sie bei sich tragen mußte, um sich zu schützen?

Vielleicht bin ich für sie aber auch eine Art Wurzel, überlegte sie, ein Mensch, der in ihr Leben gewachsen ist und einfach dadurch Geschichte ins Leben setzt, Verankerung. Wahrscheinlich war es wie immer: alles zusammen und von jedem auch wieder eine Prise Gegenteil.

Wie stand es denn mit ihren eigenen Gefühlen für Viola? Einst war Viola ihre intimste Vertraute gewesen, der sie als einziger selbst ihre allerjämmerlichsten Seiten preisgab, um sich durch Aussprechen ein wenig zu erleichtern. Warum versuchte sie heute, jeder Berührung aus dem Weg zu gehen?

Sarahs Aufmerksamkeit wurde angezogen durch ein lauerndes Glitzern in Monis Augen. Viola lächelte Moni breit und unverschämt an, drehte sich dann zu Arnd.

Das wäre eine Sache, Arnd. Deine ehemalige Geliebte eine Hure ... Und mit einem leichten Neigen des Kopfes zu Moni: Er war nämlich mal mein Freund. Ja, ja, so verworren sind hier die Beziehungen ...

Arnd lachte los. Er stöhnte, Viola sei eine phantastische Schauspielerin.

Ursel stimmte als erste in Arnds wilden Ausbruch ein, dann Sonja, und schließlich verstand Sarah, sie gab Violas breites Grinsen zurück.

Die fremde Familie an ihrem Tisch sah fassungslos der Heiterkeit der andern zu. Monis Gesicht hatte eine leuchtend rote Farbe angenommen, sie stammelte eine Entschuldigung. Sie habe es nicht so gemeint.

Moni brauche sich nicht zu entschuldigen, erwiderte Viola ruhig und freundlich.

Moni hatte verloren gegen Viola, eindeutig und nach kurzem Kampf. Sarah empfand eine Art Mitleid. Sie hob an, Moni zu erklären, warum sie lachten. Eine Warnung in Arnds Blick unterbrach sie. Sie verstand. Dies Spiel hieß: Wir rücken enger zusammen, indem wir die anderen außen vor halten. Seine Eifersucht, diese krankhafte, kränkende Eifersucht, die zu wahnwitzigen Ausbrüchen in seinem Verhalten allen Frauen, die er liebte, gegenüber geführt hatte, sollte unter ihm und den vier Frauen am Tisch verborgen bleiben.

Viola sprang wieder einmal ein. Arnd würde eine Bank ausrauben, wenn es nötig wäre, um sich und seine Frau zu ernähren oder Autos stehlen, er würde es jedoch niemals gestatten, daß seine Frau sich in irgendeiner Weise die Hände schmutzig mache. Arnd sei ein Gentleman.

Sarahs Gedanken kreisten um Arnds Eifersucht. Er hatte eine Schlägerei angezettelt, als sie einmal von einem Mann angelächelt worden war und sie zurückgelächelt hatte.

Ein einziges Mal hatte er sie geschlagen, obwohl sie häufig Angst davor gehabt hatte. Da waren sie schon geschieden. Er hatte auf Sonja aufgepaßt. Er war beim Herumstöbern in ihrem Schreibtisch auf Fotos gestoßen, die sie im Urlaub von sich und einem Mann mit Selbstauslöser gemacht hatte. Sie hatte das alles nicht einmal mißachtend empfunden. Für sie gehörten Liebe und Eifersucht zusammen, solange sie denken konnte.

Ihr Vater hatte sie verfolgt, ihr bei ihren ersten abendlichen Rendezvous' im Park aufgelauert. Instinktiv verschwieg sie ihr erstes Verliebtsein vor den Eltern. Er hatte ihre erste große Liebe gewittert, die Liebe eines dreizehnjährigen Mädchens, die sich nur in trockenen Küssen auf den Mund und Händchenhalten äußerte und dennoch voll Ernst und Leidenschaft war. Er verfolgte den Jungen, nachdem sie sich von ihm vorm Schwimmbad verabschiedet hatte. Vor dessen Haustür sprach ihr Vater ihn darauf an und forderte ihn unter Drohungen, die die Ehre, die Eltern und sogar den Lehrmeister betrafen, auf, jeden Kontakt zu seiner Tochter abzubrechen ...

Sarah war ihren ersten Liebestod gestorben, sie hatte bis dahin nicht gewußt, wie sehr ein Körper aus Kummer schmerzen kann. Sie hörte nichts mehr von dem Jungen. Sie wußte nicht, warum. Ihr Vater klärte sie nicht auf, machte nur abfällige Bemerkungen über Männer, die alle nur das eine wollten. Danach unternahm sie mit Unterstützung ihrer Mutter ihre erste Diät, denn ihr Vater meinte, bei ihrem viel zu breiten Hintern würde sich nie einer für sie interessieren, außer für das eine. Sie hatte nichts begriffen.

Sie war in der tiefsten Schicht ihrer Seele gekränkt, denn der Junge war zärtlich zu ihr gewesen, und sie hatte jedes Streicheln, jeden Kuß, jedes Wort als das verstanden, was es für sie war und wie sie es erwidern konnte: gut.

Nun stellte sich heraus, daß es böse war, ein getarnter Angriff, und sie selbst war dumm und schlecht, wenn sie darauf hereinfiel. Sie aß eine Woche lang täglich drei Pampelmusen und wurde rapide dünner.

Es veränderte nichts.

Der Junge rief nicht an, erschien nicht beim Treffpunkt im Schwimmbad, und der Schmerz hörte nicht auf. Da aß sie wieder, und hatte sie vorher nur einen dickeren Hintern gehabt als die anderen Mädchen in ihrer Klasse, wurde sie nun das erste Mal in ihrem Leben richtig dick. Auch die Kränkung hatte sich eingefressen, als habe ihr Vater ihr mit einem heißen Eisen ein Mal eingebrannt. Und als sie zufällig zwei Jahre später den Jungen auf der Straße traf und er ihr von seiner Angst erzählte, ihr Vater hätte sich an den seinen wenden können, da trug sie ihr Brandzeichen bereits.

Sonja war in dem gleichen Alter. Sollte Arnd ihr

in solcher Weise nachstellen und schaden können, seiner kleinen Tochter, die einmal seine Prinzessin gewesen war?

Das Gespräch am Tisch war weitergeplätschert. Sie hatte am Rande wahrgenommen, daß es von Liebe handelte und von Ehe. Daß man sich von Zeit zu Zeit etwas Neues einfallen lassen müßte, so Moni, um sich in einer langjährigen Ehe immer wieder neu interessant zu machen. Daß man Verantwortung aufbringen müßte, wenn eine Frau nicht mehr den ersten Glanz trage, und sich nicht einfach eine Junge greifen dürfte, so Andreas. Daß Weglaufen Verantwortungslosigkeit sei. Wenn einer einmal ein Verhältnis eingegangen habe und laufe bei Schwierigkeiten weg, zeige das seine charakterliche Labilität. Und vor der könne keiner weglaufen. Nicht einmal in ein anderes Land.

Arnds Worte drangen erst allmählich in Sarahs Bewußtsein, dann hakten sie fest. Charakterliche Labilität. Du bist zu labil! Mit diesem Urteil entschied ihr Vater, daß ihr geholfen werden müßte. Du kannst gar nicht lieben! Arnds Begründung dafür, daß sie sich mehr und mehr zurückzog im Laufe ihrer Ehe. Auch das trug sie als Brandzeichen mit sich herum: Ich bin charakterschwach und kann nicht richtig lieben. Bei Jimmy war alles anders gewesen: Er war nicht eifersüchtig, er war derjenige, der es auf sich nahm, nicht richtig lieben zu können, er beteuerte ihr immer wieder, wie großartig sie sei in ihrem Versuch, konsequent ihren Weg zu gehen. Entsprach dies nun der Wahrheit, weil es das Gegenteil war? War sie charakterlich schwach oder stark?

Sie äußerte laut ihre Gedanken, mehr für sich als für Arnd gedacht, setzte eine Diskussion fort, die vor langer Zeit begonnen hatte. Charakterstärke oder -schwäche stelle sich täglich neu als Frage. Sie könne täglich zwölf Mal eine Entscheidung fällen, den leichteren Weg zu gehen, nur weil er der leichtere sei. Sie könne sich aber auch zwölf Mal zu einer Entscheidung durchringen, die sie auf ihrem Weg voranbringe.

Am Tisch war es still. Alle sahen Sarah an. Ursels hohe Stimme tönte ins Schweigen. Das verstehe sie nicht. Warum Sarah sich unbedingt zwölf Mal täglich solche Fragen stellen müsse.

Schnell verteidigte Viola Sarah. Es habe sich doch nur um ein Bild gehandelt. Charakterstärke habe man nicht gepachtet wie einen Schrebergarten. Das, was Arnd charakterliche Labilität nenne, klebe an keinem wie das Pech an der Pechmarie.

Welche Pechmarie? fragte Moni mit bedeutungsschwerem Gesicht. Sonja warf der Frau das Wort „Frau Holle“ hin wie einen Knochen einem bettelnden Hund. Sie fragte Sarah, wie sie es genau gemeint habe.

Sarah wunderte sich abermals über den schnellen Wechsel von dumpfer Apathie zu hellwacher Konzentration bei Sonja.

Ob Sarah wirklich glaube, daß ein Mensch mit einem schwachen Charakter mutig sein und sich verändern könne.

Sarah setzte die Worte nun bewußt und langsam. Es gebe überhaupt keinen Menschen mit einem labilen oder, ja, wie solle man das Gegenteil nennen, mit einem stabilen Charakter. Sie sei davon überzeugt, daß alle von beidem etwas in sich trügen. Welche Seite Vorrang erhalte, sei eine tägliche Entscheidung. Im übrigen habe sie betonen wollen, daß das Bleiben an einem Ort, bei einem oder mehreren Menschen nicht unbedingt als verantwortungsvolles Handeln und das Fortgehen, Trennen, Verändern unbedingt als Flucht oder Zeichen charakterlicher Labilität bezeichnet werden dürfe. Arnd habe schließlich auch auf sie angespielt. Sie wisse nicht, ob ihre Entscheidung, nach Spanien zu gehen, die richtige gewesen sei, in keinem Fall jedoch sei sie leichtfertig oder oberflächlich oder verantwortungslos gewesen.

Arnd hob zu einer Antwort an, deren Entschiedenheit und Schärfe in seinem Gesicht zu lesen war. Er kam nicht dazu, die Ahs und Ohs am Tisch zeigten an, daß die Aufmerksamkeit nicht mehr Sarah gehörte und nicht ihm, sondern dem Essen, das aufgetragen wurde.

Die große Fischplatte duftete nach fremden Kräutern und Knoblauch und Olivenöl. Moni erhielt eine Gazpacho, die sie mit einem sehnsüchtigen Blick auf das überbackene Knoblauchbrot in Empfang nahm. Allgemeines Schnuppern, Hantieren und Probieren setzten dem Gespräch ein abruptes Ende.

Sarah fühlte sich, wie sie es nur kannte vom Schwimmen im Meer, ganz früh morgens oder spät abends, wenn das Wasser ihr gehörte und sie eins war mit dem Element, sicher und gewandt in der Vorwärtsbewegung und in völliger Ruhe, daß sie getragen werde.

Der Tisch faßte kaum die Fülle von gebratenem Fisch, Tomaten, Zwiebeln, Oliven, Schnecken, Muscheln in Weinsoße, Wein und Bier. Angeregt durch Sarahs Wunsch, von allem zu kosten, hatten sie beschlossen, die Gerichte in die Mitte des Tisches zu stellen, so daß sich jeder bedienen konnte.

Sarah las die Gedanken in den Gesichtern. Bei deiner Figur kommt es sowieso nicht mehr darauf an ... warum müssen ausgerechnet die, die sich insgeheim eine Wampe anfressen, uns Schlanken den seltenen Genuß an einer Völlerei verderben, indem sie gerade dann zu Asketen werden, uns aber das Essen gierig bis zum Schlund verfolgen und mißgönnen ... so eine wie die stört jede Gemeinsamkeit, immer schließt sie sich aus, will uns wohl noch die Schuld für ihre Pfunde übertragen ... Reine Schadenfreude, daß sie ausgerechnet jetzt, wo's fröhlich wird, Wasser trinkt und uns dadurch zu Säufern abstempelt ...

Schluck für Schluck schmeckte Sarah dem leicht bitteren Geschmack des Mineralwassers nach. Sie ließ eine Unterstellung nach der andern durch ihren Kopf perlen und verwarf sie. Sie unterzog sich selbst einer Prüfung, indem sie den Geschmack jeder eßbaren Einzelheit auf dem Tisch in der Phantasie auf ihren Gaumen zauberte. Da war der Thunfisch, dessen weißes Fleisch auf der Zunge zerging, wenn die äußere Schicht aus Knoblauch, Kräutern und in Olivenöl knusprig gebratener Haut durchbissen war, da kugelten die Oliven, die wie Bonbons im Mund gewälzt werden konnten und eine Vorstellung von Frische erzeugten, wenn man den bitteren Saft aus ihnen sog. Vor Viola lagen in kleinen Höhlen versteckte Schnecken, denen durch kräftiges Kauen eine Geschmackspalette von tintenfischartig bis süß entlockt werden konnte. Sarah strengte ihre Phantasie an, den salzig-knusprigen Geschmack der Garnelen aufzuspüren, die die Fischplatte zierten. Sie war bereit, bei dem geringsten Appetit auf irgendetwas keine Sekunde zu zögern und es sich einzuverleiben.

Sie konnte den Ärger der anderen verstehen, empfand ihre plötzliche Enthaltsamkeit jetzt selbst schon fast lächerlicher und absurder als ihr Übergewicht. Sie dehnte ihr Experiment aus auf Dinge, die noch nicht bestellt waren. Eis servierte sie auf ihrem Tischleindeckdich, Erdbeeren mit Schlagsahne, Vanillepudding mit Caramelsauce. Sie gab sich jeder Einzelheit vollkommen hin, aber nichts fesselte ihr Interesse. So schob sie alles mit Bedacht beiseite. Sie versuchte in Gedanken, eine Antwort an die anderen zu formulieren: Es stimmt nicht, daß ich euch etwas verderben will, es ist ebenso falsch, daß ich mich aus eurer Gemeinschaft davonstehlen will, keiner von euch kann sich meine Sehnsucht nach Zugehörigkeit zu einer Gemeinschaft vorstellen. Aber ich bin nun einmal anders. Ich bin lädiert, behindert. Da gibt es keine Zuflucht, nicht in Spanien und nicht in einem gemeinsamen großen Fressen mit euch. Alles, was mir bleibt, ist, den Weg zu gehen, den ich für richtig halte. Und heute scheint so viel in mir hochgekommen zu sein, daß ich bis zum Hals voll bin. Ich will es nicht hinunterstopfen. Es braucht den Platz in mir.

Gern hätte sie sich noch einmal auf den Ablauf des Tages besonnen, auf jede Einzelheit und alle wechselnden Gefühle. Sie verschob es auf den folgenden Tag. Morgen, Schritt für Schritt während ihrer alltäglichen Route, würde sie ausreichend Zeit und Ruhe zur Verfügung haben, bei sich selbst einzukehren. Sie beschloß, an diesem Abend den andern noch soviel von sich zu schenken, wie es ihr möglich war, ohne daß sie sich selbst schadete.

Du hast mal wieder nicht zugehört, beklagte sich

Moni gerade. Wie immer. Nie hört er richtig zu. Dabei sag ich schon immer alles zweimal.

Andreas nahm einen tiefen Schluck aus seinem Bierglas. Was habe ich denn diesmal nicht mitbekommen, Mäuschen? erkundigte er sich sanft.

Ich habe gerade vorgeschlagen, wir könnten doch morgen einen Ausflug nach Alicante machen und die drei ins Flugzeug setzen.

Andreas verlieh seinem Gesicht einen ulkig-traurigen Ausdruck, er warf einen Blick auf seine Uhr. Wann muß ich aufstehen?

Arnd lachte: Am besten gar nicht. Er brach in Gesang aus: Wir machen durch bis morgen früh und singen bumsfallera, bumsfallera, bumsfallera ...

Moni stimmte eifrig ein: Bumsfallera, bumsfallera ... Ihre Stimme kippte: Oh ja, das machen wir, und heute nacht schwimmen wir im Mittelmeer unter den Sternen.

Viola nickte. Einverstanden. Diese Fresserei und Sauferei legt uns ja völlig lahm. Sie sah versonnen vor sich hin. Nachts zu schwimmen, macht unheimlichen Spaß. – Aber keiner soll von mir verlangen, euch morgen zum Flugplatz zu bringen, ich schlaf aus.

Sarah erschrak. Sie hatte vergessen, daß Viola nicht mit den anderen gemeinsam abflog. Ihrem Plan, am morgigen Tag in der gleichförmigen Routine die Gedanken ungehindert laufen zu lassen, stellte sich damit ein kaum überwindbares Hindernis entgegen. Den üblichen Weg würde sie zumindest nicht einschlagen können. Sie überlegte: Wollte sie Viola wirklich nicht wiedersehen? Sie verstand nicht die Panik, die sie bei der Vorstellung ergriff, Viola nun einige Wochen nicht entkommen zu können. Viola zeigte offen, wieviel ihr an Sarah lag, und erwies sich in dieser Gesellschaft häufig genug als sensible und kluge Freundin. Interessant, aufmerksam, ungewöhnlich, attraktiv, so viele Eigenschaftswörter paßten zu Viola. Sarah aber krümmte sich innerlich unter der Drohung, Viola nun einige Wochen lang als Freundin zu Verfügung stehen zu müssen.

Kai erhob Einspruch gegen den Plan. Sie hätten schließlich kein Badezeug dabei. Moni kicherte, sprach von Nakedonien, begleitete ihre Worte mit einer wedelnden Handbewegung, als wolle sie Kais Einwand in die Luft schleudern.

Viola schlug begütigend vor, Kai könne in Unterhose schwimmen. Sie zwinkerte ihm zu. Ob sie ihm ein Geheimnis verraten solle. Kai nickte verlegen und voller Hingabe.

Sarah lächelte unwillkürlich. Das Altersspektrum der von Viola becircten Männer schien unbegrenzt.

Viola beugte sich leicht zu Kai hinüber. Sie deutete ein Flüstern an. Ihr Sohn, wenig jünger als Kai, habe sich seit seinem vierten Geburtstag konsequent geweigert, sich unbekleidet zu zeigen.

Sarah bemerkte den Ruck, der durch Kai wie durch seinen Vater ging. Kais Pupillen hatten sich verengt. Seine Mundwinkel sackten nach unten, bevor er Viola kühl zulächelte.

So fühlt sich wahrscheinlich der Verehrer einer Schauspielerin, die die Rolle der jungen Naiven besetzt, wenn er am Garderobenausgang seine Angebetete erwartet, und dann erscheint eine reife Frau, die seine Mutter sein könnte, vermutete Sarah. Wie brachte Viola es nur fertig, derart alterslos zu wirken? Noch nie war Viola Sarah so voller Geheimnisse erschienen wie heute.

Sie betrachtete ihre Freundin nachdenklich, und ihr Eindruck verstärkte sich, daß Viola hinter ihrer zur Schau gestellten Offenheit eine Person verbarg, die ihr selbst nicht vertraut war.

Viola hatte Kais veränderten Ausdruck wohl

ebenso gedeutet wie Sarah. Sie lächelte sphinxartig und erkundigte sich nach Monis Alter. Die, überrumpelt, schluckte, stutzte, antwortete wie eine brave Schülerin. Sechsunddreißig. Sie warf Arnd einen schrägen Blick zu, gab die Frage schnell an Ursel weiter, bemüht, das Gespräch von Viola abzulenken. Ursel lehnte an Arnds Schulter. Sie zeichnete versonnen die an Arnds Hand und Arm hervortretenden Adern nach, erweckte weniger einen schläfrigen Eindruck als den, sich wie eine zärtlich schweigende Geliebte gut aufgehoben zu fühlen. Sie strahlte Ruhe aus und befriedigtes Verliebtsein. Eher widerwillig öffnete sie den Mund und gab ihr Alter bekannt.

Zehn Jahre jünger als sie selbst, rechnete Moni geschwind vor. Damit sei Ursel bestimmt die jüngste der anwesenden Frauen. Sie strengte sich vergeblich an, Viola aus ihrem Blickfeld zu verbannen, immer wieder kehrten für Sekunden ihre Augen zu Viola zurück. Die lächelte breit, als sie sich erkundigte, wie es für Moni sei, alt zu werden. Es war etwas Schamloses an Violas Art, anderen Leuten näherzutreten, als denen angenehm war. Und doch gelang es ihr, die eigene Würde und die der anderen unangetastet zu lassen. Sie lüftete nur die Decke, unter der sich die anderen verbargen, und lugte drunter, aber sie riß sie nicht fort.

Sarah griff dies Verhalten als erstes Geheimnis von Viola heraus. Sie würde ihm gern auf die Spur kommen. Es lag vermutlich an Violas Direktheit, mit der sie unter die Oberfläche der allgemeinen Konversation griff.

Monis Gesicht war im Lauf der Nacht purpurn angelaufen. Sie sprach etwas schleppend. Jedes Alter habe seine schönen Seiten. Man müsse sie nur entdecken und ihnen etwas abgewinnen. Heutzutage sei eine Frau von 36 noch nicht alt. Zur Zeit ihrer

Großmütter sei alles anders gewesen. Sie genieße das Leben sehr, keine finanziellen Sorgen, ein schönes Haus, Garten, Freunde, Kai sei aus dem Gröbsten heraus, jetzt könne sie zu leben beginnen. Sie wandte sich an Arnd und Ursel und lud sie ein, sie einmal zu besuchen. Sie spreche derartige Einladungen selten aus, das letzte Mal vor vier Jahren, als sie ein Ehepaar in Spanien kennengelernt hätten. Mit denen sei auf Anhieb auch ein so guter Kontakt zustande gekommen. Eine gleiche Wellenlänge spüre sie eben sofort . . .

Wo wohnt ihr? erkundigte sich Ursel freundlich, als teile sie Monis Gefühl der Seelenverwandtschaft.

Frankfurt, ob man das nicht höre.

Geschmeichelt empfing Moni Arnds Widerspruch. Sie bemühten sich auch, nicht in diesen schrecklichen hessischen Dialekt zu fallen, allein wegen ihres Sohnes. Mit den Bekannten von damals stünden sie heut noch in Kontakt. Sie hätten während des Urlaubs viel Spaß miteinander gehabt. Die hätten sie auch einmal besucht. Ihr Haus sei groß genug. Ursel und Arnd bekämen dann ein Zimmer zur Verfügung gestellt. Da seien sie völlig frei.

Ursel hatte ein helles Gesicht bekommen. Immer noch an Arnd geschmiegt, lauschte sie Monis Worten. Jedes Lächeln, jeden Augenglanz, jedes Nicken warf sie Moni zurück wie ein Spiegel.

Sie gingen sehr locker mit ihren Gästen um, bedienten sie nicht, lebten weiter wie normal. Und – Arnd und Ursel mögen Moni bitte keine Blumen schenken, das könne sie nicht leiden. Etwas Individuelles habe sie gern, darüber freue sie sich, aber keine Blumen, bitte. Blumen seien so austauschbar . . .

Moni forschte in Arnds und Ursels Gesicht.

Vielleicht fänden die zwei es langweilig bei ihnen,

schließlich seien Moni und Andreas älter als sie. Sie habe jedoch eine Freundin, die sei auch jünger, eine fidele Nudel, auch sehr eigenwillig in ihren Vorstellungen vom Leben, die könnten sie ebenfalls einladen, oder Arnd und Ursel könnten sie einmal besuchen. Sie wären ja völlig frei, wie gesagt. Ihre Freundin gefiele ihnen bestimmt sehr gut.

Moni holte Andreas Zustimmung ein.

Andreas sog mit aufgeblasenen Wangen an seiner dicken Zigarre. Für einen Moment verwischte sein Gesicht vor Sarah mit dem einer dicken Kröte, die die Backen aufplustert und wieder einfallen läßt. Sie sah die Kröte in einen sauberen Vorgarten hüpfen und sich dann in ein Wohnzimmer mit individuellen Grünpflanzen auf einen Schaukelstuhl begeben, um mit vorquellenden Augen die bunten Bilder eines Fernsehapparates anzustieren. An die Stelle der Kröte trat nun Andreas, der die Füße hochlegte, die Hände über dem Bauch faltete und den Rauch durch die Nase blies. Sie bekam Lust, das Bild auszuschmücken. Vielleicht gab es im Wohnzimmer einen Kamin. Waren die Möbel aus Teakfurnier oder kopiertes Antik? Das Bild verschwamm, wurde undeutlicher, bis Sarah es nicht mehr zu halten versuchte und nur noch in Gedanken an dem Haus weiterbastelte. Wahrscheinlich nachempfundenes Antik im Wohnzimmer und im Jungenzimmer Teak furniert.

Sie hütete sich, eine Frage an Moni zu richten, die ihr Klarheit verschaffen könnte. Sie würde Moni in Verlegenheit damit bringen, denn sie würde sich aufgefordert fühlen, ihre Einladung auszudehnen.

Es behagte ihr, in dieser Rolle als halb Abwesende am Gespräch nicht teilnehmen zu müssen. Sie schloß sich nicht selbst aus, sie wurde nicht erst einbezogen. Nichts tat weh, nicht ihr selbst und nicht den anderen. Sie trug keine Verantwortung. Sie fühlte sich nicht nur wohl, sondern zugehörig, weit zugehöriger, als hätte Moni sie in ihre Einladung einbezogen.

Monis Freundin stamme aus ihrer Rommérunde, der einzigen Versammlung, die Moni regelmäßig besuche, ansonsten komme sie nicht aus dem Haus. Sie lebten äußerst ruhig. An ihrer Rommérunde hänge sie aus ganzem Herzen. Dort kämen lauter interessante, selbstbewußte Frauen zusammen.

Ist Frankfurt nicht furchtbar hektisch und unruhig? Arnd liebäugelte anscheinend mit der Möglichkeit, einmal ein Wochenende dort zu verbringen.

In Gedanken überschlägt er bestimmt Hotel-Vollpension und das kleine individuelle Geschenk und die Abwechslung für Ursel und sich, spottete Sarah innerlich, doch ohne Hohn.

Frankfurt sei unruhig, aber sie wohnten außerhalb, im Grünen, bei ihnen sei es geradezu ländlichsittlich.

Im Grünen würde ich auch gern wohnen, schwärmte Ursel. Arnd reagierte wie auf Knopfdruck. In diesem Fall drohe ihr die Gefahr des Verbauerns. Seiner Meinung nach könne ihr ein wenig weltstädtische Eleganz nicht schaden.

Ursel duckte sich unter seinen Worten.

Viola, die rauchte, begann aus ihrer lethargischen Beschäftigung mit der Zigarette zu erwachen. Sie schnippste lässig die lange Asche ab, in ihre Haltung zog Spannung ein, und ihrer Stimme war nicht anzuhören, daß sie eine halbe Stunde pausiert hatte.

Nicht jeder kann die Eleganz eines Weltmannes besitzen wie du, Arnd, warf sie leicht hin. Du bist eben besonders talentiert, mein Lieber.

Deine Ironie kannst du dir sparen, meine Liebe. Arnd kopierte die Anrede mit Nachdruck. Wer hat, der hat.

Und wer hat, kriegt immer mehr! setzte Moni mit kokettem Augenaufschlag hinzu.

Arnd sah sie kurz irritiert an, verzog dann seinen Mund zu einem breiten Grinsen, als verstehe er Monis Worte als eindeutige Aufforderung, der er nicht nachkommen wolle. Er schnippste dem Kellner und bestellte für alle café solo y cognac.

Moni sah geflissentlich von Arnd fort, fragte ihren Mann, ob sie direkt anschließend schwimmen gehen wollten. Er blickte unter halb geschlossenen Lidern auf sie, während er, den Kopf zurückgelehnt, an seiner Zigarre lutschte. Er nickte. Bei Kai hatte die Idee gezündet, das sei bestimmt irre düster. Bei Nacht habe er noch nie gebadet. Seine Mutter hakte sich bei ihm unter. So seien sie bereits zwei.

Sie waren die letzten im Restaurant. Der Kellner sevierte mit immer noch forschem Gang die Getränke. Seine Bewegungen hatten an Schwung nichts verloren. Nur das Gesicht trug Spuren eines langen Arbeitstages. Seine blutunterlaufenen Augen traten leicht hervor. Das gedunsene Gesicht, dessen Konturen verwischten, wirkte wie das eines Säufers.

Sie tranken den Kaffee in kleinen Schlucken. Niemand sprach ein Wort, so als bereite sich jeder in seiner Weise auf das mitternächtliche Bad vor.

Andreas kippte den Cognac hinunter, erhob sich und verschwand. Es schien Sarah, als sei er geschrumpft im Laufe des Abends. Ihr fiel sein breiter, gebückter Rücken auf und der schleppende Schritt. Es ist aber ungesund und auch gefährlich, vernahm sie fremd ihre eigene Stimme, zu schwimmen, wenn man getrunken hat. Die Augen der anderen rückten kalt von ihr ab. Zumindest sollten alle dicht beisammenbleiben, lenkte sie ein. Schließlich habe keiner mehr einen klaren Kopf. Wenn einer hinausschwimme, bestehe die Gefahr, daß er nachher nicht mehr zurückfinde.

Am Tisch tobte Gelächter los. Dann ist er der einsame Schwimmer über die Siebenmeere bis zum Sanktnimmerleinstag, juchzte Viola. Arnd trumpfte auf, dann gäbe es einen Grund, die Abfahrt zu verschieben.

Ursel beteiligte sich an der allgemeinen Belustigung, gab aber zu bedenken, daß sicherlich eine gewisse Gefahr wegen des Alkoholpegels zu berücksichtigen sei.

Arnd widersprach heftig. Erstens würden sie alle ohnehin zusammenbleiben. Im übrigen gebe es auf der Straße hinter dem Strand so viele Laternen, daß die Richtung deutlich angezeigt würde. Drittens habe keiner zuviel getrunken. Er rief nach dem Kellner und bestellte fünf weitere Flaschen Sekt.

Andreas kehrte zurück, stützte sich lässig auf die Rückenlehne seines Stuhls, drängte zum Aufbruch. Arnd forderte die Rechnung.

Bezahlt ist schon. Moni lächelte schelmisch.

Wieso?

Ein Geheimnis . . . Andreas machte sich auf, den Raum zu verlassen, als beträfe ihn das Gespräch nicht.

Sowas! In Arnds Stimme schwang neben Ärger und Verwirrung Anerkennung mit. Das hatte Andreas elegant erledigt.

Camarero, sieben Flaschen Sekt, rief er, ich laß mich auch nicht lumpen.

Alle erhoben Einspruch. Mehr als eine halbe Flasche für jeden sei wirklich zu viel.

Salzwasser mache durstig. Arnd hakte Ursel unter. Und was übrig bleibe, verschnabulierten sie zwei eben auf dem Rückflug . . .

Sonja schien ausgestiegen aus dem, was alle beschäftigte. Als sei sie in eine Welt eingetaucht, die außer ihr niemand kannte. Sie trottete neben den anderen aus dem Restaurant, schloß sich murmelnd dem Adiós an. Wie ein wandelnder Kokon schien sie, eingepuppt in ein undurchdringliches Gespinst von Träumen. Niemand würde von außen hindurchdringen können.

Was Sonja mit ihren Träumen machte, überlegte Sarah, machte sie mit ihrem Fett. Auch sie puppte sich in einen Kokon ein, hinter dem sie wie ein Schmetterling lauerte. Wann sie heraustreten würde, bestimmte allein sie. Niemand könnte es ihr aufzwingen. Das verlieh ihr ein Gefühl von Stärke.

Im Grunde war es auch bei Jimmy so gewesen. Sie hatte ihm keine Möglichkeit gelassen, sie zu berühren. Sie war aus ihrem Kokon geschlüpft, hatte ihre Flügel ausgebreitet und sich auf seine Hand gesetzt. Sie hatte ihn so überrumpelt, daß gar keine Gefahr bestand, er würde sie berühren.

Start, Geschwindigkeit und Ziel unserer Beziehung, dachte sie, habe ich bestimmt. Sie horchte dem Ausdruck ‚unserer Beziehung' hinterher und kam zu dem Schluß, es müßte lauten ‚meiner Liebe'. Es war ‚meine Liebe', die ich gelebt habe, und Jimmy hat sich lieben lassen. Alles, was ich getan habe, war darauf abgestimmt, meiner Liebe einen Sinn zu geben, mich mit Liebe zu füllen. Gleichzeitig habe ich mich davor geschützt, geliebt zu werden.

Sie überlegte, ob sie sich ein Beispiel an ihrer Tochter nehmen und sich mit Träumen statt mit Eßbarem füllen könnte. Aber sie wußte ja gar nicht, ob Sonja sich mit Träumen füllte. Sie wußte nichts von ihrer Tochter!

Als Erklärung dachte sie das Wort ‚Flucht'. Sie war erstaunt darüber. Sie konnte dies Wort nicht leiden, hatte es zu häufig als Vorwurf vorgehalten bekommen.

Flucht.

Aber eigentlich floh sie immer wieder, wenn sie aß. Sie floh vor all den Stichen und Wunden, die ihr zugefügt werden könnten, nicht immer zugefügt wurden, aber es war möglich. Sie floh vor sich selbst. Vor ihrer Sehnsucht danach, geliebt zu werden, die, wie ein siamesischer Zwilling, begleitet war von der Erwartung, abgelehnt zu werden.

Ursel, Moni und Viola tanzten auf der Promenade. Ein Hut, ein Stock, ein Regenschirm. Nach kurzem Stolpern gelangen ihnen synchrone Bewegungen.

Die drei Frauen gaben ein schönes Bild ab, lachend lustige Koordination von Kopf und Fuß. Viola an der rechten Seite unterstrich das Schauspiel durch ausladende, graziöse Armschlenker. Die Passanten, die immer noch in Mengen über die Promenade schlenderten, blieben stehen und verfolgten das Schauspiel mit belustigten, abschätzenden, zum Teil ironischen Blicken. Hinter den drei Frauen begann es zu hupen. Sie tanzten unbeirrt weiter. Viola drehte sich zu Sonja und Sarah um und forderte sie auf mitzumachen. Sonja setzte ihren Weg fort, als habe sie nicht gehört. Sarah nickte verneinend mit dem Kopf. Transusen! kreischte Moni, ergriff die beiden Frauen an ihrer Seite und zog sie im Laufschritt die Treppen hinunter zum Strand. Die blokkierte Straße füllte sich wie ein Strom, durch den ein Schiff eine Linie gezogen hatte. Sarah konnte die Figuren der drei nur noch schemenhaft am Strand erkennen. Arnd und Andreas folgten den Frauen. Sie waren in ein Gespräch über Politik vertieft. In ihren Stimmen lag die sonore Ernsthaftigkeit von Männern, die wußten, daß ihre Art die Welt regierte. In Frankfurt ist man in der Opposition, wenn man für die CDU ist, hörte Sarah Andreas sagen. Und ich bin immer in der Opposition. Hinter der Masse herlaufen, liegt mir nicht.

Warum bist du dann nicht in der FDP oder bei den Grünen?

Da bin ich ganz Geschäftsmann: Die FDP ist ein verlorener Posten, da setz ich nicht drauf, und die Grünen, dieser Kinderhaufen ...

Die Frauen kreischten. Aufspritzende Gischt ließ darauf schließen, daß sie schon im Wasser waren. Arnd schaufelte kleine Kuhlen in den Sand für die Sektflaschen. Andreas entledigte sich langsam seiner Kleidung, faltete sorgsam Hose und Hemd, legte sie auf den Kleiderhaufen, den die Frauen hinterlassen hatten. Sein weißer Hintern leuchtete als heller Fleck in der Nacht. Sarah setzte sich in den Sand, ein wenig abseits von dem Trubel. Sonja begab sich neben sie. Niemand hatte sie mehr angesprochen, es war, als hätten alle sie vergessen oder als wäre es ihnen nun endgültig zu lästig, sie immer wieder in die Gemeinschaft hineinzuziehen. Vor ihnen im Wasser kreischte, jaulte, stöhnte und spritzte es. Die Körper der anderen verschmolzen mit Dunkelheit und Wasser.

Sarah wollte eintauchen in eine Nacht, die nicht zerrissen war von Geschrei und Menschenleibern. Sie fragte Sonja, ob sie Lust habe, sie ein wenig am Wasser zu begleiten.

Sonja erhob sich wortlos. Schweigend stapften sie nebeneinander her, mal Sarah einen Schritt voraus, mal Sonja, mal starrten sie versunken auf den dunkel umspülten Weg vor ihren Füßen, mal hoben sie den Kopf in Richtung Meer. Von der Straße hinterm Strand funkelten Lichter, gleichmäßiger, punktueller als das weißliche Geflirre auf dem Wasser, das fast übergangslos eintauchte in das Sternenmeer am Horizont. Und doch vermittelte die Bewegung der Lichter auf dem Meer Ruhe und Gelassenheit und die starren, musikbehängten Lichter hinter dem Strand nichts als billigen Ersatz für unerfüllte Sehnsüchte.

Sarah wurde wehmütig. Alles verschmolz ineinander, spanische Sternenfülle, der schmale abgezirkelte Mond, die Schwärze der Luft und des Wassers, unterbrochen von der Bewegung der Lichter. Sarah wurde überflutet von Sehnsucht, Sonja näherzukommen. Sie atmete die Seeluft ein. Sie dachte: meine kleine Tochter. Und sie legte in diesen Gedanken den Schmerz darüber, daß ihre Tochter nicht mehr klein war. Sonja trug bereits ihren Pakken mit sich herum. Sonja entwickelte bereits ihre dunklen Seiten und ihr Licht in ganz eigener Weise. Dafür trug Sarah Verantwortung, auch wenn Sonja die Verantwortung zu übernehmen hatte. Sarah griff nach Sonjas Hand. Sonnimaus! Es war ihr bewußt, daß sie dies Kosewort aus der Kinderzeit heute zum ersten Mal gebrauchte. Ich finde es schön, daß wir uns heute gesehen haben. Zuerst hatte ich große Angst davor. Ich dachte, es könnte uns nur wehtun ... Sie dachte den Satz weiter in Stichworten, die sich aneinanderreihten zu ‚mein Kind, nicht mein Kind, Sehnsucht, Freilassen, Verantwortung, lern, sie zu tragen ...'

Warum bist du froh? Kühl und nur mäßig interessiert klang Sonjas Frage, die Sarah zwang, die Stichworte zu einem Satz zu formen. Weil ich gesehen habe, daß du dabei bist, einen Weg für dich zu suchen ... Als ich in deinem Alter war, hatte ich meine Eltern als Stützpfeiler. Sie waren wohl auch Halt, aber ich habe nur schlimme Kämpfe in Erinnerung. Sie wehrten sich dagegen, daß ich ihnen fremd wurde, glaube ich heute. Ich wollte weg von dem Festvorgegebenen, aber ich hatte auch große Angst, meine Eltern böse zu machen, sie zu verlieren ...

Es war still um sie geworden. Die Brandung rollte eintönig ans Ufer. Musikfetzen von der Promenade drangen störend zu ihnen, als beanspruchten sie zu viele Schallwellen im Vergleich zu dem stetigen lautleisen Rollen des Meeres. Sonja gab fast unhörbar von sich: Laß mich hierbleiben!

Sarah hatte den Geräuschen hinterhergehört, es hatte ihr Lust bereitet, das Leichte und Selbstverständliche des Meeresrauschens zu unterscheiden von der krampfhaften Bemühung von Autos und Musik, sich bemerkbar zu machen. Sonjas Satz war nur an die äußerste Schicht ihres Bewußtseins gedrungen und von dort abgeprallt. Horch mal, sagte sie, wie laut das Meer nachts wird. Sonja schwieg und stapfte schneller. Sie strebte von Sarah weg. Nun erst sickerten Sonjas Worte in Sarahs Gehirn, doch nur der Klang, sie brachte keinen Sinn hinein. Sonja drehte sich mit einem Schwung auf den Hakken um und entfernte sich von Sarah, bis die Dunkelheit sie verschluckt hatte. Sarah erschrak, sie hastete hinter ihrer Tochter her.

Sonja war nicht zu erkennen. Sarah wrang ihr Gedächtnis aus wie ein feuchtes Wäschestück. Nichts zu machen. Sie ahnte, daß Sonjas Verhalten mit dem zusammenhing, was sie gesagt hatte, aber sie brachte es nicht fertig, den Satz zu erinnern. Sarah stolperte zu Sonja, packte sie am Arm und zwang sie stehenzubleiben. Sie betonte jedes Wort: Ich habe vorhin nicht genau hingehört. Es tut mir leid. Bitte sag es noch einmal. Es scheint dir wichtig zu sein.

Sonja sprudelte wütend hervor: Du hast nicht hingehört? Du hast nicht hören wollen! Weil du nämlich von mir nichts wissen willst, von wegen Freude über unser Treffen, alles Schmus und nix dahinter ...

Was, um Himmels willen, hast du gesagt?

Sonja schrie ihrer Mutter ins Gesicht: Ich habe gesagt, ich will hier bei dir bleiben!

Als habe jemand auf ihr Sonnengeflecht geboxt, rang Sarah nach Luft. Einen Moment war ihr Kopf schwarz und leer. Die Worte ihrer Tochter waren wieder herausgefallen. Beinahe hätte sie abermals um Wiederholung des Satzes gebeten. Sonja, das ist unmöglich, stammelte sie schließlich. Einfach unmöglich.

Sie setzte sich auf den Sand, zog ihre Tochter neben sich. Sie forschte in Sonjas Gesicht. Es war trotzig und verschlossen. Warum wollte ein Kind, das sich derart gegen seine Mutter sperrte, unbedingt zu ihr? Darin lag kein Sinn. Sonja gab Sarahs Blick zurück. Sarah lächelte sie an. Las dies Mädchen in ihren Zügen etwa auch Ablehnung?

Sonjas Stimme klang verändert, erwachsen, sachlich und doch mit einem warmen Unterton.

Ich habe es ernst gemeint.

Sie konnte nicht weitersprechen. Ihre Unterlippe begann zu zittern

Sarah staunte. Alles war unwirklich.

Dies Mädchen, kein Kind mehr und noch lange keine Frau, ein Un-Ich, und sie selbst, schon lange kein Kind mehr, aber immer noch keine Frau oder die eine Frau nicht mehr und noch nicht die andere, ebenfalls ein Un-Ich, sie beide waren in Wirklichkeit gar nicht hier. Zwei Schemen. Zwei Un-Ichs. Suchte Sonja ihr Ich etwa bei Sarah? Das mußte sie ihr ausreden.

Sie hockte sich so, daß sie Sonja direkt gegenübersaß. Sie preßte beide Fäuste gegeneinander.

Sonja erlebe nur Sonne und Urlaub in Spanien, aber in dem Bauernhaus gebe es kein Licht und kein Wasser, es sei alles andere als luxuriös. Im übrigen verließen sie in zwei Monaten die Küste. Im Estremadura werde es sehr einsam sein, niemand in der Nähe, die Schule weit entfernt. Dort spreche niemand deutsch. Wie Sonja sich ein Leben dort vorstelle.

Sonja gab die Frage zurück.

Sarah werde die Arbeiten verrichten, die man ihr auftrage. Es werde hart werden. Sie mache sich keine Illusion . . .

Warum willst du trotzdem dorthin?

Sarah seufzte. Die Frage war gerechtfertigt. Aber hatte sie nicht den heutigen Tag ganz und gar damit verbracht, den anderen auf diese Frage eine Antwort zu geben, ohne sie selbst zu kennen? Sonja wisse doch, warum Sarah ein Leben fort von allem Vertrauten und Sicheren suche und führe.

Erkläre es jetzt, bitte.

Sarah seufzte.

In ihr breitete sich ein Gefühl der Mutlosigkeit aus. Was würde passieren, wenn Sonja nicht abließe von ihrem unsinnigen Wunsch? Bisher war alles schwierig, aber auszuhalten, auch Sonjas Aggressionen. Wie sollte sie Sonjas Sympathie und Wunsch nach Nähe begegnen?

Sie schlüpfte in die Haut der Mutter einer dreijährigen Sonja. Sie blieb gelassen und freundlich, wenn ihr Kind nach ihr trat und schlug oder sich im Kaufhaus wälzte und schrie, weil Sarah ihren Wunsch nach einem überdimensionalen Plüschelefanten nicht erfüllte. Panik brach in der jungen Mutter erst aus, wenn Sonja jammerte und weinte und sich anklammerte, weil sie nicht im Kindergarten bleiben, weil sie sich nicht von Sarah trennen wollte.

Sie brauche Abstand von allem, auch von Sonja, vom Muttersein. Sie müsse in sich selbst aufräumen, das gelinge ihr nicht in der Nähe derjenigen, die einmal ihr ‚Nest' ausgemacht hätten, das gelinge ihr am besten bei einer Arbeit, die sie körperlich beanspruche. Eine solche Arbeit übe sie in Spanien aus.

Wenn du es brauchst, weit weg von mir zu sein . . . Sonjas Stimme drückte aus, daß sie nicht mehr widersprechen würde.

Ihre Unterlippe begann wieder zu zittern. In Sarah stritten sich Erleichterung, schlechtes Gewissen und Ärger. So leicht hatte sie es sich nicht vorgestellt, Sonja zu überzeugen. Sie wußte nicht, ob sie sich darüber freute. Etwas trieb sie, das Gespräch fortzusetzen.

Sonja möge sie nicht falsch verstehen. Es handle sich nicht darum, daß Sarah Abstand zu Sonja als Person suche, es handle sich um Sarah selbst, um die Mutterpflichten, die sie als Schuld niedergedrückt hätten. Im übrigen verstehe sie Sonjas Gesinnungswandel nicht. Sie hätte während des Tages nicht den Eindruck einer großen Begeisterung Sonjas über Spanien gewonnen. Oder könnten es plötzlich die vielen Sterne sein, die diese Regung in Sonjas Herz ausgelöst hätten?

Sie merkte, wie plump sie sich benahm. Im Hauruckverfahren hatte sie die unerwartete Nähe zur Tochter wieder zerstört und wollte sie nun ebenso eilig zurückgewinnen.

Go von mi, go von mi, ick mok di nich sehn, kum to mi, kum to mi, ick bün so allein . . .

Das Lied aus Kindertagen stieg ihr in den Sinn. Sie summte es vor sich hin und fragte Sonja dann, ob sie das Lied kenne. Sie selbst habe danach in Schulpausen Tanzspiele gemacht.

Damals schon zog es in ihr, wenn die Partnerin von ihr ging, weil sie sie fortgestoßen hatte. Wenn sie dann aber zurückkehrte, packte Sarah der Übermut. Sie fragte Sonja, ob ihr solch wechselhafte Gefühle vertraut seien.

Nein. Unwillig und knapp ertönte das Nein.

Sarah wußte nicht weiter. Sie wurde immer unruhiger und wünschte sich, die Sterne möchten in Bewegung geraten, irgendeinen Weg andeuten. Sie ballte die Fäuste. Jetzt brauch ich eine Sternschnuppe, komm, schenk sie mir.

Sonja folgte dem Blick der Mutter.

Es stimmt, die Sterne sind hier schöner als bei uns. Du wunderst dich bestimmt, weil ich hierbleiben will ...

Ihre Stimme klang so erwachsen und sachlich, daß Sarah schauerte.

Sie wisse nicht, ob es vernünftig sei. Wegen der Schule und wegen des schwierigen Verhältnisses zwischen ihr und Sarah. Sie wisse aber genau, daß sie lieber bei Sarah bleiben wolle als bei Arnd.

Wenn du bei mir wärst, wäre es vielleicht umgekehrt. Denk mal an früher ...

Sarah ärgerte sich über den mäkelnden Beiklang ihrer Stimme.

Sonja schien ihn nicht zu hören.

Jetzt sei sie älter. Es sei auch nicht schlecht gewesen, bei Arnd zu leben. Als sie klein gewesen sei, sei es mit Arnd auch besser gewesen, fröhlicher, nicht so anstrengend wie mit Sarah.

Was hat sich denn geändert, Sonja?

Die Sterne begannen zu wackeln. Hoffentlich fange ich nicht an zu weinen, dachte sie.

Ich habe mich geändert, glaube ich ...

Sonja sprach nachdenklich. Sarah wurde immer unbegreiflicher, daß dieser junge Mensch neben ihr ihre Tochter Sonja war, die sich durch den heutigen Tag getrotzt hatte.

Sonja schluckte. Sie preßte nun unter Tränen hervor: Ich möchte mit dir reden, das habe ich heute verstanden ...

Sie begann zu schluchzen. Sarah kam sich schwer wie ein Sack Kartoffeln vor. Ihre Arme hingen schlaff von ihren Schultern in den Sand. Sie war ohne jede Kraft.

Ich möchte so gern jemanden haben, mit dem ich reden kann, aber da ist niemand ...

Viola? fragte Sarah behutsam.

Sie wußte jetzt, warum sie Sonja nicht in den Arm nehmen könnte. Sie würde sie streicheln, ‚so, so' sagen, und Sonja würde sich möglicherweise an sie werfen und alles herausweinen, was sie bedrückte. Das wollte Sarah nicht. Sie hatte Angst, dies Neue, das Sonja zwischen sie gesetzt hatte, diese Keime aus Sachlichkeit, Vertrauen und Erwachsensein würden fortschwimmen unter der Flut eines solchen Gefühlsausbruchs, auf Nimmerwiedersehen.

Sonja hatte aufgehört zu schluchzen. Sarah bemerkte, wie eine letzte Träne ihre Wange hinunterkullerte, sie war dunkel und spiegelte die Sterne wie das Meer.

Viola hat genug mit sich selbst zu tun.

Nun mußte Sarah lächeln. Durch die altkluge Bemerkung lugte das Kind mit den großen, müden Augen, das nach zehn Uhr plötzlich sehr erwachsen wurde, weil es nicht ins Bett gehen wollte. Heute aber hielt niemand das Kind davon ab, sich zu nehmen, was sonst nur Erwachsenen erlaubt war. Es schien ihr auch nicht auf die Tröstung durch die Mutter anzukommen, denn durch nichts ließ sie einen Vorwurf erkennen, weil Sarah ihr diese nicht zukommen ließ.

Im übrigen vermute sie, daß auch Viola ein Gespräch mit Sarah suche und brauche.

Du hast sie doch immer sehr verehrt . . .

Sarah ärgerte sich abermals. Warum brachte sie es nicht fertig, in der gleichen Weise zur Sache zu reden wie ihre Tochter? Warum schlich sich immer wieder dieser seltsam mäkelnde Ton in ihre Stimme? Sonja schien ihn nicht wahrzunehmen. Sie hockte ruhig, in sich zusammengekauert auf dem Sand, ihr Gesicht leuchtete hell, und ihre Augen wirkten fast unnatürlich geweitet und schimmerten wie von Kerzen beschienen.

Es ist egal, was mit Viola ist. Ich möchte gern bei dir bleiben! Auch weil du meine Mutter bist und weil ich dich besser kennenlernen möchte.

Sarah wurde immer hilfloser. So also war es auch möglich, miteinander zu reden. Warum war ihr ein solcher Ton nicht gelungen? Wie wunderbar war ihre Tochter, die sagen konnte: Ich möchte dich kennenlernen. Wie kleinlich und zaghaft sie selbst, daß sie es nicht erwidern konnte. Aber sie konnte es nicht annehmen und nicht erwidern. Sie war dazu außerstande. Sie hatte noch einen langen Weg zu bewältigen, bevor sie ihrer Tochter das geben konnte, was die sich von ihr wünschte. Nun rollte über ihre Wange schwerfällig eine Träne. Sie bemühte sich, die Tränen nicht hochsteigen und herausfließen zu lassen. Sie wußte, dann würde sie schluchzen.

Sonja, ich freue mich darüber ...

Es war gescheitert. Ihre Stimme kippte weinerlich über. Sarah wurde wütend auf sich. Sie sprach schnell weiter: Ich kann nicht, was du willst. Ich fänd es unverantwortlich, dich hierzubehalten. Wer bin ich denn, eine Magd, ach, niedriger als eine Magd, bei einem armen Bauern, der sich eigentlich keine Magd leisten kann, der mich nur aufgenommen hat, weil einmal ein Deutscher sein Leben gerettet hat in irgendeinem Krieg, mit dem ich überhaupt nichts zu tun habe. Und ich selbst bin doch völlig uneins mit mir, ich bin geflohen, natürlich, geflohen, vor mir selbst, vor euch, raus wollte ich aus allem. Arnd nennt mein Verhalten Flucht, auch Flucht vor meiner Verantwortung dir gegenüber, Sonja, und so ist es wohl auch. Und du willst mit mir reden? Du solltest mich verfluchen, das wäre richtiger, ja, das könnte ich verstehen. Und du willst, daß ich dich in dieses Chaos reinnehme? Nein, unmöglich, das ist absolut unmöglich. Unmöglich. Bitte laß uns nicht mehr davon sprechen!

Sie stützte sich schwer auf ihre Hände, kam auf die Knie. Die schmerzten bis in die Oberschenkel und in den Bauch. Sie hatte den Eindruck, ein schweres Gewicht stemmen zu müssen.

Sonja hatte ihr interessiert zugesehen, sie sprang mit einem Satz auf die Füße, taumelte leicht, als sie sich aufrichtete.

Beide sagten kein Wort, als sie zurückgingen, nebeneinander, mit schlenkernden Armen. Schon bald vernahmen sie Gejohle und Lachen. Eine Gestalt hastete ihnen entgegen. Es war Arnd. Er stürzte auf Sonja zu, packte sie am Arm.

Da bist du. Vorwurfsvoll und ärgerlich blitzte er Sarah an: Wir haben uns Sorgen gemacht, ihr wart einfach weg. Was bezweckst du damit? Erst erzählste groß was von wegen Gefahr und Verschwinden, und dann haust du mit Sonja ab.

Die anderen zogen einen engeren Kreis um Sarah und Sonja. Sie sahen fröhlich aus, munter und mit zerzausten Haaren. Viola und Moni hielten Sektflaschen in der Hand.

Moni trank einen Schluck.

Da hast du deine Schäfchen doch wieder. Er hatte nämlich angenommen, daß ihr beide nichts Besseres zu tun hattet, als ins Wasser zu gehen.

Nun mach mal halblang, mischte Andreas sich ein, von wegen ins Wasser gehen. Wir wußten schließlich alle nicht, wo die beiden abgeblieben sind. Ist doch natürlich, daß er sich da Sorgen macht.

Sie hätten sich nachher anders entschieden ... haben können ... Arnds in scharfem Ton begonnener Satz lief aus im allgemeinen Lachen der anderen. Ist ja wahr! schloß er verärgert in Monis Richtung. Sie schüttelte theatralisch ihre nassen Zotteln, daß es spritzte; dann hob sie änstlich und abwehrend die Hände: Huhu, tu mir nichts, bitte tu mir nichts, Ergebung, Vergebung!

Sarah wußte, Arnds Worte waren eigentlich an sie gerichtet, sie hatte fahrlässig gehandelt, sie hatte Arnd nicht informiert. Sie entschuldigte sich.

Arnd hielt ihr die Sektflasche hin wie eine Friedenspfeife. Sarah befeuchtete nur die Lippen. Ihr fiel im allgemeinen Gejohle auf, daß alle etwas unsicher auf den Beinen waren. Moni sprach schleppend, und Viola hatte einen seltsam trippelnden Gang. Sarah fühlte sich kalt und nüchtern.

Kühl registrierte sie, wie die fünf sich gegenseitig zum Trinken animierten, wie Moni immer häufiger gegen Arnd fiel und er wie unabsichtlich von Zeit zu Zeit an ihren Hintern griff oder lachend seinen Arm um ihre Schulter legte, bis seine Hände ihre Brüste berührten. Ursel lachte wie aufgezogen, und Viola trippelte von einem zum andern, um anzustoßen. Sie faßten sich um, schunkelten und sangen: Trink, trink, Brüderlein, trink! und: Wir versaufen unser Oma ihr klein Häuschen, ihr klein Häuschen ... Dieser Refrain leierte weiter, als habe eine Rille in ihrem Gehirn einen Sprung bekommen.

Sonja saß, die Arme um die Schenkel geschlungen, das Kinn auf die Knie gestützt, und starrte aufs Meer. Sarah verbot sich, zu ihr zu gehen. Sie wollte nicht die Aufmerksamkeit des gröhlenden Haufens auf Sonja ziehen. Das Kind brauchte seine Ruhe, entschied sie. Die Stimmung schlug hohe Wellen. Moni hakte sich bei Arnd und Ursel ein und tanzte mit ihnen einen Can-Can.

Ihr seid so nett, ihr seid so nett!

Ihre Zunge stieß an, sie lispelte, tanzte mit den beiden zu Andreas, der breitbeinig im Sand saß und ihnen mit dümmlichem Lächeln entgegensah.

Das sind meine Freunde, erklärte Moni ihrem Mann.

Sie umschlang die beiden in der Taille, und alle drei verbeugten sich tief vor Andreas.

Die kommen uns bald mal besuchen, die müssen uns unbedingt bald mal besuchen kommen, und dann mußt du aus deinem gottverdammten Schnekkenhaus rauskriechen. Sie lachte kreischend.

Der hockt nämlich immer in einem gottverdammten Schneckenhaus, da kommt man nicht rein, und er kommt nicht raus.

Sie faßte die beiden so an, daß sie im Dreieck um Andreas herumhüpfen konnten.

Schnecke, Schnecke, Schnecke ... sang sie, und als Arnd einfiel und Ursel ebenfalls, sang sie in zweiter Stimme: Komm heraus, komm heraus.

Andreas lächelte betrunken und wiegte sich im Takt mit. Er hob die Flasche in die Höhe und lallte, als Arnd vor ihm den Reigen zum Stillstand brachte: Prost, Kumpel, auf mein Schneckenhaus. Sei du erst mal so lang verheiratet wie ich, dann baust du dir vielleicht auch eins.

Hat er heute schon, kichernd ließ sich Ursel neben Andreas fallen, nahm ihm die Flasche aus der Hand und trank.

Da stopft er aber mich immer rein, und dann hält er vorn den Daumen drauf, damit ich nicht rauskann.

Moni prustete los, sie konnte kaum sprechen.

Wo ... wo ... hält er?

Arnd fiel ins Lachen ein, machte mit dem Daumen eine entsprechende Bewegung in Ursels Richtung. Andreas brüllte los: Das ist gut, haha, mit dem Daumen, der ist auch dick, laß mal sehen, Kumpel! Bei mir oder bei ihr?

Arnd verzog die Mundwinkel ironisch. Na, Baby, was wollen wir ihm zeigen, dein Schneckenloch oder meinen Daumen?

Ha, der ist richtig, kreischte Moni, solche Männer mag ich, dem kann keiner schiefkommen, da strampelt er kurz und ist wieder obenauf ...

Obenauf! Andreas grunzte. Das glaub ich auch, daß der schnell obenauf ist, immer nur obenauf, wa, Kumpel!

Er packte Ursel, die, mit rotem Kopf und glitzernden Augen, angestrengt mitlachte, an die Schenkel. Sie quiekte.

Pfoten weg!

Die Drohung lag nicht nur in Arnds Worten. Er hatte den Kopf vorgeschoben, die Schultern breit und rund gemacht, die Fäuste geballt. Ein Tier in Angriffstellung.

Durch Sarah perlte eine Kette von Empfindungen, Mitleid, Wut, Abscheu, Ekel, Sehnsucht fortzukommen und der Zwang, sich einzumischen.

Andreas faßte Ursel schwerfällig um die Schulter, er drückte sie mehr gewaltsam als liebevoll an sich. Seine Fingerspitzen lagen locker auf ihren Brustwarzen.

Wer wird so eigennützig sein, wenn er sowas Schönes hat, brummelte er, faßte Ursel mit der freien Hand unter die Kinnspitze, drehte ihr Gesicht zu sich und küßte sie auf den Mund. Ursel kicherte Einspruch, war aber folgsam wie ein Schulmädchen. Moni johlte: Na, Alter, wirst du langsam wach?

Arnd stand breitbeinig vor Andreas und Ursel, der er knapp befahl, zu ihm zu kommen. Ursel krümmte sich, um ihm sofort Folge zu leisten.

Andreas hielt sie fest umklammert, drückte sie auf den Boden, griff mit der Hand in ihre Haare, versuchte abermals, sie zu küssen. Moni war verstummt, ihre Augen flatterten von Arnd zu ihrem Mann und wieder zurück. Sarah beobachtete. Sie saß wie unter einer gut abschließenden Glasglocke. Vor ihr spulte es ab wie ein Film. Sie wußte, daß sie eigentlich handeln müßte. Andreas drohte Gefahr, Ursel ebenfalls.

Ursel wandte alle Kraft auf, sich freizumachen. Sie zischte Andreas an: Laß los!

Andreas schien alles für ein Spiel zu halten. Seine Augen funkelten freudig, als habe er ein Spielzeug wiedergefunden, das er seit langer Zeit verloren glaubte und von dem er erst jetzt merkte, wie lieb es ihm war. Er hielt Ursel mit festem Klammergriff umfangen. Nun gelang es ihm, sie wiederum zu küssen. Der Kuß verrutschte. Er schmatzte auf Ursels Hals. Arnd fuhr dazwischen.

Steh auf, sag ich dir zum letzten Mal, steh auf!

Andreas aber ließ seinen Kopf tiefer rutschen in den Ausschnitt von Ursels Sommerkleid. Er seufzte: Das riecht wie Weihnachten und Ostern auf einmal!

Arnd veränderte seine Position geringfügig. Er stieß Andreas mit dem Fuß an: Steh auf! Zeig, daß du nicht nur mit Weibern rummachen kannst. Los, du Memme!

Andreas schrak zusammen. Einen Moment lokkerte er seinen Griff um Ursel. Sie befreite sich, sprang auf die Füße, trat zu Arnd. Er schob sie fort. Sie näherte sich zaghaft, aber umso beharrlicher. Liebling, das war doch alles nur Spaß!

Er stieß sie fort. Hau ab! Das ist Männersache. Steht auf, du Schlappschwanz!

Andreas schenkte ihm einen müden schlaffen Blick. Er kroch auf allen vieren, ächzte hoch, stellte sich vor Arnd, bemüht um ein verulkendes Spiegelbild. Kurz straffte er seine Muskeln, ließ wieder lokker, so locker, daß er auseinanderzufallen schien. Er erklärte: Du bist mir viel zu primitiv.

Durch Sarah fuhr es wie ein elektrischer Schock.

Arnd stand in Boxerhaltung vor Andreas. Seine Mundwinkel zuckten. Er preßte hervor: Los, du Scheißer! Er hob eine Faust und schlug sie gegen Andreas' Brust. Andreas taumelte. Er gab einen tiefen Seufzer von sich.

Moni flehte, Arnd möge sich beruhigen, alles sei nur Scherz gewesen. Ursel näherte sich Arnd, ein Blick von ihm scheuchte sie zurück. Er schlug abermals gegen Andreas' Brust, kurz, auffordernd, prüfend, unernst: Los, zeig, ob du ein Mann bist, bist wohl so fein, daß du dich hinter Frauenschürzen verstecken mußt ... Andreas taumelte wieder, er rang nach Luft.

Sonja hatte sich langsam aufgerichtet und näherte sich nun den beiden. Ihr Gang ähnelte dem einer Tänzerin, behutsam und fest. Keiner beachtete sie. Plötzlich stand sie zwischen den beiden Männern. Sie sagte nichts. Sie blickte ihrem Vater gleichmütig ins Gesicht, als er sie anzischte fortzugehen. Keinen Ton gab sie von sich, rührte sich aber auch nicht. Arnd drohte ihr.

Sonja drehte sich langsam um zu Andreas, sie fuhr ihn an, er habe selber Schuld, er solle sofort verschwinden, sonst beziehe er Prügel.

Moni stapfte zu Andreas, zog ihn mit sich fort.

Arnd leierte monoton: Sonja, geh da weg, geh da jetzt weg, du kriegst eine gewischt!

Sarah saß im Sand. Sie hatte Angst gehabt um alle der Reihe nach, nun wußte sie, Sonja drohte keine Gefahr. Sonja hatte als einzige richtig gehandelt. Arnd war wütend auf sie, aber zu seiner Männerehre gehörte, daß Andreas sich ihm freiwillig stellte. Er würde ihn nicht hinter Sonja hervorziehen, und er würde Sonja nicht schlagen. Sie bewunderte Sonja für ihren Mut und ihre Klarsicht.

Verschwindet! rief Sonja mit hoher Stimme. Verschwindet endlich!

Moni suchte hektisch nach ihrer Handtasche. Schließlich schickte sie Mann und Sohn fort, sie komme gleich hinterher.

Eine Zigarette glomm aus dem Dunkel. Hallo! Sofort schob sich Violas Stimme in den Mittelpunkt.

Nun war ihre Kontur in dem engen, schwarzen Seidenkleid zu erkennen. Hallo, klang es fröhlich, wer hat denn noch'n Sekt für mich?

Moni hielt in ihrer Suche inne, Andreas verharrte auf seinem Weg zur Straße, nur Kai stapfte unbeirrt weiter.

Viola war angekommen. Sie räkelte sich genüßlich.

Das war ein schöner Spaziergang.

Den verwunderten Augen, die ihr von allen Seiten entgegenblickten, entgegnete sie unbefangen: Sagt bloß, ihr habt nicht gemerkt, daß ich nicht da war?

Wie recht du hast, dachte Sarah. Sie konnte vor Müdigkeit kaum die Augen offenhalten und wünschte sich nach Hause, wo immer das war. Dunkel wälzte sie in ihrem Kopf die Frage, wo sie heut nacht schlafen sollte. Sie würde es nicht mehr schaffen, zu ihren Leuten zu kommen, wie denn auch, kein Bus fuhr mehr. Und es würde sie auch niemand dorthin bringen, auch Arnd nicht. Wer sollte sich überhaupt ans Steuer setzen? Dieser Gedanke klinkte als Verbindungsglied ihre Vergangenheit und Zukunft zusammen.

Er paßte nicht zu ihrem gegenwärtigen Leben. Er war so vertraut in ihrem alten, brachte auf einmal alles zurück, was sie verlassen hatte und was sie wieder vorfinden würde, wenn sie zurückkehrte. Ihr war, als müsse sie sich ducken unter dem Einbruch von Ohnmacht, Zufall und der notwendigen Erfolglosigkeit eigener Anstrengungen.

Sie richtete sich bewußt und langsam auf.

Sie hatte die Ohnmacht hinter sich gelassen. Sie bestimmte ihr Leben heute selbst, sogar ihre Figur, auch wenn dies nicht so schien. Sie bestimmte Tag für Tag, wieviel sie aß, manchmal mehr, manchmal weniger. Sie entschied, wann es genug war, an welchem Tag wenig ausreichte, ihren Hunger zu stillen, und an welchem Tag sie viel brauchte. Sie entschied, welches Leben zu ihrem Körper paßte und welcher Körper zu dem Leben paßte, das sie führen wollte.

In einer Vision sah sie ein gespenstisches Gebilde mit einem riesigen Maul und echsenartigen Gliedern. Es hing ihr am Hals und ließ sie nicht los. Sie ergriff es, legte es an die Leine und führte es spazieren. Die Frage ist, ob der Hunger mich hat oder ich den Hunger habe, interpretierte sie das Bild. Ob er mich im Griff hat und ich tun muß, was er will, oder ob ich mit meinem Hunger an der Leine durchs Leben geh. Sie beschloß, in Spanien zu bleiben, bis sie den Hunger sicher an der Leine hatte.

Es ging nicht darum, schlank zurückzukommen, ging ihr durch den Kopf, aber mit dem Hunger an der Leine. Ich darf ruhig Hunger haben, das ist sogar ein schönes Gefühl, es gehört zum Lebendigsein dazu, aber ich darf mich nicht mehr in die Macht des Hungers begeben. Sie fühlte sich frei und leicht bei diesem Beschluß. Sie würde ihn nicht umstoßen lassen, von niemand.

Sie erhob sich.

Ich bin müde.

Sie stellte fest, daß die Stimmung verendet war, vor der sie in ihre Gedanken geflüchtet war.

Abseits, am äußersten Ende einer Phalanx abgestellter Tretboote saß Sonja. Ursel hockte am Ufer.

Moni versetzte ihrem Mann einen Schlag in den Rücken, forderte ihn auf, sich bei Arnd zu entschuldigen.

Wenn du betrunken bist, läßt du den geilen Bock voll aus der Hose!

Sie stupste ihn abermals in den Rücken.

Viola stellte sich auf Zehenspitzen, sah Moni bedeutsam an und flüsterte Arnd etwas ins Ohr. Er sah ebenfalls zu Moni, grinste und schüttelte heftig verneinend den Kopf.

Er ging Andreas entgegen, schlug ihm auf die Schulter.

Mensch, alter Junge, die Weiber, was!?

Andreas lächelte schief, noch etwas vorsichtig, aber schon röteten sich seine Ohren vor Aufregung über das, was ihm widerfahren war, und über den neuen Freund, den er mit diesem Abenteuer gewonnen hatte. Sarah stellte sich vor, wie er nach dem Urlaub im Büro – wo sonst sollte sein Arbeitsplatz sein? – mit seinen Urlaubserlebnissen angeben würde.

Sie vergaß die Müdigkeit. Sie vergaß sich selbst und sah gebannt zu, wie aus der Kampfszene eine allgemeine Versöhnung wurde. Zwei Männer, die sich wegen einer Frau fast geprügelt hätten, verbrüderten sich nun gegen die Frauen.

An all das hatte Viola die Lunte gelegt. Sicher, Sonja hatte den Kampf verhindert. Sie aber hatte die Fronten nicht verschoben, sie hatte sie geradezu zementiert. Sie hatte verhindert, daß ihr Vater sich die Hände schmutzig machte. Die Verachtung für Andreas und Moni war ihr vom Gesicht abzulesen. Viola hatte hingegen nur erscheinen müssen und einmal Simsalabim in die Hände geklatscht. Sie hatte die Front zwischen den Männern aufgelöst und eine neue geschaffen zwischen Männern und Frauen. Sie selbst war wie die Königin der Bienen, sie herrschte über Männer wie Frauen.

Arnd, Andreas und Viola ließen die Sektflaschen kreisen, Viola lächelte bald dem einen zu, bald dem anderen.

Ihr spinnt, ehrlich, kicherte sie nach einem neuen Schluck. Richtige Platzhirschkämpfe sind das ja, das hätte ich gern gesehen. Sie nahm spielerisch übertrieben eine Kampfposition ein und brummte mit verstellter Stimme: Wolle mer ne Kämpfche wagen? Sie schickte ihr hellstes Lachen in die Dunkelheit. Weißt du noch, Arnd, wie die kleine Sonja das immer gesagt hat, und dann hast du mit ihr gekämpft? Also, ehrlich, ihr Kampfhähne, wie die Kinder seid ihr Männer.

Arnd und Andreas lachten mit. Andreas hatte eine leicht stolzgeschwellte Brust. Niemand ließ ein Wort darüber fallen, daß einer der Hirsche vorhin sich am liebsten in einen Spatz verwandelt hätte.

Sonja trat vor Arnd und erklärte, sie sei müde und wolle nach Hause.

Arnd nahm Sonja zwischen sich und Andreas in ihren kleinen Kreis.

Gibt's hier vielleicht jemanden mit Privatflugzeug? Meine Prinzessin will nach Hause. Ursel, hol doch mal deinen Vogel raus und laß ihn nach Köln fliegen, Sonja hat Sehnsucht nach der Schule.

Er beugte sich zu Sonja. Oder gibt's da noch jemand, nach dem meine Kleine Sehnsucht hat?

Sarah stellte sich schwer auf die Füße. Diesmal würde sie das Schlichten nicht Viola überlassen, diesmal würde sie selbst dafür sorgen, daß dem Kind die Möglichkeit gegeben würde, ins Bett zu kommen.

Ich bin auch müde ... Keiner achtete auf sie.

Sonja benötigte ihre Hilfe nicht. Sie reckte sich vor ihrem Vater auf. Sie wisse, daß sie nicht nach Köln könne. Er habe sie absichtlich mißverstanden. Sie sei müde.

Arnd lachte und drohte mit dem Finger: Du willst, na, was hab ich dir immer gesagt: Du willst?

Er lenkte sofort ein, als er sah, wie Sonja entmutigt den Kopf senkte und aus dem Kreis treten wollte. Sie solle auch einen Schluck Sekt trinken, es seien noch drei Flaschen vorhanden, die müßten vorm Abschied geleert werden.

Moni hatte sich der Gruppe angeschlossen, faßte Arnd um den Hals und griff nach seiner Flasche. Er machte sich los, sammelte die restlichen Flaschen ein, reichte eine Andreas, eine Viola, eine behielt er selbst.

Auf Kommando: Leinen lösen!

Andreas und Viola fingerten konzentriert und eilig an den Verschlüssen, Arnd erteilte die weiteren Kommandos: Auf die Plätze, fertig . . .

Die drei arbeiteten fieberhaft.

Wieder wie von einem Film gefangen, verfolgte Sarah das Geschehen.

Halten! befahl Arnd. Die drei drückten mit Gewalt auf die Korken, die herausdrängten.

Jetzt! schrie Arnd.

Sie hielten die Flaschen in die Luft. Die Korken knallten fast gleichzeitig. Aus den Flaschen spritzte Schaum, aus Violas schoß ein Strahl in die Höhe. Moni kreischte und öffnete den Mund. Mit einer schnellen, instinktiv wirkenden Bewegung richtete Viola den Strahl auf sie. Moni schluckte, gurgelte, prustete, rannte fort. Sie kehrte zurück, wischte sich Gesicht und Bluse. Sie war naß. Alle lachten. Am meisten Moni. Viola stotterte eine Entschuldigung. Moni lachte umso mehr.

Andreas schlug Moni vergnügt ein abermaliges Bad im Meer vor. La doltsche vita. Sie solle in vollständiger Kleidung ins Wasser gehen. La doltsche vita.

Arnd, Andreas und Viola stießen die Flaschen gegeneinander. Auf ex, bestimmte Arnd.

Du spinnst, gluckste Viola, du willst wohl, daß ich kotze.

Die anderen müssen auch noch was abkriegen, pflichtete Andreas bei. Arnd, zumindest deinem süßen Schnuckelchen mußt du doch was abgeben. Schnuckelchen! rief er laut in Ursels Richtung.

Andreas! Arnds Stimme grollte wie die eines Katers, bevor er einen Nebenbuhler verjagt. Es klang scherzhaft und übertrieben.

Ursel! Der Anruf knallte aus Arnds Mund wie zuvor der Sektkorken aus der Flasche. Ursel reagierte nicht. Sie lag regungslos im Sand. Arnd wiederholte ihren Namen. Ursel rührte sich nicht. Arnd näherte sich ihr. Er reichte ihr die Sektflasche. Sie griff nicht danach.

Die pennt.

Fassungslos hörte er sich an, leicht verärgert und peinlich berührt. Er bückte sich und rüttelte sie. Verschlafen richtete sich Ursel auf, schmiegte sich an Arnd, während sie murmelte: Was is'n los?

Arnd lachte. Moni rief: Dein Flugzeug geht, aufstehen!

Mit einer Handbewegung brachte Arnd sie zum Verstummen. Er stützte Ursel, als sie sich wacklig auf die Beine stellte.

Komm, Kleine, trink noch'n Schluck Sekt mit uns, und dann zischen wir ab nach Haus ins Heiabett!

Er trug Ursel fast zu den andern.

Gestatten, meine kleine Frau, sie hat ein bißchen gepoft, umso wacher ist sie nachher, wenn's ins Heiabett geht. Kleine, trink'n Schluck, dann geht's dir besser!

Ursel rieb sich die Augen. Brav schluckte sie, als Arnd ihr die Flasche an den Mund hielt. Alle standen im Kreis, die Sektflaschen kreisten. Sarah nahm die Flasche an den Mund, sie schob die Zunge vor, damit nichts in ihren Hals laufen konnte. Sonja weigerte sich, sie reichte die Flasche weiter. Als Andreas sie nötigte: Los, Mädel, zeig, daß aus dir mal eine richtige Frau wird!, antwortete sie mit einem kurzen scharfen Blick, der ihn verstummen ließ und Viola kichern machte.

Arnds Zunge stieß schwer an. Er stützte sich auf Ursel. Laßt uns gehen.

Ursel sammelte in Windeseile alle Taschen zusammen und verteilte sie unter den andern. Kai beförderte die leeren Sektflaschen in den Abfalleimer. Moni erhob Einspruch, darauf gebe es Pfand. Andreas krümmte sich vor Lachen, er hustete, begann einen Satz, kam aber nicht über das Wort Sie ... hinaus. Arnd schlug ihm heftig auf den Rücken.

Wir wissen, sie sind 'ne Plage, die Weiber, Alter, die Weiber ... Schaukelnd, lachend, kichernd hakten sie sich unter, stapften und torkelten zur Straße.

Sarah schien endgültig vergessen. Keiner schenkte ihr Beachtung. Sie war das Schlußlicht der seltsamen Prozession. Vor sich das bizarre Bild trunkener Eintagsfreundschaft, hinter sich das Meeresrauschen und über sich das Funkeln der Nacht.

In einer halben Stunde oder in einer sage ich allen Aufwiedersehen, redete sie auf sich selbst ein. Dann sehe ich auch Sonja lange nicht mehr, und das ist gut. Ich laß mich von keinem von meinem Weg abbringen, ich weiß, was sein muß. Und sie weiß auch, daß ich ihr nichts nütze.

Sarah, wo geht's lang?

Sarah setzte sich wieder an die Spitze, sie ging schnell, ohne zu zögern, ohne Unsicherheit über die Richtung, obwohl sie die Straßen nicht kannte. Sie kannte die Richtung zum Ziel, da war es nicht schwer, den Weg einzuschlagen. Hinter sich hörte sie protestierende Stimmen, sie solle nicht so rennen. Es lallte, summte, kicherte hinter ihr. Sie scherte sich nicht drum. Sie folgte ihrer Aufgabe, den richtigen Weg einzuschlagen. Darum ging es jetzt. Und auch darum, daß sie müde war und hier wegwollte. Sie brauchte Ruhe, das wußte sie. Sie mußte die Stimmen hinter ihr wirklich hinter sich lassen. Sie wußte auch, daß dieser Weg nur eine Etappe war. Das machte sie nicht mutlos. Sie fand die beiden Autos auf Anhieb.

Eine heftige Abschiedszeremonie setzte sich in Gang. Schließlich öffnete Arnd das Auto. Andreas fragte: Was machen wir jetzt?

Ab ins Heiabett! gab Arnd zur Antwort.

Ich doch nicht, ich doch nicht, was denkt ihr denn . . . sagte Andreas. Alle stockten in der Bewegung. Viola fragte, was er noch vorhabe. Sie lachte nicht.

Ich fahre nicht mehr Auto, ich bin stockbesoffen. Andreas schwankte zwar leicht, erschien aber in diesem Augenblick wie der einzig Nüchterne in der Gesellschaft. Arnd hingegen lallte, als er sich vernehmen ließ: Mensch, sei doch keine Memme! Mensch, mußt du immer so 'ne Memme sein!

Andreas hielt Moni die Wagenschlüssel hin.

Bitte, Liebste, wenn du fahren willst, fahr, fahr mich in den Tod, das macht mir die Hälfte, aber ich fahre nicht.

Er kreuzte die Arme vor der Brust und lächelte selbstgenügsam.

Als habe er ihr einen vergifteten Apfel gereicht, schreckte Moni zurück, er wisse um ihre Angst vor den Kurven an der Küste. Im übrigen sei auch sie betrunken.

Unschlüssig stand die Gesellschaft um die beiden herum. Sarah empfahl Andreas und Moni den nahegelegenen Taxistand. Taxifahren sei billig in Spanien. Moni entsetzte sich, wie sollten sie morgen zu ihrem Auto gelangen. Viola kicherte. Sie sollten per Anhalter fahren. Dabei könnten einem die aufregendsten Abenteuer passieren. Vielleicht wolle Moni das Auto nie mehr zurückholen.

Den Taxifahrern müsse man das Geld nicht hinterherwerfen, erhob Arnd Einspruch und lud Andreas und Moni ein, bei ihm mitzufahren.

Viola witzelte. Immer rein damit. Wollen wir nicht noch ein paar Leute mitnehmen? Oben auf dem Surfbrett ist auch Platz . . . Moni lächelte Arnd dankbar an.

Und wer soll am Steuer sitzen? Sarah erschrak. Sie hatte die strenge, etwas schrille Stimme angeschlagen, die Arnd und Sonja aus früherer Zeit vertraut war. Du kannst nicht fahren, du hast am meisten getrunken! sagte sie in dieser Stimme zu Arnd. Er richtete sich auf.

Jetzt läuft die Platte ab, dachte sie, und ich selbst hab den Abnehmer auf die Rille gesetzt. Warum?

Du scheinst immer noch nichts Besseres zu tun zu haben, bemerkte Arnd kühl, als mir die Schlucke in den Hals nachzuzählen, aber ich habe dir schon tausendmal gesagt, ich kann etwas vertragen im Gegensatz zu anderen Persönlichkeiten der Weltgeschichte. Das erstens. Und zweitens: Du hast dich verzählt. Ich habe mich nämlich gewaltig zurückgehalten. Da brauchst du nicht so zu grinsen. Wer sollte fahren, wenn nicht ich? Du willst doch nicht vorschlagen, daß du das tun willst. Da sauf ich noch drei Pullen leer, auf ex, und fahre immer noch sicherer als du mit deinem Urlaubsführerschein. Wenn du auf der Straße bist, müssen doch alle andern auf Tauchstation gehn. Mein Freund Georg hat mir den Wagen anvertraut. Der bekommt ihn auch heil zurück.

Sarah brachte alle Kraft auf, Arnd standzuhalten. Sie schob den Bauch leicht vor und drückte das Kinn in Richtung Brust. Ursel könne fahren.

Arnd schoß eine Lachsalve ab. Ursel möge bitte zeigen, daß sie ein emanzipierte Frau sei, und alle zurückkutschieren. Er zog Ursel an sich, so daß er sie wie ein Schild zwischen sich und Sarah hielt. Ursel murmelte, sie besitze zwar einen Führerschein, aber seit der Prüfung habe sie nicht wieder am Steuer gesessen. Sie sah Sarah bittend an. Sarah wisse doch, daß Arnd auch sicher fahre, wenn er betrunken sei.

Arnd öffnete den Wagenschlag. Wer wolle nach hinten kriechen, bitteschön.

Sarah überlegte. Sie könnte es auf einen Krach ankommen lassen, davor hatte sie keine Angst. Sie könnte sich jetzt verabschieden und ein Taxi nehmen, dann wäre sie auch dort, wo sie hingehörte, wo sie zu Hause wäre, nicht für die Ewigkeit, aber für den Augenblick. Es gab keinen Grund, warum sie nicht so handelte. Sie hatte in einer ungefähren Ahnung sogar genug Geld eingesteckt. Sie fürchtete sich nicht vor einer Auseinandersetzung mit Arnd, dessen war sie sicher. Sie hatte ausreichend Geld bei sich. Sie wußte, sie würde in Benidorm ohne Schwierigkeiten ein Taxi finden. Trotzdem hörte sie sich sagen: Ich möchte vorn sitzen, hinten bekomme ich Platzangst.

Noch war die Zeit des Abschieds nicht da. Sie wußte selbst nicht, warum, sie merkte nur, es gab etwas, das sie in dieser Gesellschaft hielt.

Madames Wille sei ihm Befehl, alberte Arnd.

Er dirigierte alle nach hinten, Moni auf Andreas' Schoß, Ursel, Viola und Kai mußten sich neben Andreas quetschen. Sonja entschied, sie wolle vorn sitzen auf Sarahs Schoß. Moni äußerte die Befürchtung, mit dem Kopf durchs Verdeck zu stoßen.

Viola beruhigte sie. Dort befinde sich das Surfbrett.

Sarah versuchte, Sonja und sich zugleich anzuschnallen. Es gelang nicht, der Gurt schnitt Sonja an der Kehle.

Arnd legte eine Kassette ein.

Julio Iglesias.

Er drehte die Lautstärke voll auf.

Sarah lotste Arnd aus Benidorm heraus. Arnd bog rechts auf die Landstraße und gab Gas.

Sie rauschten an den Lichtern von Restaurants und Discotheken vorbei, dann war es dunkel.

Arnd sang laut mit auf lalala.

Seine braunen Hände, auf denen weiße Haare wucherten, hielten das Steuerrad ruhig und locker. Weit vor ihnen fuhr ein Auto. Im Nu vergrößerten sich die Schlußlichter. Es war ein Lastwagen. Erst jetzt fiel Sarah die Geschwindigkeit auf, in der sie dahinschossen. Arnd hielt gerade auf den Lastwagen zu, scherte kurz vorm Aufprall links aus, überholte und scherte ebenso scharf wieder ein. Sarah hielt Sonja sehr fest. Sie wußte, nun etwas zu Arnd zu sagen, wäre sinnlos.

Moni winselte im Heck: Arnd, fahr langsamer, bitte, mir wird schlecht.

Bevor du kotzen mußt, sag Bescheid, erwiderte er kühl.

Vor ihm erschien das nächste Auto. Das Überholmanöver wiederholte sich. Auf der linken Fahrspur rasten ihnen zwei Lichter entgegen.

Sarah hielt Sonja fest.

Hinten kreischte eine weibliche Stimme.

Julio Iglesias sang.

Arnd riß das Steuer nach rechts, gab Gas. Um seine Lippen spielte ein selbstzufriedenes Lächeln. Die Bremsen des Autos hinter ihm quietschten. Das Auto, das nun an ihnen vorbeifuhr, hupte anhaltend.

Das war aber knapp, bemerkte Viola trocken.

Quatsch, preßte Arnd zwischen den Zähnen hervor. Der hatte noch die Standspur.

Sarah beobachtete, wie er das Gaspedal hinunterdrückte, noch einmal nachpumpte, den Kopf schüttelte. Der Tachozähler zitterte mühsam höher, 150,

154, 155, Stillstand ... In ihr reifte ein Entschluß. Ihre Hände lagen fest um die dünnen Arme ihrer Tochter, die sich an sie und an die Tür gelehnt hatte und keinen Muckser von sich gab. Sarah sah den Fiat vor sich, das Tuch, das über die Front gebreitet war. Ihr wurde kalt, sie drückte Sonja an sich und betete: Lieber Gott, laß uns bis Altea kommen, lieber Gott, mach, daß die Ampel rot ist, lieber Gott, mach, daß Joaquin zu Hause ist. Im allgemeinen spielte Gott in ihrem Leben keine Rolle. Jetzt vertraute sie auf sein Verständnis. Joaquin war Juanitas Bruder, und sie wußte, wo er wohnte. In den häßlichen Neubauten am Ende der Stadt.

Er wohnte dort, wo es Licht gab und Wasser und wo die Spanier hingezogen waren, als die reichen Leute aus Madrid und dem Ausland die Altstadt aufkauften und in den verfallenen Häusern versteckte Paläste bauten.

Ihr Gefährt schoß voran, eine Kurve, bald war Altea erreicht, rechts eine unbelebte Tankstelle, ein Überholmanöver. Sarah hielt ihre Tochter umfangen.

Von der Hauptkreuzung in Altea leuchtete ihnen grünes Licht entgegen. Sarah zog ihr Vorhaben in Zweifel. Alles war verrückt und undurchführbar, nur aus der Verrücktheit des Augenblicks geboren. Sie konnte keine Sicherheit bieten und kein Ziel. Dann bezweifelte sie wieder das eben Gedachte: Natürlich war es verrückt, aber es war richtig, richtiger als die Verrücktheit der Normalität, die sie heute vorgeführt bekommen hatte.

Arnd ließ leicht vom Gaspedal ab. Die Ampel sprang auf rot um. Das Auto hielt.

Was soll es. Einen Weg hab ich gefunden. Ob da eine geht oder zwei ... Wenn er richtig ist, darf ich sie mitnehmen. Sie ist ja kein Kind mehr. Unser Ziel finden wir vielleicht irgendwann einmal gemeinsam. Oder auch nicht. Dann gehen wir nur ein Stück zusammen. Jetzt nehm ich sie mit mir ...

Sarahs Gedanken rasten schneller als vorher das Auto. Los! raunte sie ihrer Tochter ins Ohr und öffnete die Tür. Sonja hatte sofort begriffen, als habe sie nur auf dies Wort gewartet. Sie sprang aus dem Auto, bevor Sarah einen Fuß hinausgesetzt hatte.

Was soll das? grollte Arnd.

Die Ampel zeigte wieder Grün. Zögernd setzte Arnd den Wagen in Bewegung. Er fuhr über die Kreuzung hinweg, hielt dann rechts an. Der Ford und der Lastwagen hatten ihn an der Ampel eingeholt, nun überholten sie.

Geh nach vorn in Richtung Meer und versteck dich hinter der Steinmauer, befahl Sarah kurz ihrer Tochter.

Was auch geschieht, du bleibst da, und wenn es bis morgen früh ist.

Und du?

Ich erkläre Arnd alles. Mach schnell! Wenn er dich erstmal hat, kann ich nichts mehr retten.

Und du? Sonjas Stimme klang ängstlich. Wenn er dir nun was tut?

Was soll er mir schon tun? Sarah begleitete ihre Tochter die ersten Schritte, zeigte ihr den Weg. Da vorn, siehst du, da ist eine Steinmauer, dahinter ist das Meer, such dir einen großen Stein, der dich gut verbirgt, ich komm dann und ruf dich.

Sonja flehte: Und du kommst auf jeden Fall? Und da passiert nichts Schlimmes? Und darf ich dann bei dir bleiben?

Sarah täuschte die Ruhe nicht vor, mit der sie sprach: Ich komme auf jeden Fall. Was soll Schlimmes passieren? Im Zweifelsfall gehen wir gemeinsam zur Polizei. Ich bin deine Mutter. Bei der Scheidung wurdest du mir zugesprochen. Ich glaube auch nicht, daß er so weit geht. Glaub mir, ich bin auch stark. Ich gehe jetzt, Sonja. Warte du auf mich. Ich erkläre ihm alles. Du mußt nun verschwinden. Die Zeit, wo er auf uns gewartet hat, weil er dachte, wir müßten kotzen oder pinkeln, ist vorbei. Ich laß dich jetzt allein.

Sie gab Sonja einen leichten Schubs in Richtung Meer.

Versteck dich gut!

Sonja gehorchte, rief leise zurück: Und du, wie findest du mich?

Ich rufe.

Sarah ging in Richtung Straße. Es waren nur wenige Schritte.

Und dann darf ich bei dir bleiben?

Sarah drehte sich um.

Sonja war schon zwanzig Schritte in Richtung Meer entfernt. Ihr Gesicht schimmerte weiß in der Dunkelheit.

Klar, dann bleiben wir zusammen. Erst mal.